谨以此书献给

在抗击新冠肺炎疫情斗争中牺牲的烈士、

逝世的同胞及做出贡献的人们！

纪红建 著

大战『疫』

湖南人民出版社

本作品中文简体版权由湖南人民出版社所有。
未经许可，不得翻印。

图书在版编目（CIP）数据

大战"疫" / 纪红建著. —长沙：湖南人民出版社，2021.1（2021.7）
ISBN 978-7-5561-2562-3

I. ①大… II. ①纪… III. ①纪实文学—作品集—中国—当代 IV. ①I25

中国版本图书馆CIP数据核字（2020）第252636号

DA ZHAN "YI"

大战"疫"

著　　者	纪红建
责任编辑	莫　艳　周　熠
设计总监	虢　剑
装帧设计	肖睿子
责任印制	肖　晖
责任校对	谢　喆

出版发行	湖南人民出版社［http://www.hnppp.com］
地　　址	长沙市营盘东路3号
邮　　编	410005
经　　销	湖南省新华书店

印　　刷	湖南天闻新华印务有限公司
版　　次	2021年1月第1版
	2021年7月第2次印刷
开　　本	710 mm × 1000 mm　1/16
印　　张	20.25
字　　数	268千字
书　　号	ISBN 978-7-5561-2562-3
定　　价	36.00元

营销电话：0731-82221529　　　（如发现印装质量问题请与出版社调换）

目　录

001　序　章

017　第一章　我们没时间流泪
- 018　来不及戴防护面罩
- 036　我们没时间流泪
- 049　月光照耀下的心灵
- 062　病毒不相信眼泪
- 070　人性的本真

075　第二章　寂静与火热
- 076　分秒必争
- 095　极限竞速
- 107　生命之舱
- 141　白衣战士的守护者
- 155　中西医"组合拳"
- 160　人民警察的肩膀
- 170　停下与运转

173　第三章　心痛也不能倒下

- 174　一个士兵，要不战死沙场，便是回到故乡
- 185　生死感慨
- 191　心痛也不能倒下
- 207　原来谎言也可以如此美丽
- 211　希望把那份温暖传递下去
- 215　脆弱与坚强

223　第四章　春天的使者

- 224　47街坊：一条街道的缩影
- 230　一条街道与一座城
- 240　春天的使者
- 252　含着眼泪往前冲
- 255　战"疫"地图
- 259　在心灵深处相遇

267　第五章　我们一起战斗过

- 268　我很幸运，但又心有不甘
- 271　我们也是医院的一分子
- 280　24小时在岗
- 288　心灵导航
- 295　冰冷的剪刀，温暖的心灵

- 300　不曾停下的脚步

309　尾　声

314　附录：作者采访的武汉抗疫一线人员名单

316　参考文献

序章

一

我是2020年2月26日上午11点17分从长沙南乘坐高铁G80次列车，踏上武汉之旅的。

12点35分，列车到达武汉。一踏上这片土地，我便感到寂静与冷清。武汉，这座常住人口逾1000万的九省通衢、中国中部地区最大的都市，这座我熟悉的、满脑子都是它繁华热闹景象的城市，此时异常冷清。店面几乎都关门歇业，街上的车辆极少，要么是公务车，要么是运送物资的车辆，或者是清洁消毒车；街头行人寥寥，口罩戴得严实，看不清面容和表情，行色匆匆。随后，我住进了一家叫"水神客舍"的宾馆。它位于洪山区，前临珞喻路，后有秀丽的东湖风景区，对面是武汉市科技会展中心，与湖滨花园酒店为邻。这里同样异常冷清，窗外叽叽喳喳的小鸟，似乎成了我唯一的陪伴。如此空旷、寂静的大武汉，令我思绪万千。然而，随着采访的深入，我发现，这只是武汉的一种表象，或者说是面对灾难时这座城市的一种自我保护。她的内心是温暖的，十分顽强，十分坚毅。这里有一片火热的场景，不分昼夜在上演——千里驰援的奔跑声，白衣战士匆忙往来病室的脚步声，社区工作者耐心安慰居民的话语声，治愈出院的患者走出医院时含着泪花的欢笑声……用心聆听，武汉的寂静被火热的沸腾淹没了。这是生命的沸腾，是全中国的力量在救助武汉时产生的冲破困境的巨响。

认识是循序渐进的。刚到武汉，我采写的重点是方舱医院和基层派出所，先后赴武汉东西湖方舱医院、武昌方舱医院、武钢方舱医院、汉汽方舱医院，以及武汉市公安局硚口区分局的宝丰街派出所、宗关街派出所、汉中街派出所，江岸区分局的百步亭派出所，武昌区分局的中南路警务站等地，采访医护人员、后勤保障人员、志愿者、民警30余人。虽然我满怀热情和激情，把每一次采访都当成一次战斗，经常泪水浸湿了口罩，但事实上，最开始的采访只能说是瞎子摸象、管中窥豹，只捕捉到一个人物、一个故事或一个场景，或一个细节，远远构不成一个局部、一个方面——一是采访不够深入全面，二是这场战"疫"进程太快，甚至瞬息万变。记得采访完四家方舱医院后创作短文《生命之舱》时，我发现里面的患者在急剧减少，有的医院甚至快要清零休舱了。这种速度完全超出了我的料想。

随后我意识到，要全面客观地认识和理解这场战"疫"，必须尽最大努力进一步深入"战斗"最前线，既要用历史和世界的眼光来看待它，也要用全面的、辩证的和长远的眼光来看待它。于是，我继续深入方舱医院、火神山医院、雷神山医院，以及武汉市中心医院、协和医院、金银潭医院、第九医院、同济医院等医院，进一步采访武汉本地医护人员，以及来自上海、辽宁、湖南、新疆生产建设兵团等全国各地的援鄂医疗队员。但还不够，因为这是一场人民的战"疫"，奋战在一线的不只是医护人员。于是，我又走进武汉的街道、社区、小区、企业、隔离点，采访这场战"疫"的更多参与者与见证者：患者、社区工作者、居民、教师、学生、司机、志愿者、个体户、保洁员、心理咨询师、进城务工人员等，当然包括不少党员、干部。不论是耄耋白发、毛头小伙，还是青壮年，他们都有一个共同的名字——战"疫"者。特别是关闭离汉通道后小区封控管理，城中的900万武汉同胞众志成城，坚韧地对抗新冠病毒，书写着武汉这座城市的坚强，深深地震撼了我。这场战"疫"中，每一个武汉人、每一个援助武汉的参与者，以远超常人的毅力，与病毒进行顽强斗争，他们都是英雄，永远值得我们铭记！而在这场战"疫"中逝去的人们，无论是不幸感染的罹难者，还是牺牲在抗疫一线的坚守者，都活在我们心中。同时，逝去的人们又以生命的代价唤起大家对生活和生命的重新审视！在武汉的35天里，我走访了200多个在一线奋战的"战士"，他们的职业和个性都各不相同，然而，他们有一个共同点——这场战"疫"的亲历者、这场战"疫"的战斗者。

是的，武汉是寂静的、冷清的，也是火热的、沸腾的，更是坚韧的、刚强的、无私的、无畏的。武汉，是一座英雄的城市！

在这场严峻的战"疫"中，识大体、顾大局，不畏艰险、顽强不屈，自觉服从疫情防控大局需要，主动投身疫情防控斗争的武汉人，不仅让全国乃至全世界看到了他们的坚韧不拔、高风亮节，更用自己的实际行动展现了中国力量、中国精神，彰显了中华民族同舟共济、守望相助的家国情怀。面对第二次世界大战结束以来最严重的全球公共卫生突发事件，武汉在这场与新冠病毒的遭遇战中，确实开局不利，损失惨重，失误连连，但它最终顽强而坚毅地挺起了脊梁。病毒躲在暗处，你看不见它，但是你能感受到它。在短暂的震惊和慌乱之后，武汉人民第一时间以简陋的武器就地构筑防线，与新冠病毒展开了惊天动地的殊死搏斗，以牺牲自我的精神控制了病毒的蔓延。武汉市金银潭医院收治患者最早，重症比例高。院长张定宇身患渐冻症，但他忍受着病痛的折磨，像钢铁战士一般，始终坚守一线，带领医院干部职工累计救治2800多名新冠肺炎患者，其中不少为重症、危重症患者。

2019年末，金银潭医院收治了7名发热患者。这7人的症状与此前张定宇了解的一位不明原因肺炎患者的症状相似，那名患者当时经中国科学院武汉病毒研究所验证，感染了一种类似SARS的冠状病毒。派团队接诊这7人时，张定宇反复嘱咐务必做好二级防护，还要求出动专用负压救护车。

"每名患者单独接送,一人一车,不要怕麻烦!"把患者陆续接入医院时已是深夜,张定宇的双腿止不住颤抖。他指导团队采集了7名患者的支气管肺泡灌洗液样本,火速送往中科院武汉病毒所检测。这不仅为中国抗疫提供了病原学方向,还为临床救治与疫苗研发争取了时间……

武汉的殊死抵抗为中国乃至世界抗疫赢得了宝贵的时间。正如世界卫生组织总干事谭德塞所说:"中方行动之快、规模之大,世所罕见,这是中国制度的优势,有关经验值得其他国家借鉴。"他还说,中国采取了从源头上控制疫情的措施,"为全世界赢得了时间","中国不仅保护了本国人民,也保护了世界人民"。有外国驻华大使馆发文赞叹:"武汉人民挺过来了,对全球仍在与疫情苦战的人民是巨大鼓舞:疫情虽险,但并非不可战胜。"

二

4月8日零时,武汉市解除离汉离鄂通道管控措施,有序恢复对外交通,逐步恢复正常生产生活秩序。这一刻,我已离开武汉,返回长沙,没有亲眼看到当时情景,但能想象那个时刻武汉的样子——人们开始走出家门,亲近自然、沐浴春光、赏花湖边;随着铁路、公路和市内交通的重启,返城人员陆续增多,企业复工复产,商圈也迎来久违的顾客……这座因疫情暂停76天的城市正在逐渐恢复生活气息,焕发活力。武汉的春天最终没有失约,它散发出温暖的光芒,轻轻地、温柔地普照武汉大地,也照进了武汉人的心灵。

对于这一天的武汉,我没有停留在"想象"层面,我的内心也不允许只停留在"想象"层面。这一天,我向武汉打了5个电话,电话那边全是我在武汉的采访对象。第一个电话打给了涂盛锦医生。今年44岁的他是武汉市金银潭医院南六楼重症隔离病区副主任医师,在疫情最紧张的时刻,为节省时间,他与同在金银潭医院上班的护士妻子曹珊,以车为家,在车上一住就是一个多月。他淡定地告诉我:"我很平静,还一如既往地在ICU病区,虽然患者不多了,可能只要两三天就能'清零'了,但哪怕只有一个患者,我也必须坚守岗位。医生的价值就是治病救人。"第二个电话打给了鲁进医生。年届不惑的他,是武汉市第九医院呼吸内科主治医师。自1月23日他们医院成为武汉市第一批发热患者定点医院起,他便成了住院部八楼病区的业务负责人,和同事扑在临床一线。2月13日发生的事对他来说,犹如晴天霹雳。那天上午,正在查房的他突感腹部撕裂般疼痛,经诊断为"胸腹主动脉夹层撕裂"。幸运的是,他活了下来。"我老婆正陪着我在小区慢走,主要是增加肺功能。我渴望尽快恢复,重返岗位。作为一名医生,不稳握手术刀,是一种罪过。"鲁进用缓慢的语速告诉我。第三个电话打给了冯安明校长。今年48岁的他,是武汉青山小学的校长。疫情发生后,他第一时间报名参加了青山区志愿者组织。一开始他的任务以运送物资为主,后来得知青山区在招募专门接送发热病人的志愿者司机,他先是犹豫,最终还是报了名。害怕妻子担心,他谎称是去接送医护人员。他在电话中告诉我:"学校还未开学,我还在当志愿者,正在送一个无症状感染者去医院。现在发热的基本没有了,很多单位复工了,要求对职工进行检查,有一些无症状感染者查出来了。我的任务就是接送无症状感染者和密切接触者。不过(我)不在工人村街道了,现在负责武东、白玉山、八吉府三个街道。"第四个电话打给了杨建平书记。54岁的他,是武汉市黄陂区横店街道中华社区党支部书记、居委会主任。这个电话,我打了三次。第一次是下午4点30分左右,电话那头很嘈杂,但我听清了几个关键词:"殡仪馆""安葬""晚上再打"。第二次是晚上8点15分,他在电话中说:"这两天忙得不可开交,我正组织居民料理去世者的后事。从殡仪馆领取骨灰，安葬在墓地；两台车，五个人，没有任何仪式。有感染新冠肺炎去世的，也有疫情期间因为其他疾病去世的……"但刚一挂电话，我就想起他母亲也在这场疫情中感染新冠肺炎去世了，于是第三次拨通了他的手机。他说："等这几天把社区里所有去世者后事料理完后，再考虑料理我妈妈的后事。"第五个电话打给了沈胜文警官。他52岁，是武汉市公安局江岸区分局百步亭派出所的一名普通民警。他告诉我："虽然今天武汉解除离汉离鄂通道管控措施，但打开城门，并不代表打开家门，我们的社区封控管理依然不能放松。除了需要正常上下班的，其他没事的，我们依然提倡能不出门尽量不出门，大家也自觉坚持戴口罩、勤洗手、少聚集、不扎堆。"他还告诉我："前两天我做了一个全面体检，现在已经知道部分项目合格了，等全部结果出来，并确认合格后，就准备正式回家居住。到今天为止，我已离家77天了。"

我深知，武汉这个春天，温暖光芒的背后，凝结着许许多多普通人的心血和汗水！

4月14日下午，我在微信朋友圈里看到了名为"见证！42000多张照片，记住援鄂英雄面孔"的视频。这个时长5分10秒的视频，让我热泪盈眶。我反复看了五遍，每遍都直击心灵最深处。为什么？可能有三个方面的原因。其一，在这场疫情中，他们的英雄壮举感天动地。他们奋战在最前线，一直在与死神赛跑，从死神手中抢夺生命；他们离病毒最近，离死亡最近，是最美"逆行者"。其二，42000多名驰援湖北的医护人员脱下口罩瞬间的照片，是共和国战"疫"影像档案的重要组成部分，一张张脸上布满口罩勒痕的面孔，让历史永远铭记英雄的模样，显得尤为珍贵。其三，无论是摄影团队，还是医护人员，他们的一切，我都感同身受。我与中国摄影家协会主席、《人民日报》摄影记者李舸和他所带领的摄影团队是战友，我们与部分摄影家住在同一家酒店，在医院采访时，常不期而遇，虽然交流不多,但心紧紧相拥。他们不光拍下了白衣战士的真面貌,还在保证安全的情况下,录了一段小视频,让他们说一句最想说的话。北京大学第三医院富莉萍医生说:"我希望疫情结束以后,回到家里,跟我的家人补拍一张全家福。"河南新乡医学院第三附属医院副主任医师李慧说:"等疫情结束以后,我想到爸爸的坟前,跟他说一声'我爱你'。"北京中日友好医院护士党娟说:"疫情过后我最想做的第一件事儿就是给我爸妈找一个女婿。"江西南昌大学第一附属医院手术室护士长张庚华说:"疫情结束之后,我最想做的就是回家,然后跑一场马拉松。"吉林大学中日联谊医院内分泌代谢科主管护师王家茹说:"疫情过后啊,我有一个小小的愿望,我要带着我儿子的乐队,我们叫'追梦乐队',我们想来武汉演出。"吉林大学第一医院主管护师施琦说:"我最想做的一件事儿,就是回家拥抱我的奶奶,因为我的奶奶86岁了,还不知道我来了这里。"河南开封市中心医院院感办副主任赵娜说:"我希望还我一个完整的24小时,12小时用来陪我的母亲和孩子,6小时让我睡一个完整的觉。"浙江大学医学院附属第一医院护士丰孟祥说:"我想说的就是,宝宝,我没有在现场听到你第一次叫妈妈,还是很遗憾的,这次疫情结束后,妈妈想回去抱你。"福建医科大学附属协和医院副主任医师杜厚伟说:"疫情结束后,我最想回去陪一下父母,过个年。"……一句句朴实的话语,道出了普通人的家国情怀。

4月17日,我看到武汉市新冠肺炎疫情防控指挥部发布了《关于武汉市新冠肺炎确诊病例数确诊病例死亡数订正情况的通报》:本着对历史负责、对人民负责、对逝者负责的原则,为确保全市新冠肺炎疫情信息公开透明、数据准确,武汉市新冠肺炎疫情防控指挥部专门成立涉疫大数据与流行病学调查组,组织市卫健、疾控、公安、民政、司法、统计等部门,线上对武汉市疫情防控大数据信息系统、市殡葬信息系统、市医政医管新冠肺炎信息系统、市新冠肺炎病毒核酸检测系统中的病例进行线上比对、去重、补全，线下按照全覆盖、无遗漏要求，对所有涉疫地点数据进行全采集，包括发热门诊、医院、方舱、隔离点、涉疫社区，以及公安、司法、民政等部门管辖的监所、养老机构等特殊场所，对所有病例个人信息全采集，通过医疗机构、街道社区、基层派出所、患者所在单位及家属，逐人排查核对，截至4月16日24时，确诊病例核增325例，累计确诊病例数订正为50333例；确诊病例的死亡病例核增1290例，累计确诊病例的死亡数订正为3869例。武汉市新冠肺炎疫情防控指挥部有关负责人接受记者专访时说："疫情早期，由于收治能力不足、少数医疗机构未能及时与疾病预防控制信息系统对接，医院超负荷运转，医护人员忙于救治，客观上存在迟报、漏报、误报现象。""生命安全和身体健康，是人民群众最基本的需求和最普遍的愿望。疫情数据的背后是群众的生命和健康，也是政府的公信力。及时订正新冠肺炎确诊病例数、确诊病例死亡数，不仅有利于维护好人民群众权益，有利于疫情防控科学决策，同时也是对社会关切的回应，更是对每一个生命的尊重。"虽然这是意料之中的事，但我深知，这不仅仅反映了各级相关部门严谨细致的工作态度，也见证了政府的责任与担当。

4月26日，我欣喜地听到：随着武汉市肺科医院77岁的丁先生的第二次核酸检测报告为阴性，临床症状解除，达到出院标准，武汉市在院新冠肺炎确诊病例清零。也就是说，从2月18日湖北省新冠肺炎确诊患者达到最高峰的50633例（其中武汉市38020例），到4月14日湖北省除武汉市以外病例清零，再到26日在院确诊病例清零，湖北省、武汉市新冠肺炎医疗救治工作取得阶段性重大成效。

…………

三

面对突如其来的疫情,中共中央高度重视,果断采取一系列防控和救治举措。中国第一时间报告疫情,迅速采取行动,开展病因学和流行病学调查,阻断疫情蔓延。及时主动向世界卫生组织以及美国等国家通报疫情信息,向世界公布新型冠状病毒基因组序列。

习近平总书记时刻关注抗疫形势,把疫情防控作为头等大事来抓,亲自指挥、亲自部署,带领全国人民打响一场人民战争、总体战、阻击战。1月7日,习近平总书记主持召开中央政治局常务委员会会议,对疫情防控工作提出明确要求。1月20日,他对疫情防控工作作出重要指示,强调要把人民群众生命安全和身体健康放在第一位,采取切实有效措施,坚决遏制疫情蔓延势头,并深刻指出湖北和武汉是疫情防控的重中之重,是打赢疫情防控阻击战的决胜之地。1月22日,在疫情迅速蔓延、防控工作面临严峻挑战的关头,他果断作出决定,要求立即对湖北省、武汉市人员流动和对外通道实行严格封闭的交通管控。1月25日,大年初一,他主持召开中央政治局常务委员会会议,对疫情防控工作作出重大部署。会议决定,中共中央成立应对疫情工作领导小组,向湖北等疫情严重地区派出指导组。1月27日,他作出重要指示,要求在当前防控新型冠状病毒感染肺炎的严峻斗争中,各级党组织和广大党员、干部必须牢记人民利益高于一切。2月3日,他再次主持召开中央政治局常务委员会会议,全面部署疫情防控工作,强调最关键的问题就是把工作抓实、抓细、抓落地,并明确提出"集中救治患者""集中收治医院要尽快建成投入使用""尽量把精兵强将集中起来,把重症病人集中起来"。3月10日,他亲临武汉一线考察疫情防控工作,强调打赢疫情防控人民战争要紧紧依靠人民,把群众发动起来,构筑起群防群控的人民防线。他说:"武汉不愧为英雄的城市,武汉人民不愧为英雄的人民，全党全国各族人民都为你们而感动、而赞叹！党和人民感谢武汉人民！""湖北和武汉是这次疫情防控斗争的重中之重和决胜之地。我讲过，武汉胜则湖北胜，湖北胜则全国胜。湖北和武汉的疫情防控，不仅事关一省一城，更关乎全国大局。"

9月22日，国家主席习近平在第七十五届联合国大会一般性辩论上发表重要讲话，提出四点倡议：要践行人民至上、生命至上理念；要加强团结、同舟共济；要制定全面和常态化防控措施；要关心和照顾发展中国家特别是非洲国家。为支持联合国在国际事务中发挥核心作用，他宣布四项举措，包括将向联合国新冠肺炎疫情全球人道主义应对计划再提供5000万美元支持；将设立规模5000万美元的第三期中国—联合国粮农组织南南合作信托基金等。他指出，人类正在同新冠肺炎疫情进行斗争。各国人民守望相助，展现出人类在重大灾难面前的勇气、决心、关爱，照亮了至暗时刻。疫情终将被人类战胜，胜利必将属于世界人民！

在中国，这是一场不折不扣的人民战争。

人民战争，一切为了人民群众的生命安全与身体健康。疫情初期，病毒感染者急剧增多，中国把提高治愈率、降低病亡率作为首要任务，快速充实医疗救治力量，把优质资源集中到救治一线；采取积极、科学、灵活的救治策略，慎终如始、全力以赴救治每一位患者——从出生仅30多个小时的婴儿至100多岁的老人，不计代价抢救每一位患者的生命。其间，医护人员冒着被感染的风险采集病毒样本，没有人畏难退缩。为满足重症患者救治需要，医院想尽一切办法筹措人工膜肺设备（ECMO），能买尽买，能调尽调。至2020年5月底，武汉市重症定点医院累计收治重症病例9600多例，转归为治愈的占比从14%提高到89%，超过一般病毒性肺炎救治平均水平。对伴有基础性疾病的老年患者，一人一案、精准施策，只要有一丝希望绝不轻易放弃，只要有抢救需要，人员、药品、设备、经费全力保障。疫情发生以来，湖北省成功治愈3000余位80岁以上、7位百岁以上新冠肺炎患者，多位重症老年患者是从死亡线上被抢救回来的。一位70岁老人身患新冠肺炎，10多名医护人员精心救护几十天，终于挽回了老人生命，近150万元治疗费用全部由国家承担。

人民战争，一切紧紧依靠人民。14亿人民，以平凡的坚守投入不平凡的战斗。这是一次由先锋引领的冲锋，这是一场没有旁观者的人民战争。出征号吹响，冲锋鼓擂起，一个个共产党员挺身而出，一座座战斗堡垒坚强挺立，鲜红的党旗始终高高飘扬在疫情斗争第一线；英勇的医务工作者，无惧生死，义无反顾地冲在最前线，与病毒殊死搏斗；人民子弟兵闻令而动，驰援湖北，第一时间批量接收患者，勇闯隔离病区，诊治危重患者；科技工作者和高级别专家全力以赴展开科研攻关，第一时间测定病毒基因序列，研究确定诊疗方案；广大建设者不舍昼夜，"火神山""雷神山"两座现代化传染病专科医院以"中国速度"拔地而起，方舱医院快速改建完成……军地共调集346支国家医疗队、4.26万名医务人员（其中1.9万多人来自重症专业）和965名公共卫生人员驰援湖北省和武汉市。国家卫健委统筹安排19个省份与湖北除武汉以外的16个市州及县级市确定对口支援关系。为加强医疗物资生产供应，医疗企业开足马力、扩大产能，其他行业企业迅速转产。举国上下全力加强对湖北全省的物资供应和保障，从关闭离汉离鄂通道到解除管控措施，全国向湖北全省运送防疫物资、生产物资、生活物资数百万吨。武汉，11万医务工作者始终战斗在抗疫一线；湖北，50多万医护人员投入救治和防控工作。湖北省机关企事业单位58万余名党员干部迅速集结社区（村），积极参与入户调查、体温检测、转运病人等工作。他们坚守的时间最长，用对生的渴望、对死的敬畏，筑起一座守护生命的城池。这一切，必将被历史铭记。

这场战"疫"，是危机，更是大考。中国政府和全国人民，用一个多月的时间初步遏制了疫情蔓延势头,用两个月左右的时间将本土每日新增病例控制在个位数以内,用三个月左右的时间取得了武汉保卫战、湖北保卫战的决定性成果,进而又接连打了几场局部地区聚集性疫情歼灭战,夺取了全国抗疫斗争重大战略成果。这对我们这样一个拥有14亿人口的大国来说,谈何容易!凭什么?凭的是坚持以人民为中心,调集全国最优秀的医生、最先进的设备、最急需的资源,全力以赴投入疫病救治,救治费用全部由国家承担;最大限度提高检测率、治愈率,最大限度降低感染率、病亡率;紧紧依靠人民群众,全国动员、全民参与,联防联控、群防群治,构筑起最严密的防控体系,全国各族人民都以不同方式积极参与了这场疫情防控斗争;发挥集中力量办大事的制度优势,坚持全国一盘棋,动员全社会力量、调动各方面资源,迅速形成了抗击疫情强大合力——这就是中国力量、中国效率。但我们也付出了巨大的代价。我关注到,5月22日国务院总理李克强在《政府工作报告》中说:对我们这样一个拥有14亿人口的发展中国家来说,能在较短时间内有效控制疫情,保障了人民基本生活,十分不易、成之惟艰。我们也付出了巨大代价,一季度经济出现负增长,生产生活秩序受到冲击,但生命至上,这是必须承受也是值得付出的代价。但即便如此,也没有阻止复工复产的步伐:社会稳定、有序运转;复工复产有序推动;公众生活逐步恢复。截至4月底,全国规模以上工业企业复工率超过99%,中小微企业复工率达到88.4%,重大项目复工率超过95%。中国经济运行加快回归常态,经济活力正在快速释放,这进一步验证了中国防疫举措的科学与精准……

这场战"疫",中国人民坚定信心、同舟共济、共克时艰,让世界再次见证了中国精神、中国力量的磅礴伟力。9月8日上午,全国抗击新冠肺炎疫情表彰大会在北京人民大会堂隆重举行。中共中央总书记、国家主席、中央军委主席习近平向"共和国勋章"获得者钟南山,"人民英雄"国家荣誉称号获得者张伯礼、张定宇、陈薇，颁授勋章、奖章并发表重要讲话。在讲话中，他就伟大抗疫精神进行了深刻阐述。他说，在这场同严重疫情的殊死较量中，中国人民和中华民族以敢于斗争、敢于胜利的大无畏气概，铸就了"生命至上、举国同心、舍生忘死、尊重科学、命运与共"的伟大抗疫精神。

这不仅是现实担当，也是历史使命。中华民族繁衍数千年的历史，也是与疾病抗争的历史。《中国古代疫病流行年表》中，1840年以前有关瘟疫的记录就有826条，其中不少疫情对我国政治经济和社会发展有过重要影响。

医疗卫生特别是疫病防治，一直是中国共产党高度重视的民生问题。新中国成立后，全国卫生防疫的体制机制很快建立起来，天花、鼠疫、霍乱等传染病得到有效控制，尤其是严重威胁人民健康的血吸虫病防治取得重大进展。但送走血吸虫病、鼠疫等一个个"瘟神"，并不意味着从此乾坤净朗，预防和控制传染病是一场持久战，而新的传染病疫情往往是突如其来的遭遇战。

其实，人类文明史也是一部同疾病和灾难进行斗争的历史。在公元前500年前后，伴随古老文明中心的发展，天花、白喉、流感、水痘、流行性腮腺炎等传染病迅速地在不同种族、不同肤色的人群之间传播。近年来，全球仍不断受到重大疫情威胁。传染病的流行不仅危及个人的生命安全和身体健康，同时也影响人类历史的发展进程。在与病毒的斗争中，各国命运相连，没有"谁赢谁输"，只有"共赢""共输"。正如比尔·盖茨在《1号现代大流行病将重新定义这个时代》中所写："世界各国正在齐心协力打好这场战役，这让我们深为感佩。每一天，我们都在与科学家们、制药企业的CEO们以及政府的领导人进行交流，希望前面谈到的那些创新解决方案能够早日问世。每一天，都有太多的英雄人物值得敬仰，尤其是那些奋战在一线的医护工作者们。当世界最终宣布 1 号现代大流行病结束时，我们应该对他们所有人道一声感谢。"

人类的历史进程永远伴随疾病的侵袭，不论是 2003 年的"非典"疫情，还是 2020 年的新冠肺炎疫情，抑或其他疫情，都给我们敲响了警钟，提供了重要启示。敬畏自然，敬畏生命，是人类必须认真思考和面对的永恒话题。为了铭记历史，也为了警示未来，让我们一起走进湖北、走进武汉，追踪奋战者坚毅而悲壮的足迹，感受细节里的平凡与真实、笑容与泪水、良知与大爱、崇高与伟大……

第一章 我们没时间流泪

新冠病毒以迅雷不及掩耳之势火速蔓延,武汉三镇各大医院发热门诊、住院部发热病人迅速增多,医疗资源告急。

这是一场突然爆发的战争,是一场病毒向人类发起的战争,更是一场历史罕见的遭遇战。其特殊之处并不在于病毒的毒性强弱,而是它的未知性,未知情况下的极强传染性。

短暂的震惊和慌乱之后,武汉第一时间以简陋的武器就地构筑防线,和死神赛跑,与病毒抗争,为生命接力……

来不及戴防护面罩

"这肯定是我职业生涯中,甚至是一生之中最刻骨铭心的记忆——生存与死亡,亲情与友情,小家与国家,责任与担当,奉献与索取,医生与患者,过去与未来,我对它们都有了新的认识和理解!"医生陈广感慨道。

陈广是华中科技大学同济医学院附属同济医院主院区感染科医生。武汉疫情最为严重的时候,他主动申请来到了同济医院中法新城院区 ICU 病房。2020 年 3 月 23 日上午,我来到中法新城院区时,上完夜班的他刚走出 ICU 病房。看上去,他有些内敛,神色非常平静,就像此时的武汉。

他是"80 后",老家河南许昌。2003 年,他考到同济医学院,七年制本硕连读毕业后留在同济医院，后又考上了博士，还在武汉成家立业。他硕士学的是临床医学，没有细分亚专业，博士学的则是传染病学。他知道，传染病是世界常见病、多发病，可迅速传播、流行。比如新中国成立前，霍乱、鼠疫、天花等传染病流行猖獗，一些传染病和寄生虫病，如伤寒、痢疾、疟疾、血吸虫病等广泛流行，严重危害人们的健康；新中国成立后，由于党和政府十分重视传染病的防治，传染病的发病和流行得到了控制。因为传染病发病及收容减少，部分传染病医院改为综合性医院，部分传染病科则被取消或并入内科，或改为感染科。同济医院的传染病科也改成了感染科，并在中部地区起着引领作用。但作为一名传染病学博士，他很清楚，虽然现在大规模的传染病暴发较少，但一旦发生，就难以根除，并会造成危害。他还认为，把传染病学改成感染病学，并不是轻视传染病，而是更加全面系统地理解和应对传染病。

大概是2019年12月30日，陈广看到了武汉市卫健委向辖区医疗机构发布的《关于做好不明原因肺炎救治工作的紧急通知》。通知说，武汉市部分医疗机构陆续出现不明原因肺炎病人，要求各个医疗机构要及时追踪统计救治情况，并按要求及时上报。第二天，他又听到消息，说国家卫健委派出的专家组已抵达武汉，展开相关检测核实工作。武汉市卫健委发布通报称，已发现27例病例，并提示公众尽量避免到封闭、空气不流通的公众场合和人多集中地方，外出可佩戴口罩。他意识到，事情并不简单。

"现在发热门诊的人越来越多，各科室都派医生援助他们了，我看这个事不是那么简单，必须高度警惕，各自做好防护。"陈广说。他的一个同事接着说："听说金银潭医院结核病科、艾滋病科都把病人往外转了，能出院的尽量出院，看来这个事挺严重的。"那几天，他们的话题总离不开不明原因肺炎。

采访中，我了解到，2019年12月底，武汉当地的医生便发现了端倪。

张继先，湖北省中西医结合医院呼吸内科主任，一位在抗击"非典"时立过三等功的大夫，在12月26日接诊了一对老人。在看患者的胸部CT片时，她发现有些不对劲。当时老太太发烧咳嗽还有点肌痛，做了肺部CT，发现是双肺多发磨玻璃阴影，以肺炎收治住院。进来以后她丈夫也住到张继先他们科室里来了，两个老人CT表现有些类似。有着多年呼吸科临床经验的张继先察觉到，这不是普通的肺炎。同一天，医院又收治了一位有同样症状的患者。张继先把这几位患者的情况向医院做了报告，医院立即上报武汉市江汉区疾控中心。之后两天内，门诊又收治了3位病情相似的患者。12月29日，湖北省卫健委、武汉市卫健委接到报告后，紧急指示市、区疾控中心派人来进行流行病学调查。此时，张继先发现，呼吸科的门诊量连日增长。

对悄悄潜伏前进的"敌人"，陈广他们几乎一无所知，更不要说拿"武器"对抗了。"当时从综合医疗科到呼吸科，很多医生都是暴露的，连口罩都没戴，更不要说其他的防护设备了。"陈广说，"原因很简单，就是对病毒认知的欠缺。没有谁有意欺骗我们，也没有谁会拿生命当儿戏，而是我们的认知对于大自然来说，太渺小了。"

虽然对不明原因肺炎的传染性认知还不足，但他们毕竟是感染科医生，知道发热病人往往具有一定传染性，担心发生交叉感染。这根弦，他们一直紧绷着。2003年"非典"暴发后，他们就曾迅速腾出一栋楼做隔离病房；2019年11月湖北发生禽流感时，他们也迅速开辟出了隔离病房。2020年元旦后，发热门诊的有些医护人员开始穿防护服了，但很快被上级批评。"有患者在发热门诊取咽拭子的时候，被人家拍照发到网上，医院被批评了，说是防护过度。当时医院领导虽然通报了此事，但并没有阻止，最后还是强调要做好防护。"陈广说，"在当时情况下，不存在对与错。面对未知的病毒，认识肯定存在偏差，也会做出不同的判断。若是平常，医护人员突然穿防护服,肯定会引起猜疑与恐慌。"

到发热门诊看病的人越来越多。同济医院是一家综合性的医院,并没有专门针对呼吸病的科室。医院果断决定升级改造隔离病房,像应对2003年"非典"和2019年禽流感那样。其实就是把感染科一层楼的病区腾出来,作为发热病人的留观病房,由陈广和一个副主任管理这个病房。隔离病房是1月6日改造好的,陈广以为很快就会接收患者,但随后将近一个星期,隔离病房都没有任何动静。后来他才知道原因——他们医院发热门诊情况较严重的患者都转到了金银潭医院。金银潭医院是武汉最早收治新冠肺炎患者的定点医院,自12月29日开始就收治首批不明原因肺炎患者。十多天后,陈广得知,不明原因肺炎病例的病原体被初步判定为新型冠状病毒。"虽然新型冠状病毒跟SARS病毒相比,有很多同源性,但即使知道,我又能如何呢?"陈广感到非常迷茫与无助。

"准备明天接收发热病人。"1月12日晚,陈广接到院领导的紧急电话。当时他正准备下班回家,接到电话后,他跑回隔离病房认认真真检查了一遍,就像战争来临前,战士认真检查自己的武器一样。虽然对房间布局、医疗器械都了如指掌,还经常带着学生在里面上课,也参加过发热门诊的会诊,但他还是感受到了大战来临前的紧张气氛。

第二天下午开始收治病人,陈广一口气收治了7名高度疑似新冠肺炎患者。那都是发热门诊留观的,病情危重,有一个还是从发热门诊插着气管送过来的。7名患者,有两个是陈广的同事,一个胸内科,一个急诊科。虽然不能立即确诊,但他内心有感觉,他们得的都是这个病。"第一天刚进去倒不是特别紧张,因为之前禽流感的时候我也驻守过发热门诊,平时给学生教学也经常讲隔离衣的穿脱,对隔离知识都比较了解。"陈广说,"那天和我一起值班的是呼吸内科的同事,之前没有进发热病房的经验。我们两个人面对这么多重症病人同时进来,感觉一下子适应不了。还有,当时我意识到这个病传染性非常强,非常危险。说实话,我开始有些紧张了。"

但很快,忙碌让他们忘记了紧张与危险。一个60多岁的婆婆突发急性心力衰竭,心搏骤停,他们直接冲上去给婆婆做心肺复苏,根本来不及戴防护面罩。他们的面部与婆婆的口鼻只隔了30厘米左右。

收治速度远远赶不上新冠肺炎的扩散速度。当时陈广他们并不知道,新冠肺炎患者已经在武汉迅猛增长。改扩建后的发热门诊和留观病房,根本不够用。1月15日,医院紧急召开办公会,决定把老内科楼全部腾空,再度扩展发热门诊面积。老内科楼一层是急诊外科,二层是传染科门诊,三层及以上的传染病房,可以快速改建成满足传染病治疗所必需的"三区两通道"(污染区、半污染区、清洁区和医护人员通道、患者通道)。经过连续数日的紧张工作,改造顺利完成,同济医院主院区发热门诊和病房面积从最初的110平方米增加到5000余平方米。

陈广他们是在搏命。当时没有办法讲防护,呼吸机和面罩都不够。病区毕竟是临时改建的,太急了,刚一建好病人就涌进来了。面对涌进来的病人,他们无法拒绝,人病得不行了,站在病房门口你收还是不收?如果收,可他们医生已经快崩溃了。

很快,全国应援,防护服、口罩等有了保障。每天穿防护服、戴N95口罩,做特殊操作时还要戴上防护面罩,时间长了,很多医护人员都有缺氧、胸闷的症状,甚至伴有胸痛。后来,陈广也出现了这些症状。怕大家担心,更怕影响大家的情绪,他就自己偷偷去拍了个CT,结果出来后证明没有问题。陈广特意发了条微信朋友圈:"战斗11天,查肺部CT,平安无恙。""主要是想鼓励我身边的战友,给大家信心。只要做好防护,护好口鼻,做好手卫生,肯定没有问题的。你自己不成为一个传染源,你就不会传播这个疾病,你才能保护更多的人。"他说。

危险随时存在。新冠肺炎的确诊,必须通过咽拭子标本采集这一步,但一个张嘴的动作,将产生大量携带病毒的气溶胶,这是护士们采集时必须面对的风险。为了减少护士暴露的时间,陈广小组所有医护人员都参与采集咽拭子的工作。最多的一次,陈广和心内科医生白杨一起采了32个样本。"大家都是一条战线上的战友,危险的工作我们一起来分担。"作为医疗小组组长,在陈广心里,身边的同事不仅仅是组员,更是战友和兄弟姐妹。

让陈广更为惶恐的不是忙碌与危险,而是焦灼与无助。即使他们全科搬进隔离病房,其他病房都进行升级改造,医疗救治条件也还是非常有限。很多人知道他在隔离病房工作,就通过熟人找到他,告诉他检查结果。他的手机不断响起,认识的不认识的,一天要接几十个电话——看一个高度疑似,再看一个还是高度疑似。

"我是不是得了新冠肺炎?"电话那头问。

"有可能。"陈广意识到不能如实告诉他们,只能含糊一点,"但不一定,也许不是。"

"能不能马上安排住院?"电话那头很焦急。

"现在还不能,床位太紧张了。"陈广说得很委婉。

打电话来的要么是亲戚朋友,要么是亲戚朋友的朋友,要么是亲戚朋友的朋友的朋友,他们通过各种途径找了过来,不能伤了他们的心,他只能这么说。

当时,只要是发热难受,人们就往医院跑,要求住院的病人实在在太多,床位根本不够。

"求求你了,陈医生,我等不及了。"电话那头说,"我现在就过来,就在医院等床位。"

"别,别,别!"陈广连忙说,"你现在过来也是等床位,再说医院人多,风险太大。"

有一个病人，是因其他病住院的。肺部 CT 扫描，竟是全白，立即转到隔离病房。陈广一看，情况很糟糕。人是上午转过来的，晚上就走了。

"作为一名医生，这是我最无助的时候！"说到这里，陈广的眼角泛起了泪花。

陈广还牵挂着家人。他父母早已从河南老家来到武汉定居，但没和他住一起。父母住的地方与他家有五站路。父母早上来他家带小孩、做饭，晚上回去住。父母不会开车，他和妻子也没时间接送，他们只好每天早晚坐 621 路公交车往返，但他们戴口罩的意识不强。陈广说："你们必须戴口罩，必须把鼻子盖起来。"父亲说："整个公交车人挤人，戴口罩的很少。"陈广说："不要管别人，你们自己要戴好，只要离开家门就要戴。"虽然不知道当时武汉到底有多少人感染了，但他对疫情心理上有预期了。

形势越来越严峻，每天，不，甚至每个小时，武汉都在发生着巨大的变化。同济医院主院区的重症新冠肺炎患者越来越多，而发热门诊楼上只有 60 张住院床位。大家隐隐意识到，同济医院还将要承担更多的救治工作。

在主院区之外，同济医院还有两个新院区——光谷院区和中法新城院区，都是刚建三四年，设备器材都很新。但是，如果作为传染病区收治病人，仍然需要重新改装。通过进一步规划分析，最终院委会一致决定，将中法新城院区 1100 张病床腾出一半来，先进行改造。他们很快就将住在院区里的患者做了分类，能出院的病人安排出院，不能出院的撤离到主院区，将整座中法新城院区腾空了。1 月 27 日，中法新城院区启用 550 张床位，作为武汉市政府指定新冠肺炎重症救治定点医院，开始接收重症患者。然而，550 张床位几天内就住满了，病床依然捉襟见肘。余下的 550 张床位，又立刻启动改建工作。2 月 5 日，1100 张床位全部变成新冠肺炎重症患者床位。4 天后，光谷院区也改建启用 830 张床位，用来收治新冠肺炎危重病人。全国医疗队伍驰援武汉后,有 35 个医疗队、4000 余名精兵强将来到同济医院这两个院区。来自北京、上海、吉林、山东、山西、江苏、陕西、河南、浙江、广东、湖南、福建等地重点医院的一流专家和医护人员汇聚于此。

新的环境,新的医生进来,发生职业暴露的风险会高很多。陈广觉得,有一个一直在一线待着的、比较有经验的人带一下新来的医生,会使风险降低很多。于是,本该轮岗休息的陈广又主动申请到中法新城院区的发热门诊继续战斗。

"可是你马上就要轮休了呀!"医务队吴剑宏处长说。

陈广说:"都什么时候了,还轮什么休呀!"

他不光自己主动请缨,还动员同样临近轮休的同事参战。

"战友们,现在是武汉最需要我们的时候,我们不应该停止脚步,我们应该奋勇前行!生活上的保障,请大家放心,医院肯定会给大家安排好,包括家人也会照顾好。同济的所有保障都是最好的,没有之一!"陈广在群里发言。

他还说:"大家有顾虑,我能理解,我也知道,咱们只要再上战场,短期肯定回不来,但我们有选择吗?大家看看,我们有多少亲戚、朋友、老师、同学在这场灾难中病倒。大家都看到过晚上的发热门诊,哪一双眼神不是充满了无助与渴望?"

他的这番话感动了自己,也感动了同事。大家纷纷加入继续战斗的队伍。

陈广的父母充满了担忧。

"要不就别去了,你已经在隔离病房工作这么久了,不去,没人会说你的。"父亲说。

"可是爸爸,我是一名医生。作为医生,就要到患者最需要的地方去。

就像一名战士,不能在战场上当逃兵。"他说,"还有,我是武汉女婿。武汉有难,我责无旁贷。"

父亲没有再说什么,只是默默地流泪。

陈广的妻子叫袁明,武汉人,同济医院妇产科医生。她不仅赞同丈夫的选择,自己也悄悄做了同样的选择。陈广来到中法新城院区发热门诊上班后,得知妻子也跟着他的脚步来了。"一定要做好防护呀,发热门诊比病房更辛苦,风险也更高。毕竟病房的防护和隔离条件比门诊的要稍微好一些,门诊病人特别多,各种突发情况远远要比病房里复杂。"他在电话里一再叮嘱咐。

刚到中法新城院区时,同样一片混乱,一大批的病人涌了过来。开一个病区当天就收满了,另开一个病区当天又收满了。一边改造病区,一边收治病人。但当时工人有限,改造的速度根本就赶不上病人涌来的速度。

有一个女同事,是主院区发热门诊的护士,父母、丈夫都不幸被感染了。丈夫的病情尤其重一些,不仅肺部情况很糟糕,关键还在发烧,很容易转成重症。因为没有床位,他只能在发热门诊里面留观。这个女同事在微信上把丈夫的CT片发给陈广,请他看看肺部的感染情况。

"情况比较严重,最好赶紧住院。"陈广说,"如果不是同济家属,我就做主收了。你跟院里领导说说,想想办法解决床位。"

但这个女同事说:"不用了,谢谢!你给我定个方案吧,我们就在家隔离治疗。比我爱人病情更重的病人还很多,优先收他们。"

"很庆幸,她爱人在家治好了,否则,我会内疚一辈子。"陈广说,"在生命面前人人都是平等的,生命不关乎地位,不关乎权力,不关乎金钱;患者在医生面前也是平等的,没有高低贵贱之分,更不能厚此薄彼。"

还有一个男同事,是胸内科的,是第一批派出去的,支援金银潭医院。

"我看有患者有腹泻状态,就做了几例肛门拭子,是阳性的。"男同事在电话中告诉陈广,"你们一定要注意,除了做好防护,还要注意手卫生,千万千万要注意。"

陈广一惊,这不是呼吸道传染病吗?!难道患者粪便里也存在病毒?两天后,钟南山、李兰娟院士团队分别从新冠肺炎患者的粪便样本中分离出了新冠病毒。但他们同时做了说明:粪便中检测出病毒,并不意味着病毒传播途径发生了变化,仍然是以呼吸道和接触传播为主。病毒一般只能存活几个小时,只要注意手卫生,就能避免这种形式的感染。

"除了严格做好防护,还必须高度重视手卫生。患者粪便中也携带病毒,我们必须勤洗手。"陈广不断地跟组员强调。

男同事在金银潭医院战斗了两个多星期后轮休了。轮休后他就做了一个体检,看到各方面指标还正常,就跟科室主任申请复工,要么回到金银潭,要么去同济医院中法新城院区。

"但就在当天晚上,他出事了!"陈广说。

"出什么事了?"我一惊。

他说:"那天晚上,他家里人打他电话,但一直没接。因为隔离,他一个人在家。担心发生什么情况,家里人就报了警。当派出所和物业撬开门进到屋里时,我那个同事已经休克昏迷。送到医院一检查,是劳累过度,脑出血。命捡了回来,但现在还没有完全恢复过来。有一点意识了,也勉强能认识人。"

"我每天为他祈祷!"他接着说,"他是我的好同事、好战友、好兄弟!"

再忙再苦再累,再矛盾再纠结再无助,陈广始终没有忘记自己的"老病人"。

春节前是看病的一个小高峰,慢性病患者非常多,很多"老病人"来看病。给"老病人"看了病、开了药后,他就对他们说:"赶紧走,赶紧回家,路上一定要戴好口罩,不要和人说话,回去后一定要洗手。""老病人"们不仅理解和支持他的工作,还特别担忧他的安全。一位年长的婆婆,是他的"老病人",她对他说:"这个世界上医生是给予患者希望的人。你必须平安健康!我为你祈祷!"

在抗疫期间,因为一心扑在救治新冠肺炎病人上,陈广确实没有多少时间为"老病人"服务,这让他觉得亏欠了"老病人"。疫情结束后,他最想做的事,就是尽快见到那些"老病人",帮他们看诊。

黄文华,陈广的同事,个儿不高,甚至有些瘦小。在位于武汉市硚口区航空路同济医院主院区外科大楼门口,我们见面了。没有握手,没有微笑,哪怕藏在 N95 口罩后面的半丝客气的笑容都没有。但在行人匆忙的大楼外,我们各自迅速认准了对方。

"去一楼办公室吧,那里是清洁区。"黄文华说,"您放心,现在我们主院区没有发热病人了,只有急诊,每天的门诊量也就 150 到 200 人之间。消毒工作做得很好,没有死角。"

坐定后,她对我说:"我简单地介绍一下我们放射科的情况吧。"

"不!"我说,"您必须详细介绍,并且以您的故事为主。"

"那不好吧!"她似乎有些惊讶,"我们科有 117 名技术人员都在一线,他们的故事比我更感人,应该讲他们的故事。"

"可是,您在放射科工作了 32 年!您是 CT 组组长!您临危受命,作为'战时'总负责,在统筹安排技术组的工作!"我说。

黄文华是武汉黄陂人,家中三姊妹,父母是普通工人。她高中在武汉二中读的,成绩优异。1985 年,18 岁的她考上了同济医科大学。她选择上医科大学的想法很单纯,认为将来会对自己、对家人的健康好一点。可是,上什么专业呢?她的高中老师对她说:"女孩子,就学放射影像专业吧。"

这个专业当时是专科，是全国第一届放射影像大专班。当时人们对这个专业还相当陌生，所以选择这个专业的学生非常少。也有人说："搞放射辐射大，这不是个好专业。"她也想，这个专业不像手术医生那样紧握手术刀，能有多大发展？在当时，对于她，进放射科仅仅意味着有一份工作，有一件适合自己干的事情。

自1988年参加工作进入同济医院至今的32年里，黄文华一直坚守在放射科。32年来，虽然设备从模拟机换到数字机，从荧光屏换到影像增强机，工作场所也从暗室转到明室，但她的工作一直平平淡淡，直到新冠病毒来袭。

1月7日，武汉下起了小雨，天气有些寒冷。晚上回到家时，黄文华心情有些沉重。

"有什么事吗，文华？"77岁的婆婆敏锐地注意到儿媳妇情绪的变化。

黄文华说："今天我们科夏黎明主任正式通知说，武汉出现了不明原因的肺炎，情况可能不妙，要我们提高警惕，做好加班准备。"

"你们不要管我和你爸，我们自己照顾自己，越是在这个时候，你们越要坚守岗位，要把自己的工作做好。"儿媳妇这么一说，婆婆并没觉得奇怪，因为她是武汉市协和医院口腔科的退休护士长，对医生这个职业有着深刻的理解，而且这件事在武汉医生圈已经传了几天了，她多少知道一些。黄文华的丈夫也在放射科工作，不在同济，在协和。

"可是，妈妈，"黄文华说，"您化疗刚刚做完，正需要人照顾，我和刘钢都要加班。"

"你们放心，我当护士出身的，难道还不会照顾好自己吗？"婆婆说，"你们一定要把本职工作做好，这是大事。"

"照这样下去，春节恐怕去不了海南了。"黄文华有点不好意思地说。

婆婆说："唉！都什么时候了，还去什么海南。不去了。你们也不要管我们了，忙医院的事去吧。"

果不其然，第二天，黄文华一到医院，就感受到了紧张的气氛。首先是三个院区的相关科室的负责人到主院区开会，明确了职责，指派了任务，特别是成立了院感小组。放射科主任夏黎明还在会场，他通知放射科骨干，赶紧召开紧急会议。

放射科分为诊断组、技术组、护理组三大组。其中诊断组分中枢专业组、胸部专业组、腹部专业组、骨肌专业组及介入专业组，技术组及护理组包括普通 X 线照片、CT、MRI、造影及介入治疗。所有骨干都从各自岗位奔赴会议室，包括 CT 组组长黄文华，总共 30 人，他们代表了全科 280多人。夏主任不仅介绍了武汉当时新冠肺炎疫情的形势，还宣布成立放射科疫情防控小组、院感小组。会上，院感小组的微信群就建立起来了。参加会议时，大多数人戴了口罩。散会后，没有戴口罩的回到办公室的第一件事，就是找口罩戴上。

"CT 检查是诊断新冠肺炎的主要依据之一，越早为临床提供影像学的图像与诊断，就能越早做好病人的筛查与治疗工作。"黄文华说。

是的，他们要在光影世界里洞察患者肺部的病变，在黑白的图像中捕捉磨玻璃状阴影，做抗疫一线医生的"眼睛"，让病毒无处遁形。

1月9日，放射科指派了四个小伙子支援外科室，两个到发热门诊做DR（拍片），两个到急诊做 CT。而其他技师，依然在外科楼放射科的本职岗位工作。不论在哪里工作，都必须提高警惕。在放射科，看片子诊断不需要直接与病人接触，但做 DR 和 CT 需要，也就是说，他们必须在一线。登记、摆体位、拍片、上传图像，检查完毕后还要给设备和场地消毒。这就是黄文华他们的"日常工作"。这些看起来和平时没有区别的操作流程，在疫情之下都变得不容易。他们得告诉患者怎么呼吸，为患者摆放体位，整个操作过程要近距离接触患者。作为临床的"侦察兵"，他们不放过新冠肺炎的蛛丝马迹，但同时也将自己置身于直接接触病人的高风险"战场"中。

"同志们辛苦了！如果大家在检查时发现病人肺部上有这张图的样子，一定要在第一时间联系胸部组，千万不要漏掉。"这天早上，放射科党支部书记徐安辉在群里发了一张图片。虽然徐书记没有说明图片的来源，但黄文华看到，肺四周全部是白的，非常明显，白得可怕，白得恐怖。"难道病毒真会有这么厉害吗？"她在心里说。当时，他们提高了警惕，也加强了防护，但还没有穿防护服，只戴了头套、手套和口罩，是 N95 口罩。当时防护服只有发热门诊的医护人员才穿，因为那边面对的才是发热病人，而放射科面对的只是普通病人。而事实上，当时的武汉，许多医院的许多科室，普通病人并不"普通"了。

"白肺！"黄文华心里一惊。下午 3 点左右，她看到了跟以前做 CT 时看到的不一样的肺，而且是跟上午徐书记发在群里的高度类似的肺。这个肺四周全是白的，已经很明显，并且双肺呈白色。她没有吭声，马上发在了科里的院感群。"我这里检测到白肺图像了！"她立即跟胸部组联系。随后，她迅速将检测报告传了过去。她感觉到，这个病人已经到了很严重的程度了。在放射科的 32 年里，黄文华最开始做造影拍片，后来还做过门诊普通拍片、CT、核磁共振，这十多年来则一直固定在 CT 室，她对这些了如指掌。她没有跟病人说这些，她不敢说，也不能说，她是技术组的，不是诊断组的，只负责检测，没有报告权。于是她对那个病人说："您赶快到门诊去。以前出 CT 报告需要 24 小时，现在是特殊时期，两个小时内就会出来。"

这例"白肺"的出现，给黄文华他们敲响了警钟。理论上说，发热病人都会到发热门诊看病，那里既可拍片，也可做 CT。但事实上，那里人太多，有的发热病人看到人多，就干脆跑到急诊科看病，那里也可拍片和做

CT。当时医院门诊还开放着，其他疾病的患者还都在看病，黄文华检测到的这例"白肺"就来自门诊。

情况迅速严峻起来。1月10日，黄文华他们做了52个CT，肺部有问题的只有3个；1月11日，做了46个CT，最后确定为新冠肺炎阳性的有13个；1月12日，做了47个CT……到1月20日左右，相关病例开始猛增。这时省、市卫健委都发出了警告。她清楚地记得，1月20日是星期一，那天CT室来了260多个病人。随后几天，人数不断增长——这还不算发热门诊的，只是做胸部普查CT的，也就是一般的咳嗽病人。

黄文华是CT组组长，她不仅要亲自给病人做CT，同时还要管好自己的团队。外科楼CT室、发热门诊、急诊科，都有她的队员。她穿着防护服，三个地方跑。病人越来越多，他们也越来越忙。不论是谁，只要到了CT室，他们保证当天做完；做完后，保证在两个小时内出检测结果，几乎没时间吃饭。盒饭来后，他们轮着赶紧扒饭，三五分钟吃完。病人太多，排着长队，有的沉默，有的抱怨，有的辱骂，还有的情绪失控，要往CT室里冲。这需要他们有耐心，不断地跟病人沟通、解释，甚至道歉。"我们当时就想着快，尽快做CT，尽快出片子，尽快报诊断组，尽快出诊断报告，好让他们尽快接受治疗。"黄文华说，"作为一名CT技师，只要穿上防护服，就成了一名战士，当时的情况不允许有任何杂念。"

"你老公那边的情况呢？"我问。

"我老公他们医院的情况也差不多，病人数也几乎是一样的。"黄文华告诉我，"每天晚上，我们都会进行交流，讨论的都是新冠肺炎病人的情况。"

"文华，技师长病了，你全权负责技术组的工作！"1月19日，她接到夏黎明主任的电话。

她知道，这是战时，容不得犹豫，于是果断地说："谢谢组织信任，我尽全力完成任务!"

此时,是武汉疫情最严峻的时候,也是各个医院最为混乱的时候,更是武汉白衣战士孤军奋战的时候。这是黄文华第一次负责全科室的技术工作,需要把117名技术人员全部统筹安排好,哪里出了问题需要解决,哪里力量薄弱需要支持,她需要随时掌握与调控。她不再只是一名战士,也是一名指挥官。

过年后,同济医院中法新城院区、光谷院区收治了2000多名重症、危重症患者,成为武汉集中收治重症患者最多的定点医院,加上发热门诊,CT检查工作量从平时日均40至50人陡增至最高峰时的1000人左右。如何调配有限的人员,第一时间筹建起一支能打仗、打胜仗的精兵纵队?如何优化工作流程,使其高效运转来应对工作量激增的现状?黄文华他们立即"排兵布阵"。按照"三区两通道"的要求,一天内完成CT室的改造;100多名技师,4人一组分赴3个院区,24小时值班,换人不换机;为保证患者两小时内能拿到影像胶片及诊断报告,他们吃住都在医院。

因为中法新城院区、光谷院区收治的都是新冠肺炎重症、危重症患者,黄文华他们的工作也发生了一定的变化。病人行走困难,去不了CT室,他们只能进行床边摄片,也就是DR。DR虽然和CT有所不同,但也能看到肺部存在的问题。于是,他们把机器推到病床边来拍片。一个人推着移动X光机,穿过五六道门才能走到病房。第一次去隔离病房拍片,因为不熟悉环境,技师走路时步子都不敢迈得太大,只能小心翼翼地将移动X光机推到患者床边,生怕碰到床边各种设备。他们先将平板探测器放在患者的背后,再调整患者体位,盖上防护的铅裙。给ICU里危重症患者做DR是个"瓷器活"——呼吸机、心电监护、胃管、尿管、输液通路,有的还上了ECMO,危重症患者全身上下的各种生命支持管道不下十种,技师不仅要摆位准确,还得尽量减少对患者不必要的搬动,以免碰到这些生命支持管道。

平时 10 多分钟就能搞定的拍片，现在要多用一倍的时间，而且不能出现任何失误和差错，否则之前的工作全部"归零"。

影像检查结果对患者病情变化的评估起着至关重要的作用。有了第一次的经验，技师们开始重新梳理床旁拍片流程，许多患者不能自主调整呼吸，拍出来的片子容易模糊，他们就调试机器的摄影参数，使图像质量满足要求，为临床治疗提供有力证据。中法新城院区分东西两翼，6 层楼共收治了 1000 多名新冠肺炎危重症患者。每天早上 9 点，放射技师就开始床旁摄片的工作，护目镜、口罩、防护服、鞋套，除了身着全套防护装备，还得穿上重达七八公斤的铅衣，推着上百斤的移动 X 光机穿梭在隔离病房。一个班下来，每个人防护服里的衣服都是湿了又干、干了又湿。

这次疫情，也让黄文华切切实实感受到，救死扶伤是医护人员的天职。

大年三十，她忙到晚上 9 点才回到家，她丈夫也是。此时，他们不再敢与公公婆婆住在一起，而是住在医院附近的一套小房子里。

"黄老师，我是不是得了这个病？"她到家不久，就接到了一个电话。电话是科里的一个小伙子打过来的。

"怎么啦？"她心里一惊。

"这几天我脑海里总会不断浮现白肺，和发热门诊病人沉重的表情。特别是睡觉，只要一闭上眼睛，就会想到做 CT 时的场景，想到病人的白肺。前天晚上，我做了一个梦，梦见自己的肺也变成了白肺。"他哭着说，"难怪这两天总感觉自己头疼、胸闷，是不是自己没做好消毒，防护服没穿好，被传染了？"

"不要着急，肯定不是你想象的那样。"她赶紧安慰说。

"可是黄老师，我现在很焦虑、恐慌和心碎。"电话那头，小伙子哭着说。

她知道，自从疫情发生以来，这个小伙子就一直坚守在发热门诊，不停地为病人做 CT，他应该是出现了心理创伤和应激障碍。不能犹豫，必须马上与他当面沟通与交流。于是她赶紧返回医院，先给小伙子测量体温，并做了个 CT。确定这些正常后，她耐心地对他进行心理疏导，告诉他不要害怕，这只是心理创伤。即使万一出现了这样的情况，也要自信、乐观地对待，要战胜新冠肺炎，心态和自身的免疫力非常重要。最开始小伙子泣不成声，她让他尽情地哭。她知道，他有委屈，有恐惧，心理有创伤，需要情感上的宣泄。她甚至对小伙子说："可能是科里对你关心不够，没有及时跟你沟通，了解你内心的想法，你尽情地哭吧，如果想骂，骂出来也可以，就对着我骂。"也不知道过了多久，小伙子说："黄老师，我怎么能骂您呢，您的任务比我们的更重，承受的压力更大。是我不好，我脆弱，我胆怯，我害怕。但是现在我不害怕了，我要申请去光谷院区 ICU。"

返回家中时，大年初一零点的钟声已经敲响。黄文华走在寂静的大街上，想着这些天来奔波忙碌的情景，泪水模糊了视野。但她很快就擦去了脸上的泪花，赶紧往家赶。丈夫在等她，第二天一早有很多病人在等着她，武汉的春天也在等着她。

让她感动的事，天天在发生，时时在更新。科室里有一对年轻夫妇，男的叫柳秋风，是哈尔滨人；女的叫曹晓乐，是武汉郊区的。他们元旦前领的结婚证，打算春节到女方家办婚礼，假也请好了。他们是"封城"前去女方家的，但就在快到女方家时接到了科室的电话，全体科室人员在武汉待命。他们立即调转车头，往回走。由于急，他们忘了给家里打电话。后来岳母着急地打电话问，早就说快到了，怎么这么久了还没到，没出什么事吧？柳秋风说："妈，实在对不起，因为新冠肺炎，我们必须在家待命，不能到您那儿过年了，婚礼暂时也不能办了。"几天后，小两口去了光谷院区。光谷院区有一个技师叫王绍芳，是博士，有两个孩子，小的才半岁。当时发热门诊一开，她就主动给孩子断奶，报名奔赴一线……

"以前从没觉得放射科会起多大的作用，但在这次疫情中，给发热病人及时进行检查，筛查确诊，做了一些力所能及的事情。作为一名放射科医生，作为一名同济人，我觉得挺自豪的。"黄文华说。

我们没时间流泪

"1月初，或12月底，第一次听说不明原因肺炎，或是病毒性肺炎时，我的警惕性并不高，觉得它离我们比较遥远，甚至觉得它与我们是两个不同的世界。"徐莹说，"作为一名呼吸科护士，经常会遇到呼吸道传染疾病，谁会想到这次与以往的完全不同呢。"

3月6日上午，我来到位于青山区红卫路的武汉市第九医院。在医院后院一个充满浓烈消毒液味的小会议室里，我们见面了。会议室里就我们两人，我们在会议桌的斜对角坐着。

1月5日或是6日中午，呼吸内科主任小声而严肃地对徐莹说："徐莹，我们科室发现了一例类似不明原因肺炎。"

"不是在汉口那边吗？"徐莹满脸疑惑，"怎么会跑到青山来呢？"

"这说明这种肺炎不是普通的细菌或者支原体感染病毒感染引起的，可能是新的病毒感染引起的，具有传染性。"主任说，"我们要对病人实行单间隔离，你交代护士，一定要做好防护。"

"好的，主任。"徐莹说，"我马上跟他们说。"

"应该加强防护！"但当时的防护设备，徐莹还没想到防护服、隔离衣和护目镜，她只想到了N95口罩。

徐莹1987年出生于武汉，2010年从安徽皖南医学院护理专业毕业后，来到武汉市第九医院工作。最开始在中医科，2013年来到呼吸内科，并从最普通的护士干到了护士长。她爱学习，积极上进，上大学时不仅成绩总是名列前茅，还加入了中国共产党。她工作责任心强，女儿才两岁，却没有太多时间陪女儿成长，她把更多的时间给了医院，给了病人。

　　武汉市第九医院没有肿瘤科，但有癌症患者，特别是肺癌患者比较多。在中医科工作时，徐莹经常被患者顽强的意志力感动，即使到了晚期非常疼痛的时候，有些患者脸上都看不到泪水，他们依然顽强，依然微笑着面对生活、面对未来。徐莹所在的呼吸内科很忙。秋冬季节，特别是冬季，气温偏低、空气干燥、多雾霾天，容易导致各种呼吸疾病加重。此时科室里患者"爆棚"，就连走廊里都加满了床，他们要用最快的速度和最有效的措施来救治病人。作为呼吸内科的护士，虽然训练有素，但冬季病人太多、任务太重，他们根本没时间关注不明原因肺炎。

　　医院陆续收治了一些不明原因的肺炎患者，且人越来越多。他们只得征用外科病房扩充病区用来收治病人。但病房远远不够。

　　1月21日下午，忙得晕头转向的徐莹接到通知：医院已经被确定为收治新冠肺炎患者的定点医院了，需要立即进行改造，同时还要求呼吸内科筛查所有的病人，普通病人出院，新冠肺炎病人转到楼上，准确地说是从住院部的四楼转到七楼。第二天，整个科室，除了上夜班的两名护士，全员出动——一部分人往楼上搬运设备和物品，一部分人给普通病人办理出院，一部分人往楼上转移新冠肺炎病人。

　　那时许多普通患者还没有意识到这场疫情的严重性，当徐莹叫他们出院时，他们不理解。徐莹就跟他们解释："现在已经是定点医院了，不能收治其他病人了。"其他病人或是病人家属情绪很激动："凭什么让我走，我就是要治。"徐莹说："出院是为了你们好，现在新冠肺炎这么厉害，你们住在这里，要是感染了，谁负责？再说对自己、对家人都不好。"还有一些非新冠肺炎病人,他们内心非常恐惧,总担心自己是不是得了新冠肺炎,所以不想出院。病情严重的,徐莹他们就联系其他非定点医院,好让他们继续得到治疗。

很快,徐莹他们负责的七楼就住满了病人,整个医院也住满了病人。这些人以老年人居多,很多有基础疾病,甚至有卧床不起的。护士们在病房里一待就是七八个小时,当时防护服和口罩非常紧缺,他们不能轻易换防护用具,只得用尿不湿。诊疗方案是国家统一颁布的,从最开始的第一版到最后的第七版,从流行病学的特点到诊断标准以及重症治疗方案,都发生了一系列变化。如弱化了抗生素的使用,有中医团队进入治疗,调配了中药方。可是不论哪种治疗方法,都还是没有特效药,只能是对症支持治疗。除此之外,通过经验的积累,还出台了专门针对重症、危重症患者的诊疗方案。除了氧疗,还强调血浆置换、血液净化治疗、托珠单抗治疗、康复者恢复期血浆治疗等一系列治疗办法,以提高重症、危重症治疗的效率。

对护士来说,考验他们的则是是否耐心细致,因为护理是救治新冠肺炎重症患者过程中非常重要的一环。早上,他们需要为病人进行面部和口腔清洁,做清洁茶和喂饭。根据病人情况,喂饭分为普食和流食。吃流食的,只能一勺一勺地喂。有的要靠插胃管,输送专门的肠内营养液。

对徐莹他们来说,病人能吃东西,那就是春天里的阳光与希望。有一个女患者血管不好,有一个肿瘤,同时核酸检测呈阳性。她情绪非常不好,不愿意吃东西,也不愿意打针。一天早上,不论管床护士如何劝说,她就是不肯吃东西。管床护士就陪着她聊天,聊家里的事儿,聊她的父母,聊她的孩子,安慰她,鼓励她,逗她开心。中午她终于肯吃管床护士喂的流食了,并且一连吃了两碗。吃完后,管床护士欣喜地跑来告诉徐莹:"护士长,护士长,她吃了两碗流食!"徐莹一听,大声说道:"真的吗?"管床护士说:"真的,真的吃了两碗。"

一个社区送来一个80多岁的婆婆,核酸检测是阳性,还有尿毒症,精神行为也异常。老人的日常生活起居都需要护士照顾。给她喂水,她喝了后往地上吐;给她喂饭,她抓着饭往地上扔;好好跟她说话,她却骂人。婆婆的基础病太重了,就连大小便都失禁了,护士还得耐心地给她洗屁股、擦身体。每次做透析,需要一个男医生和一个护士抬上抬下。有次做透析,一个护士看到婆婆没穿袜子,就赶紧把自己妈妈的袜子拿过来,给她穿上。这个护士的妈妈也感染了新冠肺炎,也在这里住院。不久后,那个婆婆还是走了。

但他们看到的更多的是生命的顽强。有一个30出头的年轻男子,刚到医院时情况很不好,血氧饱和度不到70,戴着呼吸机才能达到70,而正常的是90以上。给危重病人做核酸检测是需要对应身份信息,并提供家人的联系电话的。如此低的血氧饱和度,谁也不知道他能撑多久。年轻男子明白护士的用意后,非常艰难地用手机打字给他们看,告诉他们自己家的联系方式和住址。他的求生欲,让他们看到了生命的可贵与顽强。有了电话,管床医生每天都给他家人打电话报告病情。谢天谢地,年轻男子的情况一天天好起来,先是脱离呼吸机,接着又能下床走路,最后出院,前往隔离点。

他们还时常因病人的心意而感动。有一个婆婆,老伴几年前离世了,女儿也感染了新冠肺炎,在汉口住院。她的病情逐渐好转。一次她对徐莹说:"护士长,我不敢按铃。"徐莹惊奇地问:"为什么?"她说:"我看你们这么忙,真是不忍心给你们添麻烦。我想给姑娘报个平安,也想问问她的情况。"徐莹一听,觉得心里挺难受,说:"您有没有手机?"她说:"没有。"徐莹说:"我们护士站有外线,我带您到那里打。"这件事后,徐莹他们加强了与病人的交流与沟通,随时掌握他们的需求,解决他们需要解决的问题。

还有一个婆婆，老伴去世了，儿子和姑娘都出国了。一住进医院，她就把包拿出来，对徐莹说："我包里除了有银行卡和存折，还有一张纸条，是留给儿子和姑娘的。万一有什么事，你就通知他们，按我纸条上写的来处理。"因为婆婆有基础疾病，一段时间里情况不妙，但徐莹他们只要有时间，就会陪她聊天，鼓励她。最后，婆婆顺利出院了。

病房里哪有闲暇，有一点时间，他们就与病人进行交流沟通，这也是一项不可或缺的工作。"我都住了20天院了，怎么还不能出院呀！"有病人看到其他病人出院了，变得急躁不安。"每个人的情况不一样，您的情况也越来越好了。"徐莹微笑着安慰道。"我的血氧饱和度是不是越来越低？"有的病人一天到晚盯着数值看，思绪都集中在病上，越看越不踏实，心理压力也越来越大。"您的血氧挺好的呀，虽然变化不算大，但每天都在朝好的方向变化。"徐莹安慰说，"您不必天天盯着数值看，您多看看娱乐视频，那样可以分散您的注意力，也可以让您的心情更加舒畅。"几天后，这个患者就能起床了，还能行走。一段时间后，他去了隔离点。

他们每天都会面对死亡。作为护士，首先是不顾一切地冲上去抢救病人，抢救无效后，他们首先会电话通知家属。因为这些病人之前报过病危，一般家属是有心理准备的。护士说："病情太重，没能抢救过来，我们深表歉意！同时，请节哀！请保护好身体！"随后，他们就打电话联系殡仪馆。在殡仪车来之前，他们给遗体消毒和穿戴整齐，然后装进装尸袋。殡仪馆的人拉走遗体时，许多医生和护士会深深地鞠躬送行。"但我们没时间流泪，真的，我们马上又要投入战斗，还有更多的病人在等着我们。"徐莹说。

呼吸内科是忙碌的科室，特别是春秋冬三季，但经过这次疫情，护士们心理上有了微妙的变化。正常情况下，重病患者都有家属陪同，或是家属请了护工，但现在没有了，除了护士该做的日常工作，护工、保洁员的工作他们也得做。除了要给病人喂水、喂饭，还要给病人擦屁股、擦身体。有的病人情绪不好，不仅骂人，还把饭菜洒一地，他们得一点一点地擦干净。最开始有些年轻护士心理上很难接受，但慢慢地也接受了、适应了，会更加主动地去完成这些事情。

徐莹说，他们的护士都很年轻，大多是"90后"，有不少还是"00后"。他们大都是家中的独生子女，没有受过什么苦和累，也没有受过委屈。医院患者最多的时候，也是整个武汉最忙最乱的时候，当时武汉的公交、地铁、轮渡等都暂停运营了，年轻护士自己没有车，也没有车可乘。有一个护士，是一个"00后"小姑娘。1月23日她上夜班，由于没有公交车，她只能到路边拦车，但车太少，即使有，要么是运送物资的，要么是转运发热病人的，都是急驶而过。父母看着孩子可怜的样子，就对她说："要不别去上班了，等疫情过了，我们再重新找份工作。"她对父母说："要是我今天不去上班，我就会一辈子抬不起头，一辈子愧对'白衣天使'这一圣洁的称号。"说完，她走着上医院，一边走一边流泪，走了整整一个半小时。看着女儿渐渐远去的背影，父母既心酸又欣慰，只能在泪水中泛起微笑。

"我当时根本没在意不明原因肺炎，更不会意识到这个病毒会对我们以后的生活造成什么样的影响。虽然在12月底、1月初时，我也听朋友、同事私下议论和发消息说起这事，但我真的没当回事。是我愚钝吗？"雷华艳告诉我，"可是那时正是呼吸道疾病高发的季节，当时呼吸内科的病人特别多，而我们医院小，只得不断加床，一直到把走廊和空房加满为止。这很正常，往年也是这样，所以我没有太在意。"

雷华艳是武汉市第九医院泌尿外科护士长，一名有着20年党龄的共产党员。43岁的她，出生于武汉，籍贯孝感，性格内向，不善言谈。1995年从武汉卫校毕业后就一直在第九医院上班。在护理部工作一年后，先分到神经内科，后来调到中医科，再后来又调到神经内科，2019年才调到泌尿外科。

1月18日下午，雷华艳参加了医院的一个紧急会议。会上院领导把当时的严峻形势做了介绍，说医院的发热病人太多了，不仅病房住满了人，走廊里也住满了人，这样下去肯定不行，必须征用病房。雷华艳所在科室的主任非常激动地站起来说："我们科可以转到其他楼层去，腾空后收治不明原因肺炎患者！"当时他们还没法做核酸检测，疑似的都叫病毒性肺炎。

形势容不得半点犹豫，院领导当即决定，把位于九楼的泌尿外科全部腾空，接收发热病人。说干就干。医生们立即带着普通病人离开九楼去了普通外科，而雷华艳带着护士，配合徐莹安置九楼的病房。刚一安置好，立即就转来30多个发热病人，雷华艳他们原班人马接收。"当时还没想到穿防护服，想穿，也来不及穿。"雷华艳说。

虽然雷华艳他们还在九楼工作，但科室发生了变化，病人发生了变化。泌尿外科不像呼吸内科，人不是特别多，在走廊里加床的情况也很少，高负荷运转的时候并不多。而现在，一下面对这么多发热病人，不少还是重症。他们要给病人量体温、换床单、打吊针，有的病人一天要打四瓶，还要打免疫球蛋白。对于肺部CT有问题的，他们还要进行采样。确诊为新冠肺炎的重症患者，就会立即转到金银潭医院。看着护士们来回奔跑，雷华艳非常担忧，她怕大家适应不了新的工作，适应不了这么快的节奏。只要见到护士，她就会拍拍他们的肩膀，或是竖个大拇指，给他们鼓劲加油。她知道，这个时候，信念和意志远比技术重要。最开始看到病人倒下时，他们还会停下脚步，他们还会惊奇，还会悲伤。但渐渐地，他们不再停下脚步，依然奔跑着。因为他们知道，只要停下脚步，就会有更多的病人失去活下来的机会。发热病人太多,任务太重,护理部紧急给他们增派了人员。

从那个时候开始,雷华艳比较关注和重视防护了。"我们的兄弟姐妹一定不能有事!"她时刻在心里默默地念着。只要有机会,她就会检查护士的防护工作是否做到位了:隔离服是否穿好了,口罩是否戴好了……不论是谁,只要有不规范的,她就会毫不客气地吼道:"穿好隔离服!""戴好口罩!"平时她对护士们都很热情,也很温柔,是大家的贴心姐姐。但此时,她觉得只有严厉,只有苛刻,才是对兄弟姐妹们最好的关心,对生命的最大敬畏。有一个护士,跑的时候口罩往下掉了,没有盖住鼻子,雷华艳劈头盖脸批了她一顿。护士突然间绷不住了,她强忍着鼻酸,眼泪在眼眶里打转,但还是什么都没说,一转身端着药水跑向病房。

与徐莹讲述的一样,此时耐心成了对护士最大的考验。有一个高度疑似的病人,住了好几天院了,但一直没有退烧。家属觉得不理解,怎么这么多天了还不退烧,是不是医院用错了药,是不是医院没有尽心尽力,是不是医院水平不行?退个烧有这么难吗?徐莹不断地向家属解释说:"您别着急,我们一直在努力!一定会把病因查清的!"实际上还没等到确诊,这个病人因为病情严重,在半夜就被金银潭的救护车接走了。但徐莹知道,他得的肯定是新冠肺炎。还有一个病人,是一个二十刚出头的小伙子,长得挺帅气。他跟妈妈和小姨一起来住院,他们都咳嗽、发烧。后来妈妈和小姨好转了,但小伙子却报了病危。虽然当时还没确诊是新冠肺炎,但徐莹心里知道,肯定是这个病。一说下病危通知书,小伙子妈妈的泪喷涌而出,一下跪在徐莹面前,说:"医生,你们一定要救救我的孩子,他才23岁,还没结婚呀!"徐莹赶紧搂住小伙子妈妈,什么也没说,也没有流泪,只是重重地点头。她想,如果这个时候医护人员都崩溃了,病人和病人的家属就会看不到任何希望。无论如何,她不能流泪,必须坚强。后来徐莹离开这个科室，还特意问了那个小伙子的情况，当得知他已经治愈出院时，她兴奋得落了泪。

那确实是一个特殊的时期。后来人们都知道，对抗新冠病毒，最好的方式是科学防护。可是在那个时候，不是所有的医护人员都穿防护服，只有采样的才穿；护目镜也不是一开始就有，是后来才配的。采样要让病人张开嘴，把采样的拭子放到咽部，或者是放到鼻部。不论是在哪个部位采样，都会对病人产生刺激，有的病人会咳嗽，甚至呕吐。但采样人员必须与病人近距离接触。所以当时只有采样时才是三级防护，才穿防护服。还有，那时候隔离并不规范，许多病人的家属都在医院陪同照顾。

"当时不害怕吗？"我问。

"现在想来肯定后怕。"雷华艳微笑着说，"可是当时，不光我们，包括所有的医护人员对新冠病毒的认识都不充分。再说，我们是医护人员。只要进到医院，来到病房，就如同走进战场。看到病人一个个倒下，就好像看到一个个战友被敌人的子弹打倒。看到战友被敌人打倒，我相信不光我们，不论是谁，只要你在战场，肯定都会义无反顾地去救你的战友。"

她在九楼工作了大概一周，就调到了十楼。十楼是新开的病区，收治的也是危重新冠肺炎病人。这时候他们医院已经成了武汉市新冠肺炎定点收治医院，门诊不收普通病人了，只看发热病人。虽然十楼全部是新冠肺炎病人，但这时的防护和管理规范了：必须穿隔离衣，必须穿防护服，必须戴口罩和护目镜，家属也不能陪同了。新冠肺炎病人多了，重症和危重症患者也多了，但病区变得规范有序。所有的医护人员都不再回家，而是住到了医院宿舍，或是定点酒店。雷华艳家离医院很近，而家人又搬到另一个地方去住了，所以她还是住到家里，单独一人。没有了父母的叮嘱，没有了丈夫的关心，也没有了孩子的吵闹，看到寂静的武汉之夜，她把白天想流的泪，都留到了晚上。

这时也是武汉疫情暴发的高峰期！不论白天还是晚上，门诊都排着长队。大厅里，走廊里，输液室里，全是人。急诊科护士长告诉她说，有些发热病人一看门诊这么多人，就想着错开高峰期，干脆晚上12点再来，他们没想到这个时候同样是排着长队，同样是高峰期。

不仅看门诊的排着长队，留观的也是人满为患。那时候武汉"一床难求"，很多病人都争着住院治疗。造成这种情况有两个因素，其一确实是病情需要，其二是恐慌。

雷华艳他们更忙了。他们没时间说话交流，没时间打电话，没时间接电话，没时间吃饭，没时间喝水，没时间上厕所，甚至没时间停下脚步……干什么都是小跑，他们想跑快点，但人挤人，他们根本就跑不动。她这么忙，父母很担心，千叮咛万嘱咐，说要给她送些菜和汤过来，增加营养。她一听急了，说："医院保障非常好，我不需要增加任何营养，也不用你们担心。你们一定不能出门。如果真要生病了，感染了，床位很难找。只有你们好好的，我才能安心在医院工作。"父亲说："我们绝不出门！"

普通的第九医院都如此，其他更大更早收治新冠肺炎病人的医院就可想而知了。

1月30日，陕西省援汉医疗队进驻第九医院。他们先接管了十一楼重症监护病区，接着又接管了十楼重症监护病区。见到前来援助的医疗队员，雷华艳紧紧地握着他们的手不愿意松开。他们在逆境里看到了希望，在绝望中获得了力量。援助医疗队一来，泌尿外科的护士只留下三人，其他都稀释到其他门诊去了，包括雷华艳。留下的护士，协助陕西医疗队的工作。病区布局不清，他们就带着医疗队员一一熟悉；电脑流程不熟，他们带着一一调试。

2月13日早上8点多，医院通知雷华艳开会。她以为是医院的事，一去才知道是要派她去青山方舱医院。虽然早就听说过方舱医院，也知道不少方舱医院已经开舱，收治了很多病人，为解决武汉新冠肺炎病人积滞起到了至关重要的作用，但她从来没有想过自己会去方舱医院，也从来没有在真正意义上有过接触。那里到底会是个什么样子，去了后工作如何开展，她心里没底。她当即就赶到方舱医院，做前期的准备工作，清理里面的医疗设备，以及进行设备的安装。第二天开始收治轻症的新冠肺炎病人。一开始收治病人，她就有了在第九医院一样的感受：紧张，忙碌。环境和设备都是陌生的，她只能边学边摸索。收治病人，说起来简单，但做起来复杂。有的社区送病人过来时，提供的信息不准确不翔实，他们需重新反复核对，不对的要改过来。医院有挂号窗口，有门诊，还有住院部，但在方舱医院是没有的，原来三个人的工作全部得由一个人来完成。时间紧急，并且是一个人完成，工作难免出现疏漏，有的病人信息需要录入两三次。信息录入了，但还没有及时分配到床位，有些病人有情绪，还需要不断安慰。"一忙起来，脑袋都是大的。吃饭，上厕所，甚至下班，通通都忘记了。"雷华艳说。

　　与徐莹一样，在这个特殊时期，雷华艳见证着平凡人的伟大。在第九医院十楼战斗的一天晚上，有一个接晚班的护士看到发的防护服与之前穿的不一样，感觉质量要差一些，便对雷华艳说："护士长，我觉得这个防护服质量不好，我不敢穿，害怕被传染。"雷华艳说："你放心，这个防护服应该没问题。虽然它显得薄点，但质量并不差，我穿的也是这样的防护服。"其实雷华艳也不能确定这个防护服是否真正适合在一线使用，但在这个时候她能怎么说，又能如何选择呢？她选择的是信任，就像病人选择信任他们一样。她还知道，这个护士合同到期了，她完全可以拍屁股走人；这个护士的家境不错，父母是做生意的，并不缺钱。她觉得，护士对防护服质量提出疑问，是对自己负责，也是对大家负责，更是一种严谨认真的工作态度。最开始，那个护士只是沉默不语。雷华艳便说："现在工作高强度、高风险，你可以辞职，没人拦你，也没人怪你。但我们坚守在这里的人，并不是不知道自己的处境，并不是不知道病毒的危险性，更不是为了工资，我们是为了一份责任、一份担当，是为了捍卫'白衣天使'这一神圣的称呼。"那个护士流着泪说："护士长，我不想当逃兵，我不能当逃兵。既然其他人能穿，那我也能穿。我要与大家同进退。"

还有一个叫陈文琴的护士，今年36岁。疫情来临之时，她丈夫脑出血中风了。她一边上班，一边照顾丈夫。上白班，就晚上照顾丈夫；上晚班，就白天照顾丈夫，给他喂饭、擦身体、按摩。一天24个小时，她都在医院待着。公公婆婆看不下去了，对她说："你就安心上你的班，我们来照顾吧。"她坚决不同意，说："医院太危险，你们千万不能来，在家把孩子照顾好就行了。"最开始她也没跟雷华艳他们说，后来雷华艳知道了，就对她说："家里出了这么大的事也不吭一声，赶紧提出申请，医院会同意你去照顾你老公的。"但她拒绝了。她说："现在正是医院危急困难之时，我不能提这样的要求。"

更让人感动的是，不少退休的老医生纷纷请战，要求回到工作岗位，与医院同呼吸共命运。年纪不算很大的确实回来了，但他们不在临床一线，而是加入到后方。而事实上，此时的武汉哪有前后方之分呢？神经内科一个退休的老医生，年纪比较大了，没能回到医院尽力，就发动在北京的女儿，要她采购医院缺乏而又特别需要的物资。还有坚守在医院做保洁的工作人员，客观地说，他们不是专业人员，不可能像医护人员那样做好防护；他们是临时工，可以不受约束而轻松自如地离开医院。但很多人留了下来，他们搞卫生，搬运氧气瓶，保障水电，搬运物资，等等。虽然他们的待遇不及医护人员，但他们与医护人员一样，需要面对新冠肺炎病人，面对病毒，他们的爱心、责任心，以及面对死亡的勇气，与医护人员毫无差别。

我梳理了一下思绪，发现徐莹和雷华艳两位护士长不约而同地强调了两个问题。

其一，她们没时间流泪，并不代表她们没有泪水。她们说，看着病人渴望的眼神，看着一条条鲜活的生命就此倒下，她们心如刀割；她们说，她们也是父母的孩子、孩子的父母、丈夫的妻子，在医院时奔波，在下班后隔离，她们也想家人，每天下班回到房间，她们会悄然落泪。

其二，面对灾难，面对死亡，不论是患者，还是普通市民，甚至包括医护人员，都会留下心理创伤。徐莹说，在病房，他们不断与患者家人沟通，不断地开导患者，让他们心情舒畅，让他们走出阴影，重拾信心。事实上，不少医护人员也有心理创伤，他们也报名进行心理咨询，请求心理干预。有病人睡不着，也有医护人员睡不着；有病人焦虑，也有医护人员焦虑；有病人做噩梦，也有医护人员做噩梦。高峰时期，医院的整个病区都是重症病人，医护人员各种情况都经历过，心里怎么能没印迹呢？特别是呼吸科医护人员，面临更多的死亡，心理创伤会更重一些。雷华艳也说，在十楼工作的时候，一天晚上她做了一个梦，梦见一个60多岁的婆婆，是个重症患者，走路都走不稳了。一进病区，就死死地抱着她的大腿说："医生，您救救我吧。"雷华艳说："婆婆，婆婆，现在没病床呢。"她说："您一定要想想办法，您不帮我找病床，我就不松手。"雷华艳急得全身都湿透了，不论她怎么解释，那个婆婆就是不松手。最后把雷华艳急醒了。

两位护士长强调的这两个问题，不只是她们两个人遇到的问题，不只是武汉市第九医院遇到的问题，而是整个武汉一段时间普遍存在的问题。

月光照耀下的心灵

"对于这次疫情,我感悟最深的并不是害怕与死亡,也不是悲伤与绝望,而是'责任'二字。作为一个医生,对患者的责任;作为一个儿子,对父母的责任;作为一个父亲,对儿子的责任;作为一个家庭,对社会的责任。正是这两个字,让我深深地意识到'学无止境'的深刻内涵。作为一名内科医生,这次疫情后,我必须不断地加强学习,尽量让自己的知识更加全面。"涂盛锦医生说,"我今年44岁了,有这样的感悟可能跟我的年龄有关。真的,这是我真实的感悟,也是这次疫情给我的启迪。"

3月25日下午,当我来到位于武汉市东西湖区银潭路1号金银潭医院时,医院的樱花早已绽放枝头,但没有谁去驻足观赏。这座武汉收治新冠肺炎病人最早、最多,任务最重的医院,随处可见的依然是匆忙的脚步、忙碌的身影。

12月29日,涂盛锦突然听说医院来了几个不明原因的病人。到底是什么病,当时并没明确,他没去打听,更没有多想。"一个医院,特别是我们这样的传染病医院,来几个一时查不清病因的病人,太正常不过了。"他说。

12月31日,是星期二。这天,他生活的宁静被彻底打破了。这个后来被世界称为"新型冠状病毒肺炎"的疫情闯进了他的生活,占据了他生活的全部,即使以后老了,这件事依然会在他心中,不可磨灭。下午2点30分,科主任给他打来电话:"盛锦,你赶紧来取防护设备,赶紧进隔离病房。"听主任这么一说,他立即意识到问题的严重性,于是赶紧取了防护服、隔离服、面罩、护目镜、检查手套等防护设备穿戴上,走进隔离病房。

他是下午4点多进隔离病房的，上的晚班。当时是双班，即两个医生当班。一进去，他们就开始收治不明原因肺炎病人，一共收了21个，涂盛锦看了14个。大部分是从别的医院转过来的，情况都比较严重，有3个还戴着呼吸机。整个晚班期间，他就中间出来吃了个饭，一直在忙碌，光写病历就写到了凌晨4点半。12点的时候，有一个护士还跑过来悄悄对他说："涂医生，今天是跨年夜。"涂盛锦一抬头，回答说："是吗，现在就是2020年了吗？"护士略带微笑点着头。"这可是一个有意义的跨年夜！"他想。他虽然意识到问题的严重性了，但严重到什么程度，怎么个严重法，严重到什么时候，他一无所知。

涂盛锦老家在湖北仙桃。2000年他从上海同济大学医学院临床医学专业毕业后，就回到了湖北，来到了金银潭医院。后来，他又在华中科技大学同济医学院拿了临床内科硕士学位。他老婆叫曹珊，老家是黄石的，性格活泼开朗，又真诚，属于贤妻良母型，是金银潭医院的护士。她比他早上班一年，当时在一个科室。他妹妹也是护士，在武汉的另一家医院。这时他首先想到的是2003年的SARS，他甚至还跟另一个值夜班的医生说，是不是SARS回来了。那个医生也说，谁知道呢，说不定真是SARS。

"说真的，当时我的心情很平静，没有任何的畏惧。"涂盛锦说。

"为什么？"我问。

他说："当时我想即使SARS来了又有什么可怕的呢，2003年我们不都经历过吗？后来SARS不也就悄无声息地消失了吗？我们是传染病医院，经常遇到各种传染病，再说我们医护人员不就是干这个的吗？"

但他很快又说："最主要还是对新冠病毒认识上的无知。无知者无畏，无畏者无惧。"

金银潭医院是最早收治新冠肺炎病人的医院之一，涂盛锦也是最早参加救治的医生之一。很快，他的心情就无法平静了，他变得不安、焦虑，甚至有点崩溃。为什么？病人太多，病情太重，而自己无能为力。医院原来只有一个隔离病区，但很快就改造了三个重症隔离病区。刚开始，大家对新冠肺炎几乎束手无策，没有什么有效的治疗办法。不久后，省里和国家的专家和医疗队入驻了，大多数专家都有灾难救治的丰富经验，但新冠病毒远远出乎他们的意料。

涂盛锦负责南六楼重症隔离病区，共有 12 个房间，留下 2 间给医护人员换衣服，真正的病房只有 10 间。原则上一个房间住两个病人，理论上说最多住 20 个病人，但紧张的时候，挤着住了 28 个病人。重症不像轻症，一个重症病人的工作量至少要顶 5 个普通病人，工作量太大。没有外援的时候他们特别忙，有了外援同样非常忙。国家和省里异常重视他们医院，除了湖北本省医疗队，还有来自北京、上海、湖南、福建、安徽等地的医疗队。有国家队、省队，也有钟南山、李兰娟院士的团队和科研项目支持。特别是国家的专家组，除了平时要指导医疗救治，还要在武汉的各大医院巡查。每次回来，专家们都会说，金银潭的 ICU 中都是重症、危重症病人。这个时候，医院所有人，包括临床一线医护人员和后勤行政人员，都没有时间休息了。特别是临床一线医护人员，连吃饭的时间都要挤，一日三餐都是由后勤送到病区去。

最开始还是可以回家的。那时还没"封城"，各种交通工具都正常运行，他老婆曹珊偶尔会回家。她不会开车，就坐公交车。他家离医院有 30 多公里，还隔着长江，光开车一个单程就需要 40 多分钟，这是在不堵车的情况下。她坐公交车，一个单程都在一个半小时以上。但涂盛锦自从进入隔离病房后，基本上不回家，甚至和老婆见面的机会都少。虽然他在南六楼，她就在南二楼，但他们实在太忙了，要见次面、聊聊天都很难。有时，他会叫她带点衣服或是生活用品过来。带来后，她就把东西放在值班室，等他忙完了再来取。因为他们都要进隔离病房，都穿了防护设备，不能带手机，只能出来的时候打电话。有时候，他出来了，打电话给她时，她又进去了；她出来了，打电话给他的时候，他又进去了。都不回家的时候，他们各自睡在自己的值班室。有时候想交流沟通一下，但实在太晚，也太累了，没时间、没精力说话，也什么都不想说了，于是各自倒头就睡。第二天一醒来，又各自忙碌起来。

一心扑在南六楼忙碌的涂盛锦，除了对每一个重症病人的基本情况、各种病情了如指掌外，其他几乎一无所知。外面是出太阳了，还是下雨了；是上午，还是下午，甚至连白天晚上，他都分不清。也因为忙碌与紧张，他变得焦虑、急躁，情绪起伏很大。有时候他想，要是能跑到珠穆朗玛峰上，或是太平洋上去大吼几声该有多好啊。不现实，他只有跟同事吵一下。他经常跟同事吵，不用太充分的理由就可以吵起来。每次吵完，他觉得心情舒畅多了，也马上会意识到对不起同事。有一次，他跟非常要好的一位同事大吵了一架。吵完后，两人进行了一番推心置腹的谈话。让他惊奇的是，这位同事的感受和心情与他的完全一样，这段时间，他也焦虑、急躁，也想逮着谁就和谁吵，不吵不舒服。他甚至觉得，他们这次吵架，涂盛锦有理，他没理。同事这么一说，把涂盛锦都说糊涂了。

1月23日早上，老婆打电话给他："今天'封城'了，你知不知道?"他惊讶地说："什么？'封城'了！"老婆也很惊讶，说："这么大的事你都不知道？没看新闻吗？"他脾气一下子就来了："我哪有时间看新闻！怎么不早点说呢？"老婆很委屈："我不是一知道就给你打电话吗？"他有点崩溃了，不是源于对新冠病毒的恐惧，而是对家里的担忧。自从儿子出生后，岳父岳母就经常从黄石来到武汉带外孙。想到这里，他甚至都觉得对不起二老了。他们两口子整天要上班，早上出来，晚上回去，家里的事几乎没管过。不光带外孙，做饭、买菜等家务活，也全都被岳父母包了。"'封城'了！家里两老一小怎么办？"于是他利用少有的休息时间，在医院的超市买了4箱方便面、2箱八宝粥，还买了一些日常生活用品，赶紧送了回去。当时私家车还可以通行。

  市公交停运，老婆上下班成了突出问题。第二天是除夕，涂盛锦值班到凌晨2点30分。仅仅在值班室睡了两个多小时，他又开车回家，接妻子来医院上早班。他实在太忙了，临床医生有具体的上班时间，却没有具体的下班时间。不光要收治病人，还要会诊、定诊，一个病人一个病人地过。经常要开紧急会议，有时一开就开到凌晨。"晚上我就睡在车里，不回家了。"大年初一，老婆提出。涂盛锦稍稍迟疑了一下后说："也好。既节省了时间，也方便。再说打车也不安全。"其实在"封城"之前，他们就零星地在车上住过两次了。一次他们晚上开车回去，路上老婆觉得有点不舒服。为了家人的安全，最后他们决定不上楼了。他把车停在小区门口，从家里拿了两床小被子来，就睡在车上。他们家是一台大众途安的车，里面空间还可以，再加上他们两口子个子都不大，够用。后来他们又从家里拿了一床厚被子。

  起初，涂盛锦并没有打算睡在车上。大年初一晚上，他把车停在院子里，一个相对安静偏僻又离厕所和南六楼较近的地方。随后帮着老婆在后座上铺好被子。一切安顿好后，他才回到值班室睡觉。但转头一想，老婆一个人睡在车上会不会安心，会不会害怕，她毕竟是个女人。他越想越感觉不对劲，于是把值班室的简易床让给同事，自己也钻进车厢。老婆睡后排，他睡副驾驶。那段时间的晚上，经常风雪交加，但映着车内昏暗的灯光，车厢里装满了夫妻俩同甘共苦的温馨。早的时候，他们晚上8点多能到车上，但更多的时候在加班，特别是涂盛锦，经常加班到凌晨。他一般到深夜才上车睡觉，上车时老婆大都进入了梦乡。早上6点半左右下车，回到值班室洗漱后，一天的战斗又自此打响。所以即使他们同睡一车，聊天的机会也少得可怜。不久后，他们有机会住进医院附近的酒店，但他们主动放弃了。接着，来自全国的医疗队伍赶到武汉战场支援，医院又把刚刚协调来的酒店房间优先让给了外地来汉的医疗队。医院有600多名医护和其他工作人员，不回家的很多，单位宿舍也是爆满，医院又协调酒店，但两人又把名额给了别的同事。"睡惯了，不要紧。"夫妻俩说。

涂盛锦清晰地记得，2月8日是元宵节，那天晚上天气还可以，月亮很大，也很亮。晚上10点多他才忙完，来到车上。老婆已经躺在后座上了，但没睡，在看手机。若是平常，她已经入睡，但今天她还在等老公。今天不一样，是元宵节。车子停在两棵树之间，虽然树枝挡住了仰望夜空的视线，但还依稀能看到月亮的影子。

"老婆，今天的月亮好大好亮啊！"他说。

"是的，老公。今天月亮和地球的距离比平常要近些。"她说。

"对了，给家里打电话没有？"他问。

"打的视频电话，他们今天吃了汤圆，妈妈做的。"她说，"今天南六情况如何？"

"唉，下午又走了两个。"他叹息着说，"晚上我们一直在对死亡病例进行临床分析。"

"有结果吗？"她问。

他摇着头说："没有。面对死亡，我真的很无力。"

"这并不是你的错。"她安慰说。

"我一直在想，是不是我们哪个关键点没有把握好？还是某个时间段治疗不够果断？"他有些自责。

"老公，你不要自责，这不是你的错。"她说，"你估计这场疫情什么时候能结束呢？"

"我不知道，我真的不知道。"他说，"到目前为止，我们对新冠病毒的了解还非常有限。这可能是一场持久战。"

"这样下去怎么办呀！家庭、学校、社会！"她说。

"如果不是我们的国家强大，如果不是各省市医疗队的援助，我们真的会崩溃。"他说。

"下一步该如何办呢？"她说。

"还能如何办？只能坚守、坚持，别无选择。"他说，"原来总觉得当医生20年了，各种病情和各种病人都见过，觉得自己有点见识、有点经验，现在我才明白，在大自然面前，自己是多么的渺小。看来以后我还得多学习，特别是医学书籍、医学论文，中文的、英文的，特别是英文的，都得学，必须跟得上形势。"

"今天晚上很多地方取消了晚会，取消了焰火，在城市地标打出了'武汉加油''中国加油'的字样。"她说。

"是吗？"他说。

说到这儿，两口子都沉默了，悄然哭泣起来。

…………

涂盛锦还告诉我，元宵节那天晚上跟老婆聊完天后，大概到了凌晨。虽然他很累也很困，但不知怎么回事，就是无法入睡。他想了很多，想到了亲人、同学、朋友，想到了武汉，想到了武汉的过去、现在与未来，还想到了ICU活着和死去的重症病人……想的时候，泪流满面。在地球和月亮面前，他就是个孩子。他安静地躺着，让月亮尽情地照耀和抚摸着自己的心灵。

到2月底，大量的医护人员从全国各地来到湖北，来到武汉。涂盛锦的工作轻松了不少，病房的工作也没以前那么忙碌与琐碎了，特别是疫情逐步得到控制之后。这时候，他们告别了车"床"。

月光照耀着他的心灵，赋予了他光明与能量，他又用这些光明去照耀病人。

涂盛锦和他老婆把时间留给了病人，或者说更多的生命。最开始他确实茫然、无助，甚至面对死亡束手无策。但渐渐地，他们边走边摸索，摸索出了一些经验和规律，虽然还不能完全应对新冠病毒，但重症患者的治愈率、成功率越来越高了。在南六楼住着他的一个同行，是市精神卫生中心的一个男护士。来的时候，病情很严重，肺全白了，肾功能也不好，肝功能也一塌糊涂，当时甚至被怀疑脑部都有问题了。查看他的病情后，有医生和护士只是无奈地叹息。"他情况是很糟糕，但只要他还有一口气，我们就要尽全力救治。不管有没有效果，一定要把该用的药全部用到位。不抛弃，不放弃。"涂盛锦鼓励大家说。只要有点时间，他就跟那个男护士聊天，拉拉他的手。最开始，他没什么反应。渐渐地，他有了反应，手能动了，能微笑了，头也慢慢能动了。最后，他们微笑着把那个男护士转进了普通病房。再后来，那个男护士与他们一一握手，离开了金银潭医院。还有一个80多岁的老爹爹，在南六楼，病情并不算太严重。通过几天的治疗后，病情开始好转。一天，中央电视台的记者到病房采访、拍照，采访了他，也给他拍了照。他情绪很高昂，竟然一下从床上站到地上，高呼："中国加油！""武汉加油！""医护人员加油！""病友加油！"他声音很洪亮，几乎整个南六楼都听得到。

"不知为何，当我听到这个老爹爹的高呼后，我没有觉得这只是个空洞的口号，而是沉甸甸的信任、肯定、鼓励与期望！"涂盛锦告诉我。

"你们为武汉立下了汗马功劳！你们是武汉的英雄！"我说。

但他却对英雄有着更加深远而深刻的理解。他说，这次疫情，不光一线医护人员在努力，还有社区工作人员、环卫工人、保洁人员，等等，大家都在努力。对于这场疫情，武汉能取得目前这样的成果，是整个武汉、整个中国努力的结果。与陈广一样，涂盛锦也特别提到了自己的"老病人"。他没放弃"老病人"，"老病人"也没有放弃他。比如结核病、艾滋病的治疗，虽然金银潭医院门诊全部停诊，但病人的药物供给一直没有停止。要么邮寄，要么让病人与当地结核部门联系。疫情最严重的时候，也是封控管理最严格之时，外面的人进不了医院，"老病人"也出不了小区，医院就跟病人所在的社区联系，叫社区派人过来取，或者医院用无人机把药送到病人门外。疫情肯定会对"老病人"的治疗造成影响，但涂盛锦不论多忙，总要抽时间对"老病人"进行回访，有时电话，有时微信，问他们目前的状况、用药情况，等等。表面上看，所有的医生都在抗击新冠肺炎疫情，但他们心里同时装着"老病人"。

"老病人"心里也装着他们。

"涂医生，我看到您的报道了，您和您的爱人晚上睡在车上，一定要注意保暖，注意安全呀！"一个结核病人打电话给他说。

"涂医生，我知道，您很忙、很辛苦，所以不敢给您打电话，只好给您发个信息。您一定要照顾好自己，保护好自己，我很挂念您！"一个老爹爹发来微信说。

"尊敬的涂大夫，您好！祝您春节快乐，全家幸福安康！当前疫情形势严峻，您一定很忙。我在网上看到一名叫王康的病人在您院治疗痊愈，并表扬了贵院医生，我估计可能是您主治的病人，这种难题只有您能攻克，因为您爱钻研，知识面宽，所以能解决问题。在此预祝您工作顺利，取得更大的成果！"

"我一直在默默地关注着你，不敢打扰。祝福你！"

"涂医生，你们现在是在研究新型冠状病毒的治疗方案么？加油！国难当前，挺身而出的是你们，感激涕零！相信你们一定能战胜这次疫情。"

"涂医生好，被您救治过的人，希望您能够注意防护，保重身体！希望你们都平安！涂医生，加油挺住，致敬前线白衣战士！"

"涂大哥，我是周湖。今天出院了，本想上楼感谢你，但南楼隔离了，上不去,我先回家了,注意安全!"

"您在前线救人的同时,也要保护好自己,注意休息!"

…………

看着涂盛锦手机里一条条温暖的信息,我似乎看到一束束月光,透过云,穿过黑暗,照射在大地上;也似乎看到一束束阳光,照耀大地,给万物带来光明,给万物带来温暖。

在金银潭医院,我还采访了感染三科护士莫若。

看着医院收治的不明原因肺炎病人越来越多,这场战"疫"日趋白热化,莫若越来越不淡定,甚至变得焦虑——因为没有投入这场战斗而焦虑。1月18日,她再也憋不住了,向领导提出申请:"我要去ICU。"领导问:"理由?"她说:"我有11年的工作经验,在国外医院工作过,抗击过禽流感,也了解埃博拉病毒。"领导没有再说什么。那天,正好是莫若孩子的两岁生日。

莫若是一个有想法的女子。今年33岁的她,老家在湖北襄阳。2008年大学毕业后,她去了武钢医院工作。在省会的医院工作,还有正式编制,这是多少女孩的梦想啊。但她不满足,她想出去看看。工作两年后,她做出一个重大决策,辞职去新加坡。她原本是想去新西兰读一年的护理专业,但雅思考试成绩不理想。后来,她的大学老师告诉她:"新加坡中央医院有一个项目,可以去试试。"于是她跑到北京参加考试,口试、笔试后,她从80多个人中脱颖而出,有幸成为赴新加坡中央医院学习的12个护士之一。在新加坡学习了两年,除了专业水平大大提升外,她感受到了别样的医护理念,比如微笑服务,如何处理好医患关系,等等。2013年7月,她一回国,就到了金银潭医院工作。后来,她翻译过非洲埃博拉病毒的相关资料,参加过禽流感疫情防控。

第二天晚上，莫若就去了南七楼ICU。这个病区拥有全院仅有的两间负压病房，还有两间层流病房（通过空气净化设备保持室内无菌的病房），共16张床。病房在设计之初，就已经预设了"三区两通道"的应急预案，所以也具备最快时间收治传染病患者的能力。金银潭医院是武汉市突发公共卫生事件医疗救治定点医院，曾为备战2019年武汉市承办的世界军人运动会做过突发公共卫生事件演习。

送到ICU的病人大都病入膏肓，救治和护理难度非常大，病人管理、院感防控等流程，需要莫若他们自己在摸索过程中理顺。以前可以给一个护士安排四个病人，现在穿了防护服，再加上病人情况危重，一个护士管三个病人都很吃力。不光重症，轻症病人也要用呼吸机，氧压因此不稳定。特别是重症病人，对氧浓度要求高，一罐氧气在呼吸机上顶多只能用两个小时，甚至要用氧气桶。哪个医院在建设之初会把整个医院建成重症病房呢？氧压不稳定，呼吸机的警报器就会不断报警。所以从早到晚，莫若他们需要不停地往这个或那个房间运送氧气瓶和氧气桶。有的病人听到呼吸机的警报器响，就害怕，需要拉着护士的手才有安全感。护士则安慰他们："不要紧，我们在这里陪着您，监护仪上的生命体征都是正常的。"

有时一天新冠病毒要带走好几名患者的生命。一天中午，突然转来四名危重病人，其中一个刚进病房就心脏骤停。莫若和其他医护人员赶紧跑过来给病人进行心肺复苏，他们用上了心肺复苏仪、除颤仪等设备，还有一名护士抓紧给病人注射肾上腺素。虽然他们使尽浑身解数，抢救了半个多小时，病人还是没有抢救过来。正当她对逝者遗体进行消毒，并准备好两层尸袋，把消毒水放在里面时，另外一个刚送进来的病人也发生了心脏骤停，一场争分夺秒的紧急抢救又开始了。进行人工心肺复苏十分消耗体力，使用心肺复苏仪时还须把昏迷病人的身体翻过来，再把底座插到病人身下。

长期超负荷工作的医护人员,身心俱疲。一天晚上11点左右,有一个叫李露的护士,在参与抢救病人时弯腰拿东西,忽然一阵眩晕,倒在地上。其他人都在忙着抢救病人,没人发现她晕倒了。她自己在地上坐了一会儿,感觉体力恢复了一些,紧接着站起来,又投入抢救中。

"怕不怕?"我问。

莫若说:"最开始很害怕,很无奈也很无助,我都不知道可以多帮助他们做些什么,特别是面对生命逝去的时候。但当你忙起来的时候,就没有时间去思考,更没有时间去哭泣,脑子里存不下任何东西,也会把'害怕'二字忘得一干二净。"

有一个婆婆,已经说不清话了。莫若发现她总是用手拍打床栏。她走过去问道:"婆婆,您有什么事吗?"婆婆说不清。莫若就说:"婆婆,没关系,您慢点说。"她张着耳朵一字一句地听,终于听清楚了婆婆想要表达的大概意思:他们这些病人成了国家的累赘,国家还要花这么大的力气来治疗他们,她过意不去。她怕把病传染给我们,要求放弃治疗。婆婆还说,她已经住了20多天院了,但还没有好转,是不是治不好了?是不是没有什么希望了?莫若拉着婆婆的手,微笑着说:"婆婆,你们不是国家的累赘,我们是医生,救治病人是我们的天职。我们怎么可以放弃你们呢?"婆婆还是一直摇头,放弃吧,放弃吧。"这样的病人,在这个时候,最需要的就是精神上的鼓励。其实在当时的ICU,婆婆的情况还算好的,虽然说话不利索了,但至少她还能交流一下。很多病人上了呼吸机,插了气管插管,话都说不了。"莫若告诉我。

有一个病人,是武汉市第三医院的一名护士,生完孩子才35天。一到金银潭医院病情就很严重了,上了呼吸机。每次见到她,莫若总会紧紧地握住她的手。或许,这是同行之间的一种怜惜。但最开始,莫若的这种怜惜,病人是感受不到的,那时她处于昏迷阶段。"一定不能让战友离开!一定不能让天使折翅！"莫若在心里默默地祈祷。不久，护士迎来了生机，她清醒了，能睁开眼了。她知道此时自己在金银潭医院的ICU，病情严重，甚至想起自己被感染的过程。她告诉莫若，因为刚生完孩子，免疫力比较低，所以在急诊上班时被感染了。有时候，她没有食欲，不想吃东西。莫若便严肃地说，那可不行，不想吃也得吃，不吃怎么会有营养呢？没有营养，哪会有体力，哪会有免疫力呢？她问莫若："我还有没有希望，我是不是没有希望了，我真的不想死。"莫若说："绝对有希望，首先你自己必须有信心，你也是护士，你必须有信心，不能说这些丧气的话。"莫若还说："你不替自己想，也得为你孩子想想呀，你孩子出生才不到两个月，要是你有什么闪失，孩子连妈妈长什么样都不知道呢。"这个时候，护士流泪了，她说："我不想死，也不能死。孩子还那么小，要是我死了，该有多可怜。"说着说着，她流泪了，用泪水表达对孩子的思念和对生命的渴望。让莫若欣喜的是，她渐渐地好了起来，并退出重症患者的行列。十多天后，她离开了金银潭医院，去了隔离点。

  就在莫若他们快要撑不下去的时候，四面八方的援助力量开始往武汉聚集，往金银潭医院聚集，往南七楼聚集。她是大年三十那天晚上知道有人要来支援他们的。说是当天晚上，解放军派出了三支医疗队共450人，分别从上海、重庆、西安三地乘军机出发，支援武汉。队员们是从陆军、海军、空军军医大学抽调的。听到这个消息，他们既激动又兴奋，就像前线战士在战斗最激烈甚至惨烈之时，迎来了后援部队一样。随后全国驰援武汉的医疗队迅速加入，7层病房16张病床的战事发生了变化。2月29日，南七楼病区空出了3张病床。他们上班的时间也开始缩短，从最开始的八九个小时，到后来的五六个小时。更为重要的是，随着对新冠肺炎病人诊断时间的提前，病人在早期便开始治疗，后期发展成重症的病例在减少，后来收治的重症病例病情的危急程度也开始降低。一方面是病人患病程度的减轻，另一方面是诊疗方案、流程越来越规范化，使得重症患者的救治成功率不断提高，越来越多的插管患者成功拔管并转到普通病房。

"回过头看，那个时候，我们确实迎来了希望的曙光！"莫若神色凝重的脸上露出了一丝微笑。3月11日，她离开了南七楼，离开了ICU，去了综合楼一楼。

病毒不相信眼泪

中南路上车水马龙，川流不息。街上很少有人戴口罩，人们走着，聊着，遇到熟人隔老远就呼喊着打招呼。还有十来天就要过年了，不少人开始像往年那样购买起年货来，大袋小袋地往车后备厢塞。可是，位于中南路与中南二路交界处的武汉市公安局武昌区分局中南警务站却过于严肃，与当时的氛围不太协调，甚至格格不入。

那时，"武汉出现了SARS一样的病毒！""武汉出现了不明原因肺炎！"还只是在小范围内传播。因为当时新冠病毒对人们来说还是未知事物，所以有人甚至毫不在乎地说："不用怕，没有传说的那么厉害，不就一个病毒嘛，能有多厉害，又不是原子弹。"但中南警务站站长刘俊却警惕起来，他脑海中立即闪现出五年前在利比里亚维和时见到的埃博拉病毒肆虐，严重危害人们的生命健康的情景。最开始，他跟同事讲："大家一定要注意，尽量不要去人多的地方，最好戴口罩。"有同事笑着说他："站长，你是不是有点过度紧张了？"他说："我经历过埃博拉，我知道病毒的厉害，大家还是小心点为好。"紧接着，刘俊就开始在网上购买护目镜、防护服、口罩、酒精、额温枪等防护物资，并结合自己在利比里亚维和时积累的经验，制定了全套消毒和防护措施，还亲自做示范并拍成视频。当时让人觉得有点夸张的是，他还安排民警在警务站门口用84消毒液兑水后泡地毯，要求大家进门擦拭鞋底。大家很不习惯，甚至偷偷发笑，但刘俊却动了真格。每次出警回来，他都站在门口，监督大家完成体温测量及接出警防护和消杀工作。

3月4日下午，当我来到中南警务站时，中南路早已一片冷清。警务站建在中南路边上，我和刘俊在警务站北边一片宽阔而又通透的空地上聊了起来。中等个儿，精气神十足，双眸敏锐，说话有条不紊——一见面，刘俊就给我留下了干脆利落的深刻印象。

"我们警务站是1月22日正式接到分局通知，要求所有民警戴口罩，加强防护工作。而此时，我已经要求大家戴口罩，甚至各项防护措施都已全面展开。"刘俊说，"疫情暴发后，各级都高度重视，要求也相当严格。我没有刻意地去重复领导的讲话，我是用心去感受的。虽然我们只是一个小小的警务站，而我只是一个小小的站长，但我觉得必须把自己真实的感受与大家分享。那时，我跟我们的民警主要强调了两点。第一，不论疫情如何暴发，要相信我们党，相信我们国家。我举了一些例子，说到了1998年抗洪，说到了2003年的'非典'，我们国家是如何战胜灾难的。我也讲了自己在非洲维和时的一些切身感受，国内与国外不同的感受。第二，不论疫情如何发展，我们必须大胆工作，为老百姓做好每一件事。但有一个前提，必须切实做好防护工作。我告诉他们，与新冠病毒斗争，不能只凭着一腔热血，要讲科学，病毒不相信眼泪。"

或许，追溯刘俊敏锐防护意识的源头，比讲述他这次抗疫的作为有更为重要的现实意义。

今年51岁的刘俊，是土生土长的武汉人。1985年，初中毕业的他考上了武汉市警官学校。封闭式管理，训练强度大，学习任务重，但他从来没有叫过苦叫过累,支撑他的是心中的英雄理想。警校毕业后,刘俊在市防暴队和特警队都干过,还在市巡逻大队当过中队长、副大队长。2012年底警务改革,巡逻大队各中队成建制划到各分局。于是,他来到武昌区分局,最先在水果湖警务站,后来在巡逻大队,再后来在中南警务站。

2008年10月,湖北省公安厅鼓励广大警察报考维和警察。首先是湖北省筛选,1000多人报名,50人入选。刘俊在这50人之列。接着,公安部又从这50人中筛选,选出30人。他还在30人之列。之后,他们便到河北廊坊进行培训。入选条件主要看两个方面。一是英语,这是必备条件。二是警务技能,这个他没得说。对他来说,弱项主要是英语。在廊坊培训,他主要培训的也是英语。这不是一般的学习,而是强化学习。早上5点起床就开始学英语,到晚上12点还是学英语。三个月的培训后,他又顺利通过了联合国的甄选考试。但那次只派了20人,他没有如愿,留下一个遗憾。

"中国维和警察,是一个光荣的名字!"这个梦想,一直刻在刘俊的心灵深处。2012年,机会再次来临,他又果断报名。与上次一样的程序,一样的学习过程。这次他又顺利通过了层层考试,并在一年半的有效期内被顺利派出。

2014年7月,他正式踏上了维和的征程,去的是利比里亚。这是地处西非的一个小国,也是西非最贫困的国家之一。他到利比里亚时,埃博拉病毒已经在非洲西部地区大暴发,利比里亚情况最为严重,感染率达到了3/4,而整个西非的死亡人数又有3/4来自利比里亚。这些消息很快就传到了中国。去的时候,家人担心,同事担心,朋友担心,所有人都为他担心,叫他慎重考虑。但对维和警察的向往,冲淡了他所有的恐慌。一到利比里亚的格林威尔,联合国就组织培训,告诉大家埃博拉病毒有何症状,该如何防护。"埃博拉病毒是接触式传染,防护与对付新冠病毒是一样的。第一是戴口罩。第二是不要握手。联合国的标准是碰一下胳膊肘。第三是要勤洗手。第四就是适量的运动。那时我没事就经常跑步，并且是长跑。回国后我就跑马拉松，现在跑了30个马拉松了，还到美国纽约和法国巴黎跑过。这个习惯是我在利比里亚养成的。"刘俊说。

很快，刘俊就感受到了祖国的强大，以及作为一名中国维和警察的自信与自豪。中国维和防护队也驻扎在格林威尔，是一个可容纳140多人的专门营地，他们的卫生防护既标准又严格。来到这个城市的中国维和警察都到这里接受了培训。维和警察从外面执行维和任务回到驻地，到最外面的门口时，首先要把护目镜、GPS对讲机等用84消毒液或是酒精消毒后才能进门。大门口有一个小水沟，周边还喷出小水丝，全是84消毒液，大家需要站在里面，对鞋子和全身进行消毒。进到屋内，首先是洗手洗脸。洗完后，卸下所有物品，又进行消杀，半个小时后再来取。取完物品后，再去洗澡。把换下的衣服放进洗衣机，洗衣机里不仅有洗衣粉，还有84消毒液。一套程序走下来，虽然需要一两个小时，但他们每天必须不折不扣地做一遍。天天做，他对整个程序了如指掌，也非常娴熟。"虽然当时没想到这套办法会用到国内，更没想到会用到武汉，但我还是有一个深刻的体会：你的任何经历都是有理由、有道理的，总有一天会用得上，不仅用得上，还可能会保护一大批人。"刘俊说。

面对埃博拉病毒，当时利比里亚也有"封城"的决策，但封不住。为什么？因为贫困。有一个患者，从医院偷偷跑了出来。不是因为他害怕，也不是因为他想家，而是因为他饿，想出来找点吃的。因为他身上有病毒，没有谁敢靠近他，包括警察。最后还是用面包引诱他回的医院。当时他们对这个事感触很深。一个埃及同事跟他说："我很钦佩你们中国，你们国家人口世界最多，居然解决了所有人吃饭的问题。"听埃及同事这么一说，刘俊内心十分欣慰。

2015年7月，刘俊回国，重回中南警务站。正因为有在利比里亚防护埃博拉病毒的经验,所以他能迅速行动,并保护好每一个同事。而在国外,他更是深深感受到作为一个中国人的幸福——中国政府通过层层防护,保护着在外的维和士兵。面对这次汹涌而来的新冠病毒,中国政府也动员全国,保护每一个中国人的生命安全和身体健康。

中南警务站的辖区内有两个医院,一个是中部战区总医院,一个是武汉市第七医院。中部战区总医院好一点,警情集中在第七医院。

1月22日,第七医院正式开始接诊发热病人。这家医院原来是个综合门诊,突然改为定点收治新冠肺炎病人的医院,需要时间适应。原有病人要转出去,病房还要改造。但病情也不等人,消息传出去后,前来就诊的病人一下子就把大厅挤得满满当当的。有的人因为恐惧,生怕自己看不上病,不停地向前涌、乱插队,还有的候诊病患急得嚷起来。接诊医生连喝口水的工夫都没有,无奈之下拨打了110。110指挥调度中心安排中南警务站去处理。刘俊对医生说:"马上就到!"后来他对医生说:"以后有什么警情不要打110了,直接打我们警务站的电话就是,更直接。"

十多分钟后,刘俊他们赶到医院。警务站离第七医院其实很近,只有几百米,火速赶来也就两三分钟的事。但这十多分钟的时间里,他们把更多的时间用在了穿戴防护装备上。当时有一个民警非常着急,对刘俊说:"就戴个口罩算了吧,要不医院都炸开锅了。"刘俊脸色一沉说:"再急,也得把防护服穿好。这是对自己负责,也是对医院负责,更是对病人负责。"当时还很少人穿防护服,也很少人戴防护面罩。"请排队就诊!民警保证大家有序看病!大家有序,医生诊病更快!"刘俊高声喊道。他站在高处,反复大声地说着,不一会儿,大厅里不再喧哗,队伍也排好了。"照这样发展下去,这样的情况还会持续,甚至人会越来越多,矛盾会越来越突出。"他想。回到站里,他第一时间调整力量部署,每天加派警力在第七医院内外巡控。

"但很快，矛盾又来了。"刘俊说。

我问："什么矛盾？"

"虽然第七医院改为了定点医院，改造好的病房一下子就收满了，但其他病房还没有那么快改造好呀。"他说。

"那可怎么办？"我说。

"还能怎样，只能耐心沟通与安慰。"他说，"他们是病人，不可能劝他们回家；病房还没改造好，也不能给他们安排床位。"

虽然他们安排了警力在第七医院内外巡控，但求援电话还是一个接一个打来。1月24日，他们又接到一个求援电话。三名新冠肺炎患者因为住不了院，在医院闹事。他们甚至扬言，如果不让他们住院，就要扯掉口罩传播病毒。刘俊他们穿着隔离衣，戴着口罩冲了进去。首先，他们用自己的身体挡在了医生和病人之间。有病人情绪激动地冲着医生吼道："都等了几个小时了，能不能快点？再不快点，我就冲进去了。"有医生用沙哑的嗓子说："我们的新病房还在改造，暂时收不进，你们要等一等。"有一个病人更激动，一边挥着拳头冲向医生，一边说："你们老是说等一等，到底要等到什么时候？我不相信你说的，你们在糊弄人。"刘俊一把拉住那个病人的手，说："大家不要慌，大家不要慌。"那个病人说："不住进医院，我们只有死路一条，我们能不慌吗？"刘俊说："我在非洲利比里亚维和时经历过埃博拉病毒，大家听我的。大家务必保持良好的心态，才能战胜病毒呀。医生哪有不关心患者的呢，他们正在紧锣密鼓地改造病房，他们比你们更着急。"那个病人说："我们凭什么听你的？"刘俊提高音调说："因为我们是人民警察，人民警察既维护社会治安，也保护人民安全。"没有病人再叫再吼，他们都把渴望而焦虑的眼神投向刘俊。看到这一幕，刘俊有些激动。他说："我们要相信医生，要充分相信医生！这个时候，只有医生才能拯救我们，找谁都不行。我们要给他们时间，要给他们信任。刚才我问了医生，保证大家都在两个小时左右可以看病。"

刘俊告诉我说："好在这个病人的情绪最终稳定下来了，他真是要动手，把医生打了，我们就要把他控制起来。关键是当时是疫情高峰期，而这个病人完全可能是新冠肺炎患者，那就真会是一件非常棘手的事情。再后来，火神山、雷神山医院建好了，方舱医院相继建起来了，社区也衔接起来了，床位多了，类似的警情就很少了。"

后来，他们的工作主要集中在社区这一块。那时还有很多病人在家自行隔离，社区要从疑似病人中排查，确诊后上报，统一安排床位。这是一项具体、繁杂而又危险的工作，社区工作者压力巨大。民警成了他们强大的后盾。每次处理这样的问题，只要刘俊他们一来，社区工作者心里就会踏实。

一天晚上，刘俊接到一个报警。一对公公和婆婆，还有婆婆的妹妹，住在警务站对面的一个小区，是疑似病人，极度恐慌。警情是老人的女婿从深圳报的，他非常慌张，报警时把疑似说成确诊了。接警后，刘俊他们迅速穿上防护服，戴上头盔，来到老人家里。开门的是婆婆的妹妹。看到她一脸的紧张，刘俊说："大姐，你别慌。"婆婆的妹妹说："警察同志，我不慌不行啊！我和我姐、我姐夫，都发烧，都是疑似病人，我姐还躺在床上，全身无力，能不急吗？"公公坐在沙发上，刘俊跟他打招呼："老先生，您还好吧？"他本来低着脑袋，无精打采，但看到刘俊他们来了，立即起身，就像见到救星一样，准备上来握手感谢，但突然想起什么，又停止了脚步，把手也收了回去。婆婆躺在床上，说话有气无力，甚至连手都抬不起来。看到刘俊他们来了，她挣扎着要起身。刘俊赶紧说："大姐，您不要起身，我们马上想办法。"刘俊没有打120，他知道120太忙，即使打了，至少要等几个小时，病人可能会等得崩溃。他直接打到警情调度室，请求优先安排他们。当天晚上,三个老人被送到医院做检查。

"我们做警察的,就是维护一方稳定,保老百姓平安,这是我们的天职。"刘俊说,"我看过美国的一部灾难电影,叫《传染病》。新型病毒扩散,疫情蔓延全球,感染者突发症状死亡,物资交通成问题,患者摇号等疫苗。地方官员目光短浅、只想甩锅,处于恐慌状态的民众一点即着,冲向超市抢购物资;被自媒体公知蛊惑的群众,听信谣言,纷纷抢购根本无效的药品。但这次当我们真正面临陌生的新冠病毒时,中国没有、武汉也没有像这部电影预言的那样。武汉很安静——除了武汉人的高度自觉、奉献精神,还有就是我们警察做了大量的安抚稳定工作。"

铮铮铁骨的人民警察身上,还有柔情似水的一面。有的老人,或因为新冠肺炎走了,或因为其他基础疾病走了,而子女要么不在武汉,要么也被隔离,刘俊他们会尽量让老人走得体面。除了办理相关手续,还会整理逝者仪容,并鞠躬对他们说:"一路走好!"他们甚至还会解释说:"受疫情影响,您的子女不能来,您不要有意见!"刘俊觉得,此时的武汉,是一个大家庭,不论老人还是小孩,不论男的还是女的,不论职业,都没有你我之分。面对着生离死别,他们内心很痛苦。是的,去世者不是自己的亲人,但他们是自己的同胞。对他们来讲,那段时间工作是繁重的,心情更沉重。但不论多忙,不论心情多么沉重,他们始终没有忘记那句话——"病毒不相信眼泪"。

刘俊的妻子周勤是中部战区总医院感染科的护士长。战"疫"开始后,她也在一线与病毒拼搏,与刘俊几乎没有交集。偶尔打个电话,她会告诉他一些判断、防范新冠肺炎的方法,以帮助他维护自己和同事们的健康。有一段时间,社会上传说出现了气溶胶感染的情况,警务站有民警非常担忧。妻子很快告诉他,不必过度担心,气溶胶必须是在封闭的情况下,有大量病毒的情况下才会形成,你们警察一般不会遇到这种情况,所以不用担心。中部战区总医院也是他的巡控辖区,不论白天还是晚上,他经常会开着警车经过楼下。偶尔,这一幕也会被周勤看到。看着那熟悉的警灯,她眼里总会流出眼泪。

让我惊讶的是,刘俊对自己并不满足。他说,作为武汉这座特大城市的一名警察,应该有国际视野,应该会讲英语,用英语交流,要能适应各种情况。所以他还在学英语,不光是简单地用英语交流,他还希望能自如地阅读英文资料。他要求自己看原始的英文资料,现在读英语新闻完全没问题,但读专业文章,如《柳叶刀》上的医学论文,还是有些吃力。学习不是为了升官,也不是为了名利,完全是他发自内心的一些想法。

面对陌生的新冠病毒,每个人都有自己的心态、自己的表情、自己的判断与选择。所有的心态、表情、判断与选择,虽然会有波动,但最终都是向真向善向美的。这些,构成了当时武汉的真实、武汉的温暖、武汉的力量。

人性的本真

2月28日晚上,在武汉市东西湖区金银潭宏图路8号的东西湖方舱医院("武汉客厅")的一个帐篷里,我碰到了来此协调物资保障的张琪。不惑之年的他是东西湖区人民政府办公室副主任。虽然戴着口罩,看不清他的面貌,但我感受得到,他做事干脆利索。他异常忙碌,到处协调,开各种各样的会。我们只是偶遇,但他的忙碌,让我感受到了这场战"疫"的激烈程度。

从1月中下旬开始,他就参与到这场战"疫"中来了。虽然他工作能力强，但对于"不明原因肺炎"，他曾经很茫然，很无助，很无奈。不论他怎么打听，也不论他怎么思考，都不能准确捕捉到准确的信息：这个城市到底发生了什么？当时他只有两个感觉，一是医院门诊爆满，病床告急；二是求助电话增多，熟悉的，陌生的，有求助病床的，也有医院物资紧张求助物资支援的。他感觉有什么事在发生，但发展到何种程度了他并不知道。张琪只听说"不明原因肺炎"是一种很奇怪的病，但身边的人都没有感染，所以他没有感到恐惧。

很快，作为区政府办公室副主任的他，就有了一种刻骨铭心的感受——防护用品告急！从1月下旬开始，他和同事们的主要精力都放到为医院筹集医疗防护物资上来。什么都缺，防护服、隔离衣、防护面罩、手套、N95口罩等。当时东西湖区的医院一天至少要800套防护服，这还是医护人员上八小时班，不吃饭、不上厕所的情况下所需要的。这些物资从哪儿来？首先是向上级争取。很快，上级所有的库存一扫而光。接着只有向社会募集，向打过交道的企业求助，向认识的企业家动之以情晓之以理地求助。只要有一丝希望，他们就尽百分之百的努力。说白了就是求人。这时候，没有职位的高低，没有太多的客套。最紧张的时候，当天筹到的防护物资当天就用完了，第二天有没有还是个未知数。看到人家捐过来的防护物资，他们会感动得流泪，也恨不得给人鞠躬。生命至上，所有的人摘下面具，露出人性的本真。

一天，张琪正忙着组织发放防护物资，一个老板急匆匆地找到他。那个老板是做医疗防护物资生意的。那个老板问："你是张主任吗？"张琪说："我就是。有什么事吗？"老板红着脸，有点不好意思地说："你们这里还要不要防护物资？"张琪一听有防护物资，马上来劲了，说："要！怎么不要呢？你有吗？"老板说："我有，我有。"张琪马上说："卖给我们吧，现在最缺的就是防护物资。"老板说："不是卖，是捐赠。"张琪说："你有什么要求?"老板说:"我什么要求也没有,就要一辆货车,跟我一起到仓库去运货。"张琪伸出大拇指,说:"我马上协调货车。"

"那个老板后来也加入志愿者队伍中来了。人熟了,有些话也就说开了。他告诉我说,最开始街道号召他们把防护物资都卖给政府时,他犹豫了。他对街道的人撒谎说,他已经没有防护物资了,仓库里面是空的。其实医用防护服、N95口罩、医用口罩、防护面罩、正压隔离衣、护目镜、消毒液等他都有。他说,他当时觉得再等一等,可能会卖个更好的价钱。但随后,疫情发展更加严峻,他的内心开始不安,甚至愧疚与忏悔。特别是看到全国各地向武汉捐赠钱物和防护物资时,他的内心更加不安起来。他想向街道说出实情,但又开不了口,跑到半路又回来了。最后他想了一个办法,不找街道,直接找区里。当时我负责筹集防护物资,不知他是从哪儿打听到的,就找到我。最开始他没有告诉我这一切,后来熟了,他才说的。他说,作为武汉人,他怕让人笑话,被人看不起,更怕被人说趁机发灾难财,所以他要用实际行动为自己内心曾经的自私赎罪。我安慰他说,有这样的想法很正常,假如我是老板,我也会这样想。最主要的是他最后意识到这是一场灾难,一场需要做出奉献与牺牲的灾难。"张琪说,"他的这种坦诚,我并没有不好的看法,相反,我还更加敬重与佩服他。我说:'你没有给武汉人丢脸,你是好样的。'像他这样的老板,在东西湖区有很多,我相信在武汉更多。"

张琪还告诉我,有33支援汉医疗队住在东西湖区的11个酒店,最小的队伍只有4人,最大的有311人。他们必须全力保障白衣战士的生活。这次疫情,对他们来说,所有的工作都是摸索,是摸着石头过河。他希望,他们过河后,会留下石头,让后来的人少走弯路。他觉得,这次疫情是个历史事件,所有人都活在历史当中,在历史中留下一点印痕,留下真实面貌。

"我满脑子的故事与感悟,可惜没有时间!"张琪说,"不能再跟您聊了,晚上10点半还约了福建医疗队的领队见面,11点半还约了新疆生产建设兵团医疗队的领队见面。他们都是武汉人的亲人,我们必须尽量做好后勤保障。"

我感叹道:"您太忙了!"

"舌头与牙齿有的时候还打架呢,更何况碰上这么严重的疫情!"他说,"这个时候不忙就不正常了,那是罪过,也是失职。"

说完,他跑进雨中。

已是晚上10点,大雨砸得帐篷"砰砰"直响。

看着消失在黑夜和雨雾中的身影,我心痛,更欣慰。

他的身影并不孤单。在武汉采访中,我看到了数以万计的"张琪"。数以万计的"张琪",铸就了武汉的坚韧和顽强。

第二章 寂静与火热

新冠肺炎疫情暴发后，中国采取最全面、最严格、最彻底的防控举措，14亿人民同舟共济、众志成城，同疫情展开顽强斗争，付出巨大代价和牺牲；地处疫情中心的武汉，顾全大局、顽强斗争，为疫情防控作出了巨大的贡献。特别是关闭离汉通道后小区封控管理，900万武汉同胞团结一心，坚忍对抗新冠病毒，书写着这座城市的坚强。

此时的武汉，看似寂静与冷清、酸楚和冰冷，实际上，她没有休眠。她在心灵深处呐喊，她的血液在奔腾——听，滚滚长江的奔腾声；听，齐心协力的"嘿嗬"声；听，千里驰援的奔跑声；听，白衣战士的脚步声！用心聆听，奔跑声正由远及近，从无序到有序。

分秒必争

当时孙燕芳归心似箭，人在武汉，心早已飞到了广东汕头。那是公公婆婆的家，老公和儿子已在两天前坐飞机到了那里，等着她腊月二十九前来会合，一起欢度春节。公婆家靠近福建，是山区；公婆是地地道道的农民，勤劳、朴实。她娘家父母平时在武汉帮着带小孩，所以每次春节，他们都是回公婆家过。她和老公早就商量好了，这次春节一定要好好陪公婆，走走亲戚，到周边的景点逛逛。他们本应该一家人一起开车回家的，但她单位上的事没忙完，还脱不开身。车子留给了她，由她独自开回汕头。虽然从武汉开车到汕头要十四五个小时，且她平常不太喜欢开车，但为了一家团圆，苦点累点又算什么呢。

孙燕芳和老公都是"80后"，都在中建三局总承包公司上班。老公在一个项目上负责物资管理工作，而她则在公司科教文卫事业部任纪委副书记和工会副主席。来自河南开封的她，泼辣能干，历经过许多磨炼。2007年从武汉理工大学毕业后，她就来到中建三局。去过福建厦门，去过辽宁盘锦，去过山东青岛，还去过北京，从普通的劳资员到党支部书记，她都在项目一线。

虽然她在元月初就听说了"不明原因肺炎"，后来又陆续看到了相关新闻，且公司领导已经要求在项目上加强疫情防控，公司还购买了大量的口罩、84消毒液、酒精等防护物资，但谁能预测到这场疫情的发展程度呢。她在单位上还没忙完的事，是监督给农民工发工资。她是纪委副书记，这是她的职责。1月22日晚上10点左右，公司把该发给农民工的工资都发到位了，农民工也高高兴兴地返乡了。11点15分左右，她拖着疲惫的身子回到家，真想倒头就睡。但想着马上要去公婆家，与老公儿子会合，她又兴奋起来。她把前几天零零碎碎买回来的过年物资、给公婆的礼物收拾整理好，又清理了一些衣物。看时间，已经是23日凌晨1点了。

早上5点，孙燕芳还在睡梦中，老公从汕头打来电话："今天武汉'封城'！看来这个新冠肺炎蛮严重，你一定要做好防护措施。"

"什么时候'封'？"她一惊，睡意全无。

老公说："上午10点。"

她哪里知道，就在她刚刚睡下不久后的凌晨2点，武汉市新型冠状病毒感染的肺炎疫情防控指挥部发布了第1号通告：自当日10时起，全市城市公交、地铁、轮渡、长途客运暂停运营；无特殊原因，市民不要离开武汉，机场、火车站离汉通道暂时关闭，全城全面进入战时状态。她又哪里知道，就在她期盼着快点发完农民工工资好回汕头时，武汉三镇各大医院发热门诊、住院部人满为患，医疗资源告急；从国家领导人到省市领导，以及各方面专家，正在紧急研究解决这一困境。她更不知道，这一天下午，接到上级紧急通知的武汉市城建局，将立即紧急召开专题会议，决定由中建三局牵头，参照2003年"非典"期间北京小汤山模式，在蔡甸区火速筹建一所可容纳1000个床位的医院，其名为火神山医院。

"还要不要回去？"她犹豫了。

"妈妈，回来吧！"8岁的儿子在电话那头说。

"现在从武汉回去，我怕对家里老人不好。"她担心地说。

公婆却在电话那头说："回来吧，我们不怕！"

她想，又是一年没回去看望公婆了，他们身体不是太好，也应该回去看看。她也想到了，可能今天离开武汉的人挺多的，太晚出发，可能不太好出去了。她还想到，如果能回就回，如果确实车太多，出不了武汉，就返回，安心待在家里。早上6点15分左右，她出发了。除了之前准备好的带回公婆家的东西，她还带了一个小面包以及口罩和酒精。她家住洪山区，离武汉东高速路口挺近，20多分钟就到了。虽然出城车辆排队了，交警正在进行检查，放行的速度确实非常缓慢，但她最终还是顺利上了高速。上高速后，她总算是松了口气。但她又为自己的安全驾驶担忧。十四五个小时的车程，就一个人开，没人陪着聊天，她害怕自己犯困。想着想着，她有点害怕起来。

孙燕芳从武汉东上高速后，经过鄂州、九江等，来到南昌；再从南昌，经过鹰潭，来到福建；再从福建驶回广东。带的小面包，她一下子就吃完了。中间休息了四次，加了两次油，饿了就在服务区买方便面吃。中途老公还打来电话:"一定要注意安全,不能疲劳驾驶,如果感觉累了,就在路上休息休息。"她确实累,也想过在中途待一晚。但每次在服务区一导航,总觉得市区离高速挺远的,感觉时间上划不来。再说,马上就是大年三十了,哪有心思在外面待。她一直在给自己加油鼓劲:快了,快了!加油,加油!特别是到达福建境内时,她有了一种一鼓作气的冲动。当然,这些都得益于前些年她在工地一线奔波练就的良好的身体素质。晚上8点50分左右,她终于到达汕头,到达公婆家。一身疲惫,感觉腰和手都麻木了的她,激动地抱着儿子,与公婆握着手。随后,婆婆端来热腾腾的铁观音,开心地说:"总算安全到家了!总算安全到家了!"老公和公公微笑着,把车上的物资往家里搬。此时的她,就像经历了一场生死之战,凯旋后,受到英雄般的礼遇。

正喝着婆婆泡的铁观音,电话响了,是公司一位副经理打过来的。

"局里接到紧急任务,要建火神山医院!"副经理说。

"火神山?"她有点不解。

副经理说:"就是参照2003年'非典'时北京小汤山模式,在蔡甸区火速筹建一所可容纳1000个床位的医院。名字都取好了,就叫'火神山医院'。"

她心里一惊。虽然她对"火神山"是陌生的,但北京小汤山她记忆深刻,也瞬间明白了建设火神山医院的紧迫感和重要意义,也真正感受到新冠肺炎疫情的严重性。

"你赶紧组织人员去蔡甸!就今天晚上!"副经理说,"刚刚局里已经紧急召开了施工筹备会,已经明确,火神山医院建设,总承包公司领衔,二公司、三公司、基建投公司、绿投公司、安装公司等在汉单位协同作战、责任到人。领导们一散会就直接赶赴施工现场了。"

她感觉自己的脑袋要爆了。

"我肯定去,但我今天去不了。"她说,"我已经回到了汕头。"

副经理说:"你回去了就算了。"

她不甘心,赶紧说:"不,经理,我要参加。"

"你怎么参加?"副经理问。

"我是搞党建工作出身的,我先通过电话和微信来组织联系。"她说,"我马上想办法回武汉。"

她还向副经理表态说:"我2004年入党,是一名有着16年党龄的党员;我还是一名纪检干部,天天监督别人,遇到疫情,如果光喊着人家干这干那,我良心上过不去,自己这关过不了。所以,我必须赶回去。"

最终,公司安排她负责后勤保障工作。

"老公,要不我现在回武汉吧!"电话一挂,她就对老公说。

"你疯了吧!刚回,这么累,都是山路,乌漆抹黑的,多不安全啊。"老公听到这个情况也非常纠结,说,"坚持一晚,明天回吧。"

但事情没有他们想象的那么简单。

村里和镇上知道他们夫妻在武汉上班。特别是她开着一辆武汉牌照的车子回来,很快引起了当地的重视。当天晚上镇上就打电话过来,叫他们不要串门,在家隔离,明天安排卫生院的人来检查。第二天一大清早,镇卫生院的人就来了,给他们测体温,看是不是发烧咳嗽,检查他们的消杀情况。可是孙燕芳心急如焚啊。她对卫生院的人说:"我们要回去。"卫生院的人说:"那不行,必须先隔离。"她说:"我们回武汉还不行吗?"卫生院的人说:"回武汉也不行,必须居家隔离。"她一听,急了,眼泪在眼眶里打转。

这一天是大年三十。公婆准备了很多好吃的,各种各样的潮汕菜。河南人爱吃面食,也会做面食,她原来还打算露两手,做几道。但这时她没有任何心思了。此时,公司已经开始投入工作了,工作群也建起来了,各种消息发个不停。施工现场没有水，上哪儿弄水？没有电，上哪儿接电？住哪儿？联系附近的酒店，但没有一家酒店开门……亟待解决的问题，一个接一个。她一个一个地回复，一个一个地协调解决。但需要解决的问题太多太多，不在现场的她，感到鞭长莫及。她甚至想："建火神山医院，可不能在我这环拖了后腿。"

她从大年三十熬到正月初一。一清早，老公就找村委会协商。由于居家隔离，他只能通过电话或是微信沟通解决。晚上，村委会的人回复说："我们打听清楚了，回武汉可以，但要合法，谁负责谁开证明，你们回去建火神山，就要武汉开出支援火神山医院建设的证明。"随后，她赶紧把这一情况向公司反映了，公司回复说："尽快开出证明。"她和老公又四处打听，路上有没有什么政策，到了武汉让不让下高速。

1月27日早上8点多，她终于收到了公司发来的证明。是电子版，PDF文件。老公把证明发给镇派出所，派出所一看有章子，确实是要支援火神山医院建设，就说可以放行了。听到这个消息，她激动得泪都出来了。然后她拿着行李，就要发动车子出发。老公知道她是急性子，便说："这么远，还不嫌累啊！"她说："你带着儿子，多待几天，快开学的时候再回来。"老公说："让你一个人回去，我能放心吗？我来开车。儿子倒是可以晚些回去，等疫情过了，我们再来接。"但儿子不干："我也要回去，我要陪着妈妈。"收到证明，她有了一种踏实感，甚至是几分兴奋——终于可以回武汉参加火神山建设了，再也不用纠结了。但对于朴实的婆婆来说，却是无尽的牵挂与担忧。她沉默着把家里好吃的往车里塞。上午10点，汕头的雨下得正大，他们的车子钻进雨雾，驰向武汉。一路上，孙燕芳的心中有忐忑，她担心路上哪个关卡把他们拦下进行隔离，也担心到了武汉不让下高速；有温暖，镇派出所的民警过一两个小时总会打来电话，问他们到哪儿了，顺不顺利，还嘱咐，如果遇到困难，可以向他们求援；有悲壮，想着此时的武汉,想着回去参加火神山医院建设,她总会默默地流泪。

出发没多久,她就接到公司科教文卫事业部经理的电话。

"孙书记,这段时间天气不好,大家都冻得受不了,你赶紧想办法,给大家找羽绒服。"经理说,"大家都是接到命令直接来到蔡甸的,来不及带衣服。"

"好的,经理!"她说,"大概需要多少件?"

"现在我们公司参加火神山建设的管理人员有快300人了。"经理说。

当时她正在车上默默地流泪,接到经理安排的任务,她没有感到为难,反而非常踏实。战斗打响了,自己不是旁观者。老公对她说:"你不是喜欢逛街,认识许多服装店老板吗?现在派上用场了。"

情况并不乐观。她不停地打电话,很快手机就没电了。她只能一边充电,一边打电话。所有的服装店都关门了,有的离开武汉回到老家了,有的还在武汉。即便在武汉,也没有哪家服装店一下能凑齐这么多衣服,更保证不了大中小号齐全。

现在是网络时代,很多人都是足不出户地进行网购。她立即百度查找货源。一打电话,要么总量不够,要么开不了仓库,查不了货源,不能明确答复。后来她在美团上找到波司登专卖店,里面有羽绒服专卖。她找到波司登驻武汉办事处电话。

她说:"我要300件羽绒服。"

办事处的人说:"什么时候要?"

她说:"今天就要。越快越好。"

办事处的人说:"我现在不能答复您,只能问一问、查一查,看能不能凑300件。"

她一听,急了。随后对方反馈的消息让她更加焦急。波司登的店分布在武汉各地,都关门了——有的店长回了老家,在武汉的又出不了小区,能出小区的又没有车子。但她始终没有放弃，不断地沟通协调，请求各个门店的店员想办法。从下午3点多到晚上8点多，她一直在联系。车子开到哪儿了，下多大的雨，她都一无所知。晚上8点多，情况出现逆转。波司登办事处的人打电话说，他们把这个情况跟公司汇报了，公司领导说，不要钱，他们捐，要多少捐多少。她一听，在电话里大声说了句："我代表公司感谢你们！向你们致敬！"

实际上，下午3点多到晚上8点多的这段时间里，孙燕芳无比焦急，甚至有些绝望。下午5点多，他们到达南昌。她对老公说："我们从南昌下高速，从南昌购买一批羽绒服回去。"老公说："也只能这样了，能装多少就买多少吧。"他们来到南昌的高速路出口。交警问她去哪儿。她说回武汉。交警说，回武汉的不让下高速。她又把支援火神山医院建设的证明给他们看。交警说，那也不行。她很无奈，只得继续往武汉赶。

他们是1月28日凌晨2点30分回到武汉的。但此时的武汉已非彼时。孙燕芳带着些许伤感对我说："从下高速到家，有30分钟，但我们没有看到一台车。虽说已经是凌晨，但若是平常，这个时候的武汉依然会车水马龙。但那一刻，武汉静悄悄的，静得让人可怕，静得让人伤心，静得让我怀疑自己是不是在做一场梦，甚至怀疑自己的人生。虽然我和老公都不是武汉土生土长的，但我们在武汉待了十几年了，在这里上大学，在这里参加工作，在这里谈恋爱，在这里买房、结婚生子。每次跟外面的人聊天，我都会自豪并且是不假思索地介绍，我们武汉怎么怎么美，我们武汉人如何如何好。我们对武汉的感情，不比对家乡的感情差，真的。最开始，我们还聊着武汉的事儿，但到了高架桥下面，我们就都不说话了，连同儿子。我的心情非常低落，大脑一片空白。"

但她觉得一切还有希望。这份希望不是家人，不是儿子，不是职位，也不是未来，而是参加火神山医院建设。她并不知道，老公也是这么想的。

"你留在家照顾儿子,我去火神山。"她说。

老公脸色一变,说:"虽然我在项目上,但我也是总承包公司的,我是男人,我去更合适。"

"我是去做后勤保障工作,这个岗位女生更有优势。"她毫不退让,"再说我已经参与和熟悉这个岗位了,这个岗位非常需要我。"

"可是——"

她立即说:"不要可是了。以后等我回来了,你再去,这总行了吧。"

老公知道老婆的性格和拼劲,也就没再说什么。

她洗了个澡,简单地收拾行李后,已经是凌晨4点。她把闹钟设置在早上5点30分闹铃。

早上6点,她开车前往火神山医院施工现场。火神山医院位于蔡甸区知音湖大道,离她家挺远的,她开了50来分钟。还没到施工现场,她就感受到了紧张而繁忙的气氛。因为各种送货的车排了几公里长,她的车根本无法继续前行。她把车往路边上一停,背上一个小包,朝施工现场跑去。马路上堆满了各种材料。来到现场,她看到到处是抢工的人,到处是忙碌的机械,挖掘车、叉车、渣土车、搅拌车,密密麻麻,轰轰隆隆,一片沸腾的景象。

这里原来是一片荒地,有大量的淤泥,也有池塘。孙燕芳走向施工中心,在人群中寻找自己的组织。她看到的第一个同事是徐宁波。他是公司的一个项目经理,在现场管工程建设,但现在他变成了一个小班长,管水电。她很激动,说:"徐经理,我要给你点个赞,武汉市建设局的领导要给你点个赞。"他很惊奇,问:"为什么?"她说:"你做事扎实,现场照明保障得好。你看这灯多亮,如同白昼。"他把手往那边一指,说:"我不行,你看看他们,都是三天三夜没合眼了。他们一接到通知,就赶了过来,有的从家里赶过来,有的从单位赶过来,有的从工地赶过来。领导要他们到酒店轮着休息，他们就是不去，顶多跑到车上窝一下，打个盹。"听着她心里一酸。

随后，她找到了自己的分管领导——公司党委副书记、工会主席徐平。简单地寒暄后，徐平就给她安排了任务，把她分在安全防疫组。公司安全防疫分几个板块，工人居住的生活区防疫工作、酒店的防疫工作、现场施工的防疫工作。她负责现场施工的防疫工作。

这跟她以前搞党建工作，还有后来做纪检工作，完全是两个概念。施工场地那么大，人员那么多，防疫工作何其艰难。除了总承包公司，还有二公司、三公司、基建投公司、绿投公司、安装公司等兄弟单位。现场施工是流水作业，有先来干完就走的，有后来后走的，有从头干到尾的。整个火神山建设期间，中建三局先后有12000多人参加。最高峰时工地上有7000多名工人，800多台挖掘机、推土机等设备同时作业。这些人中，除了三局和各公司的管理人员，有长期与他们合作的，也有临时调配的，还有前来支援的中建五局、中建七局、中建安装等兄弟公司的队伍。

现场施工防疫组分配了10个人。他们将这10个人分成AB两个小组，一个小组5个人——一个组长加4个组员。孙燕芳带A组，安监部的张玉柱带B组，一个组值班12小时。张玉柱对她说："你是女同志，就值白天吧，我来值晚班。"于是，A组白天值班，B组则是晚上。每个人背着一个应急包，就是出去旅游背的那种双肩包。里面装着口罩、水银体温计、创可贴、酒精、棉签、胶带、烫伤膏、板蓝根、感冒药等。值班时，他们每个人手上还会拿着个喇叭和额温枪。他们在公司施工区域来回走着，用喇叭提醒大家：要禁止吸烟，注意安全；戴好口罩，保持距离。他们还会提醒大家：一定要记得四个小时换一次口罩。他们至少要保证每个工人一天现场测量三次体温，一边测，一边观察——口罩是否戴标准了，鼻子完全盖住没有；口罩是否有磨损，如果有，就立即补，哪怕只是一点小小的磨损,都得换。总之,工人在哪里,他们巡逻防控的脚步就到哪里。平均一天下来,能补发口罩六七千个。加上固定发放,每天要消耗口罩2.5万个。

一天下午,她注意到一个工人站在架子上施工有三四个小时了。她想,他的口罩肯定脏了,或者有磨损,即使没有,也应该换了。

于是她对那个工人说:"师傅,你该换口罩了。"

"没事呢,我把上面这个事忙完再换吧!"那个工人说。

"不行,口罩四个小时必须换。"她说。

"我上下不方便,忙完,我就换。"那个工人说。

"好吧!"她说。但她就在下面守着,她怕一离开,那个师傅忙完了这里就去别的地方,没有及时更换口罩。

当时她就一个想法,在防疫上不能出现任何漏洞,或者说不能给病毒任何可乘之机。后来她从火神山医院建设现场回来,有闺密问她,在火神山时累不累、怕不怕?她说,现在想来挺可怕,但当时只想着如何让工人做好防护,真的把自己都淡忘了。

就这样,她一直忙到2月23日。其间,她离开火神山参加了一个紧急改造医院项目。完成后,她又回到了火神山。这时候,火神山已经投入使用了,他们的工作由之前的建设变成了维护保养。而她的工作,也由之前的防疫,回到了给工人发放工资。"我们与班组长谈工资,谈补贴,有的班组长不要。我问他为什么不要。他说,国家有难,我是来为国家出力的,还要什么钱?如果为了钱,我也没有必要冒着生命危险来火神山。他们不讲价钱,公司发多少,他们就拿多少。平常感受不到,这个时候我真正感受到工人的可敬可爱。"孙燕芳告诉我。

孙燕芳说,2月23日刚来到留观点的那天晚上11点,她接到一个班长的电话,说有一个工人有点咳嗽,不舒服。她马上对这个班长说,赶紧跟工人联系,问问具体情况。那个工人叫郑世春,刚刚从火神山来到隔离点。

她还是不放心,又自己给他打电话。她问郑世春:"你发不发烧?"他说:"有点发烧。"她又问:"你头疼不疼?"他说:"有点疼。"就在与他通电话时,她明确地感觉到他在咳嗽,而且比较频繁,甚至有点喘。她又问:"你在哪里?"他说:"在汉阳。"她问:"在汉阳哪里?"他说:"在一个酒店里面。"她让郑世春告诉她一个大致位置。郑世春说,应该离武汉市第五医院不远,他看到第五医院的牌子了。孙燕芳立马说:"那挺好的,你赶紧去第五医院检查一下,做个CT。"郑世春推托说:"现在下大雨,还是明天去吧。"在聊天的过程中,孙燕芳始终感觉到郑世春有一些担忧与恐惧。她说:"你别害怕,退一万步讲,即使感染了新冠肺炎也不用害怕,最主要的是自己要有信心。治疗的费用,也不用担心,全部由政府承担。如果不是,可能就是一般的感冒,好好调理就是了。"她怕郑世春不去医院检查,第二天早上7点,又打去电话,问情况怎么样了。郑世春说:"还是不太好。"她着急地说:"赶紧去医院吧,记得带上身份证。"郑世春身上没钱,说不知道到医院检查要不要钱。她没有多想,立即微信转给他1000块钱,让他去医院做了核酸检测和CT。第二天,她接到郑世春的电话:"医生说没问题。"但她还是不放心,怕他为了省钱没去做检查。她说:"你找个医生跟我说一下。"医生说,他确实没问题。后来又叫他把单据拍照发给她。这时她才安心。

"不是对郑师傅不信任,绝对不是。"她说,"参加火神山医院建设的第一批工人返回时,都是自行隔离,我们这么做,完全是对生命的珍重,是出于心中的那份责任心。他们都是家中的顶梁柱,不论是谁,他们都不能有事。从内心来说,我自己生病都没看得那么重。"

孙燕芳说,她喜欢看书,养生类的、政治类的、历史类的、哲学类的都喜欢看。但她最喜欢看的还是文学作品,小说、散文、诗歌、报告文学都会偶尔翻一翻。有本书叫《敢为天下先》,就是王宏甲和许名波写的一本报告文学,反映的是中建三局50年的发展历程。这本书她看了很多遍,反复看,每看一遍都有新的感受。特别是经历了这次抗疫,再回过头来看这本书,她更进一步理解了一个企业的内涵与实质、责任与担当。

最后,她还特别强调说:"参加火神山医院建设,肯定是我人生珍贵的记忆,但更是生活在这个时代的武汉人,或者说中国人的自豪。从设计到建成完工,仅历时10天,就建成了国内首屈一指的呼吸系统传染病医院。这对这次疫情防控具有重大意义,对提升全国人民战胜疫情的信心,自不用说。关键是,这里面凝聚着我们这个国家这个民族的多少心血和情感啊!"

3月29日下午,我们在火神山医院一见面,熊伟就感慨地对我说:"一个屠夫,一个水电工,会参加火神山医院维保工作,我做梦都没想过。我不是什么英雄,作为一个湖北人,我只是用最简单最实际的行动,参与到这场战争中来。我们每天做的都是相同的事情,很平常,很普通。我也没什么文化,不太会说话,但我会把记忆里最深刻的事情说给您听。"

熊伟是湖北大悟人,和老婆一直在武汉打工。以前他是个水电工,干了近20年水电。五年前他改行,到屠宰场上班,既负责水电,也搞屠宰。儿子在大悟一家单位做水电工。武汉"封城"后,他和老婆、儿子、儿媳妇还有孙子,就老老实实待在家里。他想,哪儿都不去,安心待在家里,就是对武汉抗疫、湖北抗疫最大的支持。但他的安心在大年三十那天被打破了。儿子单位有做水电的同事去参加火神山医院建设了。最开始是儿子坐不住,他说他也要去参与建设火神山医院。看着儿子要去,熊伟的心蠢蠢欲动,想跟着儿子一起去。于是父子俩行动起来,他们找村里出具通行证,村里说必须有参加火神山医院建设的证明。村里不行,他们又抱着侥幸心理找到镇上,镇上给了他们一样的说法。他们心里很失落,以为再也没机会了。

2月6日下午，儿子欣喜地告诉他："爸爸，我们可以去火神山了！"儿子单位要求所有水电工到火神山医院搞维保，只要报名去的都会开具通行证。熊伟马上说："一定要跟你们领导求个情，把我也带上。"儿子马上问领导。领导说："你爸爸会不会水电？"儿子说："我爸搞了20年水电了。"领导说："只要你爸愿意，欢迎他加入。"听到这个消息，熊伟来劲了，跟着儿子跑上跑下，准备这准备那。

2月8日，元宵节。熊伟和儿子吃过午饭，带上行李和通行证，出发了。熊伟开的车。一路上，他们聊的都是武汉的疫情，聊的都是"火神山"。儿子没事，就把关于火神山医院建设的视频找出来看。他们越看越激动，越看越兴奋。熊伟一边开着车，一边想象着火神山医院的模样。

下午快4点，他们到达火神山医院，正式被编入中建三局总承包公司火神山医院项目维保组，但没有立即进病房。他们首先把食宿地方安排好，接着开始熟悉室外所有电路。熊伟以前是搞家装的，儿子是搞工装的，他们所熟悉的电路情况都与医院电路有所不同，他们需要了解清楚医院的电路。这时项目负责人跟他们讲，一号楼和二号楼开始接收新冠肺炎的病人了，有好几名，一定要注意安全，做好防护措施。接下来，公司又对穿戴防护装备等进行了强化训练。

熊伟负责三号楼一楼的维保。2月11日上午10点，他和负责二楼维保的一名同事走进病房。两人一组进病房，既便于开展工作，也有个照应。这是他第一次进病房，第一次与新冠肺炎病人近距离接触。熊伟平常就大大咧咧，来到火神山医院，也完全是凭着一腔热血，对新冠病毒他一无所知，不知道这个病毒到底有多厉害。或者说，他总觉得病毒没有在自己身上，自己就离病毒很远。是一个男医生和一名护士长带他们进去的，首先护士长再一次教他们规范地穿戴防护装备。穿好防护服并认真检查后，他们才走进病房。护士长告诉他们:"病房里的所有东西都不能摸,特别是病人的东西不能动,这些上面可能有病源。如果遇到什么困难,可以随时问我。"随后,熊伟他们正式投入工作。他们先疏通了一个马桶,接着又弄通了一条电路。他们正准备出病房,一个护士把他们叫住了:"有一个病房漏水,辛苦你们处理一下。"他们马上返回,直奔病房。处理好漏水后,又有护士说:"一个病房的灯不亮了。"第一次进病房,他待了两个多小时。因为是第一次穿防护服,戴护目镜,他觉得很难受。他问护士:"穿着防护服怎么憋得慌?"护士说: "穿防护服肯定难受,但慢慢适应了,会好受一些。"

"我第一天进去了三次,换了三套防护服,一直忙到晚上9点多。当时我不知道防护服什么价格,但听护士说,这东西当时很稀缺。所以我和同事商量,进去后尽量把要解决的事情都解决好,免得不断地换防护服,也节省些防护服。"熊伟说,"其实在这里的工作并不复杂,同样的工作,同样的程序,就是需要不停地做。"

渐渐地,熊伟对新冠肺炎疫情有了一些了解。

一次,他进病房疏通马桶。那马桶堵得吓人,脏物溢得四处都是,弄得卫生间里臭烘烘的。他采用最老式的疏通办法,用钢丝球在里面使劲地搅。好不容易弄通了,准备出病区,经过一个病房门口时,他看到好几个医护人员正围在一个病床边紧张地抢救病人。病人身上插满了各种各样的管子。他当时心里一惊,新冠病毒真有这么厉害吗?真会要人命吗?1月初有人说这个病很厉害时,他还满不在乎地说,别听人家乱说,只要身体好,怕它干什么。抢救完,他问护士:"能不能救活?"护士说:"能不能活,就要看他自身的抵抗力了。"他问:"这种病还能死人吗?"护士说:"这种病传染性大,如果被感染了,自身抵抗力不强,就可能死。"一出病区,他就跟工友和儿子说:"下次进去的时候,要注意啦,一定要好好保护自己。刚才我看到医护人员在抢救一个病人,护士说,能不能活还是个问题。自己抵抗力强就能活下来,弱的话,就提不上这口气。"一个工友说:"我也看到过抢救病人,但没抢救过来,走了。"此时他感慨万分。以前只是听说,从来没有亲眼见过,今天他才知道,感染了这个病,严重的,要是一口气上不来,就会死去。

"是不是害怕了?"我问熊伟。

"不害怕!"他说,"但我担心儿子,我们在一个班里,我对他穿戴防护装备要求很严,我也尽量多给他分担点任务,少让他进入病区。我倒无所谓,但我儿子不能倒下。他要倒下了,我老婆怎么办?我孙子和儿媳妇怎么办?我这个家不就毁了吗?"

我们一阵沉默。

他接着说:"我和儿子每天下班回到酒店,都要给家里打电话,或是视频。我一般是跟老婆聊聊天,逗孙子玩玩。孙子三岁了,一见到我,他就乐得不行,问这问那的。孙子说,你们酒店好漂亮呀。那边有没有棒棒糖吃?有没有巧克力吃?有没有牛奶喝?我说都有。他说,爷爷你回来的时候,要给我带些回来。我说,一定给乖孙子带回去。他还问,爷爷你在火神山干活累不累,危不危险?我说不累,也不危险。但我老婆就不是那么好哄了。一天她突然问我,你们是不是骗我?是不是进了病房?离病人很近?我立即说,你听谁瞎说的?我们根本就不进病房,更没见过病人。她说,我们从新闻上看到的,说维保人员要进病房,还要穿防护服。我说,我和儿子没有,新闻上说的是别人,我们就在病房外检查检查线路,保证病房不断电就行了。她说,你们不要骗我们。我说,骗你们干吗?她说,反正你们要小心啦。"

熊伟也多次跟儿子说,进到病房,尽量与病人隔远一点,帮助他们解决好问题后就赶紧离开。但事实上,他们正在融入这个临时医院,正在成为这个临时医院的一分子，甚至是不可分割的一部分。他们无法与病人隔离开来。不论是线路断了，空调坏了，马桶堵了，房屋漏水了，还是其他物品坏了，人们首先想到的就是水电工人。看到水电工人一进病房，不论是医护人员，还是病人，就会有一种踏实感。

进到病房维保，难免不跟病人说话。听病人讲的是武汉话，熊伟就会用武汉话跟他们交流。他在武汉待了多年，能讲一口地道的武汉话。病人一听他讲的是武汉话，就非常欣慰，像见到了亲人。有次一个病人问他："师傅，你贵姓？"他说："免贵姓熊，熊伟，熊猫的熊，伟大的伟。"那个病人又问："熊师傅，你是哪里的？"他说："我是大悟的。"那个病人说："你是志愿者吧？"他说："我是志愿者。"那个病人说："感谢你们啊！你们是英雄！"他说："算不上英雄，我们只是做一些后勤保障工作。医护人员才是真正的英雄。你们只要好好配合他们的工作，病就会好。你们好，我们就好；你们不好，我们也不开心。"那个病人说："是的，是的。我们要配合医生和护士的工作。"他说："其实你们也是英雄，病毒跑到你们身上了，直接跟病毒做斗争的是你们。所以你们要多吃多锻炼，增加自身免疫力，这样就能打败病毒。"听他这么一说，那个病人投来惊奇的目光。他立即说："我对医学一窍不通，是听护士说的。"那个病人竖起大拇指，为他点赞。

火神山医院是由部队医疗队接管的，医护人员来自全国各地。而病房里住的病人大部分是武汉人，并且都上了年纪，普通话说不好，熊伟他们还得充当临时翻译。有时他们一进病区，护士就迎了上来，说有一个病人说话她听不懂。一次，护士把熊伟带到一个婆婆的病床前。他问婆婆："婆婆，您有什么事要帮助的？"婆婆说："年轻人有手机看，他们都不看电视，但我的是老年手机，手机上什么也没有。我睡不着，想看电视，可电视不能看，我也不会调。"他说："那我给您调一下。"电视很快就调试好了。

其实病人需要解决的，无非就是这样的小事，但由于沟通不畅，就会产生误解，甚至矛盾。一天，熊伟在一楼病房走廊边看到护士长在悄悄地哭。因为熟悉了，他也就没有避讳。他一副打抱不平的样子跑过去问："护士长，你哭什么？谁惹你生气了，我们去'报仇'！"护士长告诉他，有一个老爷爷找她，说的都是武汉方言，说了半天，她一句也没听懂。老爷爷看她没什么反应，就大声叫了起来，骂她，整个病房的人都看着她。她觉得很委屈，心里难受，因为她确实一句也没听明白。熊伟说："护士长，你不要生气，也不要当回事，就当一个长辈训了一个晚辈。"随后，他又找到那个老爷爷。一聊，原来老爷爷是个急性子，他以为自己讲的话护士听不清，便提高了声音，不是骂她。他声音一大，说话就像吵架骂人一样。护士长还告诉他，他们护士队伍中，大的30多岁，小的不到20岁，大多数听不懂武汉话。因为天天都要跟病人打交道，所以少不了受委屈。他继续安慰说："你们每天跟病人近距离接触，真的很危险。你们是真正的英雄。"护士长说："不，你们同样是英雄。"他说："我们算不上英雄。武汉发生这么严重的疫情，你们千里迢迢到这里救治病人，我们这些有点手艺的湖北人，如果站在旁边看，不让外人看笑话吗？"他还说："刚到火神山医院进病房时，因为没遵守你们的规矩，我们也没少被你们批评。但我们忍着，没跟你们争，因为我们知道，你们是为我们着想，避免我们被感染。"聊到这儿，护士长脸上露出了笑容。

　　最后，熊伟他们成了病房里的"万能"施工队，从里到外，从上到下，什么都要帮着解决。刚开始他们每天要进病房四五次，后来工作量有所减少，基本上一天就进去两三次。到3月25日后，基本上是隔一两天进去一次。住院的病人少了，出院的病人多了，他们的事情也就越来越少了。他当时跟工友说："应该快胜利了，好日子就要来到了。"

　　3月10日后，熊伟对火神山医院有了更深层次的认识。他说，那天他正在病房里修理电路，正忙着，听到医生护士都在说，习主席来了，习主席来了。不光医生护士说，有些轻症的病人也在说，习主席来了，习主席来了。他一惊，停下手中的活，心想，难道他们是说国家主席习近平来了？他跑过去问护士长，护士长非常肯定地告诉他，党中央高度重视火神山医院，是习近平主席来医院考察了。他对护士长说，这么危险的地方，习主席到这里来干什么？护士长也说，中共中央总书记、国家主席，冒着生命危险，亲自到武汉来，还是到火神山来，史无前例啊。他非常激动，呆呆地站在原地。好一会儿，他才跑到工作岗位上，忙起手中的活儿，生怕事情没做好。这时他才知道，火神山医院是个奇迹，奇迹的背后，不光凝聚着许许多多普通人的心血和汗水，还有国家领袖的心血。

"还过两天，我们就要撤离火神山了。我最佩服的是医护人员，特别是火神山医院的部队医护人员，他们才是真正的英雄。他们每天要抢救病人，每天都要与病毒打交道，时刻都有被感染的可能。但他们没有谁怕死，都不怕死，不怕死的人就是英雄！在火神山，不论是医生还是护士，不论级别高低，都会不顾自己的生命安危，去抢救病人。他们的事迹，我会铭记一辈子。"熊伟说，"隔离结束后，我想好好出去转转。可是武汉太热，还是等下半年，秋天了，凉快了，再出去转吧。不去远了，就到武汉的郊区看看。"

4月16日，刚刚在长沙结束隔离的我接到熊伟的电话，他高兴地告诉我："我和儿子4月1日离开火神山到武昌隔离，整个火神山维保这块，只留了五个工友。现在我们隔离结束了，我和我儿子，还有所有的工友，都是健康的。昨天火神山医院正式关闭了，留下的五个工友，也到酒店隔离了。我们胜利了，武汉也胜利了。现在虽然外面有零星的无症状感染者，但与高峰时相比，只是毛毛雨了。我们已经回家了，生活基本恢复正常了，该上班的上班了。虽然现在还没有以前的车水马龙，但比过年的时候热闹多了。现在武汉冬去春来,已经挺过来了,等下次春暖花开,就是车水马龙了。"

极限竞速

这是王雅林最痛苦最纠结的一个除夕。下午,公司工作群里一时热闹起来。不是因为春节,也不是因为新冠肺炎疫情,而是因为火神山医院建设。公司领导在群里发消息说,武汉要在蔡甸建火神山医院,现在是公司、武汉和国家最需要大家的时候了,希望在武汉的同志们踊跃报名参加。通知发出后,在武汉和不在武汉的同事纷纷报名,从分公司经理,到一线管理人员,甚至普通的后勤保障人员,都在通知后面接龙报名。

刚过不惑之年的王雅林是中建三局一公司中南公司的一名工程总监。看到群里的消息后,他第一反应是报名参加。但他很快犹豫了。公司的保利项目上,有四五个分项目由他牵头,他觉得这里离不开他。当时他哪里知道,新冠肺炎疫情会这么长时间影响工程建设呢。最主要的还是缘于对家庭的考虑,他有两个儿子,一个上小学,一个上幼儿园,老婆没有上班,他是家里的经济支柱。换句话说,假如他去了火神山,倒下了,就会毁掉一个家庭。"无论如何应该跟老婆商量商量。"他想。

"要建火神山医院,同事们都在群里报名。"他说,"我也想报名。"

"这不仅是公司需要,更是武汉需要、国家需要,按理说,应该去。"老婆说,"可是,我们毕竟生活在现实中,你要去了,你要有个三长两短,我和儿子怎么办?这个家,缺了你,就活不下去了。"

听着老婆的这番话,看着两个在客厅里打闹的天真的儿子,他无言以对。他能再说什么呢。虽说有国才有家，可也不能有国，家碎了。早在 1 月初，手机上的文字、视频，还有亲戚、朋友和同学的嘱咐，让他明白一个事情：有一个病跟 SARS 一样很厉害，不仅会传染人，严重的还会死人。就在这天，他一个高中同学在微信朋友圈里写道："今年的团圆饭吃不成了，以后再也没有人给我做早餐了！"同学没有说明，他也没好意思问。很快就有其他同学告诉他，那个同学的妈妈感染新冠肺炎去世了，就在除夕的凌晨。这是他微信朋友圈里第一例感染新冠病毒去世的。之前，他听到的都是传言，或是新闻，那时新冠肺炎仅仅是一个概念，并没有真正进入他的生活。同学妈妈的去世，震撼了他的心灵。他没有报名，公司以为他不会去。

他害怕了吗？他胆怯了吗？他退缩了吗？没有！他去火神山的欲望更强烈了，内心的斗争也更加激烈了。晚上，一家人吃了一顿丰盛的团年饭。不久，一年一度的春节联欢晚会就开始了。但他根本无心观看，一直闷闷不乐。

"我还是想去火神山。"晚上 10 点左右，他对老婆说，"如果这次不去，我一定会后悔一辈子。"

老婆惊奇地看着他，说："不是说好不去了吗？"

"可是我们都是武汉人，这是生我们养我们的家乡。"他说，"现在家乡有难，而我又有机会为家乡做点事。如果我不去，我良心上过不去。"

老婆说："如果你硬要去，我也不拦你，但你一定要想清楚，想明白。"

"老婆，我已经想清楚了。如果我不去，如果大家都不去，医院怎么能建起来？如果医院建不起来，病人就没地方治疗。如果不治疗，就会有更多的人死去。"

…………

老婆睡在床上，侧在一边，低声哭泣着。

"老婆,你放心,我会做好防护的。"他说,"假如万一出事了,我也不后悔。人活在世上,肯定要有一点点道义和担当的。"

第二天上午,他带上简单的行李,赶紧开车直奔蔡甸火神山工地。没有向公司领导报告,也没有跟同事说,他想用实际行动为自己曾经的犹豫"赎罪"。到达火神山工地时,那里已经车水马龙、人山人海了。他把车往路边一停,赶紧找公司的指挥部。当他看到分公司党委副书记高建宏和其他同事们时,他的泪就出来了。此时的他,就像迷路的孩子,找到了母亲;像掉队的战士,找到了队伍。此时的他,感觉温暖不在家里,而是在前线。高建宏见到突然归来的战士,也非常惊喜,握着他的手说,组织欢迎你。随后,高建宏又拉着他找到一公司董事长吴红涛说:"小王同志很不错,主动参加火神山建设。"这时,火神山建设的组织架构已经定好了,项目经理都已安排好了。他就说:"只要让我在这里干,干什么都行。"最后,领导决定让他当个工长。他立即跟着大家一起忙了起来。

其实,此时的王雅林与千千万万的中国人一样,他们都在与祖国共脉搏同呼吸。此时,武汉新冠肺炎确诊病例正在飙升,发热门诊排起长龙,住院床位全城告急。专家预测:武汉全城医疗资源即将到达极限!如火的疫情,一直牵动着中央和全国人民的心。就在王雅林奔赴火神山之时,习近平总书记主持召开中央政治局常务委员会会议,专门听取新冠肺炎疫情防控工作汇报,对疫情防控特别是患者治疗工作进行再研究、再部署、再动员。他强调,各级党委和政府必须按照党中央决策部署,全面动员,全面部署,全面加强工作,把人民群众生命安全和身体健康放在第一位,把疫情防控工作作为当前最重要的工作来抓。这天下午,武汉市新冠病毒感染的肺炎疫情防控指挥部召开调度会,决定除武汉蔡甸火神山医院之外,半个月之内再建一座武汉雷神山医院。雷神山医院选址武汉市江夏区黄家湖,分为两栋建筑,总建筑面积7.99万平方米,其中医疗隔离区约5.22万平方米，初定新增床位1600张；医护区2.77万平方米，可容纳2000名医护人员工作。

下午5点多，建雷神山医院的消息传到了火神山医院施工现场，也传到了王雅林的耳朵里。他还听到了更加令人激动的消息：原本参与火神山医院施工的中建三局一公司临危受命，转而牵头承担雷神山医院的施工任务，火神山医院相应的施工任务则交由其他兄弟单位。开车奔赴江夏途中，他接到领导电话："想让你挑担子，当项目经理，负责现场施工。"他说："不论何种职务，一切听从领导安排。"领导说："那就这样定了。"他说："保证完成任务！"此时，不再是一次建设，而是一场战争。他们的语境也变成了战时语境。晚上6点30分，雷神山医院首批50名管理人员到达施工现场，200余名劳务人员全部就位，各项准备工作迅速启动。

晚上8点，公司领导临时组织骨干开了个会，把大致内容讲了一下。分了两个小组，一个技术组，负责跟设计院对接；一个现场生产协调组，主要任务是把火神山的设备和资源赶紧转到雷神山。王雅林被分到现场生产协调组。当时，一公司前期采购的物资已经大量运抵火神山医院，许多物资刚刚卸下，又重新打包装车。于是，600多名工人重整行装，连夜"急行军"，赶赴"新战场"。5台大巴、8台卡车在两座医院之间来回奔波，到26日凌晨4点全部完成转移，各项准备工作迅速启动。王雅林感慨，他终于知道当年解放军撤出延安、转战陕北时究竟是什么景象了。在组织协调物资调配过程中，他发现放设备的地方是硬化道路，准确地说，是原来第七届世界军人运动会停车场。他马上给技术组打电话："这里有一大块硬化路，是原来军运会的停车场，能不能跟设计院商量一下，保留这块硬化路？这样既可节省工期，也可减少成本。"技术组马上把这一情况向设计院报告，设计院一看，觉得这个建议可行，立即采纳。没有休整，不论是管理人员，还是普通工人，来到这里就开始干活，挖土方、平整土地。条件非常艰苦。他们来的时候,没有办公的地方,也没有吃饭和睡觉的地方,但都找到了工作的地方。他们知道,这不像往常在工地干活,一定要先建好食堂和宿舍,并且还要达到标准才能干活,现在是极限竞速,他们根本就没考虑后勤需要,也没时间考虑。干到第二天早晨,干累了,大家就窝在车上对付一晚。

1月25日19:30,雷神山医院建设指挥部成立,中建三局一公司牵头承担施工任务。一公司将各专业公司一把手叫到一起,现场蹲点,组织施工,包括主体结构、机电安装、市政安装、土建工程等。首先是人的问题,而首要的是管理人员。王雅林所在的中南公司,25日晚上到现场的有20个左右管理人员,26日又去了100多个,大部分是项目上的领导班子成员。他们有管施工的小组,有管后勤的小组,有负责道路交通指挥的小组,还有负责对外协调的小组,跟政府部门衔接。

1月27日,项目正式开工,建设施工全面展开,一场无日无夜的战斗正式打响。当务之急是拿到设计单位的"作战图"。项目技术组组织了近20名各专业技术人员进驻设计单位,与设计人员挑灯夜战、一同设计。设计不能出图的节点图,由项目自行绘图,交由设计人员签字确认后拍照发到现场施工;涉及材料种类的,还要先由资源保障组了解是否有现货,再对设计进行调整。交通疏导组日均协调量上万次,确保物资及人员进出高效有序。全体现场施工人员则以"白加黑""5+2"的工作模式,"AB角轮班制"24小时昼夜不停施工,争分夺秒抢抓工程进度:上一个单位刚完成场地铺沙,下一个单位马上进场铺设防渗膜;施工、监理人员一齐守在现场,边沟通、边设计、边施工、边调整,许多难题都由他们热火朝天地讨论后现场敲定解决方案。300余人组成的后勤保障组则负责现场逾万名"将士"的一日三餐和消毒防疫,所有人员每天进出工地无遗漏测温,所有场地每天消毒不少于4次。当时大家没有考虑项目成本,没有考虑休息,只想着如何在短时间内把基础工程做出来。

战斗队伍还有缺口，中建三局紧急召集在汉全部力量。"若有战，召必回！"一时间，三局所有在汉单位的工作群沸腾了。除了一公司，中建三局所属的单位，如二公司、三公司、总承包公司、基建投公司、绿投公司、安装公司的精锐之师纷纷驰援。一时间，黄家湖畔英雄云集，施工局面迅速打开。但随着雷神山医院设计变更、规模扩大，人员依然捉襟见肘，整个中建集团对内广发"英雄帖"。顷刻间一呼百应，八方来援。中建铁投、中建科工、中建安装、中建装饰、中建商砼、中建二局、中建四局、中建五局、中建八局等中建集团所属公司骨干火速驰援。800人、1000人、2000人、5000人，现场人数的每一次增长，都意味着在这场与疫魔的对战中，他们的底气越来越足。截至2月4日，现场1000余名管理人员、8000余名作业人员日夜奋战，1400余台各类大型机械设备、运输车辆川流不息，3000余套箱式板房、3300套机电安装物资运抵施工。

现场物资远远不够，项目指挥部迅速动员局属各区域公司，在全国范围内联系货源、征集物资。令人欣慰的是，所有供应商一听说是武汉雷神山医院需要的，立即表示把所有库存免费捐赠。"现在回想起来，雷神山医院能那么快、高标准地建起来，不仅体现了中国基建的能力和技术，更体现了中国的强大，见证了危难面前中国人民守望相助、共克时艰的强大凝聚力。"王雅林感慨地对我说。

"最难的是什么？"我问。

他说，建雷神山医院最难的是医疗配套区的建设。大家一听到医院，可能第一反应就是病房。病房建起来了，就可以投入使用了。雷神山医院建设全面采用工业化建造技术，实现设计标准化、生产工厂化、建造装配化、施工一体化、管理信息化，最大限度地兼顾了效率与品质。其中医疗病区综合采用箱式板房和钢结构建筑，医护生活区则采用场地和吊装要求低的 K 式板房。通过综合采用不同的拼装方式，将现场施工和整体吊装穿插进行，大幅减少现场作业的工作量，节约了大量的时间，实现现场吊装作业效率最大化。王雅林他们刚到雷神山时，以为把集装箱一装就可以了。但拿到图纸后才知道，不是想象的那么简单。雷神山医院虽然是个临时性的医院，且要求在很短的时间内建成，但设计非常规范，配套设施非常完整，建设标准非常高。光配套设施就有十四五个，如污水处理池、化粪池、微波消毒区、救护车消毒区等，甚至还有医技楼。这时他们才明白，只有把配套设施建起来，医院才有使用功能，也才能真正称得上是医院。比如液氧站，有六个大罐子，每个罐子有六七米高，里面装的都是液氧。这里面的管道通往各个病房，只有它具备了输送氧的功能，病人才有氧气可吸。而雷神山医院收治的都是新冠肺炎病人，并且大都是重症，大部分需要上呼吸机，需要氧气。虽说它们是配套设施，但它们实际上是医院的重中之重。只有把它们建起来，并保证能正常使用了，医院才能交付。这是最难的。

王雅林觉得，最难最难的是医技楼。这是整个医院的"心脏"与"大脑"。里面有非常多的核心设备，除了 CT 室、核磁共振室等，ICU、检验科、紧急手术室、放射科等重点科室都在这里。没有它，医院就运转不起来。它里面的管线与结构，建设的要求复杂，标准又高，所以施工难度非常大。整个医技楼有 6000 多平方米，紧张的时候有三四千人在里面施工。人挤人，就像过年过节逛夜市、赏花灯一样。虽然人山人海，但并没有打乱战，大家井然有序地忙着各自手中的活儿。雷神山医院要在十二天之内建成，主要看医技楼能否按时完成。

高峰期，雷神山医院工地有一两万人同时施工。组织难，协调难。大兵团作战，一动就是千军万马，时间压缩到极限，一旦出现闪失，再没什么转圜余地。因此，必须方案先行、策划先行，提前排兵布阵，方能步步为营。特别是对施工内容复杂的雷神山医院项目来说，覆盖场地平整、基础工程、管道预埋、防渗膜施工、钢筋绑扎、混凝土浇筑、板房搭设、机电安装、室内装修等十几道大的工序，涉及基础工程、土建及装饰工程、给排水及消防系统、供配电系统、照明与监控系统、通风空调系统、通信弱电工程、医用气体工程、净化工程、室外及市政配套、污水处理设施等十几个专业，不同专业之间需要划分接口界面。比如通信弱电设计师需要跟供配电和土建的设计师沟通，光纤和网线要怎么布，土建施工时则要预挖沟槽、预留PVC管道、确定供电等级；医用气体工程设计师需要跟土建装修专业沟通施工方法和密闭要求……无处不在的交叉施工和接口管理，是对中国建造管理能力和管理水平的一次集中检验。协调上万人，涵盖几十道小的工序，经历设计、交底、土建、设备安装、装修等阶段，多道工序必须齐头并进。作为牵头单位，中建三局如同项目的"大管家"，要统筹制定好通往胜利的"路线图"，统一策划、组织、协调，设计好工序和工艺的穿插流程，为所有参建单位提供更好的服务和施工安排，保证每家单位都能最大化发挥专业优势，保持各单位的施工节奏步调一致。项目倒排工期，制定了"时间表"，将每一步施工计划精确到小时乃至分钟，同时根据现场情况实时纠偏，使十余家单位上千人的项目管理团队，都能听从统一指挥，密切配合、一鼓作气。

…………

3月29日上午，我在位于武汉市东西湖区金山大道的中南公司采访王雅林。说起当时的情景，他的表情依然激动而紧迫。

"2月4日，雷神山医院全面进行医疗设备调试，吹响最后冲锋号；2月5日，病房全区通水通电，基本具备移交条件；2月6日，开展验收并逐步移交……真正的施工时间只有12天。"他说，"这得益于祖国的发展与强大。今天的中国建造，早已不是17年前建设小汤山医院时的人背肩扛；今天的雷神山医院,也早已不是当年的小汤山医院。污水处理、空气净化等各项技术更加先进,在给病患医护人员提供更加完善的生命健康保障的同时,也将医院对周边环境的影响降到最低。"

他说:"为了保护更多的人,为了守护这座生病的城市,每个人都拼尽了全力,每个人的背后都是一个家庭的支持与牺牲。每一个参加雷神山医院建设的人,不管是管理人员,还是一线工人,他们都是英雄。这是中南公司的财富,这是中建三局的财富,这是中华民族的财富,这是我们这个时代的财富。"他还说,"以前老有人在探讨一个问题:这么多年了,中国没有发生过战争,假如遇到战争,需要人上前线打仗的时候,人们会不会怕死呢?雷神山医院建设让我彻底感受到,我们的国家、我们的民族面对挑战时,绝大部分人能够勇敢地站出来,冲到前线,面对死亡和牺牲。"

关于雷神山医院的建设,我还想说说方健的故事,这是千千万万个"方健"的缩影。

1991年出生的方健,老家湖北宜昌。他算是出生于军人世家。他爷爷不仅是一名共产党人,还曾当过兵,参加过抗美援朝战争。虽然他出生的时候,爷爷早就去世了,但爷爷的故事一直在他们家族中流传。爷爷16岁当兵,当兵不久后就参加了抗美援朝战争。一次战斗中,爷爷他们正在埋伏,美军轰炸机飞了过来,丢下了一颗燃烧弹。爷爷虽然没被炸死,但右腿被炸伤了,也留下了后遗症,走路一瘸一拐。退伍回到老家后,虽然成了残疾人,但他有担当,有魄力。奶奶非常欣赏爷爷这一点,于是他们成家了,并生了五个孩子。可是,有一次,爷爷晚上从外面回家,一不小心从悬崖上摔了下去,留下年轻的奶奶,还有五个年幼的孩子。为了孩子,奶奶没有再嫁,含辛茹苦地把五个孩子拉扯大,并把二儿子,也就是方健的爸爸送到了部队。虽然爸爸没有在部队提干,也没上军校,后来退伍回乡，但他却是一名对自己要求严格的共产党员，一名合格的士兵。他们战友聚会，从来没有谁说过部队的番号，他们只说在新疆当兵，具体在什么地方从未提及。爸爸说，他们部队是保密部队，部队有规定，不能说番号，也不能说具体地址。他们始终以一名士兵的标准要求自己。这些，对方健都有着耳濡目染的影响。2013年，他从长春工程学院毕业后，就来到了中建三局二公司。入职面试时，领导问他对自己的工作岗位有什么期望。他说："我愿意去最难最苦的项目。"于是，从2013年到2019年，从二公司华中地区最苦的项目——荆州体育馆建设开始，到后来的武汉腾讯研发中心、黄石政务中心楼，他一直奔波在最苦最累的项目上。这期间，他一边磨炼，一边成长，不仅加入了中国共产党，还成了家立了业。

　　方健是1月20日（腊月二十六）回的老家，因为奶奶病危。他带着老婆孩子回到家两天后，奶奶就去世了。当时武汉的情况还没那么严重，大家都没有意识到疫情的严重性。奶奶去世的第二天，即1月23日，他就在单位工作群中看到动员大家参加建设火神山医院的通知。他的爱人也在中建三局工作，她也在工作群里看到了通知。两口子一商量，觉得必须报名。但考虑到家里两个孩子，女儿才三岁，儿子才一岁，还未断奶，决定先让方健报名。但领导否决了："先把你奶奶的后事料理好。"仅仅两天后，机会又来了，公司要参加雷神山医院建设。方健又毫不犹豫地报了名，这次领导没有再否决。当时湖北各地管控已经很严了，如果没有证明，根本就出不了村。1月27日晚上6点多，方健终于收到了公司出具的参加雷神山医院建设的证明。虽然从武汉回来的人都需要居家隔离，但村上和镇上都认识他，也知道他在中建三局工作，加上有公司发来的证明，他的回汉之路变得顺畅起来。他一个人回了武汉。爱人在公司做物资管理，是个物资工程师，她也非常想去，但面对嗷嗷待哺的孩子，很是无奈。方健是晚上8点上的高速。在高速路入口，交警听说是回武汉参加雷神山建设的工作人员,非常支持,告诉他从哪里走最好走。交警还问,有三个护士也要回武汉支援,她们可能没车,能不能带上她们?他说,没问题。正等着,交警接到电话,说那三个护士已经坐上一个志愿者的车了。一上高速,他就朝雷神山工地急驰。1月28日凌晨1点,他到达雷神山工地附近。但车太多,他只能把车停在几公里外,徒步进去。真正安顿下来,已经是凌晨4点了。

100多名来自五湖四海的管理人员汇成一团,许多人连彼此的名字都叫不出来,更不要说知道各自的性格、特长了。这样一个刚刚成形的团队,协调工作的难度可想而知。分配任务时,领导问:"谁来做现场协调?"方健主动站了出来,说:"我来。"看着眼前这个年轻小伙,领导有些担心,说:"这可是现场难度最大、最复杂的工作啊。"方健点点头,语气坚定地说:"我明白,交给我吧。"第一天,他一分钟的觉都没有睡,对着图纸反复研究,盘算着怎么把100多人的积极性全部激发出来。他想出一个办法:将所分管的工区划分为7片,每个片区配备全套管理人员,每天召开会议对比各区进度,形成各区之间的良性竞争,刺激管理人员和工人的工作激情。此外,他每天都要接打300多个电话,靠着咽喉片对付嘶哑的嗓子。对内,他主动对接各个工区,将各工区与物资部、商务部、后勤部、人资部等部门链接起来,协调生产所需的设备、材料、人员、技术措施、临水临电,保障各区高效生产;对外,他主动联系各外部单位,将隔墙、门窗、氧气、智能、热水、市政等数十个专业串联起来,通过计划管理与移交的方式,让所有工序有序进行。为了节省时间,他少喝水,少吃饭,少睡觉,也正是因为这样,他成了雷神山B1-B5、C11-12及室外和屋面机电施工的"百事通"。

雷神山医院建设完成之后,方健继续留守,承担起维保工作。相比于前期建设,维保工作压力更大。3月上旬的一天,武汉下起大雨。由于雷神山医院房屋都是临时板房结构,不是混凝土结构,很难防水,下雨的时候外面的水容易漏进来。他们爬到屋面一查，大概有十个漏水点，其中一个点还漏得很大。最要命的是，这个点就在配电房边上。如果水漏到配电房造成大面积停电，后果不堪设想。那不光是事故，更是数百条生命。这是他承担维保工作后，第一次接受检验。他赶紧带着维保工人爬到屋面，刚爬上去，雨就下大了。虽然他们穿着棉大衣，但还是觉得很冷。"不行，得先赶紧把雨水引开，否则有可能会流到配电房。"他想。另一个同事赶紧找来一根长管子，方健把管子在洞口处固定好，进行引流。由于雨太大，又一时没在屋内找到固定管子的东西，那个同事只有用双手举着管子。后来实在坚持不下了，又换了另一个同事来举管子。把屋面漏洞抢修好后，他们全身都湿透了，衣物变得沉甸甸的，路都走不动了。他们赶紧回到酒店，洗了个热水澡，把里里外外的衣服都换了。他们害怕感冒。感冒了可能会发烧，发烧了可能就会被隔离，隔离了，就会离开雷神山。他们是战士，他们害怕离开战场。

还有一次，雷神山 B 区的病人还有五分钟就要进入病区的时候，正负压系统突然出现故障，病房内负压不足，若有病人进入，可能会导致病房内含有病毒的空气进入医护区，造成医护人员感染。接到消息，方健二话不说，立马带着维保小组兵分四路解决问题。第一路，站在救护车车道入口，拦截医护人员和病人不直接进入病区，必须等待系统恢复；第二路，到屋面排查风机是否有故障，若有即刻切换备用风机；第三路，到配电房检查电力供应，若有故障即刻切换备用电源；第四路，到病房检查管路系统是否有故障。当第一路人员在对讲机里通知，救护车已到医院大门，病人预计3分钟到达时，第二路、第三路回复屋面排风机和配电房电力供应均正常。方健心头一紧，最坏的情况出现了——原来，第二路检查的排风机和第三路检查的电源均有备用设备，可随时更换，第四路检查的管路系统，排查和维修难度最大。方健加入第四路，顺着管道，挨个检测风量。

就在救护车刚到病区门口时,他发现问题原来出在主管道的风阀上。在消毒时,有人误撞了阀门,导致阀门关闭。在病人到达病区前的最后一刻,他恢复了系统。他在风阀处贴上警示标语,并增加了保护罩,防止再次出现相同的状况。

方健告诉我:"这次疫情,不光武汉、中国,乃至整个世界,都接受了非常残酷的检验。特别是对于年轻人,是一次巨大的考验。原来总是有人在网上讨论,'90后'能不能扛起中国未来发展的大旗,总是有人在质疑,在摇头。我相信,现在可以打消这些疑虑了。至少在雷神山医院建设中,我看到了一大批的'90后',有管理人员,有一线工人,有男,也有女,他们都是这次抗疫中的主力军。"

在武汉采访中,我看到太多的"青春"在一线燃烧。在4.2万多名驰援武汉的医护人员中,有1.2万多名"90后",还有相当多一部分是"95后"甚至"00后"。大疫当前,他们不畏艰险、冲锋在前、舍生忘死,他们的青春闪闪发光。我们总是说"90后"是被社会宠坏的一代,然而一场战"疫",却让他们瞬间长大。其实并非一夜长大,因为他们本来就是好样的!一代人有一代人的使命,那些闪闪发光的青春理想,无一不是与国家前途、民族命运紧密相连的。

这场疫情,也是对青春最好的检阅!

生命之舱

2月1日,农历正月初八。

又一支国家医疗队从北京首都机场出发,飞往武汉。在这支队伍中,有一位戴着眼镜、气质儒雅的专家,他叫王辰,中国工程院副院长、中国医学科学院院长、呼吸与危重症医学专家。2003年,他是北京市最早接触"非典"病人的专家之一,在那场抗击"非典"的战役中,积累了宝贵经验。

这一次,王辰将面对更大的挑战。

一到武汉,王辰一行就马不停蹄地赶到相关医院调研。

眼前的紧迫形势令人焦虑:医院里拥挤着大量患者,很多患者不能及时被医院收治。而这些患者无论是在社区走动,还是在家里隔离,都会造成病毒进一步扩散;最紧迫的任务是解决病毒的社会传播和扩散问题,而且家庭式聚集发病形势很严峻……

这天晚上,他辗转反侧,不能成眠,思考着如何解决收治容量的问题。

第二天,他参加武汉市的会议,提出当务之急是把已经确认的病例全部收治到医院中,进行集中隔离治疗。

"可是医院人满为患了啊!"有人说。

"建方舱医院!"王辰建议。

在这个会上,他表示,只有完成了对病毒的包围,才算做到了切断传染源,才有可能迎来疫情的拐点。

方舱,原本是一种机动医疗场所,在2008年汶川地震救援中第一次使用。国庆70周年阅兵仪式上,它被列入抢救方队,接受检阅。在此之前,中央赴湖北指导组领导就开始酝酿建设野战医院、战地医院的思路。

武汉市卫健委数据显示,截至2月3日23时,武汉全市28家新冠肺炎定点医院已满负荷运行,已用床位8000余张。两天后的新冠肺炎疫情防控发布会上,武汉市相关方面表示,已经确诊的和很多疑似患者无法住进指定医院进行救治,形成了救治的"堰塞湖"。

"方舱!方舱!"历来坚强的武汉深情而悲痛地呼唤着!

建方舱医院，意味着可以通过最简单的场所改动，最迅速地扩大收治容量。形势刻不容缓，中央赴湖北指导组果断决定：建设方舱医院！2月3日，武汉开始连夜抢建首批3所方舱医院。2月5日晚正式启用。

2月3日下午5点30分，冯光乐接到领导电话："放下雷神山的活，赶紧到武汉国际会展中心来，这里要建方舱医院。"冯光乐是武汉地产集团雷神山医院副指挥长，当时雷神山医院交付迫在眉睫，他正忙得不可开交。他问："什么时候？"领导说："现在，就现在！"从火神山到雷神山，从雷神山到现在的方舱，都是十万火急。他知道，武汉的严峻形势容不得他多想。他不仅没建设过方舱，甚至不知道什么是方舱。在火速赶往武汉国际会展中心的路上，他赶紧百度"方舱"。网页上显示，从专业术语来说，所谓方舱就是用各种坚固材料有机组合在一起而形成的方便、可移动的整体。这个名词来自美国的军事术语，而在我国，方舱兴起于20世纪90年代初。说得直接一点，那就是一个可以活动的方形"房子"，里面有先进的指挥系统。在战争年代，在抗震现场，在洪灾面前，在更多危难关头，方舱总会及时出现，建立在人们最需要的地方。那些方舱，大多用于治疗外伤，不需要隔离，更无须实行严密的三级防护。

冯光乐，46岁，湖北红安人。他爷爷是红四军的一个副团长，但在一次战役中牺牲了。中等个儿的他，显得有些内敛。2003年5月同济大学博士研究生毕业参加工作以来，他长期从事工程建设与管理工作，先后担任湖北省沪蓉西高速公路建设指挥部副总工程师、湖北省麻武高速公路建设指挥部总工程师、湖北省交通运输厅工程质量监督局副局长，挂职过交通运输部公路局工程管理处副处长等职务。2017年9月他到武汉地产集团挂职，后来干脆留在了这里，并担任总经理助理，兼任建开总承包公司党委书记。来到武汉地产集团后，他先后参与或负责了东湖绿道工程二期、东湖宾馆改造、军运会"一场两馆"等重点工程建设。大年初一晚上，得知雷神山医院将由武汉地产集团负责组织实施建设，他第一时间向集团申请参战，奔赴一线，并担任雷神山医院建设指挥部副指挥长。

火速赶到武汉国际会展中心后，他看到，不仅集团领导到了，武汉市和江汉区的相关领导也都到了。当时领导明确，要在武汉国际会展中心建方舱医院，建设项目负责人就是冯光乐。时间要求是必须2月4日晚完成建设。他一算，留给他们的只有短短30多个小时了。怎么建？听武汉协和医院专家的。时间紧、任务重，晚一天交付医院就晚一天投入使用，患者就晚一天收治，他根本没有时间犹豫。但摆在他们面前的难题一个接一个。

武汉国际会展中心是这次抗击疫情的首批方舱医院，设计方案和施工工人都是从零起步，没有现成的参照物，必须自主探索和创造出一套完善的建设方案。冯光乐迅速协调自己分管的建开总承包公司下面的一个设计部门，请他们过来设计。他当时想得很简单，以为反电线一拉，床一摆就行了。很快，武汉协和医院的专家来了。他们说方舱医院简陋，但不能简单，必须讲究功能分区。除了病区，还要有护士工作站、备餐区、病人卫生间、医护卫生间等等。特别是电的问题，必须跟会展中心匹配。"简单设计还不行。"他想。于是他立即拨通了集团所属的时代建筑设计院院长的电话："赶紧派几个设计师来增援。"

晚上7点，冯光乐带着建开总承包公司相关负责人、协和医院专家，时代建筑设计院设计师开始现场设计。一时找不到原始平面图的电子版图纸，只有一张旧的纸质版平面图。没办法，大家只能对现场上万平方米的实际尺寸进行复核，将复核后的尺寸重新上机出电子版施工图。与此同步进行的，是场地清理和消杀工作。但破解设计难题是个艰辛的过程，也凝聚着集体的智慧、人性的光芒。比如最开始考虑的是所有的病床就一个大通铺，不隔开，但有专家马上提出，如果不隔开，一是病人与病人之间没有隐私，二是万一发生群体事件怎么办。病房里的床，最开始只考虑了一个简单的床，但很快就有人说，天气这么冷，会展中心空间这么大，每个床上要铺电热毯。大部分床，没有靠背，他们怕病人不舒服，就在每个床头加了个一米二的靠板。除了照明、电热毯等要用电，还需要用到各种医疗设备，电路必须统一规划。把电分配到床，这个事说起来简单，但也面临风险，弄不好容易引起火灾。所以他们在每个床上配了四个插座，第一考虑电热毯的需要，第二考虑病人手机充电的需要，第三考虑氧气瓶等简单医疗设备使用的需要。插座太少了不行，太多了也不行。既要保证病房正常运行，又要保证病房的用电安全。这些都需要摸索。他们还考虑到会展中心的地板都是大理石的，如果在地面上钉钉子，将来不好修复，代价太大，就将所有的电路沿着床头的靠板走。

冯光乐告诉我，王辰院士是晚上 11 点多到国际会展中心来指导的，这时他们拿出了三套设计方案供他决策。他们最开始只计划建 800 个床位，但王院士看了方案后说，你们有接近 2 万平方米，完全可以增加床位。最后一计算，决定增加到 1600 个床位。最终确定的设计方案，不仅有护士工作站、备餐区、病人卫生间、医护卫生间等，还把每个病区隔离开了，同时也开辟了病人进入通道、病人进餐通道，以及垃圾清运通道。

在初步拟定设计方案后，他们就火速集结队伍，调配材料。但在当时"封城"的情况下，到哪里找那么多的木工和电工呢。没有足够的工人，就不能保证在这么短的时间内完成任务。特别是当时所有的板材与耗材门店基本都没有营业，更何况是凌晨休息时间，如何短时间搞到施工材料？冯光乐多方联系、动员，甚至通过湖北省劳务协会平台招募工人。对于愿意援建的工人，他们逐一对接并落实人员及通行方式，以确保工人们在五个小时后能按时出现在武汉国际会展中心施工现场。武汉市和江汉区领导一直在现场组织协调，他们 2 月 3 日晚上 7 点左右就全到了，一定要等到设计方案定下再走。但方案定下后，没看到工人，他们心里还是不踏实。最早几个从郊区赶来的工人是2月4日凌晨3点30分左右到达国际会展中心的。看到工人们开始锯木板了，领导们才离开现场。早上7点30分左右，第一批80余名工人陆续到达现场。9点30分左右，第二批100多名工人到场。但还是不够，在市领导的协调下，10点左右武汉地铁集团集结200多名工人前来支援。一时间，现场人数达到500多人。为了解决材料供应难题，他们发动一切关系，彻夜联系相关的供应商。凌晨4点左右，所有材料都已谈妥，并保证在早上7点前送货到位。

这是武汉市第一次建方舱医院，没有参照物可借鉴，他们大胆创新，根据专家意见自主设计样板间，供领导和专家决策。按照设计方案，整个方舱医院有1600张床位，每50个床位分为一个病区，由免漆板隔断，分区施工。从凌晨3点30分到早上6点30分，他们组织有限的人力完成了50张床位样板间隔板施工，方舱医院的第一个医护单元初具雏形。但难免会急中生乱。最早几个从郊区赶来的工人到了会展中心才发现，人到了，但没有带工具，又派人折回去拿工具。早上7点30分左右，第一批工人到达，但一时半会还施不了工。来了板材，没有辅材；射枪到了，没有钉子。冯光乐不断地安慰自己，不能急，不能急，越急会越乱。他说："早上7点30分到9点，市领导先后来看样板间，要求其他的各个区都按照这个建设模式尽快推进。其实他们都是彻夜未眠，离开国际会展中心的那几个小时，他们没有回家休息，而是到其他区指导方舱医院的建设去了。"

随后，会展中心传出一片"叮叮当当"的繁忙声响。

2月5日凌晨2点，所有隔断、医护专用区、通道，全部建好；电路不仅装好，而且全部调试好；床铺全部摆放好。至此，由武汉国际会展中心改建的方舱医院顺利竣工。随后医院接管，医护人员进场，熟悉方舱医院总体布局、功能分区、转运物资药品、医疗救助设备等。晚上10点，开始接收轻症患者。这一首批首个方舱医院，被命名为江汉方舱医院。

"我也参加了江汉方舱医院建设，但我是 2 月 4 日下午才到的，比冯总晚了将近一天。我到的时候，江汉方舱基本上已经建好了，到了收尾阶段。这么快的速度，让我想象不到，也让我无法想象。" 3 月 16 日下午，我在位于武汉市江汉区常青路 9 号的武汉地产集团采访冯光乐时，武汉建工总承包责任公司的何琦说。

何琦还告诉我，2 月 4 日他到达会展中心的时候，发现冯光乐已经是"熊猫眼"了。第二天早上跟冯光乐说话时，发现他嗓子哑了，说不出话来，只能打手势。打手势还不懂的话，就写在纸上，或是写在微信上发过来。

紧随其后，东西湖方舱医院、武昌方舱医院、江夏方舱医院、黄陂方舱医院、青山方舱医院……30 余所方舱医院如雨后春笋，陆续建成，最终 16 所投入使用，储备床位超过了 3 万张。与此同时，定点医院由最初的 2 家增加到 86 家。确保应收尽收、应治尽治，全力以赴救治所有病人。

战至深处，局面悄然发生转变。武汉市急救中心的 120 专线，最高峰时每天呼叫超过 1.5 万人次，到 2 月下旬回落到 3000 人次左右。武汉的病床数，高峰期以每天 3000 张的速度增加，其总量相当于一个月内建设了 60 家三级医院。主战场上的阻击战，逐渐挺过了最难的阶段。从"人等床"到"床等人"，一举逆转。

在武汉采访期间，我最先接触的便是方舱医院。方舱医院大都由会展中心、体育场馆等城市公共设施临时改造而成。那段时间武汉经常下雨，天气还比较寒冷，但在方舱医院，我看到的不是钢筋、混凝土的冰冷，而是生命的律动、心灵的温暖。

2 月 28 日，我来到位于"武汉客厅"的东西湖方舱医院。在这里，我与新疆生产建设兵团援鄂医疗队相遇了。

先说孙洁和她先生黄钟的故事。

一米六的个儿,活泼、爱表达的孙洁是"援疆二代"。她父亲是上海知青,母亲是兵团子女,父母都是医生。黄钟,一米八的大个子,老家在江苏苏州,他是抱着一腔热血扎根新疆的。他们除了都是"80后",同为新疆石河子大学医学院第一附属医院医生外,还都是国家紧急医学救援队成员。孙洁以前是一名临床医生,五年前她从肿瘤内科转到感染控制办公室;黄钟则是急诊内科医生,也是医院国家紧急医学救援队的组建者之一。

虽然孙洁从事院感工作才五年,但有很多感触。她看到了院感工作的发展与前途,也看到了院感工作的短板与不足。虽然许多医院院感医生团结协作,努力推进这项工作,但一般只有在国内发生大的院感事件后,才能引起各方重视,促使这项工作有所进展。除了侥幸心理,还有就是效益问题。院感在整个医疗体系中,是没有效益产出的,只有支出,没有收益,是花钱的部门,所以很难受到重视,也没有话语权。或许与工作有关,1月上旬开始,孙洁就一直关注新闻,关注武汉不明原因肺炎的发展情况。虽然她也没弄明白,这个不明原因肺炎是不是一种比较厉害的流感,但她脑子里有了这个意识,这个事应该警惕。她分管的是新生儿重症和急诊重症,于是她跑到两个科主任办公室说,大家应该提高警惕,加强预防,今年的流感会比往年厉害。事实上,新疆出现新冠肺炎病例后,他们已经参与到了这场战争中。

"老婆,赶紧回家收拾行李!"

2月3日晚7点45分,孙洁接到老公黄钟的电话。

"老公,怎么啦?"孙洁先是心里一惊,但她很快就反应并淡定下来,"是不是要去武汉?"

"没错!"黄钟说,"医院刚刚接到国家卫健委紧急通知,医院的国家紧急医学救援队马上去武汉,我给你一起报了名,不管选不选得上,先赶快回家做准备。"

孙洁把办公桌整理了一下,拎着包赶紧往家赶。老公在忙着请战的事儿,她不会开车,因为疫情石河子的公交车也停运了,她只得小跑着往家赶。

刚跑到家,老公就来电话了,兴奋地告诉她,两人都被选上了。听到这个消息,她既兴奋又激动,因为马上就要出发,便赶紧收拾起行李来。

"知道去武汉,但具体去哪里,干什么,我们一无所知。"孙洁说,"除了带行李,我们每个人都带了帐篷。当时有领导说,湖北人民现在很忙,咱们去了不能给他们添任何麻烦,必须自己管好自己。咱们都带上帐篷,如果不行,咱们就露营,大家要做好吃苦的准备。"

2月4日晚上11点50分,他们从乌鲁木齐启程,飞往武汉。到了武汉才知道,东西湖方舱医院是他们的"战场"。

与此同时,救援队的医疗指挥车、影像检查车、野外露营车等13辆专业医疗车组成车队,行驶3500公里,昼夜不停地急驰武汉。新疆生产建设兵团的这支队伍,除了石河子大学医学院第一附属医院的医护人员,还有兵团医院、第一师、第五师、第六师等四家医院的医护人员,共107人。每名队员都配备了适合野外生存的单兵作战装备,这支队伍包括护理、重症医学、呼吸科、医学心理干预等19个专业的医护人员。

每支救援队都是一所小全科医院,它们共同构建起一所方舱医院。

孙洁说,他们是2月5日凌晨到达武汉的。当天一早,他们就去了"武汉客厅",她直接就进了院感组。当时有8支国家紧急医学救援队,8支救援队的院感医生组成了方舱院感小组。最开始,他们制定相关流程,走现场。那时还没进病人,里面的工人还在敲钉子、拉电线。首先明确通道,医护人员从哪里进,患者从哪里进,医护人员与患者的通道是分开的。其次是人员管理，医护人员、患者，还有保安、保洁和警察，甚至前来采访的记者，该如何管理。再次就是布局管理，主要是工作人员区域、患者区域，污染区、半污染区和清洁区的划分问题。总之，一条原则：既要保护患者安全，减少患者之间的交叉感染，还要保护方舱内所有工作人员的安全。一般医疗就管医疗救治，护理就管护理，但院感不同，他们不仅要管医护，还要管检验人员、后勤保障人员，就连医疗废弃物的处理、保洁也要管。从空气到人员，从物表到地面，他们都要管，要求还特别高。

孙洁还要尽快抽时间对兵团援鄂医疗队进行培训，包括相关的防控知识，防护用品如何正确使用，特别是防护服如何正确穿戴。马上要进舱了，必须保证医护人员及工作人员零感染。而要做到这一点，做好个人防护是唯一的选择。她把大家召集到酒店通风的地方进行培训。她一个人不行，就叫老公帮忙。她必须做好，不能有任何闪失，她是这支107人的队伍中唯一的院感医生。对107人同时进行培训不现实。怎么办？他们这支队伍由五家单位的医护人员组成，每家单位派出两个或是四个医护人员先进行培训。两人搭配，互相穿戴防护装备，既加快了速度，也更有针对性。人员全部培训完后，他们又把队伍拉到方舱医院，实地进行模拟训练。不过关，不收兵。

事实上，从他们住进酒店那天开始，酒店疫情防控管理也开始了。他们所住的东西湖华美达酒店，不仅住了新疆生产建设兵团援鄂医疗队，还有好几支其他省市的医疗队，总共有500多名医护人员。只有保证医护人员零感染，才能保证更多的病人获得救治。他们除了进行院感培训，还在酒店门口搭建了四个缓冲帐篷。由于方舱医院没有医护人员洗澡的地方，回来后风险更大，他们在进入酒店前，必须在帐篷里对衣服和鞋子进行紫外线消杀，换上清洁的衣服，再洗澡，才能进入酒店。

因为啥都管，所以孙洁很忙，甚至比老公黄钟还忙。老公平常对她非常关心，来的路上还抱着她，问她害不害怕。但大家太忙了，不仅没时间聊天，见面的机会都少。在楼道里见面，就打个简单的招呼，有时一忙，就擦肩而过。因为忙，就会急躁，人一急躁就来脾气。一次，黄钟看她一直在忙，还没顾得上吃盒饭，就对她说："抽空把饭吃完再干吧，饭都凉了。"孙洁正忙得焦头烂额，内心无比烦躁，她叫道："还吃什么饭，没看到马上就要进舱了吗？什么重要，不知道吗？"黄钟委屈地说："我是你老公，提醒你不对吗？"她说："咱们出来都是同事，是战友，不要谈什么夫妻。"孙洁无意中数落了黄钟，黄钟很委屈。后来黄钟悄悄地写了一篇文章，他写道："听了老婆的话，我心里非常难过，但我悄悄把这口气吞了下来，选择沉默，也是一种支持。"看到这篇文章，特别理性、从不轻易掉泪的孙洁潸然泪下。

孙洁还告诉我，她是特别理性的人，坚强，泼辣，再加上家里的医学背景，她从不轻易掉泪。当时心中没有害怕，就是不知疲倦地工作，每天顶多休息四五个小时，想着把工作做好，做到极致，把队伍保护好，其他的什么也没想。在新疆孙洁是早上8点起床，上午10点上班，到了武汉迅速调到早上5点起床，6点40分从酒店坐班车出发，7点30分到达方舱医院上班。

大概工作三周后，按规定，大家可以开始轮休。所谓轮休，就是之前的队员休息，后续按比例补充的队员接上。但他们全体队员投票决定，不让后备队员来了，太远了，别让他们折腾了。于是，他们轮换岗位，继续坚持工作。原来孙洁和黄钟都是管理岗位，这时他们调到一线岗，换下舱内其他的医护人员。孙洁是搞临床出身的，就到舱内干临床医生，黄钟就干他的急诊。孙洁去的是B舱。她告诉我，虽然方舱医院收的都是普通的新冠肺炎患者，但不少人有些焦虑。他们是在后半程进到舱内的，留下的病人除了身体上的疾病，还有心理上的问题，比如焦虑、恐惧等情绪越来越明显。与他们一同住院的病人,一批一批出院了,到隔离点去了,而他们还没出院,他们开始着急,开始怀疑。"是不是我的病情非常严重?""是不是我的肺出了问题?"他们开始胡思乱想。这个时候,不能再像前期以药物治疗为主了,而是要以心理治疗为主。有一个年轻妈妈,她和母亲都因为新冠肺炎住进了方舱。家里有一个孩子,才一岁多。看着跟她一起进来的隔壁床出院了,她特别着急,想出去照顾孩子。孙洁每天一上班,这个年轻妈妈就会叫她,叫她看看自己的CT影像有没有好转,符合不符合出院条件。孙洁说:"肺部吸收需要一个过程,你这么年轻,恢复得比较快,这两天吸收很多了。要出院,必须等两次核酸检测为阴性,肺上的炎症吸收得差不多了。"孙洁还对那个年轻妈妈说:"你家里有孩子,你着急,我能理解。但你仔细想想,如果你着急,恢复得更慢,恢复得不完全,你会更晚见到你的孩子。你只有安心把病治好,才能更早地见到你的孩子。"年轻妈妈说:"孙大夫,你说得挺对的,我按你说的做。"有时,年轻妈妈也会把她母亲带到孙洁办公室:"孙大夫,辛苦你看一下,我妈妈吸收得怎么样了。"孙洁鼓励她说:"又吸收了。虽然没有完全吸收,虽然核酸检测还是阳性,但再吃吃中药,观察一下,估计过几天就能出院了。"年轻妈妈带着她母亲高兴地离开了孙洁的办公室。这时孙洁做得最多的就是鼓励病人,解决他们心理上的负担与压力。还有一个男性病人,他的核酸检测,一会儿呈阴性,一会儿呈阳性,这让他非常苦恼,也非常焦躁。他老是不放心,一会儿问这个医生,过一会儿又问那个医生,问了这个班的医生,还要问下一个班的医生,总希望从不同医生嘴里了解病情,心里期望有一个医生说他病情好转了。孙洁了解到情况后,立即找到他:"虽然你的核酸检测结果有反复,但你的肺部吸收挺好的,应该要不了多久就能出院。其实你的病情非常好,完全是你过度担心,造成了心理负担。放下包袱,安安静静休养几天,你应该就可以恢复了。"孙洁告诉我,眼下不再像前期以药物治疗为主了，并不是没有药物治疗。对于阳性病人，他们还是要进行抗病毒治疗，中药在这次疫情中发挥了重要作用。不光他们医疗队，几乎所有医疗队都有中医科的医生。治疗中，有西医治疗，也有中医治疗。练习八段锦就是中医治疗的一种方式。他们每天都会带着病人做八段锦操，帮助他们调理气息，增强免疫力。八段锦操活动量不是特别大，特别适合肺部有炎症的病人。

孙洁说，在东西湖方舱医院工作，转眼就快一个月了。最开始紧张、忙碌，但后来方舱医院越来越多，出院的病人也越来越多，她们松了口气，但又觉得非常不舍，因为他们结下了刻骨铭心的战友情谊和温暖人心的医患情。比如宁夏医疗队的张志远老师、山东医疗队的王春霞老师……说到这些战友时，孙洁泪眼汪汪。

采访孙洁时，我一直想见到她的先生黄钟，但他一直在舱内忙碌。

孙洁的同事彭金玲，是一个"85 后"，一名儿科主管护师。她老家在湖北随州，在石河子上完大学，直接留在那里工作，并结婚生子。她是两个孩子的妈妈，因为忙不过来，大儿子放在老家，由妈妈帮着带。她告诉我，这次差点没来成。我问为什么。她说，他们科室有很多小姑娘，报名时比她利索，等她反应过来的时候，已经满了。但老家有难，她若不来，会内疚一辈子。于是她求其他同事，动之以情，晓之以理，终于求来了机会。她没敢跟妈妈说，一是怕妈妈担心，二是怕儿子想自己。她还告诉我，她以前隔三岔五就要跟儿子视频聊天，到了武汉后，因为忙，一直没时间视频。但最终，这事还是被她妈妈知道了。妈妈非常着急地说："你在找死吗？"她说："人家都来了，我一个湖北人更应该回来呀。我这不是为了早点结束疫情，脱掉口罩，好来看您和孩子吗？"她这一说，把妈妈说哭了。

孙洁的另一个同事程青虹，今年53岁，身材高大，性格直爽。他是石河子大学医学院第一附属医院重症医学二科党支部书记、科主任，也是东西湖方舱医院医务部副主任兼A舱医疗总负责人。他告诉我，方舱医院住的都是轻症患者，治疗并不算复杂，一般只需要按国家推荐的治疗方法遵医嘱即可，主要是抗病毒治疗和中医治疗。从某种程度上讲，鼓励患者树立治愈和生活的信心更为重要。我问他："怎么树立信心呢？"他说："患者刚进舱时，我发现不少人处于极其恐惧，甚至绝望的状态。其实我们把他们收进来，就是给他们最大的支持，但支持的背后是什么呢？是信心！刚开始，有些医护人员不敢靠近患者，你想想看，自己穿着防护服，还离他们一米以上，人家会怎么想。所以我提倡靠近患者，并带头做，遇到患者，不是离得远远的，而是走近，伸出手来，拉一下患者的手。这一拉，不仅拉近了距离，也拉掉了隔阂，还拉出了他们的自信。医护人员的手，不说是救命稻草，但至少比稻草珍贵。"2月18日下午，A舱的患者自发组织了一个朗诵比赛。他们特别想请程青虹参加，但又有所顾忌，毕竟自己是患者。护士长知道这个情况后，立即向程青虹报告。程青虹说："有什么可顾忌的，必须参加。"他不仅参加并发言了，还与患者一起手拉着手进行了朗诵。他说："我们是兄弟姐妹！新冠病毒是我们共同的敌人！我们有信心战胜它们！"说完，舱内爆发出热烈的掌声，许多患者热泪直流。

....

在东西湖方舱医院，我还遇到了送盒饭的龙翔、抽粪的张文斌、保洁的宋彧。

龙翔，武汉市东西湖区市场监督管理局干部，在方舱医院主要负责后勤保障工作，更具体地说，就是保障舱内外1000多人的餐食。"主要是保障舱内病人、医护人员和后勤保障人员。"他告诉我，"高峰时期，每餐达到1900份。"这可是特殊时期啊,有谁能提供餐饮服务呢?首先是得有责任与担当,有爱心与奉献。他说,方舱医院一建,就涉及吃饭的问题。这是特殊时期啊,哪家饭店都没开门,厨师、服务员都回了老家。怎么办?向餐饮企业呼吁。

"效果如何?"我问。

"出奇的好。"他说,"在武汉之外的没办法,但只要在武汉的,饭店老板都积极响应,人手不够,他们自己就既当服务员,又当司机。"

最主要的是安全问题。保障食品安全,是餐饮的核心,是底线,离开这个底线,一切都无从谈起。2019年10月,武汉办过军运会,餐饮供应就是按那个模式来保障的。从原料的采购、制作,到分餐、运输等各个环节,全部实行监控。每个餐饮制作点,有两个专人驻点,专门查进货的渠道是否安全。制作过程中,严格按照操作规则,必须穿工作服,必须对餐具消毒,食品的制作间和储藏间要隔离,每天要检查工作台账。出餐的时候,要检测温度。用的是一种特殊的温度计,饭菜的中心温度不能低于70度,只有这样才能保证饭菜到达方舱后,病人和医护人员能吃到热的。驻点的监督人员,既是裁判员,又是运动员。他们要对食品安全进行监督,但同时,制作点往往人手不够,他们又得帮着择菜、配菜、运输、装车等。

要把1000多份餐准时、安全地送到病人和医护人员手中,是个大学问。若是平常情况下送餐,送餐人将餐食送到取餐点后,接餐人员就可以直接取走。但这是特殊时期,方舱是封闭式的。送餐车只能送到规定的接餐点,从规定接餐点再到舱内还有100多米,又是一个运输过程。也就是说,送餐由平时的一条线变成了两条。规定接餐点是半污染区,送餐司机与接餐人员是没有任何交流的。我问:"那如何保证送餐的准确、快速呢?"他说:"我们每天早上7点、中午11点30分、晚上5点15分,必须把早中晚餐送到送餐点。为了保证及时准确,我们实行了标签化。是A舱、B舱,还是 C 舱的,首先标识好,然后再按顺序标记,第 1 箱、第 2 箱、第 3 箱……取餐人员不用跟送餐司机交流,打开车门就可以取饭。因为标了顺序,万一漏了,还知道哪个舱没取。还有就是舱内的保卫、保洁和护士是轮班制,上午是这拨人,下午就是那拨人了。有了标签,大家一看就明白该怎么做了。"

同时,他们不断听取舱内病人、医护人员的建议,改进饭菜。有些患者,刚来到一个陌生的、封闭的环境,多少还存在一些抵触心理。俗话说,要留住一个人的心,首先要留住他的胃,这时候,餐饮就发挥了它特别的作用。为了让患者安下心来,龙翔他们尽量让饭菜多样化,荤菜素菜变换着调配。考虑到 50 岁以上的患者较多,不少有糖尿病,龙翔他们就尽量配纯牛奶和酸奶,不配饮料与酸酸乳。为了大家方便,也为了保障卫生,搭配水果时,他们就安排有皮且易去皮的,如香蕉、橘子等,非常人性化。有特殊饮食要求的患者,如 B 舱内有两个回民,就配上回民餐。还有一个患者只吃素餐,一点荤都不能沾,他们就给他配青菜、稀饭和咸菜。C 舱有六位年纪偏大的老人,不吃米饭,只吃稀饭。"1000 多份饭菜里,要单独做六份稀饭,这也是个不大不小的难题。"龙翔说,"饭店老板自己从家里拿电饭煲熬,解决了这个难题。"

龙翔告诉我,有次一个饭店老板亲自过来送餐,看到舱内取餐人员穿着隔离服用平板小车运餐非常辛苦,路上还有沟坎,心里很不是滋味。送完餐回去,他就找开店的朋友,买来三辆电动三轮车,一个舱一辆,当天下午就送了过去。原来用平板小车运送一顿餐需要 1 个小时左右,有了电动三轮车,一刻钟就够了,不仅轻松,还大大节省了时间。他告诉我,参加这次方舱的餐饮保障工作,让他重新认识了餐饮企业,重新认识了老板们。

41 岁的张文斌是东西湖区城管局下面一家城管所车队队长,曾在方舱火线入党。他们城管局共来了10个同事,都是突击队员。在方舱医院,他们的工作就是负责整个院区厕所的消杀和抽粪。他说,抽粪时,需要人将抽粪管抬到粪坑里面;抽完后,又把抽粪管抬到另一个粪坑。由于穿着防护服,每次工作时都大汗淋漓;工作结束时,鞋子里灌满了汗水。大家都知道,粪便不仅脏,更重要的是,这都是患者的粪便,里面可能携带新冠病毒,但每次抬抽粪管,没有人后退,大家都抢着抬。

来自武汉市东西湖区东山街道办事处的宋彧,是2月8日主动报名进舱清运医废和患者生活垃圾的。他所工作的B厅最高峰时有410余名患者,早、午饭所产生的餐余垃圾几乎装满了16个大型垃圾桶和70余个瓦楞纸箱。宋彧告诉我,每天累积的高污染医废堆在出舱间,他们用夹子不好操作,扫地又增加气溶胶传播的风险,加之接下来还有清理患者餐余垃圾的任务,情急下,他带头抱起医废装入垃圾袋。在这个过程中,他和队友要用双手撑开袋口,身体还要尽力躬着避开垃圾表面。装满了15个大型垃圾袋后,他们将这些高危垃圾袋封口,一袋袋拎往位于B厅北门外约800米处的医废处理工作间。口罩和防护服密闭得让人窒息。才拎完第一袋,他就大口喘气,浑身发汗。近两小时后,他的耳朵被口罩绳子"割"得生疼、身上汗湿的地方开始发冷,直到这时医废才清运完成。汗流了一波又一波,人体极度缺水。他和队友再次进入出舱间时,口罩已经湿透,感染风险增大。因为没有预想到工作强度如此之大,宋彧没有带足换洗衣服。怀孕9个月的妻子放心不下他,打包衣物给他送到住处楼下。隔着五米,妻子把箱子放在地上。她的声音从口罩中闷闷地传来:"一定要注意防护,你马上是两个孩子的爸爸了,要有责任。"

…………

他们,只是方舱这个大家庭中很平凡的成员。相对于白衣战士,他们的工作看起来甚至并不那么起眼。但他们同样高大,同样伟岸,同样是托起生命方舟的那一只只充满力量的手。

2月29日下午,我来到了位于武汉市洪山体育馆的武昌方舱医院。在这里,我走进了正在紧张忙碌的中南大学湘雅二医院支援武汉抗疫国家医疗队。

"你是作家,你写诗吗?我喜欢诗。我喜欢海子、北岛、顾城,还有舒婷等人的诗。但我更喜欢北岛的诗,他的文字更贴近我的内心。没有了诗歌,生活就会变得平淡无味,世界就会失去颜色,文章就会缺乏韵味,人们情感世界就会缺少激情。"朱威宏说,"我发现来到武汉一线的,不只有我们医护人员,还有志愿者,以及作家记者,包括患者,各个群体中都不缺诗人。这次抗疫,必将以文学的方式记录下来。"

40岁的朱威宏,老家湖南慈利。2006年硕士毕业,2008年到湘雅二医院读博,毕业后一直在长沙工作。最开始在长沙市中心医院,后来也曾被原卫生部借调,还曾到北京大学第三医院学习。2013年,他正式入职湘雅二医院。2008年汶川地震,他取消蜜月休假,担任"爱心病房"总住院;2016年参加"海疆召唤"卫勤演练;多次参加国家紧急医学救援队消防演练、扶贫义诊等活动。不论走到哪里,也不论工作多忙,他一直没有丢弃诗歌。在他的世界中,诗歌比老婆还亲。现在,他是医院骨科的副主任,也是援汉医疗队临时党支部书记。

朱威宏说,疫情暴发以来,作为一个有良知的中国人,作为一个医护人员,哪有不着急的。特别是看到部队医院,以及不少其他省市医院的医护人员奔赴武汉,他心里非常激动。后来他一想,自己是骨科专业,不是搞重症的,去武汉的机会不大,但心是迫切的,觉得还有机会——其一,正月初三,他们医院就派了第一批医疗队员到武汉金银潭医院支援;其二,他是国家紧急医学救援队的老队员了。2月2日,他接到电话,说可能要去武汉,但具体什么时候去不知道。第二天,医院就做了动员和相关准备,特别是晚上还做了具体而又细致的防护准备。原本是3日晚上出发的,但这天晚上他们接到命令,第二天上午出发。这天晚上,一家人都没睡着,紧张,也激动。妻子和妈妈为他准备好行李后,便无法入睡,就那样坐在沙发上傻傻地等着天亮。妻子侯敏,是湘雅二医院党委办公室副主任,也爱好文学,特别爱写散文。

朱威宏毫无睡意,他干脆半夜来到电脑桌边,几乎是提笔就写起诗来。

当接到要出发的消息/我没有一丝害怕/也没有一丝犹豫/甚至/还有些欣喜/因为/我的内心/在得知祖国需要的时候/就在等着出发的这一天到来
....

这首名为《写在抗"疫"出发前》的诗歌,或许缺少诗歌的意境之美,却情感真挚。朱威宏写出了医护人员的心声,写出了出征队员的心声。

2月4日上午,湘雅二医院紧急医学救援队42名队员与10辆各式医学救援车辆向武汉紧急驰援。车队在京珠高速上浩浩荡荡驶向武汉,原来繁忙的车道上更多的是物流运输车在奔驰。这天立春,他们想,严冬已经过去,武汉的天空一定洒满阳光,一片灿烂。朱威宏说,去武汉时,大部分队员坐运兵车,但他坐的是救援车。去的路上,他们只知道是去支援武汉,对其他信息一无所知。直到快下高速时,他们才接到通知——去洪山体育馆,要在那里建方舱医院。42名队员中,有21名党员。也就是在京珠高速上,他们酝酿成立了临时党支部。徐军美是湘雅二医院的副院长,也是这次医疗队的领队,到了武昌方舱医院,他又担任主管医疗的副院长。就在车上,他就临时成立的支部向医院党委进行报告,并得到批复同意。临时支部委员包括党支部书记朱威宏,副书记张慧琳,纪检兼统战委员汪洋,宣传委员李佳宁，组织委员蒋传好。

下午1点30分左右，他们下了高速。进入武汉市区，春日的阳光照耀着这片大地，灿烂得耀眼。高楼之下，临街店铺紧闭，基本上看不到行人。朱威宏告诉我，虽然貌似萧条，但他想高楼内的人们严格遵从"不出门"的建议，显示出抗疫的决心和耐心。当时市区街道上"鄂"牌照的车很少，有的市民看到他们车队经过，把手伸出车窗竖起大拇指以示赞赏和感谢，他们的司机鸣笛回敬。大街上较多的是保洁车，井然有序地做着清洁工作。快递小哥骑的电动车也较多，他们是连接城市里各栋大楼的忙碌骑手。当天下午，他们就来到洪山体育馆。当时方舱还只是一个雏形，政府部门的工作人员、工人还在紧张地摆床、接电线，舱内的基础设施和生活配套设施，都还没弄好。当天晚上，他们就把帐篷搭好了，医学救援车也已到位。

2月5日凌晨1点多，他们接到国家卫健委的电话：今天开始收治病人，请做好战前动员！这天早上，他们做了两个动员，一个是针对所有党员的，另一个是针对所有队员的。朱威宏说，大家情绪饱满，斗志昂扬。当天晚上，战斗打响了。大概快零点时，第一批病人进入方舱，有300多个。他们医疗队有四名队员第一批进舱，两人一组。第一组是范晓和蒋俪，都是女同志，一个医生，一个护士。第二组是蔡羽中和刘亚，一个男医生，一个男护士。当时天气很冷，舱内条件也比较艰苦，各种设施还在完善阶段。朱威宏说，虽然他第一天没进舱，但他们在帐篷区分诊，也就是鉴别病人是否适合进方舱——来到这里的病人，病情严重的会安排住院；没有做核酸检测——没有确诊，只是疑似的需先做核酸检测——他们同样直面病人。

朱威宏是第二天进舱的，和男护士朱磊一组。那天下雨，还刮风，帐篷里很冷；舱内虽好些，但不能开空调，还是冷。工作了一个多小时，手就冻僵了，也流鼻涕了。这样不行，必须活动活动。于是，没有病人来时，他们就在舱内走动起来。这天上午，他收的病人不多，只有8个。让他感动的是，战斗刚刚打响，他就感受到了这支救援队伍的战斗力。这天晚上，他一下收到8封入党申请书，封封言辞恳切，情意深长。其中，有医生，有护士，也有技师，还有司机；有"90后"，也有"70后""80后"，还有"60后"。

武昌方舱医院总共有13支医疗队，湖北省内6支，省外的7支。湘雅二医院支援武汉抗疫国家医疗队，就在这7支队伍之列。医疗队与医疗队之间有互相磨合的过程。每支队伍来自不同的地方、不同的医院，习惯与风格都不一样，都需要相互适应。每支队伍来到陌生的环境、陌生的岗位，面对陌生的人，都要花很多心思去熟悉。还有与医院管理人员、保洁、保安等后勤人员要尽快熟悉，将各项工作运转起来。湘雅二医院还成立了支援武汉抗疫国家医疗队前方指挥部，徐军美担任指挥长。他不仅有大局意识，宏观把控得好，也非常认真细致。他跟队员们讲："来到武汉，但行好事，莫问前程。我们是湖南人，是湘雅的子弟兵，一定要展现湖南人的风貌，要展现湘雅人的担当与智慧。"

朱威宏告诉我，他在武汉，一直牵挂着家人。2月13日，是情人节的前一天。那天凌晨，他老婆侯敏睡不着，干脆爬起来写文章。她写了一篇名为《与君书：君前行，妻安后》的文章，这是一封写给前线夫君的信，也是一篇抒情散文。

娃他爸：

见字如面！称呼我就不改了，怕你不习惯说我矫情。自你出征已9日，通过每天的通话得知你和队友们都一切安好，但面对严峻的疫情、各方的消息，为妻还是经常彻夜不眠，现在是凌晨3点，还是睡不着，索性起床字里行间和你神叨一番，还是一贯的话题：忆往昔医学成长路、思如今报效帮扶恩。

犹记二十多年前，你，一副（根）扁担、两个箩筐、一身质朴；我，坐着绿皮火车，历经19小时，穿越大半个湖南。我们从偏远的湘西相继来到长沙走进湖南医科大学（今中南大学湘雅医学院），融入湘雅。医学这条求学路不比高考轻松，但正是如苦行僧一样的医学求学路让"公勇勤慎、诚爱谦廉、求真求确、必邃必专"的湘雅精神深深地融入我们年少的思想里，塑造了为医者的人生观、价值观和世界观。

犹记进入南院那面墙上毛主席给湘雅的题词——"救死扶伤，实行革命的人道主义"，每次想起，都让人感到医学的高尚、医者的责任。我们时刻谨记"德不近佛者不可以为医，才不近仙者不可以为医"——是湘雅园塑造了我们从医者的灵魂。

告别校园，我留校，你几经辗转回到母校的怀抱，你我成为二院人。犹记得2006年洪水来袭、2008年汶川地震、2010年玉树地震、2014年非洲埃博拉、2015年监利沉船等不可预知的灾难来袭，二院人迅速反应展开支援，二院人与国家同频与人民共振的精神塑造了"技术硬如钢、服务柔似水、担当重若山、医院亲如家"的二院文化精髓。在医院文化的感召下，面对此次疫情肆虐，勇于表达者请战、含蓄内敛者备战，但我深信二院的每个人皆是举手迎战的担当者——是二院文化孕育了我们担当作为的言行。

都说"患难见真情"。现在我们中国、我们武汉在高速前行的征程中遇难关遇险阻。你我作为湘雅人、二院人，要将湘雅精神、二院文化及大爱情怀绽放在防控第一线，用行动力践医者初心、勇担抗疫使命。当你接到出征的命令时，你如备战已久的战士般亟待出发，你没有迟疑我没有不解，一切就自然得如同往常去做个急诊手术一样。

那个出征的清晨，我为你准备好了行李，你知道我泪点低，严厉拒绝了我近距离的送行；你知道我担心多，默默听我唠叨近身操作注意事项。

但我有我的方式和坚持，站在远处寻你身影、听你豪言、目送你上车、尾随车队送你出征。

在随后每天的交流中，我身临现场一般真实地感受到了每一位前线抗疫人员有序有力有章法的奋战、有情有爱有胸怀的担当。"冷雨夜挡不住热心的武汉兄弟姐妹们，他们纷纷赶来送暖宝宝给一线的医护战士，担心交叉感染我们，离着五米开外就把东西放下，然后退开，向我们弯腰鞠躬致敬。我感动到一塌糊涂，可爱可敬英雄的武汉人民……"，这段感言，何止让你感动，隔着屏我都眼含热泪。

现在武汉前线有177名二院战士，每当看到你们疲惫歇息时记下的经历手记，朴实无华的文字总给我最最真实、最最动容的灵魂触动，是你们在保卫武汉，那么请让留守的我们保障你们的前方后方。医院是我们最坚实的依靠，医院会全力做好奋战在新冠肺炎疫情防控一线医护人员及家属的后勤保障。作为临时党支部书记，你要鼓舞队伍的士气，更要确保他们的安全，让前线安心后方放心。

明天就是情人节，你我皆非儿女情长，就让你我初心不改，做个有情怀有担当的行医人吧！家中父母一切安好，臭崽一切如常，还是出征时的那句话：君前行，妻安后！愿你和前线抗疫的每个人携手共克病毒、共同凯旋！

娃他妈：素心颜

2020年2月13日凌晨3点

之所以收录这封书信，是想让大家好好感受这对白衣伉俪的心路历程。

"80后"岳阳女子张慧琳，1998年来到湘雅二医院。原来是产科护士，后来当了急诊科护士长，现在是护理部副主任。她属于典型的湘妹子，敢于担当，敢打敢拼。2003年"非典"时，她就写了请战书。这次疫情来袭，她和同为湘雅二医院皮肤科医生的丈夫都写了请战书。医院对他们两口子进行了权衡，有三点意见：其一，从家庭角度出发，只考虑批准一个；其二，她护理工作经验丰富，特别是在急诊科当过护士长，对护理感染病人很有经验；其三，抗击新冠肺炎，需要一个强有力的护理团队，而这个团队的带头人非常关键。在湘雅二医院支援武汉抗疫国家医疗队中，她既是副队长，也是副书记。没有现成的护理模式，她带着她的团队两天内赶制出《方舱医院护理手册》；方舱病房内无法做好病人病情的信息系统，他们就用手记录，用手机拍摄，然后到舱外录入电脑，这样就有了信息系统；没有办公室，一个桌子几把椅子就是办公室……

我了解到，虽然她平常很少写文章，却爱看文学书籍。2月4日离开长沙奔赴武汉之时，她匆匆给家人写下书信：

爸、妈！请战到前线，我没有多想，只觉得疫情严重，在党和人民最需要的时候，应当尽自己的一分力量。组织信任我，派我随应急救援队出征，让老公留守。这样很好，他可以照顾你们，照顾女儿，让我没有后顾之忧。你们要保重好身体，不要为我担心。你们一直教导我，年轻人，就是要不怕吃苦，要多磨炼，所以，你们放心，我不怕，我坚信，我们一定能打赢这场战斗。亲爱的老公，这次出征虽然没有派你前往，但你依然可以在后方出力。我也知道你随时在待命，组织如果需要，你随时可以上阵。听说我出征，虽然你没说什么，但我能感觉到你的丝丝担忧。你放心，我会照顾好保护好自己，我还要保护好我的队友们呢！家里就拜托你了……

让我惊奇的是，徐军美、李佳宁等人也都有文学情怀。徐军美告诉我说，作为我国首批方舱医院的建设者和管理者之一，他内心感慨万千：能在如此短的时间内，建成方舱医院并正常运转，中国速度令世界叹服，他为祖国感到骄傲；作为全国最早到达的国家紧急医学救援队，他们全力参与了基础设施建设、规章制度建立、医护团队配合、相关人员培训以及患者诊疗康复等工作，扎实推进，成绩突出，他为他们优秀的团队感到自豪；每天和方舱内患者打交道，他觉得武汉人民很善良、很勇敢，常怀感恩之心，他为能在防疫阻击战中出一份力而感到幸运，也为能确实帮助到新冠肺炎患者和武汉人民而感到欣慰。说着，他现场作诗一首：

"疫疠突袭汉水滨，吾奉诏令从军行；白衣今做黄金甲，誓把热血换太平。"

他说，从医40多年了，这是他当年迈入医学院的初心；加入中国共产党30多年了，这也是一个党员的初心。能在武汉抗疫第一线再次重温自己的初心，履行自己的使命，他坚信抗疫必胜，他觉得此生无憾！

我原本以为，方舱医院最忙的可能是在一线参加救治的医疗队，但当我来到武昌方舱医院院办时，我才知道，这里的忙碌丝毫不亚于医疗队。院办办公地点是临时板房，板房的地板下面是空的，大家跑起来噔噔直响，就像急速行军一样。我刚准备采访王建英护士长，找她的电话就来了，一个接一个，有物资保障的，也有病人方面的，还有需要进行心理抚慰的。有一个病人在电话中情绪激动，王建英耐心细致地安慰、疏导她，一聊就是个把小时。

"院办还需要与患者接触，对他们进行心理疏导吗？"我不解地问道。

"方舱医院都成立了临时党委，每支医疗队有自己的临时党支部，每个后勤保障组也有自己的临时党支部，每个舱也成立了病友临时党支部，我们不仅有临时党支部，还有临时党总支，我是病友临时党总支书记。"王建英说，"我们有ABC三个舱，每个舱都有临时党支部。"

王建英是武汉大学人民医院乳腺科护士长。她虽然个子不高，但做事风风火火，雷厉风行。我问她为什么要设立病友临时党支部。她告诉我：第一，舱内病人这么多，高峰期有1000多人，外围配多少医护人员或后勤保障人员都是不够的。那么多病人，每天要产生大量的垃圾。最开始，病人直接把垃圾扔到垃圾桶里，有时垃圾桶放不下了就直接往地上扔，很随意。而当时整个病区只有30个保洁人员，工作量很大，任务很重。由于新冠肺炎的特殊性，保洁人员不是时刻都待在病区，他们一天只能在三个时间点进舱——上午9点、下午2点、晚上8点清理垃圾桶。最多的垃圾就是餐盒。光凭30个保洁人员力量远远不够。第二，病人刚进舱时大都情绪不好，他们觉得自己被隔离了、被歧视了。还有的病人是从医院病房转来的，这里条件差一点，心理上有落差，需要安抚。医护人员有限，也不可能24小时陪着病人。有时医护人员去安慰病人，一聊就是三四十分钟，假如都这样的话，他们就干不了什么事了。于是，王建英就号召成立病友临时党支部，一是组织病友做好垃圾处理，有的病友身体不适合的，就组织党员或是身体较好的去帮忙；二是号召党员及时观察其他病友的情绪，多与情绪不稳定的病友聊天。

除了成立临时党支部，他们还建立了微信群，每个舱都有病友群，还有临时支部群，线下线上都可以解决问题。病友们有什么问题，有什么需要解决的困难，不论是在舱内的还是在家里的，特别是缺物资这块，都可以发到群里。有的人父母年纪大了，生病了，缺医少药；有的人小孩在家，没人照顾，这些工作也需要党支部去组织协调。在群里一个个说，很乱很杂，如果不及时登记，发的问题很容易被覆盖。于是，王建英让各病友临时党支部书记和党员牵头，推出片区长（一般是党员）收集病友们需要解决的问题，集齐之后，交给支部书记或是支委成员（一般是下午）。收到各支部转来的问题后，他们再一一发给相关部门，统一解决。基本上是有求必应。当然，武昌区委、区政府是他们强有力的后盾。临时病友党总支和临时党支部成立的消息通过微信刚一传出去，王建英就接到三个电话。第一个是他们科室正在哺乳期的一个护士。她说，护士长，让我来方舱医院吧。王建英说，你好好带孩子吧，再说你婆婆刚做的乳腺癌手术。第二个是科室的一位退休的万老师。她发来微信说，方舱还要不要人？虽然她年纪大了，但还是可以做些力所能及的事的。第三个是科室的李娜。她说，护士长，你那里还缺不缺人？王建英觉得她条件符合，业务精，家里又没什么负担，就同意她过来了。于是当天下午，李娜就背着行李来到了方舱医院。

王建英告诉我，在病友临时党总支里，具体做事的是小柯。她是干事，也在各个舱的病友支部群里。小柯大名柯茉莉，1987 年出生，武汉黄陂人，也是武汉大学人民医院乳腺科的一名护士。与风风火火的王建英不同，柯茉莉温柔似水，却柔中带刚。武昌方舱医院一建，她就抛下家中两个年幼的女儿，报名来到这里。

柯茉莉告诉我，最开始舱内工作开展得不太顺利，主要是与病人之间的信息沟通不畅。后来建立了病友临时党支部，党员的模范带头作用发挥得淋漓尽致。党员起作用了，舱内各项工作开展就顺利了。2 月 15 日武汉下雪，风很大，天也很冷。那天晚上，通往洗漱间和厕所的通道上面的棚子被风吹掉了。临时支部的党员早上 7 点多起来洗漱，看到棚子被吹掉了，马上拍照，发到群里。柯茉莉马上联系区指挥部。他们立刻紧急调集了 100 把伞，分散在三个舱内，保证病人上厕所不被雨淋。同时他们马上安排维保人员，紧急修理遮雨棚。天冷，怕病友冻着，她又向区指挥部报告，能否想办法让病友保暖。区指挥部二话没说，立即调运一批保暖衣，保证每个病人都有。一天,柯茉莉接到武昌区指挥部办公室副主任王娟发来的一条信息,说有一个 19 岁的男孩,住在 B 舱,因为家里有一些变故,情绪不太好,可能需要心理干预一下。B 舱临时党支部书记证实了这件事。临时党支部书记还说,前几天他就发现这个问题了,并找男孩聊过了。随即他又找到男孩,交流沟通。临时党支部书记发现,男孩的精神状态其实还不错,他确实因为家庭变故和自身身体原因有一定压力,但最主要的是他烦家里人老是打电话来。他不想跟他们多聊,所以总是带着情绪跟他们说话。临时党支部书记继续跟他聊,并说,家人老是打电话,问长问短,问这问那,肯定有不妥之处,但他们不也是因为担心和焦急吗?如果你表现出情绪不稳的话,他们不更担心吗?

柯茉莉说,对于病人的心理干预,光舱内的医护人员和临时党支部的党员还不够。刚开始,舱内只有一批心理学专家,来自湖南湘雅二医院。但很快,他们就发现大量病人需要进行心理干预。于是,他们联系了社工团队。这支队伍的成员来自全国各地,也组建了社工志愿者群。这些志愿者,都是义务劳动,还符合要求:一是要有医学背景,有心理咨询师证;二是要当群助理,要乐于奉献。事实上,这些志愿者还有相当多一部分是共产党员。他们把志愿者们拉到病友群里,轮流值班,四个小时一个班,三人一组,协助舱内医生解答病友提出的问题。如果他们自己能解答的,就直接在线上进行解答;解决不了的,就将问题一一登记,根据情况去找相应的人,包括舱内医生护士、心理学专家。随着工作被理顺,随着病人对舱内生活的适应,随着越来越多的病人出院,病人的情绪越来越稳定,渐渐地线上提问的不多了,线上志愿者也少多了。个别有问题的病人,都直接找线下专家。

柯茉莉还说,党员不仅起到了模范带头作用,促进了舱内各项工作,还影响和感染着其他群众。有一个党员,叫肖立闯,当兵出身,还立过功,在 A 舱。刚一进舱,他就帮着大家清理垃圾,分发物资,默默地为舱内的病友服务。他在病友群里为大家鼓劲加油:"我们每一个湖北人,都应该团结一心,克服困难。很多病人反应不洗澡难受。但我想说的是,现在是特殊时期,所有的资源都有限。舱内大部分病人都希望能好好洗个澡,但是洗澡的资源也是有限的,所以还恳请大家一定要团结。周围的群众有各种情绪,请与支部或是舱内的工作人员沟通。所有运来的物资,都需要清点、领取,当天来的物资,只要是舱内的必需品,不论加班到多晚,一定会保证送到大家手中。"他还在临时党支部群里呼吁:"这样一个战时医院,我们国家从新中国成立以来都没有过,院方和政府也在摸索和探讨当中。但目前不少地方确实做不到平时住院那样完善。所以对于舱内的病友们来说,精神上的富足显得尤为重要。大家有一个特殊的身份——病人!又有一个荣耀的身份——共产党员!我们还有一个共同的使命,全民打赢这场和病毒斗争的防疫战!"他还给王建英和柯茉莉他们发来信息:"正是你们的辛苦付出,我们的武昌方舱充满了正能量,病友之间,医护之间,互相帮助,互相关心,恰似一家人一样亲切。尤其是你们组织党员和病友开展丰富多彩的活动,有图书架、心愿墙、康复操、信心歌咏,使大家忘记了病毒,忘记了恐惧,一片和谐。你们领导有方,功不可没。我从内心由衷地敬佩!感谢你们的辛苦努力!"正因为有肖立闯他们这样的党员带头,其他群众纷纷加入志愿者队伍中来,像李文雄、尹莉……

第二天上午,我先后前往李文雄和尹莉所在的隔离点。

今年 50 岁的李文雄是武汉市武昌区人,自己开了个小印刷厂。1 月 25 日,正月初一,他感到有点不妙。他口里长了个血泡,头有点晕。中午,他约好一家人到离他家不远的岳母家吃饭。他对老婆说:"你们吃,给我带点饭回来就可以了。"他在脑海里梳理自己这些天的行程。其实自从听说武汉有不明原因肺炎以来,他是属于比较注意的那类人——很快就戴上了口罩,开车外出时会关闭车窗,他还勤洗手。但有一次他出门没戴口罩。1月23日——那天"封城",他赶紧到附近超市买了不少物资,囤积在家。由于匆忙,出门时他忘了戴口罩。当时他也想过回家戴口罩,但一看都离家好几百米远了,侥幸心理占了上风,他就那样直奔超市。超市门口不好停车,他就把车停在超市附近的社区医院院子里。当时社区医院已经住满了病人。他经过医院,穿过人群,才到达超市。当时超市也是人满为患,有戴口罩的人,也有像他一样,没有戴口罩的人。他越想越感到后怕。一量体温,37.5 ℃,低烧。下午老婆一回家,他就对她说:"你们和我隔离开,我单独睡一个房间。我24小时戴口罩,你和儿子也24小时戴口罩。睡觉的时候都戴上。"随后,他又叫老婆按1∶50的比例用酒精兑好消毒水。又让老婆给他准备两个桶:一个装消毒水,用来消毒,一个装清水,用来洗手;在他所住房间的门口放把凳子,把饭和药放在凳子上。中西药都吃,蓝芩口服液、板蓝根冲剂、黄芪、阿司匹林、尼美舒利颗粒等都有。虽然吃药时有点呕吐,胃口不是很好,但三天后,烧退了,他感觉好了。老婆说:"可能好了,可能不是新冠肺炎。"他说:"不能掉以轻心。"听他这么一说,老婆又把屋里进行了一次彻底的消杀,并把所有的门窗打开进行通风。虽然退烧了,但李文雄并没有大意,也没有走出那间房间。两天后,即1月31日上午,他又感到不适。一量体温,又回到了37.5 ℃。他没有再犹豫,马上自行开车前往中部战区总医院。医院核酸检测的试剂用完了,暂时不能做检测,医生就给他拍了个胸片,有毛玻璃状。虽然没有确诊,但是疑似。医生给他开了左氧氟沙星、奥司他韦、连花清瘟胶囊,这是给新冠肺炎病人的配药。三天后,他被送到酒店隔离;再三天后,他被送到武昌方舱医院治疗。

他是2月6日上午11点到达武昌方舱医院的,在A舱的D区,正好在体育馆的篮球场里。他说，刚进方舱时，跟他想象的生活反差还是比较大。大隔间，病床离得并不远，设施简陋。特别是在大厅外的厕所、洗漱间和开水间，因为是临时搭建的，没来得及考虑排水的问题。有些病友不太注意，直接把水或是剩饭丢到洗漱间和开水间，甚至扔到厕所里。一是造成了管道堵塞，二是影响了环境。他以为这种情况会越来越糟糕，但很快就有人来清理了。他首先看到一个人把厕所、洗漱间和开水间的所有垃圾盒都捡起来，装到大塑料袋里，再送出去。开始他不知道那人姓啥名谁，很快有人告诉他，那个人叫肖立闯，是名党员，当过兵。不久后，又有一个叫付弹的党员站了出来。他拿着话筒，对病友们说："各位病友，方舱医院建的时间非常短，环境和条件肯定不如医院好，但为了建方舱医院，多少人为此付出了心血呀。我们要心怀感恩。虽然方舱医院只是个临时医院，但却是我们此时的家，我们既要同甘共苦战胜病毒，也要齐心协力爱护我们的家园。请大家把垃圾放到垃圾桶，看到地上有垃圾，就弯一下腰，动一下手。"李文雄想，再不去做点什么，良心上就过意不去了。

每个舱除了有临时党支部，还分了片区。李文雄所在的 A 舱，分了七个片区，也有七个片区长。他是 D 区片区长。他说，他们不仅帮着维护舱内卫生，还帮着医护人员发放各种物资和药物。医护人员很辛苦，应该给他们松点担子，让他们把更多的精力放在病情稍微重一点的患者身上。他们发各种各样的药，也发早中晚餐的盒饭；协助医护人员，对病友进行调查，有什么基础疾病都一一进行登记；进行消防安全的宣传，告诉病友们如何用消防栓和灭火器，及时提醒病友不能使用大功率电器。还有就是为病友鼓劲加油，适当组织一些活动，包括练习肺部保健操等。

李文雄说，他在 2 月 13 日晚上向临时党支部写了份入党申请书。是不是符合要求，是不是妥当，他不知道，但却是发自内心的表达。其实他在 2013 年"非典"时就被共产党员舍生忘死的精神打动了，当时他就有加入共产党的想法，但后来一直忙于生意，耽误了。这次到方舱医院，方方面面，真真切切，让他感动。一个方舱，绝对不只是一个区的方舱，而是武汉和全中国的方舱。方舱里，除了湖北本地的医疗队，还有来自其他省市的医疗队。他们直接救治病人，直接面对病毒，艰辛自不用说。还有物资，都是来自全国各地。可以说，没有祖国的强大，就不可能有这么温暖的方舱；没有中国共产党的坚强领导，就不可能在较短时间内遏制疫情蔓延。方舱的温暖无处不在。比如饮食方面，不仅考虑到营养性，还考虑到少数民族的饮食习惯。早上有肉包子、花卷、馒头、鸡蛋、豆浆和稀饭，还有牛奶和水果；中午有土豆烧鸡块、基围虾，还有各种青菜；晚上也差不多。中午和晚上都配了牛奶和水果，都保证有两份荤菜。何止是保证营养，简直营养过剩了。李文雄说，虽然他住进了方舱，社区把他家的那栋楼也封了。但社区工作者和志愿者却冒着风险，给各家各户送各种各样的生活物资。其实他们人也不多，但一个社区有好几千居民。社区工作者和志愿者也得吃得喝得休息啊，他们也有家庭有父母有老婆孩子啊，他们跑上跑下，为了什么？还不是为了我们居民居家隔离期间过得好吗？他儿子今年参加中考，要各种各样的学习资料，志愿者和社区工作人员想尽办法满足他。

李文雄还说，他是2月19日中午离舱到隔离点的。方舱医院的经历是他人生的一次深刻洗礼，让他彻底明白了什么叫小家，什么叫国家。虽然这次疫情对武汉造成重大经济损失，对他的印刷厂来说也是沉重的打击，但比起国家来，比起那么多奋战在一线的人来说，这算不了什么。他真正感受到了祖国的伟大——一切以人民利益为重，并在短时间内把疫情控制住。不要说经济损失了，就是要他捐出整个印刷厂，他都愿意。到隔离点后，他已经做了两次核酸检测，都是阴性，他体内已经有抗体了。他说，如果医院要捐血浆，他一定会第一个报名。这些感受，不光他有，他老婆有，他儿子也有，甚至连岳母和小舅子都有。2月13日晚上写完入党申请书后,他犹豫交不交。他征求家人意见。老婆、儿子支持,岳母和小舅子也支持。

尹莉今年50岁,老家湖北钟祥。原来她在钟祥的一家医药公司上班,从事财务工作;后来单位改制,买断工龄,于是她从钟祥来到武汉,在超市打工。她性格开朗,乐于助人,但也敢说敢做,不怕是非。她说,她是2月5日晚上12点30分左右来到武昌方舱医院的。她很快就发现,有些病友有情绪。他们觉得这里与医院,与家里有落差,有些失望。但很快,除了医护人员、后勤人员及时进行调整与解释,还有一些党员病友也站在了前面,带头打扫卫生、发放物资,做有情绪的病友的思想工作。她很快受到影响,她觉得,政府不简单,方舱医院,说建就建。医院是在极其有限的条件下和时间内建起来的,设备各方面肯定存在不足。有些病人有情绪,发脾气,但医护人员从不还嘴,总是微笑面对,耐心地解释和安慰。作为病人,应该换位思考,不能吵不能闹,吵闹解决不了实际问题。

尹莉肾脏不好,医生叫她多喝水排毒。但病房离厕所远,实际上她不太想跑厕所,可为了身体,她还是坚持多喝水。一天半夜,她去打开水,发现开水房没有地漏。接开水时漏出来的水流不出去,水多了,就漫出来了。她丈夫是搞水电的,她多少懂点。于是,她从外面找来两个塑料桶,放到接开水处。之后,她形成了习惯,每天晚上上厕所或是打开水时,总要看看塑料桶里的水满了没有。她不光睡得晚,也起得早。每天早上五点多,她就起床上厕所。上完厕所,第一件事就是看塑料桶里的水满了没有,满了就去倒掉。她的这一习惯,一直坚持到出院。她不光解决了开水房地漏的问题,还解决了沐浴房下水道堵塞的问题。只要发现堵了,她就会找来竹子扎的扫把,从里面抽出几根竹子,往下水道里捅。虽然她很少去宣扬自己所做的这些,但其实被其他病友有意无意看到了。于是,大家打开水时更加小心了，也不再乱扔口罩、袜子、卫生巾之类的东西。大家不光在改变自己的习惯，更有一些年轻人，像"80后""90后"都加入到了这个方阵，一起清理垃圾，一起宣传卫生知识。

尹莉对我说，不论是在方舱医院，还是后来到了隔离点，最辛苦的还是医护人员。在武昌方舱医院，她看到一个小姑娘，是江西医疗队的护士，才20岁。每天晚上，她看到这个小姑娘忙这忙那，忙到深夜，她感到很心疼。有一天都快凌晨1点了，尹莉还没睡，她默默注视着这个忙碌的小姑娘。人家这么小，离开家乡，来到最危险的地方，这么辛苦，这么危险，面对病人的时候，却总是面带微笑。他们到底为了什么？想着想着，尹莉的眼泪就出来了。正想着，小护士跑到她床边，问她："阿姨，您怎么还没睡觉，哪儿不舒服吗？"尹莉摇了摇头，她说："虽然你还小，但我作为你的病人，我觉得很幸运，也很幸福。"舱里的故事太多太多了，只可惜她不善言辞，茶壶里煮饺子——有货倒不出来。她还说，疫情之下，人的各种真实面目都暴露出来了，有美也有丑。但她看到的，是美好的人性。否则武汉怎能冲散疫情阴霾，迎来灿烂的阳光呢？

3月10日，武汉传来令人振奋的消息：方舱医院患者清零，全部休舱。

方舱医院自开舱以来，在这一次"武汉保卫战"中发挥了重要作用。据数据统计，建成并投入使用的16座方舱医院，实际开放床位13000多张，累计收治患者12000人。

2月28日，国务院新闻办召开的新闻发布会介绍，方舱是名副其实的"生命之舱"，建设方舱医院是一项非常关键、意义重大的举措。

——"武汉方舱医院是针对大部分轻症患者这个主要矛盾进行的精准施策，短期内扩充了医疗资源，实现了轻症患者从'居家隔离'到'收治隔离'的转变，切断了社会传染源头，并通过及时救治避免轻症恶化，在防与治两个方面都发挥了不可替代的作用。"

——"方舱医院与定点医院、定点隔离点一起，组成了四类人员'应收尽收、应治尽治、应早尽早'的疫情防控网络，是扭转武汉疫情防控的关键之举。"

"非至善之法，但是，没有比它更善的方法的时候，（这）是解决收治这样一个主要矛盾的现实之策。"王辰说。除了可敬可爱的医护人员，还有绞尽脑汁让饭菜丰富多样的餐饮保障人员，冒着风险清扫医疗垃圾的保洁人员，来自全国各地身份各异的志愿者……他们都在方舱医院里忘我地忙碌着，为这个"生命方舟"注入温暖和能量，用他们的无私奉献诠释着"同舟共济、互助友爱"的方舱精神。

如今，武汉方舱医院早已全部休舱，并恢复建筑物原有的功能，但是与方舱医院有关的人与事，却将永远留在这座城市，留在这个民族的记忆里……

白衣战士的守护者

这场战"疫"的特殊之处，并不在于新冠病毒的毒性强弱，而是它的未知性，未知情况下的极强传染性，所以战斗伊始我们打得既被动又惨烈。它刚侵袭武汉时，我们的白衣战士不知所措——没有攻击的矛，也没有防御的盾。开始有人断定是SARS，但很快，他们就觉得不对，病症显然与SARS不同，属于其他重症肺炎的可能性更大。当时这病被称为"不明原因肺炎"。"白肺！"最开始只在较小范围内传播与议论。一两个零星的病例，互不关联，似乎说明不了什么问题。虽然偶有中央省市媒体报道，但并没有引起太多人关注。其中包括中南大学湘雅医院感染控制中心教授吴安华。他忙得晕头转向，根本就没时间关注当时发生了什么，也很少看手机信息，很少发微信朋友圈。1月初的一天，一个朋友打来电话神秘兮兮地问他："武汉有没有这回事？""我关注得不多，具体情况不太清楚，但即使出现新型传染病也是自然现象，作为一名医生就应该有随时随地与各种病毒做斗争的准备。""既然是'不明原因肺炎'，首先就要考虑它的传染性。其一，要查清是怎么来的；其二，要查清是怎么传染的；其三，要查清在哪些地方传染；其四，要查清可能传染给哪些人；其五，要查清一个人被传染后，是否还会传染给他人，这个人被传染后，是轻还是重，是不是会有很高的病死率。还要查清是在医院传播，还是在社区传播，波及的范围有多广。"吴安华三句话不离本行，说得非常淡定。

吴安华今年58岁，自1985年大学毕业分配到湘雅医院至今，35年寸步未离，是名副其实的"老湘雅"，也是个老共产党员。他身体微胖，戴着眼镜，温文尔雅，低调朴实，话语不多，声音低沉沙哑。吴安华没太关注武汉出现的"不明原因肺炎"，没意识到一场紧迫的、激烈的大战即将到来，更没想到自己会奔赴这个战场，成为前线指挥官。这一切的没关注、没意识、没想到，并不是他轻敌。刚才说他忙，忙什么呢？忙着医院感染控制工作，就是俗称的院感工作。他和他的团队每天的工作就是和一些肉眼见不到的细菌、病毒、真菌打交道、做斗争，及时排除各种可能存在的隐患。也就是说，包括新冠病毒在内的任何病毒都是他的敌人，他无时无刻不处于战斗之中。

在这个领域，吴安华早已是国内权威了。他不仅是中华预防医学会医院感染控制分会主任委员、《中国感染控制》杂志主编、湖南省医院感染管理质控中心主任，还是国家卫健委医院感染管理预防与控制专家组成员。但在到湘雅医院求医的患者眼中，他的知名度却并不高。因为感控工作是默默无闻的幕后工作，他不直接拿手术刀，不直接挽救病人的生命。他甘愿做幕后英雄。"院感无小事！凡是涉及患者与医护人员安全的事儿始终都是大事，原因明确的要及时控制，预防再次发生；原因不明确的要追究到底，尽量找到原因，同时及时采取有关预防控制措施，尽快扑灭疫情。"这一点，已经深深刻在了吴安华心灵深处。

但很快，他就嗅到了战"疫"的味道，感受到大战来临前的紧张气氛。1月14日上午，国家卫健委召开全国新型冠状病毒感染肺炎防控工作电视电话会议，通报了疫情应对处置工作进展情况，以及疾病的流行特点、病例临床特征，部署全国防控工作。随后，国家卫健委先后派出七个督导组，赴北京、广东、湖南、河北、上海、河南、福建等省市开展督导，重点督导值班值守情况、疫情监测落实情况、医疗救治工作情况、街道（乡镇）社区（村）防控情况等。吴安华是1月16日接到国家卫健委通知的，叫他做好准备，赴广东督导。但那时临近春节，一票难求。买了去的车票，返程的没抢到。他把这个情况跟国家卫健委一说，他们则说："你干脆别去广东了，就参加湖南督导。"第二天晚上，他与北京来的两位专家会合，一起组成国家卫健委督导组督导湖南防控工作。大家在长沙督导，花了一天半时间，即1月18日全天和1月19日上午。他们去了湖南省疾控中心、湘雅二医院、湖南省人民医院，长沙市疾控中心、长沙市第一医院、望城区人民医院、宁乡市人民医院，以及望月湖街道社区卫生服务中心。行程紧凑，工作安排得满满当当。他们查得非常细，重点是要求加强和改进发热门诊。

1月19日中午，国家卫健委的督导一结束，吴安华就接到湖南省卫健委紧急电话，叫他去开会。"实在抱歉！"原本想送送北京来的专家的他不得不提前与他们道别，直奔省卫健委。一到会场，他立马感受到了湖南人雷厉风行的作风，不光省卫健委的领导来了，相关医院负责人和专家来了，就连分管副省长也来了。这个会不长，内容简单，但任务紧急。让吴安华欣慰的是，就在当天，省里召开了各市州分管副市长参加的一个部署会议。也就是说，湖南的疫情防控阻击战已经全面打响。

一散会，吴安华带着一个组直奔株洲。他这个组负责督导株洲和衡阳地区的相关工作。一见面，株洲市卫健委的相关负责人就带着他们直奔医院，先是市级医院，然后是县级医院和乡镇卫生院。督导只能是选择性的，不可能每家医院都去，但必须有代表性，市县和乡镇三级医院必须走到。已经晚上8点多了，他们还在督导，其实大家肚子都饿了，但谁也没说。当天晚上，他们住株洲。第二天一早，他们直奔衡阳，督导模式一样。两地督导，情况不理想，有些医护人员，要么没戴口罩；要么戴了，但鼻子露在外面，完全是走形式。平时很少生气的吴安华大发脾气："连个口罩都不会戴，怎么去防控病毒！""医院感染控制十分重要，一旦这项工作出现漏洞，就可能造成医护人员的感染！""马上改，马上培训，刻不容缓！"声音不大，但掷地有声。

1月20日晚11点30分，一身疲惫的吴安华从衡阳回到长沙。他必须赶回来，因为一场前所未有的战斗在等着他。

"人传人"的消息像一颗炸弹，投入春节前的大武汉，并立即在全国引起轩然大波。但吴安华却面不改色、平静如水，好像什么也没发生似的。事实上，1月20日还在衡阳督导的他，就接到了国家卫健委的紧急通知，要他次日赶往武汉，并给他买好了21日下午1点40分，由昆明开往北京的G404次高铁票。

他没有激动，更没有彻夜不眠。原因有二：其一，他当时意识到了战"疫"来临，但还没意识到这是一场持久战；其二，面对战"疫"，作为一名参战者，需要激情与勇气，但更需要理性与淡定，这是他历来的坚守。从衡阳回到家，已经是深夜，他只轻描淡写地跟妻子李凤云讲了国家卫健委要派他去武汉。李凤云也是个"老湘雅",是一名眼科大夫。夫妻俩相濡以沫30年,举手投足间都是默契。她知道,这是他的工作,放心不放心都得去,她习惯了。再说,这是医生的担当,也是湘雅人的担当。

他的镇定,令人惊奇。1月21日早上8点15分,他提着包,准时来到办公室。随后,带着五个院感医生,总共六人,一起到各科室查房。虽然湘雅医院的感控工作一直做得好,在全国起着引领作用,但战"疫"临近,他不敢有丝毫的马虎。说是查房,其实是督导。他们去了急诊、门诊以及医技科室,看通风窗户是否打开,看医护人员是否都按规定佩戴了口罩。"一定要做好通风,戴好口罩,不光要医护人员戴,看病的人如果没戴口罩,也要免费给他们提供口罩。千万不能吝惜了那几个口罩。"在发热门诊,他们督导得更加细致,并反复嘱咐门诊主任。

走完所有科室,已经快11点了。他依然不慌不忙,安静地坐在办公室里,在电脑上看起视频来。1月19日,国家卫健委给他打了个电话,叫他们医院感染控制中心赶紧制作一个穿戴防护用品的标准视频,作为范本,向医院推广。视频20日下午就做好了,需要他审核把关,但他在外面督导,耽误了半天,不能再拖了。其实视频并不长,只有一刻钟左右,但他前前后后花了一个多小时,盯着屏幕认认真真看了三遍,最后提了十二条修改意见。当他把意见递给同事时,已经是中午12点整了。他心里一惊,赶紧收拾了一下,往家里赶。他知道,今天不能在家吃中饭了。

去武汉之事,他没有向同事透露半句,向领导做的汇报也是轻描淡写,说国家卫健委派他去武汉,去那里干什么、何时动身,都要等国家卫健委的通知。"一方面任务紧急容不得耽搁,另一方面也是不想让他们担心。"这就是吴安华给出的理由。

他家就在湘雅医院内的宿舍区,是20世纪80年代建的老房子,步梯房。虽已陈旧,但依然在为医生们的救死扶伤工作保驾护航。回到家,拿上旅行包，塞进几件换洗的秋衣秋裤，再随手拿了一些点心，他就匆匆出门了。

3车10D，二等座。乍一看，这个座位和座位上的乘客，是何其普通平凡啊。甚至算不上普通，吴安华的身体一直不是很好，2009年曾心梗发作，安装过3个心脏支架，需长期服用抗凝药物。但他总是把抢险救人放在第一位，无论是抗击"非典"还是抗击禽流感疫情，他都主动请缨参加救治工作，对突发公共卫生事件处置有丰富的经验。

下午2点30分，感染控制中心主任黄勋打电话问吴安华在哪里，他说已经在高铁上了。黄勋说，上车了？这么快？吴安华说，车票是这个时候的。黄勋说，我还想着送送您呢。吴安华说，就是怕你们搞这些名堂，所以只能悄悄地溜。"老主任平时为人低调、细致，是出了名的'老好人'，只要哪里有需要，他总会冲在最前面。"黄勋感慨道。吴安华是第一个援鄂的湖南医护人员。从此时开始，一直到3月上旬，"医疗湘军"先后19支队伍共计1498人，浩浩荡荡，像吴安华一样沿湘江北上。

下午3点10分，G404次列车到达武汉，5点吴安华到达宾馆。一到这里，他就感觉到战"疫"的紧迫性：首先他了解了武汉的情况，其次是国家卫健委的负责人和专家都来了，再次他见到了李六亿等感控专家。李六亿比他小一岁，两人已经是老朋友了，还是湖南老乡。她是衡阳人，北京大学第一医院感染管理科主任，中国医院协会医院感染管理专业委员会主任委员。两个主任委员都来了，这事肯定小不了。他们共同组成了专门负责感染控制的专家团队。而国家卫健委给他们的任务，就是保护好医护人员的安全。

吃过晚饭，吴安华和李六亿就开始研究起感控方案来。他们知道，新冠肺炎是传染型疾病，首先要防止它在医院里扩散。就是说，要为医护人员筑起一道防护墙。如何筑？首要任务，就是尽快制定出医院内新冠病毒感染预防与控制的指南。有了指南，医护防控工作才有据可依、有章可循，行动才有方向。情况太紧急，他们讨论到深夜。

第二天一早，他们又继续紧锣密鼓地讨论研究。当时武汉方面传达给他们的信息是，已经有14例医护人员感染，尽管他们还没有做深入调查，但他们想肯定不止14例，情况还会越来越严重。很快，结合经验、智慧和现实，让《指南》的轮廓渐渐显现。这部《指南》有十个要点：第一要点讲预案和流程；第二要点讲全员培训；第三要点讲医护人员的防护；第四要点讲关爱医护人员；第五要点讲如何做好医院监测，包括医护人员的医院感染监测和病人的感染监测；第六要点讲做好清洁消毒管理；第七要点讲加强患者就诊的管理；第八要点讲加强患者教育，因为当时就诊的人比较多；第九要点讲加强感染暴发的管理；第十要点讲加强医疗废物的管理。

《指南》被快速制定出来了，非常全面，但在疫情早期，要落实《指南》的要求，非常困难。首先就是发热病人太多，难以维持正常的就医流程，所以《指南》中基本要求的第一点流程管理就特别重要……当时对新冠病毒的传播特点了解还不多，所以他们提出了标准预防加补充隔离措施，包括接触隔离、飞沫隔离、空气隔离等措施。而最关键的，就是有针对性地提出了两个措施：第一，正确选择和佩戴口罩；第二，注意手卫生。"现在看，这两点非常重要，可以说是这次疫情中，医护人员避免感染最有效的措施。"吴安华感叹道。

这天晚上，《指南》发布。虽然他们不是临床一线医生，不能医治患者，但只有保证了医护人员的安全，患者才能更好地被治疗。而《指南》便是保护医护人员的第一道防护墙。

《指南》发布的第二天是腊月二十九，如果不是来武汉，吴安华肯定在与妻子准备团年饭了，但这天他去了武汉大学中南医院的隔离重症监护病房、隔离病房、发热门诊,指导感染防控工作。可是突然暴增的就诊人群挤满了医院,医护人员都在来回奔跑,谁有时间听他指导?他听说,有些医院,轻症病人去发热门诊,队伍最长时要排一整天,排着排着,有人晕倒了,就被拖到急诊科吸氧。看到有人因此不用排队,后面的人都跟着往下倒。站在医院门口,他的眼眶湿润了,这是他到武汉后第一次流泪。他心里知道,被感染的医护人员在快速增加,有的甚至成了危重病人,走到了生死边缘。比如武汉亚洲心脏病医院耳鼻喉科医生梁武东,就因为感染新冠肺炎而生命垂危。

"医护人员是来救命的,而绝不能去送命!"吴安华猛然想到这句话,并在心里不停地念叨着。他觉得自己的任务更加重大而紧迫了。他想,《指南》固然很重要,并且方方面面能考虑到的都考虑了,特别是提出无论是武汉本地的医护人员,还是各省市援助医疗队,都要进行全员培训,但那毕竟只是书面上的,不能保证每一位医护人员都会看;即使看了,也不能保证他们都看懂了;即使看懂了,也不见得百分百会动手做;即使做了,也不见得都能做好。再说,医疗队来自全国各地,同一支医疗队又来自不同科室,感染科的医护人员相当有限,大多数队员对这样一种新的传染病防护是陌生的,内心难免会有恐惧感。再加上医护人员救治压力本来就大,每天都超负荷工作,这个时候更容易被感染。"必须做认真细致的全员培训!""一个都不能落下!"他想。

吴安华还意识到,这是一场艰难的战"疫"。战争的胜利,讲究的是战术。知己知彼,方能百战不殆。现在新冠病毒就是敌人,而且是特殊的敌人。这个敌人赶不走,只能消灭。消灭病毒的办法是围住病毒,全歼它。不能赶着病毒到处乱跑,乱跑的病毒会在跑路中迅速发展病毒战友,这将使敌人的队伍迅速扩大……全歼的办法是,必须迅速把染病者全部集中隔离。染病者不是敌人,他们是被敌人伤害的受害者,只有把染病者全部集中隔离,才能把病毒这个敌人包围起来。基于这种情况,当时已经有了定点医院,有了隔离点,并且已经开始建设火神山医院;随后几天又建设雷神山医院,以及大批量方舱医院,这无疑是战"疫"最有效的战术。可是,患者可以隔离,大量的医护人员不能隔离呀,他们必须走近患者,走近病毒。

他和李六亿的想法高度统一。他们立即提出,所有医疗队必须先培训再上岗,并且必须是非常精细的培训。"大家都是舍小家为大家,我们只有确保医护人员百分之百学会防控知识,才能让他们上前线。希望通过我们的工作,为战斗在一线的医护人员建起一道安全防护墙。"这是吴安华的朴素心愿。他们的提议得到国家卫健委的高度重视与认可,同时得到全力支持。

武汉本地医护人员早已投入了战斗,有了血与泪的教训,也积累了宝贵的经验。吴安华他们培训的主要是各省市援助医疗队。吴安华的培训,是从正月初一开始。那天他培训的是上海和广东医疗队。这两支队伍都是除夕之夜到达武汉的,年夜饭都没吃就出发了。第一次培训医疗队,他有些小激动。不是紧张,而是感动。拿起话筒,他首先说:"我是21号来的,不是小年也不是除夕,你们除夕之夜来到武汉,我要向英勇无畏和无私奉献的白衣战士们学习和致敬。"

随后,援汉医疗队从全国各地源源不断向武汉汇集,那时平均每天都有五六支队伍到达。他们到达武汉的第一件事,就是接受培训。最开始是两个老师做培训,一个是吴安华,还有一个就是北京地坛医院的蒋荣猛教授。一人讲半个小时,但他们一般会超时,讲到40分钟。如果蒋荣猛有事,就吴安华一个人来培训,有时他也会与李六亿搭档。吴安华专司其职,长期负责培训。但随后,队伍越来越多,他们只得分成三个组,分头跑。1月27日,正月初三,他和蒋荣猛跑了6个地方、270公里,讲了6场,把武汉三镇都跑到了,回到宾馆已经是晚上11点。后来,2月25日,他一天跑了9个地方,讲了7场,培训了9支医疗队的1182人,课时达到450分钟,把1月27日的纪录打破了。"后面培训的医疗队都是后续部队,第八批、第九批、第十批了。到2月底3月初,随着疫情的好转,援汉医疗队越来越少,只有零散后续队伍了。"他说。

吴安华跟队员们讲得最多的便是正确佩戴口罩和做好手卫生,这两点至关重要。这并不是说戴好口罩和做好手卫生,就能百分之百地预防传染病,但做到这两点是最基本的,也是最重要的。"戴口罩、手卫生看起来特别简单,但其实简单的事情最不简单。比如说手卫生,大家讲的时候都说重要,但从实际操作来讲,不管是国内还是国外,手卫生都是难题。还有就是口罩,每次培训中,我都要花上10分钟的时间反复强调口罩的正确使用方法。"他说。

他鼓励队员们吃好睡好,防感冒。来到战场,首先要吃饱。不管饭菜对不对口味,都要主动吃饱,再就是要吃好。减肥的,瘦身的,都要停下来,在武汉期间,不是掉几斤肉,而是要长几斤肉才好。上班肯定辛苦,但不能过劳。下班后一定要休息好,就是睡好,早睡多睡,保持旺盛的精力。医疗队队员很多来自北方,不适应气候。虽然武汉已经是春天,但还比较寒冷,而且南方没暖气,房子里湿冷。吴安华强调,不要开空调,如果感觉冷,就买电热毯,多穿衣服。要是不小心感冒了,一定要及时报告。为什么?你不报告,就得不到及时休息,免疫力就会下降,不是新冠肺炎患者,也会把你当新冠肺炎患者对待。所以他提倡队员互相"检举揭发",只要发现谁有感冒迹象,就及时报告。不是为了一个人,而是为了大家,为了队伍能打胜仗。

天天高频率地讲课,不累是假的,但吴安华觉得怎么累都值得。他的目的很简单,让每一个队员都知道如何防护,让每一个队员都高度重视防护，哪怕只减少一个感染者都是值得的。他们来自不同的省份、不同的医院、不同的科室，处在不同的年龄段，但都是怀着满腔热情来的。特别是"90后"和"00后"，他们很年轻，意气风发，很多人都是瞒着父母来到武汉的。但热情不代表他们掌握了感控知识，病毒不会因为你的热情而感动和手下留情。

虽然吴安华每天讲的都是同一个内容，但每天的课件都会更新——他与李六亿一起备课。之所以更新，因为疫情在不断发展变化，他们对新冠病毒的认识也在逐步深入。课件内容既在培训时讲，也在《中国感染控制》杂志公众号上推出，分享给队员，课后大家还可以继续学。他们在公众号上更新了三版课件，浏览总量已经超过20万次。

除了讲课，他们还与队员互动，有的还加了他们的微信，通过微信提出自己的困惑。就此，他们写了一篇文章，讲新冠肺炎防控中的困惑，上传到公众号上不到两天，阅读量就突破10万次了。

人们问得最多的是个人防护是不是越多越安全。吴安华和李六亿进行了理性回答，他们觉得，个人防护不足或缺乏确实会增加感染的风险，但个人防护过度也同样可能增加感染风险。首先，穿着过多的防护用品在发生污染或松脱时不易被察觉；其次，防护服与隔离衣的叠穿造成透气性不佳而出汗，防护服和隔离衣被汗水浸湿后，它们的防护性能会下降；再者，穿着多层防护服和隔离衣会增加脱摘时污染的风险。他们提倡，医护人员的感染防护应遵循科学防控，合理、适度防护的原则，应根据可能接触感染患者风险的高低选择和穿戴不同的防护用品，这样才能获得最好的防护效果。

对于普通人来说，口罩无疑是一道最重要的防护墙，因为飞沫传播是新冠病毒最主要的传播途径之一。"光打个照面，握个手，是没那么容易被传染的。这次疫情，家庭聚集性感染比较明显，这就说明飞沫传播是主要途径。"吴安华说。武汉一个大学生，1月18日从武汉回到老家哈尔滨。一到哈尔滨，他的一个同学就请他吃饭。就两个人，坐的卡座，老同学几个月没见了，吃饭是次要的，聊天是主要目的。1月24日，大年三十，这个学生家吃团年饭，除了他，他爸爸妈妈、爷爷奶奶，还有表哥一家，也是边吃边聊，还喝着酒，都非常开心。就在这天，他的同学出现感冒流鼻涕症状。四天后，他，他爸爸、爷爷、奶奶，还有表哥，都出现发热症状。最后，他们都被确诊。但确实也有一见面就传染了的。春节前，有一个小伙子开着车带着自己的母亲回老家，路上母亲下车去一个小超市买了点东西。这个小伙子一开始并没下车，最后为了刷微信付款下了车。互不相识，怎么会握手呢？也就刷个微信付款码，但这又要得了多长时间呢？小伙子根本就没想过自己会感染新冠肺炎，直到小超市老板出现症状被确诊，找到他，他才知道自己已被感染了，并把那个老板传染了。大学生和小伙子有一个共同特点，就是都没戴口罩，都是通过飞沫传播感染的。

吴安华关注到，前段时间国外疫情还不严重时，国外有人指责中国老百姓戴口罩，说口罩应该是有病的人戴的。"他们甚至还提出要把口罩让给病人，让给医护人员，确实没错，但这是在感染人数少的情况下。在感染人数多时，你很难判断谁是病毒携带者。第一，新冠肺炎在潜伏期是没有症状的。第二，有的人感染了，没有症状，是隐性感染，但病毒照样有传染性。因为不知道谁是感染者，所以我们普遍戴口罩，自己难受点，成本是高一点，但至少保证不会被飞沫传染。"他还说，有一个人从城里乘坐大巴回老家，因为在城里没有买到口罩，坐大巴时他没戴口罩。到了县城，他买到了一次性医用口罩，于是他戴着口罩坐中巴回到家。回家几天后，他就发烧了，并被确诊。最后一查他的接触者，坐中巴的一个都没被传染，大巴车上却传染了几个人。这证明口罩是有用的。

"全国已有4.2万名医护人员驰援湖北，无一人感染。"3月8日，国务院联防联控机制就关心关爱疫情防控一线人员的发布会上，国家卫健委相关部门负责人说。负责人还特别强调，在武汉有一支专门负责感染控制的专家团队，在每一支医疗队进入工作岗位之前，专门对他们进行感染控制和防护工作培训，使他们能够做好防护，避免感染，最大限度降低感染风险。在这支4.2万人的大部队中，有3万多人集中在武汉。3月11日下午，我在武汉汉口采访吴安华时，他已经为120支医疗队进行了102场培训，培训队员1.4万多人。

许多人为他点赞，说他劳苦功高，他只是微微一笑。"一生所学，报效国家，是医生的责任。湖北有4.2万多名白衣战士，我只是他们中的一员。"吴安华说。

其实，与"零感染"相比，更应该铭记"血教训"。战"疫"早期，最令人伤心的就是医护人员被感染。3000多名感染新冠肺炎的医护人员中，绝大部分是武汉当地的医护人员，十多名医护人员因感染新冠肺炎死亡。

说到这些，吴安华眼眶就红了。"我们对新冠病毒的认识有一个过程，诊断会非常困难，潜伏期也没有表现。冬天寒冷，医院的通风不会太好，再加上病人多，都是近距离接触，都往返于医院、社区和家庭之间，造成了大量交叉感染。但对于医护人员来说，从院感专业的角度来说，这是完全可以避免的。这充分说明我们医院平时对医院感控预防抓得不紧，没有按标准的措施预防。如果能戴好口罩，做好手卫生，就能很大程度上减少感染，避免无谓的牺牲。"他说。

春天终究会过去，夏天很快就会到来，这场战"疫"也最终会成为中国人民、世界人民的一个记忆片段。但作为一名院感专家，吴安华依然会为加强院感工作而奔走。一些计划，犹如种子，已经种在了他的春天。

他要呼吁在高校的医学教育中增加医院感控课程。所有的医学生，不管什么专业，医疗的、护理的、儿科的、医学的、麻醉的，各个专业都要在本科教育时上医院感控课，至少要上十个学时。要把感控的基本理论、基本知识、基本技能都教给学生们，融入他们的脑海中、血液中、情感里，保证毕业之后能够自觉运用。

他要呼吁加强医院感控部门的建设。所有感控部门，必须按国家要求配备人员，要配备高素质的专业人员，加强这个学科的建设。现在状况是感控部门待遇低，晋升难，有些医院并没有把这个部门当成一个业务科室，而只是当成一个纯粹的行政部门，派行政人员担任科室主任。这样的情况，遇到新冠之类的病毒造成的感染事件，必然两眼一抹黑，医院一片混乱。

他要呼吁继续加强公共卫生体系建设。继续建好传染病网上直报系统，增强对传染病尤其是冠状病毒类传染病的敏感反应。

他要呼吁加强对老百姓的健康教育。必须让老百姓掌握健康知识，不随地吐痰，讲究咳嗽礼仪。有呼吸道症状了，尽量待在家里，或是去医院治疗；与人聚集时，不要大声喧哗；打喷嚏要去人少的地方，如果条件不允许，也要习惯用纸巾或是手、胳膊肘遮拦，不能让唾沫飞得太远；要养成勤洗手的习惯，不仅要勤洗手，还要尽量避免用手抠鼻子，摸脸、口和眼睛，不让病毒有可乘之机。

"新发病毒永远是敌人，它们的威胁是长期存在的。除了冠状病毒，还有其他病源。如果我们不重视，不吸取教训，不时刻准备着，当它们再次袭击时，我们还会付出代价。"吴安华说。

我采访吴安华时，他娓娓道来，语气平静。在生活中，他是个平凡人，但在这场人民战"疫"中，他守护着千千万万白衣战士的生命。他说："路上车水马龙，街上人流如潮，工厂复工，饭店开张，商店营业，学校开学，大家可以随心所欲地去踏青，轻轻松松过着自己的小日子。我想，这才是真正的春天。"不久后，真正的春天便来临了。

中西医"组合拳"

在武汉，不论在哪家定点医院，也不论是哪支医疗队，我都能看到中医人忙碌的身影。

3月18日下午，我在武汉协和医院西院遇到了湘雅医院中西医结合科主任唐涛。

"我大学本科学的中医，研究生学的中西医结合，博士也是学的中西医结合。研究生和博士都是在湘雅读的。博士毕业后，我就留在了湘雅医院中西医结合科。"48岁的唐涛说，"我们中西医结合科不仅在湖南算早的，在全国也算早的，有优良传统。这也是我们医院的强势学科。我的前辈黎杏群老师，从一名学西医的内科医生转行学习中医，从开始的抵触到最后成长为湖南乃至全国名中医，再到探索中西医如何结合，一路孜孜不倦，一路开花结果。在这里，我感受到了中医的博大精深与无穷力量。"

1月19日，唐涛他们就新冠肺炎疫情召开了一次会议，他们意识到疫情的严重性和紧迫性了。当时国家卫健委发布了第一版《新型冠状病毒肺炎诊疗方案》，唐涛发现，这个方案罕见地提出了把中药的使用纳入治疗之中。他一阵欣喜，觉得自己可能有机会，也有能力参加到这场战斗中来。他清楚，无论是中医还是西医，对新冠病毒的认识都是粗浅的。他甚至觉得，中医早就应该加入到这样的队伍中来。而事实上呢，近20年来，在一些重大防疫战斗中，中医很多情况下都是充当旁观者。当时他想，如果长沙疫情进一步严重，中医肯定要上。他在武汉有很多同行，包括武汉协和医院、同济医院、中南医院等医院的医生。他向这些同行打听新冠肺炎患者的中医临床特点、治疗思路，还有国家中医药管理局专家对这个病的认识与理解。几者结合,他很快就设计了湘雅医院的第一版中医治疗的预案。虽然没有公布,最后也没有使用,但这对他们认识与理解治疗方案起到了促进作用。

2月6日晚上10点,唐涛接到医务部的通知,说医院要派出第三批援鄂医疗队,要中西医结合科派出由一个副高、三个中级职称的医生组成的中医小分队。医院第三批援鄂医疗队共派30名医生,而中医占了4个,这属于比较罕见的了。他决定自己上。很快,科里的张春虎、王煜等人报名参加。第二天,他们到达武汉,驰援协和医院西院区重症病房。他们被分到了两个病房,一个是以湘雅医生为主的湘雅病房;另一个是协和、湘雅和中山医院医生共同管理的联合病房。这两个病房的患者中很多是重症、危重症病人。唐涛成了联合病房医疗组组长。

2月9日联合病房正式开放当日,就收入了44名新冠肺炎重症患者。一开始,唐涛就倡导对新冠重症患者尝试中西医结合的综合诊疗方案,重视重转危的风险因素,早期预警、精准治疗,最大限度地减少重症向危重症转化。具体地说,就是减少液体的输入,重视患者基础疾病治疗,保持基础内环境的平衡稳定。我问他为什么如此考虑。他说,2月9日接的第一批患者有三个特点:一是年纪大,二是基础疾病多,三是营养状况比较差。当时,不管是中医还是西医,对新冠病毒的特性都没有透彻了解。正气存内,邪不可干;邪之所凑,其气必虚。这个时候,提高患者自身的抵抗力和修复能力,可以为后期的治疗效果奠定基础。当时也有几个院士认为,这次疫情是寒湿所致,如果过度输液,可能会加重病情。唐涛觉得这符合中医治疗理念,也符合西医治疗理念。当时他们还开了连花清瘟中成药,主要是让患者的低热和咳嗽状况得到改善。

接下来便是如何处理国家处方和个性化处方的使用。唐涛说,在治疗的第二阶段,协和医院西院提供了国家推荐的处方。这样可以让大部分病人的情况得到改善。然而，国家处方照顾了大部分病人，但事实上有一小部分病人并不适应，可以说这是国家处方的不足之处，至少不太适合唐涛他们所管理的这批重症患者。当然，国家只能出共性化处方，而个性化处方必须由临床医生制定。为此，他们制作了中医症状的采集表，收集病人的主要症状，如基础疾病、舌相、脉相等，采用数据分析，总结出181例重症的临床特点，为后期治疗做准备。他们针对肺部很难吸收、核酸检测总是呈阳性的问题，设计了个性化中药处方。唐涛发现，使用个性化处方的病人，他们的肺部和消化系统的症状，都能得到很好的缓解。特别是肺部的影像学、核酸转移的情况有明显的改观。治疗过程中，唐涛他们还有一个观点，不能只关注肺，要关注跟肺的呼吸功能相关的一切症状，如消化系统的症状、大便的异常等。他们关注这块后进行针对性处理，病人的精神状况，呼吸不畅的症状等，较快地得到了改善。总之，就是从全身的角度来认识这个疾病，这样治疗效果更明显。事实上，他们在用西药时也用了这些观点。

唐涛说，到3月18日为止，他们联合病房共收治了69例病人。除了2例因为病症加重转出，1例死亡，其余66例总的治愈率是好的，治愈率大概达到94.2%。他说，这个数据在和他们同期到达武汉的医疗队中算比较高的，就是在协和医院西院区这栋楼也是比较高的，虽然不完全是中医的作用，但肯定是中西医结合的力量。他也发现，配备中医团队的医疗队的治愈率大多比没有配备中医团队的治愈率高。做什么事都有因有果。他还觉得，对于陌生的新冠肺炎，有些人对西医治疗过于自信，现在回过头看，最开始很多治疗是过度甚至是无效的。新冠病毒可以发生变异，是变化的，但不变的是人的抵抗力和修复能力。这个时候，改变治疗理念，用中西医结合，这可能是联合病房在临床效果上取得令人比较满意的结果的原因。

虽然中医深度介入了新冠肺炎治疗，但其疗效也不能过度拔高，就像西医不能过度自信一样。大家面对一个全新的病毒，不论是中医还是西医，可能都像盲人摸象，摸不同的部位，都是大象，但又都不是全貌。所以这个时候，不存在对与错，只要是对病人有帮助的，就是对的。所以中西医结合，需要用开放包容的心来看待，要本着为病人着想的原则出发。唐涛说："客观地说，中国的病人是比较幸运的。我们有发达的西医，还有引以为豪的中医。我们的手段更加丰富，我们的治疗更加有效。"

唐涛举了三个例子。

联合病房有一个73岁的老婆婆。她是2月9日进入病房的，进来后，整体相对平稳。但当时她的肺部情况不好，核酸几次检测还是阳性。看到这个情况，老婆婆的情绪非常低沉，加之消化道不好，不愿意吃饭，身体状况差。后来，唐涛他们下了病危通知书。对老婆婆的病情，他们并无有针对性的有效方法。但唐涛不想放弃。他们配上中药免煎颗粒，专门为她定制所需要的中药。吃了三服药后，她的症状得到明显改善。一是消化道症状好转，口里不再那么苦了；二是情绪有明显的改善。看到情况好转，唐涛连续开出两个处方。中药服完后，老婆婆的症状改善了，影像学结果显示，她的肺部也有明显吸收发生。老婆婆再过两天就可以出院了。唐涛说，他不能说老婆婆的病被治愈完全是中医的功劳，但可以肯定的是，中医肯定对她有很大的帮助，把她难受的症状改善了。对于新冠病毒，从中医的角度看，不是杀，不能杀，只能赶。赶走也是一种好办法，因为现在还没有有效的杀灭新冠病毒的方法。

有一个老爹爹，70来岁了，每天坐在病床上喘个不停，什么都不干也喘。针对他的病情，唐涛最开始用了基础方案，也就是国家处方。有缓解，但气还是提不起来。唐涛又根据他的舌脉和症状制定了一个个性化方案。不仅宣肺、平喘，还通畅气机。看到老爹爹中气下陷，他又在此基础上加了一个升陷汤，来提升他的气机，缓解气喘的症状。这也是清代一位中医大师的处方。几天后，老爹爹的症状得到了改善。看到效果好，唐涛开出的个性化处方更多了。

还有一个病人，几次核酸检测都呈阴性，肺部吸收也不错，马上要出院了，但出院前的那次核酸检测又成了阳性，他的情绪非常低落。唐涛开始从中医的角度来分析他的症状，比如舌脉情况。因为病人的整体情况还可以，没有必要专门定制个性化处方。他用了过去专门针对核酸阳性病人的处方，不仅重视病人的肺部特征，还重视消化道，特别是重视排便；还用中医的宣肺、化湿的基本思路，把前期观察的这些临床特点，串到这个处方中。药一服，那个病人的症状明显改善。一个礼拜后再查，又是阴性了。最后病人高高兴兴地出院了。

唐涛说，对于新冠肺炎的诊断，一是核酸阳性，二是肺部影像学的改变。事实证明，中医对这两个症状是有帮助，也有一定效果的。但说来说去，面对陌生的新冠病毒，不论是中医还是西医，都还是新手。要真正战胜这个病毒，需要他们进一步熟悉和了解，进一步提高治疗效果。唐涛觉得，有些媒体把中医拔高了，要客观看待。中国有这么优秀的临床学，还有这么优秀的中医学。中医学博大精深，不仅对病有治疗作用，对身体保养也有调理功效。而事实上，中医早就投入到这样的战斗中来了。一部中华民族的历史，也是一部战"疫"史。每一次瘟疫到来，中医都能"扶正祛邪"。

在采访中，我了解到，这场战"疫"中有三个中医的院士和国医大师团队来到了抗疫前线。年逾古稀的张伯礼院士倡导中西医结合防治。连续指导工作 20 天后，他因劳累过度引发胆囊旧疾。术后仅仅三天，他放心不下病患，又伏案撰写诊疗方案。摘除胆囊的他说自己把胆留在了武汉，是与武汉"肝胆相照"。从第三版诊疗方案开始，中医作为治疗的专门一项单列，此后每一版均有更新。在湖北，新冠肺炎确诊病人的治疗中中医药参与率超过75%。在治愈出院的确诊患者中,大多数使用了中医药。"应该发扬中西医并重,中西医结合共同治疗疾病,但是中药一定要用早。"张伯礼说。

国家中医药管理局应对新冠肺炎疫情防控工作专家组副组长、广东省中医院副院长张忠德说,中西医结合治疗,1加1大于2。

无疑,中西医救治的"组合拳"已成为中国战"疫"的独特优势。

人民警察的肩膀

人民警察,一个平凡而又光荣伟大的职业,更是公平和正义的化身,刚强和力量的代表。当大家漫步在城市的街头,与家人团聚的时候,是人民警察在默默守护着祥和与安宁;万家灯火背后,是人民警察以鲜血和生命为代价负重前行。

在武汉街头,我见到最多的人就是人民警察,他们在排查、设卡、巡逻、打击违法犯罪、做抗疫宣传。路口卡点、交通要道、车站市场……从大街小巷到乡间小路,从黎明到深夜,那抹让人心安的警察蓝一直都陪伴在我们身边。

在这次疫情中,还有一支支特殊的队伍,他们叫"突击队"。干什么的呢?负责各自辖区内小区患者的转运工作,包括新冠肺炎确诊患者、疑似感染者、发热病人、密切接触者,将他们从各自的家中送到医院或是隔离点。

而我们的人民警察呢,他们不仅充当司机的角色,还要给患者提行李。对于老年人,或是重症患者,他们要搀扶,甚至要从楼上背到楼下,再背到车上；到了隔离点或是医院，还要把他们背到病房。

2月29日上午，在武汉市公安局硚口区分局宝丰街派出所，我遇到一位公安干警，他叫赵闯。

当时他正在即将执行转运任务的同事的防护服上写他们的名字，写"加油"和一个大大的感叹号。这是一种鼓励，也是一种托付。

赵闯是"封城"前夕回老家的。1992年出生的他，老家在重庆奉节，家里除了爸爸妈妈，还有一个已经出嫁的姐姐。他从小就懂事，且成绩优异。从小就向往当军人或警察的他，高考时毅然决然地选择了警校，并顺利考上了中国人民公安大学。2016年大学毕业后，他被分到武汉，如愿当上了人民警察，干上了自己喜欢的事业。他干起工作来如痴如醉，跟玩命似的——甚至一连三个春节，他都没回重庆老家，主动选择在所里值班。

这次怎么回老家了呢？妈妈想他了。还在夏天的时候，妈妈就给他打电话，说儿子三个年都没在家过了，要是不忙，这回过年一定要回来好好团聚。赵闯知道，他和姐姐就是妈妈的命。于是他对妈妈说："妈，这次春节一定回家。"领导也看不下去了。春节快要到来时，所领导对他说："小赵，把工作交接一下，回重庆老家过个年吧，好好跟家人聚聚。已经三年不在家过春节了，该回去看看了。"对他的情况，领导看在眼里，记在心上。领导一番话，说得这个热血儿郎眼泪在眼眶里打转儿。他自己也想家呀。他是自己开车回家的，开了9个多小时，中间只休息了一次。但他感觉一点都不累。其实哪有不累的呢？是兴奋罢了。马上就要见到父母、姐姐和其他亲人，他怎么会觉着累呢？

但他哪里知道，此时，一种新冠病毒在武汉悄然涌动，正在威胁群众的健康甚至生命安全。他妈妈更不知道。看着儿子长大了，懂事了，还当上了人民警察，妈妈高兴啊。她抱着儿子，抚摸着他的头，还喃喃地说着，盼星星盼月亮，总算把儿子盼回来了。这次回来，一定要好好陪陪妈妈。儿子说："妈，我这次肯定好好陪你。"这个春节，赵妈妈准备得异常充分，什么好吃的都买了。特别是团年饭，赵妈妈做了一大桌子好吃的。

但随着新年钟声敲响时刻的临近，赵闯的心情开始沉重起来。这个团年饭，他吃得心不在焉。他一边想着武汉，一边吃着饭。妈妈心疼儿子，尽把好吃的菜往他碗里夹，他哪吃得下呀。但他只能把心事放在心里，装着吃得津津有味的样子，不能让妈妈伤心和失望。吃完团年饭，他实在忍不住了，于是给所领导打了个电话。一是问了问武汉那边的情况，二是说他想马上回武汉。领导说："你在外地休假，情况特殊，可以不回。"他说："我是预备党员，必须回来。"领导说："城都封了，你怎么回？"他说："我不坐飞机，也不坐高铁，自己开车应该是可以的。"领导说："那你自己注意身体，路上开车小心着点，有什么困难，随时和所里保持联系。"

与单位沟通后，赵闯的心里有底了。他开始向妈妈提回武汉的事。他知道妈妈会有些不舍，甚至难受。跟妈妈说时，他声音压得很低："妈妈，我得赶回武汉。"妈妈惊讶地说："儿子，你现在不是在休假吗？不回去不会有影响的。"他说："妈妈，不是受不受影响的事，我是一名人民警察，还是一名预备党员，我没有理由不回去。"妈妈说："儿子，可是现在武汉多危险呀。"他说："妈妈，再危险我也得回去。"赵闯动之以情、晓之以理，他说："妈妈，高考时您不也鼓励我报考警校，当一名人民警察，好好报效祖国吗？现在既然我穿上了这身警服，选择了这个职业，就应该有大局意识。我是武汉警察，武汉有难，我不回去说不过去呀。"妈妈说："可是你刚回来才三天呀。"他说："妈妈，我以后可以随时回来的。可是武汉疫情严重，许多人会有生命危险，不能等呀。同事们都在前线执勤，我一个人待在老家，跟当逃兵一样，我心里会更难受，会成为一辈子的遗憾。"

他一说完，妈妈一下控制不住，抱着他哭了起来。

第二天是正月初一。一早，赵闯就驱车往回赶。可是，刚到高速入口，他就被拦住了。因为是武汉出城人员，他需要隔离观察。焦急地等待了7天，在当地派出所的支持下，并在卫生部门的帮助下，赵闯到医院做了筛查检查。1月30日，检查结果显示他身体正常，当地疫情防控部门同意他离开。第二天上午，他开车直奔武汉。晚上9点多，经过9个多小时的长途奔波，他回到了派出所。

当天晚上，赵闯回到武汉做的第一件事就是把写好的请战书交给领导。领导也正式给他布置了任务：加入突击队，转运患者。当时突击队已经有五位年轻民警了，都是"90后"，他们的工作就是专门运送患病群众。但赵闯知道，作为一名警察，不能光靠激情，不能意气用事，必须理性，必须重科学。转运患者，苦和累算不了什么，主要是保证安全，这才是重中之重。所以当天晚上，他进行了穿脱防护服的强化训练。

2月1日是赵闯第一次转运病人，他既紧张，又难受。平常看新闻，总觉得患者离自己很远，没有太多切身感受，但真正要进行这项工作时，说不怕那是假话。可是，警察不上谁上？送第一趟时，看到患者走路都走不稳，还不停地咳嗽，他才真正意识到，危险就在眼前，所以一路上非常小心，不敢跟他们多聊，赶紧送到位，赶紧回来。2月1日那天，他从中午忙到深夜，总共送了5批共18人。患者年龄普遍偏大，行动不方便。他将车开到这些大龄病患住所的楼下，到他们家里去接人。步行爬楼，帮拿行李，搀扶患者……他额头上的汗水不停地往眼睛里流，但又碍于防护服无法擦拭，只能靠眨眼来缓解痛痒。晚饭时间到了，赵闯肚子饿得咕咕叫，但第四批病患亟须转送，其中两位老人70多岁了，腿脚还不好。他去老人家中没找到他们，车上另外两名患者又着急催他走。车开至不远处的路口，他发现两位陌生老人坐在路边，好像在等人。细心的赵闯主动下车一问，发现正是需要转送的两位老人,便连忙把他们扶上车。第四批送毕,赵闯已经尿意十足了。他没想到刚回到派出所,还有一批患者需要赶紧去送。他感觉憋尿憋得真难受,但只能憋着,甚至不能有一点急躁,运的都是患者,车不能开快了,尤其是转弯时要缓行……

转运过程中,有不少患者有担忧,有情绪,他们会问一连串的问题。他们问隔离点或是方舱医院"有没有药""饭吃不吃得饱""生活配套行不行"等等。他就跟他们说:"既然是政府统一组织的,肯定不会没人管你,该吃的药肯定会有,现在不是很多外省的医疗队伍来支援方舱医院了嘛,肯定没问题。""饭肯定吃得饱,我听说了,都是政府组织大饭店送过来的盒饭。""但不论是隔离点还是方舱,因为都是临时改建的,生活配套肯定没家里好,但你们想想呀,待在家里,万一家人被感染了,会损失更大。政府让你们去,是为了保护你们的家人,也是为了保护更多的人。在那里不仅可以治病,还帮助了家人,为什么不去呢?"

在转运患者过程中,只要看到情绪紧张的,有急躁情绪的患者,赵闯都会主动跟他们加微信。每天不论多忙,他都要抽时间跟他们聊两句,问他们在医院或是隔离点的情况,另外,看他们有没有需要他帮助解决的困难。他知道这给自己添了很多麻烦,客观地说,也不是他的本职工作,但患者们现在是最需要帮助和心灵抚慰的时候啊。

有一个女患者,30岁,不仅她感染了,她母亲也感染了。她父母不是武汉人,2020年1月时,从老家到武汉看女儿,并临时租了房子,打算在武汉与女儿一起过春节。一开始,这个女患者不太搭理人。赵闯有时给她发微信,问她情况,进行沟通,她只是简单地回复"谢谢",或是回复一个符号。后来时间长了,她不仅愿意与他沟通,还愿意讲家里的困难。

2月12日,赵闯与她聊天,了解到一些方舱医院内的情况。她说方舱医院可热闹了,不仅建了病友群,还成立了病友临时党支部,党支部的成员还组织他们表演才艺,搞摄影展,还有跳广场舞的。虽然赵闯每天转运患者都会到方舱医院门口,但从没去过舱内。听说这些让他非常吃惊,同时感到非常温暖。这一次,这位女患者请他帮忙了。她说:"有个事想麻烦你一下?"赵闯说:"什么事,你说吧。"她说:"我妈妈今天出院了,能不能帮我去接她一下?她带着一大堆行李,不太方便。"赵闯立即回复说:"你把你妈妈的地址和电话发给我,我一会儿就去接。"去接她妈妈的过程中,他接到了她的电话,她说:"能不能帮我妈妈消个毒?"他说:"好的,我车上就有消毒的。"他接到老太太,直接把老太太送到了家里,不仅给老太太的所有物品消了毒,还把老太太家里的东西全部消毒了一次。就在他准备离开时,又接到女患者的电话:"能不能帮我妈买些菜?"他说:"没问题。"于是他又给老太太买了五六天的菜。把菜送到老太太那里后,她又来电话了:"还有一件事可能要麻烦你。我在网上给爸妈买了很多东西,已经快递到了我们租房的楼下,能不能帮忙取一下?只是有点多,有点重。"赵闯告诉我:"有人可能会觉得,你一个警察怎么会给人家干些鸡毛蒜皮的小事?我还是那句话,他们让我干,是对人民警察的信任。平常都要干,更何况是这个时刻。你说这个时候,什么是他们的大事,是武汉的大事,是中国的大事?不就是保障好普通老百姓的衣食住行,不就是让他们远离病毒、保证健康吗?"

还有一个患者,是个男的,五十多岁。赵闯送他去医院的时候,看到他情绪有点不对劲,就主动跟他交流,但人家爱搭不理。赵闯又主动加他微信,但他一直没有通过。过了好几天,赵闯都要把这个事忘了的时候,他通过了赵闯的好友申请。赵闯没有多想,便在微信里问他有什么困难没有,有什么需要帮助的没有。赵闯发了一大段文字,但他只是简单地回复:谢谢。赵闯能感觉到,这个男患者对他有提防,不太愿意和他聊。2月15日那天,武汉下雪了,赵闯又给男患者发了一个信息:"下雪了,天气冷,需不需要送点衣服过去?"这次男患者不是简单地回复几个字,而是回了一句话,但完全是误解。他说:"你们有什么要求,直说吧。"赵闯一看,泪都要下来了。但他还是忍住了,他知道,人家还不了解他。他回复说:"叔叔,您误解了,我只是看您当时情绪不太好,怕您难受,想开导开导您。如果您愿意相信,我可以帮助您。"

赵闯把事情说透了后,那个男患者也愿意跟他聊了。2月18日,男患者发来微信说:"我家里想消毒,之前也联系了社区,但他们太忙,没顾得过来,能不能帮助消消毒?"赵闯回复说:"好!"于是他带着消毒用具来到男患者家。男患者妻子和岳母在家,他妻子身体不太好,岳母坐着轮椅。消完毒后,赵闯回单位洗了个热水澡。刚洗完澡,男患者就打电话过来了,说刚刚接到社区的通知,要他妻子和岳母到社区医院做核酸检测,因为她们身体都不好,能不能帮助接送一下。挂了电话,赵闯立即穿上防护服,来到男患者家。赵闯问男患者妻子:"要不背着老奶奶下楼?"男患者妻子说:"不能背,背的话,老人腿会痛。"于是赵闯与男患者妻子搀扶着老奶奶慢慢地下楼。上车又是一个问题,最后是抬着老奶奶上的车。做完核酸检测,把她们送回家后,赵闯又洗了一个热水澡。要保护好自己,没有什么好办法,只有做好防护,回来后及时洗手,最好是冲一个热水澡。第二天下午,赵闯打电话给男患者妻子,问她有没有接到医院电话,她说没有。这时赵闯才放下心来。做核酸检测时医生说了,24小时后出结果,如果有事就会打电话,没事不会打电话。

············

儿子在一线忙碌,远在重庆的赵妈妈担忧啊。赵闯每天要打一个电话,或是视频,报个平安,要不妈妈会急疯的。刚开始时,他没有把参加突击队转运患者的事告诉家里。家人们觉得,作为一名警察,也就是到街上巡巡逻,维持一下社会秩序。后来在网上看到了他参加突击队转运患者的消息,妈妈立即打电话过来了,在电话里泣不成声。

宗关街派出所有一个1996年出生的民警,叫易鑫,老家宜昌,是家中独子,2018年湖北警官学院毕业后当的警察。他也是从小就喜欢当军人或警察,所以报考了警校。他是派出所青年突击队成员,也负责转运患者。

2月18日下午1点40分左右,易鑫接到报警电话,说是社区有一位患者,因为病情加重,要送到医院治疗。他赶紧换好防护服,开着车就直奔患者家。这是一栋老居民楼,六层,没有电梯,患者家住在六楼。这是一名男性患者,32岁,与母亲一起住在家里。患者有基础病,得了肺结核。也就是因为有这个病,所以当他身体出现不适时,就没想过是感染了新冠病毒,现在病情加重,还出现了低烧、呕吐、食欲不振等症状,才想到自己应该是感染了。

患者病情已经非常严重,脚也肿得跟包子似的,走不了路,易鑫只能背着他。楼梯很窄,易鑫必须小心,不能碰到哪里,不能弄坏防护服。

他两步一个台阶地走,虽然不紧张,但因为穿着防护服,不透气,身上很快就汗湿了。大概走到三楼时,他听到了患者的呕吐声,继而感觉到呕吐物在自己肩上、背上流淌。当时他脑海中闪现的是,是不是要清理一下?但他很快就打消了这个念头,条件不允许——患者根本就站不起来。

"后来具体的细节,我真的记不起来了,只有一个想法,从快从稳把患者背到车上;只有一个感受,太闷热,全身在流汗,大脑一片空白。把患者背上车后,我赶紧处理了一下肩上和背上的呕吐物,然后直奔市肺科医院。看到儿子病成这样,患者的母亲非常紧张。一路上,她只对我说了四个字:谢谢警察!我觉得这是对我工作的最大肯定,我没有给我们警察丢脸。"易鑫说。

易鑫的女朋友在同济医院中法新城分院上班,是一名护士。他们原打算这个春天回宜昌老家办个订婚宴,他们还约好了3月份看房子。但这场疫情暴发后，首先是女朋友主动报名，到发热门诊照顾发热病人。身为人民警察的他，完全理解，也完全支持女朋友的选择。后来他们所里成立青年突击队，他也积极报名参加。当他把这个消息告诉女朋友时，女朋友觉得很惊讶，她问："转运病人怎么还要派出所负责？不是有救护车吗？"易鑫说："平时是这样的，但现在患者太多了，救护车的力量根本就不够，我们必须协助他们。"女朋友一听心情非常沉重："我天天穿着防护服在医院，都不知道外面的世界了。"她同时嘱咐易鑫："派出所的防护条件有限，也不太专业，一定要谨慎，不能有任何的马虎。"他们只能偶尔打一个电话，或是视频聊一下天。两人都忙，很多时候时间对不上，他休息时她上班，她休息时他上班。但这并不影响他们彼此互相牵挂。

易鑫告诉我，他只是他们所里青年突击队的普通一员。他们青年突击队总共五个人，队长张劲松，队员赵新科、王煜钦、张程曦再加他，除了一个是1989年出生的，其他的都是"90后"。他们一天到晚转运患者。张程曦的女朋友也是一个白衣战士，他们本来打算今年春节结婚。

在汉中街派出所，我遇到了45岁的副所长姚昕，他还是他们所转运突击队队长。姚昕说，高考后，他收到了两张通知书，一张是警校来的，一张是武汉汽车工业大学来的。但他坚定地选择了警校。他原来干刑侦，从1995年分到硚口区分局刑侦大队，一直干到2017年下半年才到汉中街派出所。他说，他爱人是武汉市第一医院的，是心血管内科的护士长，做事雷厉风行，风风火火。疫情发生后，第一医院组建了呼吸与重症病房，他们科室临时整体转型到呼吸与重症病房七病区。从1月31日起到我采访他时，他们夫妻俩就没有见过面，但一直有微信联系。

1月底，所里成立转运突击队，姚昕主动请缨担任突击队队长。他把这个事跟他爱人一说，爱人非常欣喜，还说警察加入转运，很多患者会得到及时救治，这是大好事。随后，她在微信视频里手把手教他怎么穿脱防护服，怎么戴口罩，怎么消毒。后来他还根据她的指导，又结合具体转运的情况，做了一个视频样板，发到了工作群里。

姚昕说，作为队长，必须参加第一批转运。突击队第一次转运是在1月30日还是31日，他忘记了。当时，按照他爱人教的，他穿戴好防护服和口罩等就出发了。第一车送了5个患者，第二车送了4个。转运时，按照分局提出的"四个一"——一辆警车，一名民警，一个群干（社区工作人员），一名家属，民警开车、背扶，群干对接医院，家属负责给患者做思想工作。

任务完成后，姚昕马上把相关情况跟他爱人说了。姚昕说，其他都挺顺利的，但在搀扶患者时，他感觉手套有气眼。他爱人马上说，赶紧通知你们队员，再转运时一定要戴两层手套，开车时一定要常开车窗，任务完成后回所里，第一件事就是洗个热水澡。

…………

听着人民警察的讲述，我无法不保持仰视的姿态。

在武汉，这样的故事太多太多。它们盘根错节地生长在各个街道、各个社区、各个村庄，成了武汉这个春天的一道亮丽风景，延伸到了春天的深处，更延伸到了人民群众的心底。

什么是人民警察？

我想，除了是万家灯火的守卫者，更是令老百姓暖心的奉献者。

停下与运转

刚到武汉时，我并没有在意车辆。路上跑的车辆非常少，而小区或马路边的停车位则停得满满当当。我知道，为防止疫情扩散，全力抵抗疫情，武汉对私家车实行了严格的交通管制：非因参加疫情防控工作，非因参与民生保障工作，非因看病就医或上班，非因生活急需，机动车一律不得上路行驶。但很快，我发现，停在路边的车辆也以它们自己的方式折射出此时武汉的情景。不只是电瓶亏电、轮胎跑气，有的车上还长出了小草，汽车"发芽"了。

3月5日早上，去武汉青山区采访的路上，驾驶员邱家胜告诉我："我老婆发微信说，我家停在树下的车子发芽了。"我先是一惊，但马上就平静了下来。我知道，随着春天的到来，气候变暖，万物蓬勃生长，长期停在露天里的私家车自然成了小草生长的"摇篮"。大概一个礼拜后，邱家胜又告诉我说，他家车子的车顶、车头、车尾，甚至轮胎的接缝处，都长满了小草，十分青翠，非常可爱。春天的脚步谁也挡不住。

当兵出身的邱家胜，是湖北省直机关综合执法应急用车保障中心小车司机，自2月初开始，他就加入了湖北省疫情防控指挥部，连续奋战在抗疫一线，安全行驶数千公里，但从未回过一次家，更没有碰过一次自己的"爱车"。在随后的采访中，我有意观察了停在小区或是马路边的车辆，发现长草的车辆众多，甚至可以说是武汉街头的特殊景象。

但此时，也有一部分车辆，在武汉乃至湖北各地急驰。

"你知道'封城'之后，武汉的公交车都去哪儿了吗？是暂停运营，在家休息吗？不是。它们大都去了医院，它们要保障每家医院的正常运行。

首先是保障医护人员的出行,要安全快速地往返于酒店与医院之间。司机根本就不能吃上一顿正常的饭,实在来不及,就匆匆吃碗泡面。他们比医护人员起得早,回得晚。一大早,他们就起来打扫车上卫生,对车辆全面消毒,随后等待医护人员的到来;晚上要保证把每个医护人员送到位。还要接送医疗队,包括运送他们的行李。有时也会被紧急调集去运送物资。这些工作看起来不起眼,但如果没有交通保障,医院就会变得举步维艰。"在武汉市东西湖方舱医院采访时,东西湖区交通局副局长张俊峰告诉我:"目前仅东西湖方舱医院就已经出动公交车848台,5455车次,从15个酒店与方舱医院运送医护人员38813人次。大概每天要出车200台次,接送近1000人次。还不够。我们还调集了16台的士,一起加入保障队伍。"

"我是大年初一来到贺家墩社区,当保障出行志愿者的。每天早上5点起床,7点准时到达社区,晚上7点下班。当时社区有6台出租车,司机就我一个是女同志。我们出租车接的客人,有开药的,有看病的。但新冠肺炎病人不是我们接送,有专门的车。以前出租车司机与乘客很难和平相处,但新冠肺炎疫情发生后,我们的感情增进了很多。他们对我们千分万分地感谢。我说,这是我们的义务和责任。我们算不了什么,我们太渺小。最开始,小区还没实现封控,但许多人已经意识到这个病的可怕,很少出来。那时我们还得转运物资,有时候一天要跑六七趟,把救灾的菜或是居民买的各类物资拖回来。其他任何急事,都会叫我们。有次一个婆婆向我求助:她女儿和外孙在别的小区,断粮了。我二话没说,给她女儿买上各种物资送了过去。这个事很简单,也很平凡,但后来婆婆给我们书记写了一封感谢信。我对她说,这就是举手之劳,算不了什么,比起奋战在一线的医护人员,比起那么多逆行者,我再平凡不过了。以前,我跑出租时,遇到生意不好,总会着急,想各种办法多拉点客。但通过这个疫情,我的观念改变了,只要好好的,平平安安,就知足了……不知为什么,我现在非常怀念武汉堵车的时候。现在看到路上没人没车了,感到非常失落。想来想去,还是堵车的武汉好。一次送一个病人买药,经过水果湖时一台别的车也没有,我居然莫名地流泪了。这里以前天天堵,堵得一塌糊涂。虽然以前堵在这里时,我们也会抱怨,甚至骂上几句,但这种抱怨和骂,是带着爱的。"武汉市江汉区常青街贺家墩社区保障出行志愿者,华昌出租车公司鄂AXP829副班驾驶员叶爱玲对我说。

车辆的停下与运转,是这场战"疫"中武汉的静与动、冷清与火热的真实写照。

第三章 心痛也不能倒下

形势复杂、时间紧迫、任务繁重，这是一场关乎人民群众生命安全和身体健康的疫情防控的人民战争、总体战、阻击战！

中国在扭转疫情局势过程中，战斗打得艰苦卓绝，甚至付出了巨大代价和牺牲。但面对危险与牺牲，谁都没有胆怯，谁都没有退缩，中国人民以坚强的毅力，与病毒进行了顽强的斗争。

一个士兵，要不战死沙场，便是回到故乡

"我不懂文学，我是一名重症医生。但我知道，重症医生就像战场上的士兵。我记得沈从文曾说过：一个士兵，要不战死沙场，便是回到故乡。（实为黄永玉为沈从文题写的碑文）这是一个军人的职责和宿命，也是一名重症医生的职责和宿命。"谢静看似柔弱，但话语铿锵有力。

3月28日中午，我们在武汉市金银潭医院南六楼的办公区相遇。谢静，"80后"，长沙人，长沙医学院附属第一医院重症医学科医生。在战"疫"主战场武汉，她是湖南省支援武汉的第五批医疗队队员，是金银潭医院南六楼ICU病区后组的一个小组长。新冠肺炎疫情暴发以来，湖南先后派出19批次医疗队1498人驰援武汉和黄冈。他们战斗在武汉金银潭医院、武汉协和医院西院、武昌方舱医院、武汉同济医院中法新城院区、武汉江夏方舱医院、武汉黄陂区方舱医院、黄冈市中心医院（大别山区域医疗中心）、

红安县中医医院新院区、麻城市人民医院、英山县人民医院、罗田县人民医院等医院。援鄂"医疗湘军"中，有 2/3 为女性，谢静就是其中一员。而谢静的经历，仅仅只是全国驰援湖北的 344 支医疗队 42322 名医护人员的一个缩影。

那一天，3 月 12 日，植树节，是一个种植梦想和寄托希望的日子。

一位危重新冠肺炎患者心率突然降到每分钟 30 次以下，谢静马上拼命给患者做胸外心脏按压，1 次、2 次、3 次……同时，赶紧应用抢救药品。虽然她使尽浑身解数，抢救了 50 多分钟，患者还是没被抢救过来。被厚重防护服包裹的谢静，汗水早已湿透全身；护目镜里都是雾气，眼前的一切都是模糊的。虽然她知道无力回天，但内心依然充满自责与愧疚。

"静静，别难过！你是好样的！"姜利轻轻地拍了拍谢静的肩膀说，"你已经尽了最大努力！"

姜利，首都医科大学宣武医院重症医学科主任，国家医疗队金银潭院区队长，同时还兼着医院南六楼 ICU 病区后组组长。她欣赏谢静的豪爽与执着、果断与利落，更把谢静当妹妹一样疼着。

"姜老师，重症医生是挽救患者生命的最后一道关口，我没守住！"眼睛被护目镜和面屏遮得严严实实，谢静任由泪水流淌。

窗外万物早已复苏，金银潭医院樱花林里的花儿，在枝头悄然跃动着，用"肢体"语言抚慰着她流泪的心灵。谁都知道，金银潭医院是最早接诊新冠肺炎患者的定点医院，也是收治重症和危重症病人最多的医院之一，是这场全民抗"疫"之战最早打响的地方。这家医院南楼的五至七楼是 ICU 病区，因为收治的都是危重症患者，也就成了此次武汉抗击新冠肺炎疫情"前线中的前线"，每分每秒都在与死神赛跑。正因如此，在金银潭医院会师的队伍阵容强大。除了湖北本省医疗队，还有来自北京、上海、湖南、福建、安徽等地的医疗队。有国家队、省队，也有钟南山、李兰娟院士的团队和科研项目。

在 ICU 病区，看着一个个重症患者成功脱离呼吸机和 ECMO 体外心肺支持，恢复自主呼吸，走出 ICU，走进普通病房，再从普通病房走进隔离点，谢静内心无比欣喜。但让她感到沮丧和挫败的是无法挽救逝去的生命。面对生命的脆弱，这个历来作风硬朗、敢打硬仗的湘妹子，此时黯然神伤。

"爸爸，您这是——"谢静有点吃惊。

她上车的那一刻，父亲默默地塞给她一个"红包"。

"闺女，没有什么，爸爸想说的都写在信里了。"父亲说。

信！她顿时觉得心里沉甸甸的。

2月21日早晨6点50分，她从父母家出发，前往医院集结。路上，她还是忍不住打开了父亲的信。是一首写在便笺上，名为"送女出征"的诗：

我辈垂老，抱病难行；送女北上，为此心安；望女竭力，助我同胞；战此病毒，护我同胞；歼敌在望，天佑中华；昏黄（花）老眼，盼女归安。

父亲的诗，直击她的心灵。泪水，很快模糊了她的视线。从懂事开始，她就被父母的"医者仁心"感染与熏陶着。父母都曾是部队军医，经常外出执行任务，一道命令下来，两口子便把她寄居在战友或是亲戚家，一走就是十来天。转业回到长沙，虽然脱下了军装，但医生的责任和使命依然长存他们心间。在谢静的记忆中，尽是父母半夜接到医院紧急电话赶去抢救危重病人的场景。

年近八旬的父亲，有高血压，也有心脏病，但这并不影响他对医学事业的热爱，对现实社会的关注。他爱看新闻，很早就知道武汉出现了"不明原因肺炎"。也因为他是一名医生，甚至更早就听说了武汉小范围内传播与议论"白肺"。他渐渐感到事情的严重性。随着疫情的发展,父亲变得愈加焦虑。特别是看到多支医疗队前赴后继地驰援武汉,他坐立不安,变得像个小孩一样。"闺女,我也要去,我也要去!"父亲揪心地说,"现在是祖国需要医生的时候!"女儿笑着说:"爸爸,老年人是新冠肺炎的易感人群,再说您还有高血压和心脏病,您要是过去,别人还得照顾您呢。您不要着急,您不是还有闺女吗?"

说这些时,谢静已经报名,只是没告诉父母。事实上,她早就在跟狡猾的新冠病毒交手了。自从疫情暴发以后,她一直坚守在医院的发热门诊,并接诊过确诊病例。2月19日上午10点,谢静接到医院分管副院长的电话,说她已经成为医院第二批支援湖北医疗队队员,叫她做好准备,待命出发。这一队8人,支援武汉;另一队10人,支援黄冈。

第二天上午,她来到父母家。她没有马上跟父母说去武汉的事儿,而是帮着收拾家务,为父母做丰盛的饭菜。她想多陪陪二老。父母都是老医生、老党员,无须多做说明与解释。

"现在武汉情况这么严重,国外形势也严峻起来了。"吃午饭时,父亲担忧地说,"作为一名医生,我只能在家里干着急呀!"

"爸爸妈妈,我们医院第二批医疗队明天下午去武汉。"她说,"我是第二批。"

她一说完,家里顿时沉默下来。

"到底是军人的血脉!到底是我闺女!"大概过了分把钟,父亲打破了沉默,"一是要做好防护,如果感染了,就不是为国家做贡献,是给国家添乱;二是要竭尽全力地去救人,这是医生的责任与使命;三是无论多晚多累,每天至少要给我和你妈来个信,告诉我们你平安。"

说完,父亲走进厨房,窸窸窣窣地忙起家务来⋯⋯

2月21日下午5点15分,谢静怀揣着父亲的"信",与来自三湘四水的其他173名战友，组成湖南省支援武汉第五批医疗队，驰往夜色中的武汉。在武汉的日子里，睡觉时，她把父亲的信压在枕头底下；出门时，她把父亲的信装在最里面衣服的口袋里。累的时候，伤心的时候，觉得支撑不下去的时候，她就会把父亲的信拿出来看看。看着看着，泪水流出来了；看着看着，又有了动力和勇气。

谢静踏上了去主战场武汉的高铁，虽然对这场战争的对手——新冠病毒逐渐有了些了解，但战"疫"的具体地点在哪儿，她并不明确。"我是搞重症的，应该去定点医院，或者火神山、雷神山医院。"表面看来，谢静平静如水，但她内心一片沸腾。到达宾馆后，她得知，自己可能是去武汉大学中南医院，那里有重症和危重症患者。但两天后，正在进行院感培训的她正式接到通知：去金银潭医院。她内心泛起一丝兴奋，觉得自己这把"刀"派上用场了。大学毕业时，导师觉是她是个女孩子，建议她选相对轻松一点的专业。不知是受父母熏陶，还是性格使然，她当时竟天不怕地不怕地对导师说："老师，我喜欢重症专业。重症医生直面人的生死，更有成就感。"

虽然新冠肺炎疫情暴发前，她对金银潭医院知之甚少，但自从疫情暴发以来，谁不知道这家医院处于武汉主战场的核心位置呢。可是，即便是金银潭医院，也有重症病区和普通病区之分。最开始，医疗队有自己的打算：重症病区工作强度大，尽量派年轻医护人员，特别是年轻小伙子。谢静是女性，且年届不惑，与"90后"，甚至"00后"的战友相比，她确实"老"了。但她不服老。"我是一名重症医生，如果把我安排在普通病区，不仅发挥不了我的长处，我也会感到不安。"谢静直接找到领队罗志红书记，主动请缨，"如果有选择，我就申请去ICU病房；如果没有选择，我服从组织安排。"罗志红是领队，也是湖南省脑科医院党委书记。他知道，按照国家的基本要求，每个床位（每个病人）应该保证调配0.8个重症专业医生、3个重症专业护士,这还不是针对新冠病毒引发的肺炎这样的高危传染病。而现在,重症医护远远不够,缺口巨大。

"金银潭危重患者多,最需要的就是重症医护人员。"罗志红拍了拍她的肩膀说,"小谢,你能主动请缨,我很高兴,也为你感到骄傲。现在我正式告诉你,ICU需要你,ICU欢迎你。"

"谢谢书记信任!"她的眼眶顿时湿润了,"保证完成任务!"

"爸爸,我们确定去金银潭了!"当天晚上,在与父亲微信视频时,她欣喜地说。

"金银潭应该都是重症病人。"父亲平静地说,"一是要加强个人防护,二是要全力救治病人。"

她本来想把自己到ICU工作的事情告诉父亲,但话到嘴边,又收了回来。她不想让父母再增加一分牵挂。

作为一名重症医生,自然对ICU不陌生。但往日的ICU与此时的ICU,有着天壤之别。南六楼共有5个小组,一个小组3个医生。3个医生的构成,比较理想的状态是,至少保证有两个重症医生,再搭配一个金银潭本院的医生。但重症医生不够,谢静的这个小组里,就她一人搞重症。她的这个小组定点管理32至37床。在ICU工作,不论对于医生还是护士,都是巨大的考验。

考验从穿戴防护装备就开始了。总共19道程序。穿三层防护服,戴三层手套,穿两层鞋套,戴两层帽子、口罩——里面是N95口罩,外面是医用外科口罩,还有护目镜和面屏……不但医护人员之间互相再三确认各种防护细节,现场督导医生会更加细致地盯着他们穿戴,少穿了什么、少戴了什么,督导医生会及时提醒。其实从宾馆出来到医院时,他们就在为进ICU做准备了。比如不喝水、少吃东西。他们一进隔离病房就是七八个小时,因为穿着防护服,所以不能喝水、不能吃东西、不能上厕所。

谢静是 2 月 26 日开始进入南六楼的。当时上的是夜班，下午 5 点到第二天早上 8 点。虽然她这个小组负责的是 32 至 37 床，但由于是夜班，整个南六楼的患者他们都必须管。那天光查房，她就查了 4 个多小时。各类不停闪烁的指示灯，此起彼伏的监护仪报警声，无时无刻不在提醒着她，患者病情的严重，让她真真切切地感受到生命之重。机械通气（气管插管）、循环支持、连续性肾脏替代治疗（CRRT）、ECMO 等，病人的这些最后保障，她都查了一遍，并根据病人的病情变化，进行了参数调整。由于谢静所住的宾馆离金银潭医院较远，如果是连续夜班，谢静便不回宾馆了。早上 8 点下班后，她先交班。交完班，穿上白大褂，她便和组员魏媛医生等人，来到"绿区"（非感染区），处理自己具体管理的 6 个患者的相关事宜。吃完中饭，便在值班室"歪"一下。"歪"到下午 4 点，又穿戴防护装备，走进 ICU。

在 ICU，对医生来说，给患者做气管插管是最危险的事。进了 ICU，一旦鼻导管吸氧、高流量氧疗无法改善患者的氧合状态，医生就必须及时对患者进行气管插管。常态下做，并不难，更何况谢静是重症医生，驾轻就熟，只需要两三分钟时间。但现在穿上防护服，灵巧的她顿时变得非常笨拙；戴上了口罩、护目镜和面屏，她的视觉和嗅觉变得迟钝了。但必须快！其一，患者的病情不允许慢。为了保证顺利插管，会给患者打肌松药。用药后，患者的呼吸可能会停止，这时必须快速把管子插进气管，赶紧接上呼吸机，否则会要了患者的命。其二，这对医生是极大的考验。因为要非常近地贴近患者，打开口腔，打开声门，找到气道，含高浓度病毒的空气就会扑面而来。同时，因为插管刺激了喉咙，患者一旦呛咳，产生的大量病毒气溶胶会随之扩散到空气中，甚至直接喷到医生面屏上。最要命的是，往往在这个时候，谢静早已大汗淋漓，防护服湿透变重，护目镜变得模糊。这时，她都恨不得把眼睛伸到患者喉咙里面去看。她疾走在生与死的边缘，竭尽全力去挽救每一个生命！如果病人长期脱离不了呼吸机的支持，就必须切开气管。这比气管插管要容易得多。虽然也是近距离靠近危重症患者的呼吸道，有感染的风险，护目镜上也布满雾气，影响视觉，但毕竟是在可视的情况下进行操作。

ICU 住的都是危重症病人，除了为他们进行机械通气、循环支持等，还能为他们做些什么呢？心理疏导！只要是稍微有点意识的患者，她每天都会开导他们，让他们树立治愈和生活的信心。"您今天的状态比昨天好多了！很快就可以转到普通病房了！""再加把油，您就可以脱离呼吸机了！"……面对无意识的患者，每次查房，她也会跟他们"交流"。"您的肺片好了很多，您一定要坚持！""您的各项参数都上来了，您一定能醒过来！"……

虽然有的患者最终还是走了，但更多的患者迎来了生的希望。33 床的患者是一名男护士。谢静接手时，他的呼吸支持非常高，完全处于昏迷状态，并做了气管切开手术。一天，她叫这个男护士名字时，突然感觉他的手指头动了一下。她欣喜若狂，继续喊。男护士的眼睛又眨了一下。她流下激动的泪水。这是她到武汉最幸福的时刻。

谢静还帮护士干活。要是平常，起码是两个护士管一个重症患者，但在南楼 ICU，一个护士要管两三个重症患者。只要有空，谢静就会过去搭把手，帮着护士给患者翻身、擦身、拍背、排痰、清理大小便、换床单被罩，甚至给患者剃胡须、剪指甲。她汗如雨下，经常感觉透支，但看着一个个患者对生命的呼唤，看着一个个患者迎来生的希望，她很快就会忘记劳累。"在这里，没有医生和护士之分，都是战友。"谢静说，"医生的活也是护士的活，护士的活也是医生的活。"

3 月 18 日下午 5 点 30 分左右，谢静刚从医院感染区出来，正在洗脸，接到了父亲的电话。"今天早上你大伯突发心梗，差点走了，但又被抢救过来了,血压都上来了,生命体征平稳。""我和你妈一进病房,你大伯首先就问你在武汉的情况。我说你在武汉都挺好的,他一听非常高兴,叫你一定要注意做好防护。""你大伯还说,他为静静出征武汉骄傲,为有这样一个侄女自豪。"……

两天后,父亲在电话里告诉她,说大伯走了。当时她正上晚班,人太多,她没哭,忍着泪水在眼眶里打转。父母还在部队时,由于经常外出执行任务,谢静少不了寄居在大伯家。小时候,她身体不好,经常发烧。一天晚上,她发高烧,大伯骑着自行车载着她就往医院跑,通宵地抱着她打吊针。虽然这些都是儿时的记忆,但这些温暖的场景却一直伴随着她成长。其实来武汉前,她就知道大伯身体不好,是肿瘤,要做手术。当时也想看一看大伯再去武汉,但最终没去。一是要为武汉之行做准备,二是没想到大伯会这么快离开,想着回来再看不迟。

第二天上班,穿防护服时,她对督导医生说:"老师,麻烦您帮我在防护服上写几个字好吗?"随后,督导医生在她的背上写上几个大字:大伯,静,永康!在"静"和"永康"中间,画了一个黑色的爱心。她大伯叫谢永康。"你在武汉救了这么多人,上天一定会保佑你大伯的。"督导医生说。"谢谢老师!"谢静说。随后,她跟随其他医生一起查房。她没告诉督导老师大伯已经走了的事,谁也不知道她防护服上五个大字的含义,但她却将之刻在了心里。

让她感到欣慰的是,3月23日这天,她负责管理的患者,有一个脱离了呼吸机,恢复了自主呼吸;33床的那个男护士,从ICU转到了普通病房。或许,自己管理的患者拥有了生的希望,便是她对大伯最好的纪念。面对获得新生的患者,她微笑着,但笑容里饱含泪水。

随着疫情防控局势逐步好转,武汉城市生产、生活秩序逐步恢复,"医疗湘军"一批批从湖北凯旋。但谢静所在的湖南省支援武汉第五批医疗队却在第二次逆行！3月26日，是他们进驻金银潭医院的第34天，他们增添了新的任务：全面接管南五楼ICU病区！他们把原接管的三个重症综合区合并成两个，抽出由17名医生和50名护士组成的精锐力量进驻南五楼。与南六楼一样，这里多是上了年纪并有基础疾病的危重患者，抢救多，仪器多，操作难度大，专业性强，需要的是面对死神的第一排"战士"。湖南人历来敢为人先，不怕死。无论是医生还是护士，都争先恐后报名上最前线。谢静只需转移阵地，从南六到南五。

"不麻痹、不厌战、不松劲，坚持站好最后一班岗！"她在心里默默地说着。因为南六楼还没交接完，直到3月29日她才到南五楼上班，是白班。她所在的小组接管了四个危重患者，其中有一个心跳、体温、血压、血氧饱和度等生命体征非常不好，心率降到了每分钟40次以下。"不能慌，不能马虎，必须更加精细化管理。"她在心里说着。她紧紧盯着这名危重患者，用药精细到每毫升，参数精细到每小时。

"谢老师，您该下班了！"下午5点30分，护士提醒她。

"我晚点回去，赶晚上7点最后那趟班车。"谢静放心不下这名危重患者。

但一个半小时后，她还是不放心。"麻烦您把血气分析结果、呼吸机参数、B超图像等，及时发到群里，哪怕只有细微的变化，也要告诉我。"离开医院时，她对护士说。

虽然晚上值班医生会管理这名危重患者，但她觉得自己毕竟是管床医生，对患者的情况更了解。回到宾馆，顾不上洗澡和清理，她一直盯着群里的消息。"血氧饱和度下降了，可能需要调整呼吸机参数。""这个患者生命体征不理想，拜托您了！"……她不断地跟值班医生沟通着。"竭尽全力地去救人，这是医生的责任与使命！"父亲的话，在她脑海中回荡。凌晨3点，值班医生回复她：患者各方面生命体征趋于平稳。当她准备上床睡觉时，却发现自己毫无睡意。静静地躺在床上，她似乎听到武汉轻微的呼吸声。

在武汉，整个春天谢静都被可亲可敬的武汉市民感动着。她清晰地记得，2月21日晚上10点左右，他们入住位于武昌区水果湖路的宾馆。当时他们觉得很奇怪，怎么对面小区有很多手电筒朝他们所住的宾馆这边照？是好奇吗？第二天早上，当他们打开房间窗户时，发现对面小区正对着宾馆的那栋七层楼房的"C"单元三、四、五、六层的每户人家窗户上贴着两个字，用的是A4纸，毛笔写的，字体各异，但如一股暖流直击人心："谢谢你们，逆行天使！"原来，谢静他们住的这家宾馆，自疫情暴发以来一直处于停业状态，一片漆黑。2月21日晚上，对面小区居民突然发现这家宾馆灯火通明，并且来了很多穿枣红色队服的医护人员，他们一下子沸腾了。不能出门，更不能到宾馆来直接欢迎，他们就在群里倡议：打开手电筒朝宾馆这边照，欢迎医疗队员。了解这个情况后，谢静他们非常感动。"我们也应该回应一下！"有人在医疗队的群里倡议。于是，他们纷纷在A4纸上写下自己的感言，贴在各自房间的窗户上。"一起加油，我们必胜！"谢静在她房间的窗户上贴了八个大字。

宾馆离东湖不远。偶尔，谢静会与战友到湖边走走。偶尔，身着枣红色队服的他们会遇到行人。"感谢你们！"还离他们很远，行人就会停下脚步，先向他们鞠躬，再大声说道。

在武汉的春天里，他们还被纯洁的战友情谊感动着。张臣臣，来自湖北荆门，南六楼ICU病区后组的另一个小组长。"谢老师，您那组的患者，我一块帮您管理吧！""谢老师，您出去吃饭吧，您的患者就放心地交给我吧！""谢老师，您一个女同志，不要那么拼好不好！我都不忍心看下去了。"看到谢静忙得满头大汗，他总会心疼地对她说。关心的话语，像阳光一样照进心灵，给予她力量。

谢静说，干重症不仅要有全面扎实的基础理论知识、综合分析能力、快速应变能力及实际操作能力，更要有吃苦耐劳的品质和乐于奉献的精神。这个春天，谢静种下了一颗种子——作为长沙医学院的老师，她要让更多学生认识重症、理解重症，让更多的学生投身重症。她还希望国家更加重视重症专业，培养更多的重症人才。有了专业人才和应对措施，面临天灾人祸，我们才能够与死神赛跑，才能够从死神手中抢回更多的生命。

生死感慨

生死这个话题，对于每天都在与生命打交道的医护人员，也许没有人比他们触碰得更近，体会得更深了。生死，于他们而言，很轻，又很重。

3月22日上午，武汉是阴天，不久后下起了小雨。我与黄雷在同济医院光谷院区见面了。他36岁，一米八的个头。虽然戴着N95口罩，但我依然能感受到他的刚毅与阳光。他说，他喜欢健身和旅游。但他又告诉我，他性格偏内向，话不多，喜欢安静，特别爱养多肉，家里养了100多盆，阳台上摆满了。他是一名心外科重症护士。

黄雷的父亲是一名医生，江苏南通人；母亲则是一名药剂师，陕西西安人。他们最开始在甘肃长庆油田，后来基地搬到西安，便定居西安。黄雷是在长庆油田的医院小区里出生的，小时候经常到父亲的科室、母亲的药房玩。高考填志愿时，他想都没想，就选择了医学类大学。他来到了武汉。大学毕业，在武汉大学人民医院临床见习一年后，他就将简历投到了同济医院。他留在了武汉。他喜欢这座城市，喜欢这里的热干面与湖藕汤，喜欢大武汉的纵横江湖。后来他又在这里买了房，决定正式定居武汉。他是 2008 年正式参加工作的，那时男护士还比较少。临床见习加深了他对重症专业的理解，以及对这个职业的喜爱，坚定了他走重症护士这条路的信念。

重症医学科的医护人员每天都跟生死打交道，面对生命垂危的病人，他们别无选择，只能跟死神去争，去抢。12 年的职业生涯中，黄雷经历过无数生死，但刻骨铭心的还是四次"战役"。

第一次"战役"是 2008 年汶川大地震。当时他到同济医院上班才三个月，还在参加全科护士培训。一天，医院爱心病房转来了一批重症伤者，他们来自四川地震灾区。黄雷很快被抽调到爱心病房参加救治工作。他记得很清楚的是，有一个从四川什邡转过来的小男孩，伤得很重，一直昏迷不醒。他们叫他小什邡。每天他们除了给小什邡进行各种治疗外，还给他轻轻按摩，并轮流和他说话。一天，黄雷正拉着小什邡的手和他说话，突然感觉小什邡的手动了一下。紧接着，小什邡的眼睛也动了。这是他第一次给病人带来生的希望，他激动得热泪盈眶。黄雷发现，小什邡听不懂普通话，只听得懂方言。于是，他们又临时紧急学习四川话，一是为了好跟小什邡交流，二是可以消除他的紧张和焦虑。经过一段时间的治疗，小什邡和其他病人都陆续康复出院了。从那时开始，黄雷就积极参加医院组织的各类应急救灾救援队。每到过年过节，他便主动申请参加值班；有突发情况，他主动要求上前线。他还不断加强自己的技能培训，先后去了急诊科、重症医学科、心电图室等科室锻炼。

第二次"战役"是 2010 年的青海玉树地震。2010 年 4 月 16 日晚上，即玉树地震发生的第三天，正在上夜班的黄雷突然接到护士长的电话："随时做好准备，到玉树参加抗震救灾！"他一听，既兴奋又激动。看来这两年的努力没有白费。他赶紧收拾行囊，整装待发。第二天上午 10 点，他们一行七人出发了。一个医生,四个护士,两个 120 救护车的驾驶员。他们把 120 救护车开到武汉火车货运站,固定到一列绿皮火车上,就这样连人带车,一起坐火车去青海。第二天凌晨 5 点,到达西宁。他们先入住西宁宾馆,仅仅休整了一个小时,就接到紧急任务,去曹家堡机场接从玉树空运过来的受伤人员。伤员股骨骨折,还有心脏病。他们立即让他吸氧,然后火速把伤员送往青海市中医院。被送到医院后,伤员说了很多话,但用的是藏语,黄雷一句也没听懂。但病人竖起大拇指的那一瞬间,他的眼泪就出来了。在西宁的前期,他们以转运伤员为主,后来他们被分配到青海省人民医院,黄雷被分到心外科。半个月后,他们顺利返回武汉。

第三次"战役"是 2013 年的 H7N9 禽流感疫情。在湖北发生首例 H7N9 禽流感后,黄雷就被派遣参加救治工作。当时他们在医技楼附一楼单独开辟了两间房间,作为隔离病房。他们医院收治了两个患者,虽然这两个患者最终因为病情太严重而去世了,但对黄雷来说,他经历的不只是直面病毒和死亡,这也是他第一次穿戴全套防护装备,包括防护服、隔离衣、防护面罩等,面对病毒。这次经历,让他真正明白了防护工作对于应对传染性疾病和感染性疾病的重要性。

第四次"战役"便是这次与新冠病毒的战役。他在 1 月初就知道有不明原因肺炎了。他在新闻媒体上看到过,在微信朋友圈里看到过,也听同行说起过,听到了方方面面的消息。但他没想过会有 2003 年"非典"那么严重。他们医院的发热门诊全年开放,武汉出现不明原因肺炎后,他们的防护级别做得很高,甚至被人指责防护过当,正因为这一套防护措施,他们很少有医护人员被感染。1 月 23 日"封城"那天早上 8 点,他下了夜班。原本他打算回西安,与父母一起过春节。看到这种情况,他临时改变了主意:放弃回家,留在武汉。他马上跑到超市,买了一些储备物资。而事实上,在此之前,医院各科室已积极动员医护人员去发热门诊。他是党员,又是科室骨干，所以他报了名。

2月2日早上，他接到科室主任的电话："马上出发，参加中法新城院区危重症定点的收治工作！"他没有犹豫地回答："好的，主任！"作为一名重症护士，他全然把自己当成了一名战士。到了中法新城院区后，最开始是在C9西北重症病房（一周后，转战B12西重症病房）。除了同济医院，还有北京协和医院、北京医院的三支医疗队参加救治工作。一去就是进行防护知识的培训。他们都提前一个小时到达了清洁区。虽然他经历过H7N9禽流感，接受过规范的防护知识的培训，还有一些医护人员应对过2003年的"非典"，但这次不一样。这次，他们穿戴的防护装备级别更高。因为不熟练，加之紧张，光穿戴防护装备就花了个把小时。还有老师把关，以保证防护服和口罩的密闭性，保证不露一寸皮肤在外。开展工作时，他们既要保障病人的安全，也要保障自身的安全。整装完毕后，他们再穿过半污染区，来到污染区。当时气温低，但不能开空调——怕空气循环系统导致新冠肺炎疫情传播和蔓延。

战士一旦走入战场，便没有了恐惧与杂念，只专注地与病毒作战。在这里，他见到了最频繁的生离死别。2月15日那天，他上白班，中午B12西20床的婆婆心率和血压一直往下掉。一番紧张的抢救后，所有该上的药物都上了，还是没有挽回她的生命。他们按照程序，先做心电图，显示一条直线。他们这才宣布婆婆临床死亡。随后，他们轻轻地拔掉呼吸机的气管插管，给遗体的口腔、鼻子、耳朵、肛门塞上纱布和棉球，给遗体消毒，用两层床单包裹好，然后推到走廊尽头的电梯口。他们走得很慢，平时几十秒的路程足足走了好几分钟，他们不能让她的身体碰到任何东西，得让她走得顺顺利利的。黄雷在心中默念着："老人家一路走好！"同事们纷纷靠一侧站立，默默地鞠躬，简单的仪式庄重而悲伤，这是一场安静的送别。短短30多米，他感觉走得是那么漫长，内心很沉重，五味杂陈。

黄雷面对的更多的是体力和心理上的考验。工作连轴转，穿上防护服特别消耗体能，每次进ICU不久，护目镜就会被水雾遮挡，在这种状态下工作，再简单的操作也变得困难起来。几个小时下来，口干舌燥，可他不敢喝水，不想因为上厕所而浪费一件来之不易的隔离服。面屏、护目镜、口罩一层又一层，缺氧感总是能让他清楚地听到自己的喘息声。每当这个时候，他都默默地给自己加油，告诉自己：我必须坚持……看到同事偶发的难受模样，他心里万分疼惜——排除万难，也要让他们出去休息，我来顶着！每当新的队友进ICU，他都会毫无保留地跟他们交流工作和救治经验，反复提醒他们注意个人安全防护，因为他们安全，他才心安。每次工作下来，他全身汗如雨下，手套里面有滑石粉，闷在里面好几个小时，脱掉后再次消毒，手已发白，面部则留下口罩和护目镜的痕迹。一天下来，黄雷疲惫不堪，时常忘记吃饭，忘记医生反复提醒术后必须要吃的口服药。但当他拿起手机看到微信里传来的医院、科室和同事们满满的关心和关怀时，他又充满了力量。

最能振奋人心的，是患者一天天地好转和他们脸上露出一丝丝微笑。他们负责的病人都是危重症患者，十分考验临床工作经验，黄雷十多年的重症监护经验此刻便派上了用场。除了最基本的擦脸、更换胃管胶布、床上大小便，他还为病人提供专科护理：密闭式吸痰、注射泵药、鼻饲、氧疗……除了专科护理，他还充当保洁员、心理治疗师、康复师。一天，当他给25床的老爹爹换好衣服，告诉他今天可以出院时，老爹爹都不敢相信自己被治愈了。老爹爹不断重复问："你们是不是骗我？"他们耐心地给老爹爹解释，他两次核酸转阴了，肺部吸收也非常好了，达到出院标准了。就连保洁员都在一边笑着对他说："老爹爹，您是真的好了，可以出院了。"最后老爹爹严肃地说："你们是同济医院的护士，可不能骗我。"当黄雷用轮椅将他送到电梯口时，他才相信。在电梯门要关的那一刻，老爹爹泣不成声,用颤抖的双手对他们竖起了大拇指,说道:"感谢医生和护士给了我生命,你们都是好样的!"黄雷告诉自己不能哭,泪水会让他的护目镜模糊看不清,他还要继续和死神抢人。

一天值班,黄雷突然接到电话,是一个婆婆的女儿打过来的,她问,能不能帮她转达一下对母亲的生日祝福。放下电话,他思考了很久,无奈病房里没有蛋糕,他只有拿起一杯充满爱意的果汁,召集了上班的同事,为病人唱起了生日歌!生日,代表着生命和希望,他们希望通过简单的"生日会",给予病人暖心的安慰,帮他们建立战胜疾病的信心!

有些年纪大、病情危重的老人,每次吃饭都需要他们喂。吃饭要拿开氧气面罩,但一拿开面罩,心电监护仪上的血氧饱和度就往下掉,只能吃一口饭再戴一会面罩。一小碗米饭和菜喂完需要近一个小时。有的老人今天上班时还在,等明天来上班时就已经走了。虽在意料之中,但他心里还是忍不住难过。战"疫"的路上很辛苦,他们从未放弃努力。当病人一点一点慢慢恢复,对他说"谢谢"的时候,让他有了如释重负的感觉。当病人拉着他的手,对他说"还好有你们""你们辛苦了"的时候,他终于可以开心地笑一笑。

黄雷告诉我,他是3月5日轮休隔离的。隔离完后,他又申请来到光谷院区,他来支持这边的"保肾队"。这里除了保肾队,还有护心队、护肝队、插管队、营养支持队、康复队。因为新冠病毒不光攻击病人的呼吸系统,还会破坏肝和肾等。如果肾被攻击了,人体就会光有进没有出,就不能大小便了。这就需要他们进行血液净化治疗,清理肾里面的毒素。按院感要求,他们进病区给病人做血液净化,需要多加一层隔离衣,相当于穿了四层衣服。每次他衣服还没穿好,就已经满头大汗了。进去后还要做事。一袋透析液就是4000毫升,一台机器上一次能上两到三袋。4000毫升相当于8斤,两到三袋就是二十斤左右。这对他们的体力是个巨大的挑战。工作时，黄雷身上汗如雨下，口罩很快就湿透了。口罩一旦湿透，防护效果就不行了。这里需要保肾的病人多，每天需要不断重复上机下机，劳动量也比中法新城院区那边大得多。每次下班走出重症病房，黄雷把衣服脱下来一拧，汗水哗哗地直流。他说，主院区马上要恢复正常了，这边工作一结束，他就要回去。心外科很多病人还在等着做手术，重症科室要忙碌起来了。一旦疫情结束，工作量会猛增。

采访中，我还了解到，黄雷一直没敢把自己在一线战斗的事告诉父母。父母打电话过来问，他就说自己在医院本部自己的岗位上工作。每次发微信朋友圈，他都把父母屏蔽。儿女在外，报喜不报忧。等疫情结束后，他可能会告诉他们这一切，也有可能不会说。

心痛也不能倒下

"虽然今天武汉解除了离汉离鄂通道管控措施，但打开城门，并不代表打开家门，我们的社区封控管理依然不能放松。除了需要正常上下班的，其他没事的，我们依然提倡能不出门尽量不出门，大家也自觉坚持戴口罩、勤洗手、少聚集、不扎堆。"沈胜文告诉我，"前两天我做了一个全面体检，现在已经知道部分项目合格了，等全部结果出来，并确认合格后，就准备正式回家居住。到今天为止，我已离家77天了。"

4月8日，我已经从武汉回到长沙，并在酒店隔离。听说武汉"解封"，我与沈胜文通了电话。今年52岁的他，是武汉市公安局江岸区分局百步亭派出所的一名普通民警。他的故事，还得从1月23日武汉"封城"那天说起。

"丁零零——丁零零——"

一阵急促的手机铃声响起。

沈胜文迅即抓起枕头边的手机,并下意识地看了下时间:4点21分。

"老沈吧?打扰了,请务必在今天早上5点赶到所里点名。"电话那头说。

沈胜文马上说:"好好好,我现在就出发。"

他边掀开被子下床,边对妻子说:"所里紧急通知,5点点名。"

"什么事,这么急?"妻子坐了起来,惊诧地问道。

"肯定与那个新型冠状病毒有关。"沈胜文说。

妻子披上衣服,赶紧下了床。虽然丈夫当兵出身,身体素质一直不错,但自从步入中年后,各种毛病接踵而来,高血压、冠心病和肺气肿他都齐全了。她担心他丢三落四。上次世界军运会,所里也是紧急开会,他一激动,不仅常备药物,就连手机都忘了带。

来不及洗漱,穿上衣服、戴上口罩、提着那个装有日常生活用品和药物的小包,沈胜文就冲向楼下。他意识到自己可能要投入一场"战争"。当兵出身的他知道,要打赢一场战争,首先必须做到知己知彼。可现在呢,关于敌人,一切都是模糊的,甚至是陌生的。医生都不知道那个新型冠状病毒到底是个啥东西,他怎么搞得清呢?但他听朋友说了,那家伙看不见、摸不着,狡猾得很,要小心点。最开始有人说,赶紧多买点口罩,最好买N95的。后来又有人说,买普通口罩也行,也可以起到阻止飞沫传播的作用。让他印象深刻的是三天前,钟南山院士在接受央视采访时谈到,这个病毒"存在人传人的情况",外面的人不要来武汉,武汉市民没有特殊情况也不要出武汉。

这天是1月23日,除夕的前一天,立春的前十二天。

五天前,南方过小年。下班后,沈胜文去了母亲那边。

"妈，这些年一直忙忙碌碌，没好好陪过您老人家，今年过年把您接过去，我们好好陪陪您。"他紧紧地握着母亲的手说，"我们打算农历二十九把您接到我家过年，年三十那天，我们还想请您亲家过来一起吃个团年饭。"

"只要你们一家和和美美、平平安安就行，去不去你那边都没关系。"母亲说，"但亲家和亲家母倒是有大半年没见了，我真想会会他们了。"

母亲今年82岁，但身体硬朗、思维清晰。她曾是一个苦命的女人。20世纪50年代末60年代初，她和丈夫从湖北孝感前往遥远的新疆支边。小两口曾经决心扎根边疆、服务边疆、保卫边疆。然而到了那里后，可能是因为水土不服，她连生两个孩子都夭折了。每次想起可怜的孩子在自己怀里死去，她就心如刀割。看着妻子伤心欲绝，丈夫只有不舍地带着她离开那片种下他们理想种子的地方，回到湖北老家。回到老家后，她一连生了三个儿子，个个活泼可爱，健康强壮。沈胜文是家中的老满。可在1977年，也就是沈胜文9岁那年，父亲因病去世了。母亲含辛茹苦地把三个儿子拉扯长大。母亲希望儿子们能成为真正的男子汉，所以只要儿子长成毛头小伙，她就想着法子把儿子送进部队。三个儿子送了俩——老大和老满。

母亲顽强的性格，潜移默化地影响着沈胜文。他去当兵时还小，才十七八岁。踏上南去的列车时，他发现其他战友包里都装着点心、饼干等好吃的，只有他包里没有。母亲在他包里放了什么呢？一个笔记本，一支钢笔，一个影集，还有几本高中的书本。他不理解母亲的做法，甚至怀疑自己是不是母亲亲生的。送别他时，母亲脸上热泪直流，但在当时，面对母亲的泪水，他是冷淡的，甚至不屑一顾。后来，从共青团员成长为共产党员，从战士成长为班长，从志愿兵成长为部队干部，尤其是参加了1998年抗洪救灾和2003年抗击"非典"之后，母亲满脸的泪水在他的脑海中渐渐清晰起来。现在，每当想起那一幕，他总会忍不住悄然落泪。

从母亲家出来，沈胜文没有急于回家，而是径直去了岳父岳母家。岳父今年78岁，比岳母大两岁。对于二老，他始终心怀感恩，感恩他们平常对自己小家庭的呵护，感恩他们培育了一个温柔贤惠、知书达理、善解人意的好女儿。

沈胜文的妻子身材娇小，但在丈夫心中，她却是那么高大。1993年，他们第一次见面，沈胜文就跟她说："我在海南当兵，现在还不能随军，两地分居，你能不能接受？"她说："有什么不能接受的，你又不是在外面流浪，你是保家卫国，这是你的光荣，也是我的光荣。"他又说："但现实生活会很具体，你必须一个人面对生活，面对生活中的柴米油盐酱醋茶。"她说："中国军嫂这么多，她们都能两地分居，都能自己照顾自己，凭什么我就不能？"于是，他们步入了婚姻的殿堂，并很快就有了可爱的女儿。刚随军那会，部队条件有限，妻子带着女儿居住在一个十来平方米的小房子里。但妻子没有觉得小，反而觉得这里是个大世界，有青春、有热血，还有女儿无尽的欢笑。看着妻女快乐，沈胜文干起工作来特别有劲，年年先进，一连立了五个三等功。2004年，他已经当兵18年了，成长快的战友都已经当上了团首长，可他还是个营职干部。也就在那年，部队改革，需要有人脱下军装。大多数人都不舍。他想主动报名，便问妻子。妻子说："转不转业，你和组织定，我听你们的。"他说："你来海南几年了，已经习惯了这边的气候和生活，怕你舍不得。"妻子却说："我不是习惯了海南的气候和生活，是习惯了你，你说什么时候回湖北，我们就什么时候走。"

回武汉安排工作，对军转干部来说，可选择的余地还是挺大的，沈胜文却没做他想，只是选择到派出所当一名基层民警。他对妻子说："我还是怀念军营生活，当警察戴大檐帽，可能是军旅人生的一种延续。再说，我文笔不行，写不好报告，不适合待在大机关。大机关应该让有水平、年轻的同志去，我就到基层干些具体实在的事，我当过连队指导员，做群众思想工作还是可以的。"妻子说："只要你觉得好就行，到哪里都是工作。过日子过的是舒心，我们只要生活稳定就行，不求大富大贵。"妻子这么一说，他就高高兴兴地来到百步亭派出所报到上班了。

让沈胜文感动的是，妻子不仅善解人意，能换位思考，还对他高度信任。在家里，两口子的手机从来不设置密码，谁也不翻谁的手机。原来当兵，现在从警，他养成一个习惯——手机不离身。晚上睡觉，也要把手机放在身边，放在最方便拿的地方。最开始，他把手机放在枕头边。后来妻子建议，手机有辐射，对人体有伤害，尽量放远点。他听妻子的，把手机从枕头边移到了床头柜上。前些日子，武汉承办世界军运会，他知道这不仅是武汉的大事、湖北的大事，也是中国的大事。他把手机从床头柜上挪到了枕头边。军运会结束，他的手机又从枕头边挪到了床头柜上。一开始说有种不明原因的肺炎时，他也没重视，手机依然放在床头柜上。那天钟南山院士说了这个病毒的厉害后，他赶紧把手机挪到枕头边。

到了岳父岳母家，沈胜文把年三十请二老到他家吃团年饭的事一说，二老满口答应。他又说："我母亲也会到我家过年。"二老说："那太好了，好久没见过亲家母了，一定要给她带点什么。"他说："不用了，不用了，过两天闲点，我会给她买。"二老说："那不行，你是你的，我们是我们的。"他又说："那就约好年三十上午10点左右过来接二老。"二老说："我们身体棒棒的，不用接，坐公交去，反正有老年证，省钱还省事。"

从岳父岳母家回来的路上，沈胜文还想着，来年春暖花开的时候，一定要带着两边的老人出去旅旅游。不论是当兵，还是从警，他都只顾着忙单位上的事了。妻子也是，除了上班，就是带女儿，培养教育女儿。总之，心思都没在父母身上，他们亏欠父母的太多太多了。现在女儿已经25岁了，不仅大学毕业了，还参加了工作，他们有精力有条件多陪陪老人尽尽孝了。

他还突然想起一件事,明天要到银行柜员机上取6000块钱崭新的票子,最好是连号的,给母亲3000,岳父、岳母3000。年三十吃团年饭时再给,生活有时要有点仪式感……

想着春天的事儿,看着万家灯火的大武汉,沈胜文脸上露出了甜蜜的微笑。

凌晨5点,所里准时点名。

"接市防疫指挥部紧急通知,从今天10时起,全市城市公交、地铁、轮渡、长途客运暂停运营,机场、火车站离汉通道暂时关闭。所里留下一个班,其余人全部去高速公路、机场执行封城任务……"所长说。

这就是众所周知的武汉"封城",即武汉关闭离汉通道。领导没让沈胜文去机场和高速公路执行任务,他有些失望。"家里的任务非常繁重!"领导的理由也很充分,"留老沈在家放心。"还没来得及多想,战友们也还没有出发,他的任务就来了。值班中的他接到报警:一名精神障碍患者发病,在药店持刀伤人。这还了得?他立马带上辅警直奔现场。非常时期,伤者非常恐慌,不敢到医院救治。好在伤势不重,在他的耐心劝说下,经过消毒包扎,伤者情绪稳定下来。随后,他一边多方联系,一边细致地做精神障碍患者家属的工作,并将这名患者送到精神卫生中心治疗……

沈胜文怎么也没想到,他会以这样的开场投入到这场持久战"疫"中。

1月27日,正月初三。

"不行,我要参加突击队!"沈胜文坚定地说。

所长说:"转运工作非常繁重,也非常辛苦,老沈你年纪大了,就不要参加了,让年轻人上。"

"我50多了,女儿也参加工作了,万一有个什么事,也无所谓。"沈胜文说,"他们还年轻,孩子还小,有的还没成家呢。"

因为疫情越来越严重，医院和社区根本就忙不过来，武汉公安立下军令状，协助转运收治隔离"四类人员"（确诊患者、疑似患者、发热病人、密切接触者）。于是沈胜文他们的工作立即繁重起来，而且由于直接面对患者和病毒，危险性陡然加大。其实所领导在劝说沈胜文时，沈胜文早已"以权谋私"，把自己的名字列到了突击队名单之首，并安排自己第一批转运患者。

因为参加转运，沈胜文真正认识了防护服。虽然当过18年兵，但他是在陆军高炮部队，没有接触过防化部队。这次他不仅认识了防护服，还与它成为亲密的"战友"。

"面对新冠病毒，必须胆大心细！"他在心里想着。

最主要的是做好防护，而做好防护必须正确掌握防护服、护目镜、口罩等的穿脱方法。自己不会，就多请教多学习多练习。

沈胜文虽然军人出身，有坚强的意志，但他情感丰富，容易激动。从1月27日到2月16日的20天时间里，他和"战友"们天天都在转运，没日没夜。泪水，就这样在他的脸上静静地流淌着，从冬天流向了春天……

一天，他来到一个小区转运患者，这个小区是他到派出所上班后负责的第一个小区。那个需要被转运的婆婆他一眼就认出来了，算是老熟人，是位退休律师。原来他负责这个社区时，她没少支持警务室的工作。不管是邻里纠纷，还是有人打官司，她都会过来提供无私帮助。看到老朋友，婆婆想打招呼，但她连抬手的力气都没有了。沈胜文非常担心，他的担心也很快成了现实：婆婆没有力气上车了，连续三次都没能上去。领导已经千叮咛万嘱咐，转运过程中一定要做好防护，一定要保护好自己，千万不能触碰患者。但此时此刻，作为一名人民警察，他能坐在那里无动于衷吗？

到所里工作后，他一直在社区警务室工作，那是基层中的基层。警务室一般只有他一个人，作为单个民警，他的工作必须依靠群众、发动群众啊，群众就是"千里眼""顺风耳"。警力有限，民力无穷，特别是群众一口一个"沈户籍"，叫得那么亲切。顾不了那么多了，他跑了下去，一把抱起婆婆，送到了后座上。看着婆婆如此虚弱，他知道她的病情严重，必须尽快到医院治疗，可他不敢开快了，怕颠着她；又不敢开慢了，怕耽误她的治疗。"稳点，稳点！快点，快点！"他在心里默默地念着。

又一天，他送完患者回来时，已经天黑了。从医院到所里，开了一刻钟，他居然没有碰到一辆车。他想到了年前过小年那天对母亲和岳父岳母的承诺，想到了那天晚上回家时武汉的万家灯火，越想越心酸。"怎么啦，我可爱的武汉，您怎么成了一座冷城了呀？！"他终于抑制不住眼泪，痛哭起来。

那天，沈胜文刚送完两个重症患者回到所里，就接到一个报警电话。报警的是一个婆婆，说是她儿子从医院偷着跑回来了。她儿子不仅是新冠肺炎患者，还肾功能衰竭，挂着尿袋。当他带着报警的婆婆、患者的弟弟去做工作时，他们都不肯走进患者的家门。患者弟弟说："我也有孩子，我要是被传染了怎么办？"虽然沈胜文能够理解他们母子二人的选择，但这一幕，让他对亲情、友情、人心、人性有了新的认识与理解。

沈胜文只有自己去。一了解，患者太想家，太想老婆孩子了，所以回来了。好在他老婆带着孩子住到了娘家，没有碰着面。

"沈警官，有一个重症患者快不行了，需要紧急转运。"

1月30日，正月初六。已经晚上11点了，沈胜文接到转运指令。此时，他已经跑了6趟，换了6套防护服，转运了18个病人。

"小邓，赶紧穿防护服。"他对协警邓宇杰说。

邓宇杰，他的搭档，"90后"，退伍兵，共产党员，是个高高大大、结结实实的小伙子。

当他们赶到时，患者已经生命垂危，无法转运了。

"你们快点救救我！"患者拖着微弱的气息说道。

沈胜文瞬间泪眼模糊。患者68岁，退休前是一个小单位的领导。他老伴泪眼婆娑地说："昨天才感觉身体不适，谁会想到一下子病得这么严重呢？"

紧随沈胜文他们之后而来的是120救护车。但120医生刚来，患者的心电图便成了一条直线。而此时，沈胜文到达患者家才20多分钟。沈胜文并没有感觉他已经走了，因为他的眼睛是睁开的，脸上有泪痕，眼里还含着热泪。看到这一幕，站在门外的邓宇杰低下了头。虽然隔着护目镜，光线非常昏暗，但沈胜文知道邓宇杰在哭。沈胜文赶紧走了过去，拍了拍他的肩膀。拍上他肩膀时，沈胜文也忍不住了，两人哭成一团。

但他们很快镇定下来。邓宇杰想向屋里迈进，沈胜文把他往后一推，说："你就站在这里，里面的事由我来处理。"

"不行——"邓宇杰还想往里走。

"听我的，小邓！"沈胜文再次将他往后推。

没多久，区卫生防疫站的一男一女两位医生，还有一名社区医生赶来了。卫生防疫站的医生背着喷雾器，从单元门到电梯，到楼道，到室内，边走边消毒。在对爹爹的遗体消毒后，又将屋内进行地毯式消毒。

很快，老人家的女婿赶到了。没见到女儿，患者老伴很惊讶。但很快，她就从女婿那里知道了女儿的情况——发烧了，是疑似患者。那是老两口唯一的女儿。女婿说，他妻子哭喊着要来，但他没让她来。此时，老人家声泪俱下，她一边哭一边说，这一切都怪她，如果不是她经常到外面跳广场舞，如果不是她喜欢逛超市，也不会染上这个病，是她传给老伴。本来还约好与女儿女婿和外孙一起吃团年饭的，都是因为她染了这个病……

看到老人家深深自责，他们都安慰她。

"爹爹的身份证呢？"沈胜文问道，"要凭身份证到居委会办死亡证明和相关手续。"

老人家使劲地想，但怎么也想不起来放哪里了。她又在屋里到处找，也没找到。

"对了，可能在他身上。"她突然想起来了，"他昨天就在说，要把银行卡、医疗卡、身份证和现金准备好，明天去医院。"

听到这儿，沈胜文双眼又模糊了。

"谁不想好好地活下去呢！谁会想着死呢！可是——"他在心里想着。

谁去找死者的身份证呢？还是自己来吧。刚才他简单地跟区卫生防疫站及社区的三位医生聊了一下。那个小伙子30多了，另外两个小姑娘，都才20出头，比自己女儿还小。看着他们，就如同看着自己的女儿；看着他们，他眼里就流出了泪水。难道沈胜文不怕吗？他也怕，毕竟是如此近距离接触重症感染者，只要有哪个地方存在漏洞，就有可能被病毒感染。但又有什么办法呢？在群众面前，他是守护神；在年轻人面前，他是长辈。他必须冲在前面。他在死者的右裤袋里找到了一个钱包，里面放着银行卡、医疗卡、身份证和现金。将钱包消毒后，沈胜文将钱包交给他老伴。老人家眼里全是泪水，说不出话来。

接下来便是将死者的遗体装进一个黄色睡袋。

"尽量让爹爹体面和有尊严地离开，让婆婆得到安慰，这是我们唯一能做到的。"沈胜文心里想着，"在灾难面前，在生死面前，无论是谁，都没有特权，都是受害者；也不论是谁，都必须让他们有尊严地离开。"

他首先用纸巾将死者脸上和眼角的眼泪擦干，然后把他零乱的衣服整理得整整齐齐，再和防疫站的小伙子一起，小心翼翼地把他抬下床，装进黄色睡袋。

虽然简单，但在这个特殊时刻，这可能是最高规格的礼仪了。

凌晨3点16分，殡仪车缓缓离开。沈胜文他们向着殡仪车深深地鞠了三个躬。那晚的场景，一直浮现在沈胜文的大脑里，他伤心，他自责。为什么自己不是医生？为什么自己不能救那个老人呢？可是，他又想，即便自己是医生又能怎样呢？这是一场敌人不按规则出牌的战争。经历那晚后，他总在担心，自己会不会感染了，小邓会不会感染了。自己感染倒没事，小邓千万不能有事。他才20出头，还没成家，甚至连女朋友都没找。而小邓之所以愿意与自己一起出生入死，仅仅因为他是个共产党员。

其实，作为一名武汉人，沈胜文是这场灾难的亲历者、救援者，也是这场灾难的受害者。虽然身体没有受到伤害，但他的灵魂与精神受到了创伤。

"尊敬的所支部：我是民警沈胜文，一名中共党员。当前疫情复杂严峻，正值发起全面总攻之时，我听闻江岸区方舱医院警力紧张，急需增援。作为一名中共党员、公安干警，我现申请加入方舱医院防疫战斗，不计报酬，不论生死……"

2月16日，沈胜文向所里提交了请战书。领导一看，急了，说："老沈，您在这个时候添什么乱呀！"历来勤勤恳恳，任劳任怨，听从指挥的沈胜文这是怎么啦？原来他对领导给他安排的工作不满。

这天开始，武汉开始开展为期三天的集中拉网式大排查，落实五个"百分之百"工作目标，即"确诊患者百分之百应收尽收，疑似患者百分之百核酸检测，发热病人百分之百进行检测，密切接触者百分之百隔离，小区村庄百分之百实行24小时封闭管理"。领导知道他与群众打成一片，关系融洽，也善于做群众工作，于是叫他回到他工作的社区警务室，配合居委会和物业做好社区隔离工作。

但沈胜文不干。

"让我回警务工作室,那不是变相地让我退出战斗去休息吗?"沈胜文愤怒地对领导说。

"现在社区工作量大,会非常忙、非常棘手,社区警务工作同样重要。"领导说。

"有医院忙吗?有医院棘手吗?有生命重要吗?"沈胜文说,"我要去方舱医院,那里更需要我。"

领导一听,也愤怒了:"老沈,回不回随你,如果你管辖的社区出了任何问题,拿你是问。"

毕竟是军人出身,毕竟是共产党员,沈胜文最终还是极不情愿地回到了社区警务室。

"欣欣,开下门好吗?"

那天下午,沈胜文相继接到辖区内一所中学校长、副校长和班主任的电话,说他们学校有一个叫欣欣的初一女生,今年12岁,听话懂事,成绩优异。她爸爸感染了新冠病毒,在医院治疗;她妈妈是他们学校的老师,是密切接触者,被安置到了隔离点。现在只有欣欣一个人在家,他们也隔离在家,出不来,希望得到社区的关心与支持。

"谁呀?"屋里传来欣欣的声音。

"我是社区警务室的沈户籍呀!"沈胜文说。

欣欣先是从"猫眼"里一番观察,看到穿着警服的沈胜文手里提着一袋东西,便打开防盗锁,开了门。

"这孩子安全意识不错,知道把门反锁了。"沈胜文一阵欣慰。

他给欣欣带来了一些上网课的文具,还有一袋零食,以及消毒用的酒精。

"谢谢沈伯伯!"欣欣说。

"欣欣，中饭吃了吗？"沈胜文问。

"吃了，沈伯伯。"欣欣说。

"吃的什么？"沈胜文问。

"在微波炉里热了妈妈昨天做好的饭和菜，我自己又煎了一个鸡蛋。"欣欣说。

"鸡蛋你会煎吗？"沈胜文有些惊讶。

"会，妈妈教过我。"欣欣说。

"给屋里消毒了吗？"沈胜文问。

"消了，用84消毒液消的。"欣欣说，"也用酒精消毒了，用喷壶喷的。"

沈胜文心里又一阵欣慰。

"我给你带来了酒精。"沈胜文说，"但一定要注意，酒精和84不要同时用，如果不慎，怕发生化学反应中毒。"

欣欣还是个孩子呀！沈胜文不放心，便对欣欣说："伯伯再给你家消一次毒吧！"

"谢谢沈伯伯！"欣欣说。

随后，沈胜文用酒精把欣欣家里里外外进行了一次全面消杀。

看到床单、被罩都被喷湿了，欣欣有些担忧。

"欣欣，没事的，酒精挥发快，一会儿就自然干了。"沈胜文说。

欣欣重重地点头。

…………

"多懂事的孩子啊！"回警务室的路上，沈胜文还在心里感叹着，"孩子是祖国的花朵呀，千万不能有丝毫的马虎。"

回到警务室，他马上把这个事报告给了社区。社区高度重视，立即安排一名楼栋党小组组长负责欣欣的一日三餐。

随后的日子里，不光沈胜文和楼栋党小组组长照顾欣欣，还有社区领导、网格员、社工送去物资，以及学校老师一天一个电话询问情况……这些，不都是这个春天温暖的风吗？

其实，此时的武汉，谁都在争做阳光，温暖自己，也温暖他人；谁都在争当树芽，努力生长，想长成大树，为这片土地遮风挡雨；谁都在留下动人的旋律和音符，奏响生命的最强音。

是啊，这是一个需要修复的春天，也是一个值得赞美的春天。

3月4日上午，沈胜文接到欣欣妈妈的电话。

欣欣妈妈的话语就像一阵春风：她三次检测都是阴性，确定正常了，可能马上就要回来了。

听到这个消息，沈胜文立即打开笔记本，在上面写道：在这场战"疫"中，谁都在感受着邻里关爱的温暖。对于一个社区来说，一人走百步，不如百人走一步，我们聚是一团火，散是满天星。

一个地区、一个国家难道不也是如此吗？

沈胜文到银行柜员机上取了6000元崭新的票子吗？

是连号的吗？

回答是肯定的，因为那是对母亲、岳父、岳母的承诺。但他的承诺终归没有兑现。这6000块钱现金全用在社区居民身上了；另借的3000块钱现金，也用完了。干什么呢？给居民买菜，买日常生活用品，只要一声喊，他就来了。三块五块，三十五十的，怎么好意思要居民的钱呢？

不光是钱，他还把家里一台闲置的面包车捐了出来。捐献面包车的事就早了，还是市局下达紧急动员令，要求各派出所立即对接街道社区，协助转运收治隔离"四类人员"那会儿。当时所里能抽调用于转运的警车只有两辆，根本不够用。看到这一情况，沈胜文辗转反侧。最后，他向所长请战：把我的私家车改成转运车，我来当司机，请组织批准！于是，他家里的面包车也投入到这场战"疫"中。

…………

沈胜文的人品有口皆碑。

听说沈胜文的事迹后，来自全国各地的爱心人士先后通过他给他工作的社区捐赠了1万多个口罩，他全部转发给了社区群干、志愿者、居民，没有给妻女留一只；老朋友送来的6000多公斤大白菜，沈胜文分给辖区困难户，没有往自己家里拿一棵。而他自己经常不能按时吃饭，这40多天来，他吃得最多的就是方便面……

再看看他的母亲、岳父、岳母、妻子、女儿。

"妈妈，您是易感人群，一定不要出门，就是吃盐水，也不要出门。"他对母亲说。

可是他未曾给母亲送去一个馒头、一根葱。

同样的话，他也对岳父、岳母说了。

妻子真是善解人意，家里也经常会有民警和社区干部来排查，但她只字未提自己的丈夫是民警。在这个特殊时期，她从未主动给丈夫打电话，怕影响他的工作。

每次沈胜文打电话给妻子，或是与妻子视频，都会表达自己的歉意。

但妻子却不以为然。她说，说不准这是人生中最有意义的一个春天。疫情总会有过去的那一天，即便今年春天不能踏青、不能旅游，又有什么关系呢，不还有明年、后年吗……

妻子朴实的话语，让他热泪直流。

对于家庭，他实在亏欠太多。

早在2月初，他就给女儿写了一封信。这封信道出了长久以来他埋在心底的歉疚。

女儿，你好！这段时间，爸爸住在单位，除了工作，想得最多的就是你。曾经错过你上学时的辅导，错过你毕业时的快乐分享，错过你初入职场时的职场答疑，也许还会有更多的错过。女儿，所有的错过，爸爸希望你能原谅。因为，我觉得我身上有太多的责任，这个时候，很多新冠肺炎患者需要运送；病患家中有视力残疾的老人需要随时关心；隔离群众中有独居老人生活没有着落；疫情当前，有群众的救命药需要送达……爸爸的工作中就是因为有了这么多的不能错过，才总在错过你、亏欠你、忽视你。女儿，所有的不能错过，爸爸希望你能体谅。爸爸是一名党员，我认为党员面对疫情，就要不惧生死，逆向而行，因为我不能错过自己内心的担当。道阻且长，行则将至。我们共同期待胜利的那一天，到时候，爸爸一定不错过我们约好的踏春之行！

沈胜文害怕被感染。他知道，这个病潜伏期长，而他天天要跟社区的人，跟自己的"战友"打交道。假如自己被感染，则会传染很多人，殃及很多家庭。于是他曾三次偷偷到社区医院做血象检测。虽然他的防护措施做得非常到位，且同事说他当兵出身，体质好，打得死一头牛，但他还是害怕。除了偷偷做血象检测，他还悄悄地海量喝水——利尿排毒；他还坚持吃连花清瘟胶囊——清瘟解毒、宣肺泄热。

沈胜文毕竟是一个生活在世俗社会中的平凡之人。在这场战"疫"中，虽然他一往无前地冲在最前面，但他心里始终装着家里可敬的老人、可亲的妻子，还有可爱的女儿。

他给家人的陪伴确实少之又少。虽然他多次立功受奖评优评先，却不是一个称职的爸爸，甚至曾经动手打过女儿。懂事的女儿从来没有责怪过他，记恨于他。唯一让他有点欣慰的是，女儿上大学后学车时，是他手把手地带着练习，才顺利通过考试的。现在女儿的驾驶技术比他还好。

当然，女儿的优秀也让他打心底里自豪。女儿性格有些内向，但成绩优秀，从小学到高中，一直都是上的"火箭班"。高考时，虽然失误没考上985、211大学，但分数还是超过重点本科线十来分。在大学，女儿又拿到了双学位。特别让他津津乐道的是女儿的英语和书法，她不仅得过全国大学生英语竞赛二等奖，还得过湖北省大学生书法大赛二等奖。因为这场疫情，女儿也推迟了上班时间。于是，她跟着妈妈在家里学习厨艺，做面食、蛋糕、炒菜。女儿是他和妻子的心头肉啊，以前他们从来没让女儿进过厨房，所以女儿对这些是陌生的。

那天，女儿发来自己做的一个蛋糕。沈胜文一看，非常惊喜，做得真好，跟蛋糕店买的一样漂亮。每天深夜睡觉之前，他总要躺在床上先想想女儿，看看女儿做的蛋糕。看着看着，他就露出了笑容，不知不觉又流出了眼泪……

原来谎言也可以如此美丽

这场疫情，不仅是对责任与担当、能力与智慧的考验，更是人性良知的试金石。疫情面前，少数人不敢说真话、实话，形式主义、官僚主义问题仍然存在；疫情面前，个别商家丢失良知，借机囤积居奇、哄抬物价，其丑态令人不齿……

但有一种谎言，却令人如此感动，甚至成了这场疫情中亮丽的风景线。

在武汉采访中，我了解到，不论是武汉本地的医护人员、援鄂医疗队队员，还是下沉的党员干部、社区工作人员、志愿者等，相当多一部分人都编织过美丽的"谎言"。

34岁的吴奇是东西湖方舱医院从事医废处理的志愿者，个头不高，非常安静，甚至有些腼腆，到武汉做生意不到两年。他说，疫情发生后，作为一名刚"落脚"不久的新武汉人，总觉得自己要去做点什么。特别是疫情防控战打响后，全国各地的医护人员都来支援武汉，他想，应该需要大量的车辆去接他们。于是他找社区报名做志愿者，但报名后迟迟没有收到回复。

2月11日，他接到一个朋友的电话，说东西湖方舱医院招募志愿者，问他想不想去。他急忙说："想去。"朋友说："那就报名吧。"报名审批过程很顺利。第二天一早，他就带着行李来到了东西湖方舱医院。

"家人知道吗？"我问。

他说，老婆孩子都不知道，父母更不能告诉。接到朋友的电话后，他就跟他爱人编了一个谎："店里放着几百台手机，长期这样没人管也不是个事，要是被盗了怎么办？"他爱人天真地问："那怎么办？"他说："还能怎么办，只有带着行李守在那里，恐怕一时半会回来不了，我就在店里住着。"而事实上，此时门面都已经封控了，店里根本就进不去。

他告诉我，刚才组长说要他来讲讲处理医废的故事，他不是很想来，后来一想，戴着口罩也就没关系了。他说，万一上了新闻，被家人看到就麻烦了。他父亲非常喜欢看时政新闻，长期收看中央电视台新闻频道，他怕不小心被看到了，所以格外小心。

他说，岗位是他自己选的。方舱内上千名患者每天会产生大量的医疗废弃物，因为可能携带病毒，必须进行无害化处理。为此，东西湖方舱医院自建了医疗废弃物处理点。工作间就建在方舱背后，大概200多平方米。

他也知道这个岗位跟在舱内工作无异，是"高危"岗位。但再苦再累再危险，这样的事也得有人干呀。方舱医院少了这颗"螺丝钉"，就会运转不畅呀。

他知道，来这里当志愿者需要热情与激情，但真正面对病毒的时候，却要严谨，要讲科学。专家给他们培训如何穿脱防护服，他听得非常认真，把专家说的每一个步骤都深深记在脑海中。演练时，他一步一步不急不忙地来，对两只手消毒后，便开始穿隔离衣，戴头套和脚套，再穿防护服，戴护目镜、口罩和面罩，最后戴手套，有两层，里面是一次性手套，外面是橡胶手套……

他说，总共有十几个步骤，每一个步骤都不能马虎大意，错一步就可能让病毒有可乘之机。虽然他们不进舱，但要直面病毒，所以与医护人员一样，也是三级防护。穿着防护服要工作8个小时，不能上厕所，不能喝水，非常闷热，他们常常汗流浃背，汗湿内层衣服，待到脱下衣服时，人已几近虚脱。

他们有一个工作群，每天群里都会发防护知识。看多了，做多了，感觉自己都成了防护专家。现在他深切感受到，要当好志愿者，理性与专业知识比热情与激情更重要，否则就是来添乱。

他说，每天11点左右，方舱A、B、C三个厅的保洁员将装有医废的黑色垃圾袋放入标有"医疗废物"警示标记的脚踏式垃圾桶内，拉到方舱的医废处理工作间外，依次排开，等待处理。吴奇他们将装有防护服、口罩、隔离衣、鞋套、头套等医废的垃圾袋取出，倒入两台24小时不间断作业的医疗垃圾微波就地处置机中。经过研磨、高温消毒等步骤，处置机打开排料门，排出"花花绿绿"的无害化残渣。在一铁锹一铁锹地人工装桶后，它们等着和其他正常的生活垃圾一并运走焚烧。按照50%的处理比例，每天六七百公斤的医废最终形成300多公斤的无害化残渣。

还有，东西湖方舱外停着的P3实验室每天也会产生大量采集处理后的标本。除了普通医废，处理这些更高危的标本也成为吴奇他们的任务。按照要求，P3实验室内的标本事先要在实验室内高温消毒一次，然后装入有明显标记的黄色袋子中，由实验室工作人员和吴奇他们在指定点交接，随后和医废一道进入处理机器。

吴奇不仅自己报名当了志愿者，还带来了一个好邻居。

这位邻居叫赖伟，36岁，在四川当过兵。2002年12月入伍，2006年入党，2007年12月退伍。他说，在部队的五年中，他参加过多次大型活动，执行过多次重要任务，也参加了2008年汶川地震救援。汶川地震后那触目惊心的灾难现场，依然印在他脑海中。

他也是前两年从老家来到武汉的，也是新武汉人，家里开了个服装店。最开始是他和妻子一起开店，但由于生意不是太好，加之家里有两个孩子，压力比较大，他就找了一家公司上班，由妻子一个人守店，忙的时候他再回来帮忙。"封城"之前，他们一家是完全可以回老家的。但后来他放弃了，他想既然政府都已经下了通知，就没必要折腾了，总得有人留在这个城市。

留下来后，他倒是不害怕新冠病毒，只是觉得待在家里无聊，觉得武汉发生了这么大的一个事儿，自己只能坐在家里干等着，不是那个味儿。

与吴奇不同的是，赖伟来当志愿者时，他妻子是知晓的。只不过他也还是打了个擦边球。接到吴奇电话后，他就跟妻子说："老吴打电话说，东西湖方舱那边还缺志愿者，要不我先跟他去看看，如果觉得不合适，今天我就回来，不必担心。"于是，他清理好衣服和生活用品，跟着吴奇出发了。到了这里，一看这架势，心情就不平静了，这么多人都在忙碌与奉献，他怎么可能打道回府呢！

他与吴奇一样选择进舱处理医废。他说："这个工作哪有不累的呢？"穿上防护装备不久，闷热感很快就会从体内散发，不多时汗水就会打湿内层衣服，头上的汗珠顺着脸流下，有时会浸湿口罩，有时会顺着脖子流下去，和背部的汗水"交汇"。

对当兵出身的赖伟来说，累不算什么，主要是担心安全问题。为了降低风险，他们在工作间尽可能减小动作幅度，以免扯开或挂破防护服、鞋套，导致身体和医废处理间的空气直接接触。离开工作间，他们先来到方舱侧门旁的一辆车边，从后备厢取出消毒水，对着防护服和鞋底全覆盖式喷洒，待消毒15分钟后，再从摘护目镜开始，按步骤小心翼翼地脱下防护装备，对手进行消毒，再换口罩。整个过程持续半个多小时。

来当志愿者的事，虽然妻子知道，但赖伟没敢告诉父母。他们年龄大了，顾虑多，知道后会吃不好饭，睡不好觉。他每天会跟妻子、儿子和女儿视频聊天。孩子还小，视频前，他会事先收拾一番，让自己看起来精神些，聊天话题也尽量绕开志愿工作的内容。

…………

在这场战"疫"中，有千千万万个吴奇和赖伟。他们都是普通的居民，来自各行各业——有像吴奇和赖伟这样从事医废处理的，还有医院保洁人员、环卫工人，等等，他们都工作在平凡的岗位上。面对这种谎言背后的"美丽"真相，我们怎么能不感动呢！

希望把那份温暖传递下去

"谢谢您愿意写出这些真实的故事！您创作写到我时，一定要用化名。我不是顾虑什么，而是觉得自己作为一名患者，除了感受病痛，更多的是感受温暖，我不配成为书里的角色。与给了我们生命与健康的医护人员相比，我觉得自己太渺小，我什么也不是，真的。"

这是3月1日我在武汉市武昌区一处隔离点采访月月时，她的开场白。

月月是一个"85后",女儿四岁了。最先是她婆婆接触到一个感染者,大概是1月底。但当时他们谁也不知道。她一家三口与公公婆婆住一起,他们依然一起看电视、一起娱乐、一起谈论着新冠肺炎疫情。症状没有显现前,她觉得,一切都离他们很遥远,新冠肺炎似乎是个传说,像一场梦境。

最先发病的是婆婆,接着月月和她老公先后发病。幸运的是,她公公和女儿没有感染,却是密切接触者。虽然月月属于轻症,但发病后还是挺痛苦的。发热、干咳、乏力、恶心、呕吐、腹泻等,这些症状她都有,只是肺部感染和损伤没有那么严重。虽然亲戚朋友都安慰她说:"你要好好吃饭!""你要加油!"但她感觉自己要死了,吃任何东西都感到很恶心,这一秒吃下去,下一秒就吐出来了。她甚至感到绝望。

确诊后,她和老公,还有婆婆,都需要去社区医院隔离。公公是密切接触者,也要隔离。去社区医院之前,月月最担心的是女儿。她打电话给社区网格员郑光婷:"郑姐,我,我老公,我婆婆,都要住到社区医院,我公公也要隔离了,我女儿怎么办?"郑光婷毫不犹豫地说:"你们放心,社区会找一位爱心人士来照顾。"不久后,郑光婷就告诉她:"有一个邻居婆婆愿意照顾。"月月问:"她为什么愿意照顾?"郑光婷说:"她是一名老党员。"一开始,月月总觉得这个理由不太充分。"党员就一定要照顾别人吗?党员就不怕病毒吗?党员就不怕死亡吗?党员就没有父母孩子吗?"她在心里不断问自己。假如现在她是那个邻居婆婆,她不一定做得到,她可能会找各种理由推托。越想,她越觉得自己自私又渺小。原来她一直认为,最理想的生活就是过着舒服而休闲的小资生活。住进社区医院,月月也有担忧。她怕女儿住到一个陌生人家里不习惯,怕女儿吃不好、睡不好,还担心女儿会感染新冠肺炎。但事实上呢,女儿过得很开心,吃得好,睡得好。每天视频聊天时,女儿还是那么活泼可爱。她不仅彻底放心了,也开始反省自己。

2月16日,月月住进了武昌方舱医院。让月月感动的是方舱医院的坦诚。月月说,刚进方舱时,看到舱内设施简陋,有病友抱怨,说这说那的,但医护人员很坦诚地跟他们进行解释:国家要求轻症患者住进方舱,一是为了让大家及时得到有效治疗,慢慢恢复。如果待在家里,没有及时治疗,轻症可能会拖成重症。二是防止新冠病毒传播。把轻症患者收治在方舱,是为了让更多的人安全,大家都能保护自己的家人。

在这里,月月对"英雄"有了更为深刻的理解与认识。方舱医院的医护人员很多是女性,并且与她一样,也是孩子的妈妈、妈妈的女儿、婆婆的儿媳、丈夫的妻子。她们放下自己的小家,进入一线,走进水深火热的抗疫斗争之中。她觉得,她们很普通,但都是英雄,很伟大。她猛然发现,那些愿意为了他人生命和健康牺牲自我,愿意伸出援手来帮助他人的普通人,就是英雄,就很伟大。她们穿着厚厚的防护服,不是不害怕,但因为肩负着一种责任,必须勇往直前。她们工作很辛苦,不光治病救人,还要管一日三餐。看到她们的脸被口罩勒出的印子,看到她们因为护目镜上的水雾而不敢向前迈步,她心里就很难过。

月月被感动了,因为这份感动,来到方舱医院不久,她就行动起来了。一次,她去上厕所,看到一个阿姨正在到处找工具,疏通被堵塞的厕所下水道。她没有犹豫与观望,而是立即参与进来,与那个阿姨一起把下水道疏通了。随后,不论是在厕所,还是开水房,总能见到月月的身影。她不是在疏通下水道,就是在清理垃圾。方舱有病友群,群里有社工志愿者在线上服务。有时,月月会把舱内需要解决的问题进行整理,反映给志愿者。但后来她发现,有些线上志愿者并不是武汉本地人,有的在广州、深圳,有的在北京、天津。远水解不了近渴。她知道舱内成立了病友临时党支部,里面的党员都在带头干活和分发物资,于是她干脆把情况直接报给舱内党员病友。交往多了，她与舱内党员病友也就熟了。一天，她问支部书记："这里能入党吗？"支部书记说："这是临时党支部，不能具体办理，但我们可以交到你所在的社区或是工作单位。"她说："我的工作单位没有党支部。"支部书记说："那可能要交到社区。"于是，她写了一份入党申请书。

"申请书的大概内容是：自己家里经历新冠肺炎疫情，我从最开始的绝望，到后来看到了希望。国家不计一切代价来抗击疫情，全国各地的医疗队来援助武汉，我深深感受到祖国的强大与伟大，更看到了共产党员的责任与担当。我是小学一年级加入的少先队，初一加入的共青团，但大学一毕业，我就在私企里工作，从来没想过这辈子还要入党。现在我明白了，作为一名党员是多么光荣。"月月说。

月月还告诉我，如果不是经历了这些，不是感受到那么多的温暖，对爷爷的死，她可能会有着完全相反的认识与理解。她说的爷爷，是她老公的爷爷，公公的父亲。爷爷奶奶都是80多岁，独居。2月8日，爷爷突发脑梗，摔倒在地上。因为疫情影响，爷爷未能及时得到救治。月月说："爷爷平时身体挺好的，如果不是这次疫情，是可以多活几年的。"

"我是学工科的，从事计算机软件工作。以前，我喜欢做人生规划，但这次疫情让我看到了世间百态、人情冷暖，我觉得什么计划、规划，什么小资生活，都是扯淡。我的生活理念被全盘打翻了。文学作品，不论是虚构的还是非虚构的，都是有逻辑的。但现实是没有逻辑的，你觉得不可能发生的事情，就那么真实地发生了。但温暖和人性，与逻辑无关。"月月感慨地说。

脆弱与坚强

在武汉市青山区，吉林街小学英语老师杜荣让我看到了人民教师的崇高与伟大。

今年44岁的她，当了21年的英语老师，青山区本地人。她母亲是退休教师；父亲虽然不是教师，但也是教育系统后勤管理人员。"虽然我很不幸运地遇上了新冠病毒，但幸运的是，处于这件事最前沿的我，深深感受到了亲戚、朋友、同事和整个社会的爱，特别是学生对我的爱。"杜荣说，"对于爱，我有了更加深刻的理解。"

刚开始，杜荣也是从手机、电视上看的相关报道，说这个病很厉害，很恐怖，没有特效药。有同事与她住在同一个小区，就在她家对面那栋楼。当时杜荣还关心同事说："听说你们那栋有了，你一定要注意呀！"1月31日下午，她觉得腰酸背痛的，浑身不自在。于是她问同事："你们身上痛不痛？不知怎么回事，我身上很痛，特别是背上。那种从内往外的疼痛，来自骨头里的痛。"同事说："我们也痛，天天在家，不是睡就是坐，腰也痛。你是不是在家睡久了，没有活动的原因呀？"杜荣一想，是不是自己天天宅在家里，活动太少的原因呢？但她总感觉不对劲，晚上一量体温，37.5℃，低烧。她马上认真回想近段时间的活动轨迹。自己还算警惕的呀，自从学校放假，从未去过人多的地方，买菜都没去过超市，就在路边摊买的。她的活动范围也就在小区、走廊、电梯，就算遇见他人，也保持了距离，并且还戴了口罩啊。后来确诊了，有朋友跟她说，可能是在电梯里感染的，因为他们这栋楼有确诊病人。再后来住进方舱医院，医护人员教他们如何保护自己，怎么戴口罩，她才意识到自己的口罩一直戴得不规范。

除了低烧，背有点疼痛，杜荣并没有其他不适。她担心自己被感染了，但她更觉得自己是感冒。于是，她连续吃了两天感冒药，包括阿莫西林胶囊。第三天，不发烧了，背也不痛了，她开心地跟同事说："我已经好了，不发烧了，也不疼痛了。看来只是一场普通的感冒。"同事很为她高兴："祝贺杜老师感冒康复！"但第四天，她又感觉有发烧和疼痛的症状了。到第五天同事问她情况时，她不敢作声了。在单位的工作群里，历来活跃的她，开始沉默了。她的烧，不仅没有退，反而升高到了38.4℃。她怕吓着同事。她知道，一般感冒，即便发烧，三五天就好了，但现在五天了，依然在发烧。2月6日，她把自己的情况向社区报备了。社区给她开了证明，让她到社区医院看病。医生给她抽了血，一看结果，血象还不错。医生说："你情况还好啊，不像新冠肺炎。"她又把这个结果发给懂医的同事和朋友看，他们都说，血象还好，是不是细菌感染了？她又问医生："要不要到医院做个CT呢？"医生说："建议不做CT，现在医院人特别多，非常危险。假如你不是的呢？"她想，医生说的也有道理，就回家了。

　　回家之后，她就吃奥司他韦，一种抗病毒的药。但无济于事，她的病情越来越严重，各种症状开始演变。她变得非常怕冷，浑身都冷。上午还好一点，一到下午，她身上变得更冷。她穿上棉衣棉裤，还要盖被子，薄了不行，必须是厚厚的被子。她还不停地打寒战。头也痛，她不断地抹风油精，但再怎么抹，也感觉不到风油精的味道。她的感官变得麻木了，更没有精神了。不想吃饭，只想睡觉，一上床就睡着了，什么都不知道了。她实在受不了了，不再认为自己是普通感冒。2月9日，她决定去医院，武汉市第九医院。她想，这次一定要拍个CT，还要做核酸检测。虽然听说现在医院24小时都是人，但她还是认为晚上比白天的人会少点，于是她晚上8点出了门。她全副武装，从眼睛鼻子到脚，把自己包裹得严严实实。来到医院门诊大厅，她发现除了几个管发热的医生、几个挂号和发药的医生，其他地方都是空荡荡的。她再抬头一看，住院部所有楼层的灯都是亮的，并且灯火通明。原来，所有的医生都被抽调到住院部去了，那里有很多重症和危重症新冠肺炎病人。拍完CT，她就傻眼了。医生说高度疑似，还要马上做核酸检测。医生说："三天出结果，如果是阳性，疾控中心会通知社区；如果是阴性，就不会打电话。"

三天后的2月12日，杜荣并没有接到电话。她以为自己没事，心里暗自欣慰。这一天，她面临一个选择。社区给她打电话说："在第九医院有一个床位名额，如果去，马上收拾行李。"但她拒绝了。原因有二：其一，医生说自己只是疑似，并且当天她并未接到医院核酸检测结果的电话；其二，从2月10日开始，全区小学生开始上网课了——她放不下孩子们。社区工作人员又跟她说："如果你突然觉得症状加重，必须马上告诉我们。"她也给吉林街小学的校长打了电话。校长很担忧："再让你去医院，就不能再拒绝了，一定要去。如果觉得病情加重，一定要说，不要不好意思，更不要闷在心里。"她对校长说："还没那么严重，我还可以忍受和坚持。"校长说："上课行不行？不行，就叫其他老师替你。"她说："能行，没问题。"她继续坚持给孩子们上网课。她拿着被子盖着自己的肚子和脚，旁边放一杯热开水。一上课，她就忘记了新冠肺炎，忘记了自己的疼痛。但每次上完课，她就会立即感觉到劳累、乏力，手心发冷。不上课的时候，她要么量体温，要么看微信朋友圈，看自己的症状与新冠肺炎的症状相似度有多少，新冠肺炎与普通流感有什么区别。她看来看去，还是没看明白，并且越看越不舒服，越看越伤心，越看越觉得像。她在心里想："这么多天了，一直不退烧，如果不是新冠肺炎，还会是什么病？"校长每天会跟她微信聊天。校长说："如果坚持不了，就一定要说。"她说："坚持得了。不知道为什么，我只要给孩子们上网课，精神就好了，就不疼痛了。假如不让我上课，我倒是压力会更大。"她还对校长说："钟南山院士说过一句话，有些病人是被吓死的。有些重症患者，自己要求拔掉气管，不治了。其实病毒没那么可怕，内心的恐惧更可怕。"校长对她的话很赞同："是的，上网课也是我们的寄托。"杜荣坚持上网课，最主要的原因还是作为老师的那份责任。采访时，杜荣告诉我，为了给孩子们上网课，同事们都很辛苦。他们上午上全区公开课，下午给孩子们网上答疑。如果不是生病，她应该也会去上公开课。虽然每一堂课只有 30 分钟，但千万不要小看了这 30 分钟。这背后凝聚了老师们多少个夜晚的付出啊。他们需要备课，需要调试设备，需要录制网课。许多老师都下沉到了社区，或是在当志愿者，他们白天做志愿者，晚上录制网课，比她辛苦得多。所以，她只要能坚持，就不会放弃。她记得第一天给孩子上网课，孩子们很开心，可能在家里待了这么长时间，看到老师非常高兴吧。她一直面带微笑，打起精神给孩子们上课答疑。她也害怕，怕孩子们害怕与担心。她更害怕孩子们知道后，在班上造成恐慌，引起混乱。

2 月 15 日，杜荣接到社区电话："核酸检测是阳性，赶紧收拾行李，去方舱医院吧。"她要去的是武钢体育中心改建的青山方舱医院，13 日才建好的。她没有再犹豫，亲朋好友和同事们也一再嘱咐："去方舱吧，那里有医生，比待在家里好。"

去方舱医院的情景，杜荣一辈子也无法忘记。那天武汉下起了大雪。看到雪，她很欣喜，她还想看看武汉银装素裹的模样。接到通知，她匆忙吃过午饭，洗了个澡，拎了一个袋子，袋子里放着日常生活用品、换洗的衣服，还有给孩子们上网课的书和资料。走到楼下，她看到满天飘落的鹅毛大雪。她看了看头顶的雪花，又回望了自己的家，一种悲凉感涌了上来，泪流了出来。她是坐青山区法院的车去的，车上有五个人，两个男的三个女的。他们后来成了朋友。一到方舱，首先是登记，办理入院手续。刚开始，大家情绪都有些低落。他们遇到了河南和陕西的医疗队。医护人员微笑着跟他们说："到了这里，就安安心心治病，不要想太多，有什么问题跟我们讲就可以了。"青山方舱医院分 A 区和 B 区，杜荣去时，A 区已经住满了。她住 B3 区 24 床。B 区分六个小区，男的住 B2、B4、B6 区，女的住 B1、B3、B5 区。安顿好后，她就想起给孩子们上网课的事来。15 日是周六，周六和周日都没有网课，但得先把直播的场地找好。在自己床上直播肯定不好，高低床，大通铺，来来去去的都是人，孩子们肯定会怀疑。她不想让孩子们知道自己感染新冠肺炎的事。她看到 B6 区还没完全住满，就找了一个比较安静的角落。17 日的网课，她就是在这个角落里上的。因为床头柜面积不大，她在翻课本时，孩子们看到了地板。没多久，一个学生发来私信："杜老师，您好像在我们家门口武钢体育中心的羽毛球馆。我们经常在这里打羽毛球，我对这个绿色地板很熟。"她什么也没说，只回了一个笑脸。但第二天，B6 区就住满了病人，彻底没有位置了。没办法，她只得在自己的床上直播。床上有个靠板，刚好跟搭了个屏风一样。说话时，她尽量小声一点，让别人听不见。听不见，别人就不会关注与在意。但其实其他人还是在意的，并且很快知道 24 床住的是一位老师。后来只要她一上网课，B3 区就会变得很安静。人们小声说话，蹑手蹑脚地走路，生怕打扰杜老师上网课。更有意思的是，有一次 13 床的病友跑过来跟她说："你是不是喧喧的英语老师？"她先是惊奇，然后微笑着说："是的，我就是喧喧的英语老师。"13 床病友说："我在微信朋友圈说，我们舱里有一个英语老师在上网课。我还偷偷拍了你上网课的情况。往群里一发，很快就有人认出你了。"斜对面 32 床的婆婆也跑过来说："你是不是五年级的英语老师？是不是牛牛的老师？"她只得微笑着点头。看到这种情况，她也完全释怀了，开始坦然面对。舱内都知道她是一名老师了，不论是谁，只要见到她都会热情地招呼："杜老师好！杜老师好！"只要听到病友和医护人员叫她老师，她就莫名想流泪。她没想到，她在方舱医院感受到了教师这个职业的崇高。

但杜荣告诉我，与医护人员相比，她真的算不了什么，也不值得大家如此关注。其实她的内心没有那么强大，刚来方舱时，她焦虑过，甚至害怕过。她听到医生说了一句："她这个就是典型的新冠肺炎，这个地方全变白了。"她看了一下，B3区39个人，有37个人的症状比她轻。她紧张，郁闷，焦虑。她躺不安，坐不安，只有走来走去。先前就听说"白肺"非常吓人，没想到自己的肺也白了。难怪那段时间，胸闷，气也短。医生和病友不断安慰她。医生说："你身体好，只要好好休息，多吃多喝多睡，把心态调整好，就会没事。但要是紧张，症状可能就会加重。"医生很有耐心，也很有方法。他们与病人一个一个地交流，交流的方式不严肃，带着笑容，轻松诙谐。杜荣说："我胸闷不舒服。"医生笑着说："你肯定不是心肌梗死，要不你马上就'过去'了。放心，你心脏没问题，不会有事的。一定记得，要多吃多睡，使劲地吃，使劲地睡，增强抵抗力。这个病没有特效药，也不要怕把自己吃胖了。"医生还说："尽量少看手机，少看负面的东西。不要因为一条消息影响自己的心情。"再加上方舱内组织广播操，播放音乐、相声、笑话，以及设置图书角等多种方式的调解，渐渐地，杜荣不再紧张。她甚至开导其他情绪低落的病友说："你的症状比我的轻，我都不紧张，你紧张什么？"她还觉得，在方舱医院的日子是一段非常充实而快乐的美好时光。在这里，她不仅治好了病，向孩子们传递了知识，还感受到了祖国和病友的温暖。在这里衣食无忧，生活标准很高，牛奶、水果都有，偶尔还发零食。但她没拿过一次零食，因为三餐吃得太好了，肚子很饱，实在吃不下了。她在这里的18天，体重长了4斤。"我从新闻上看到，今天陕西医疗队离开武汉。我看到附近小区的居民都在窗户里挥手。看着看着，我的眼泪就出来了。如果不是感染新冠肺炎，如果没去方舱医院，或许我很难体会这种感受。我可能哭不出来，但我的眼泪来自灵魂深处。"

3月3日，杜荣出舱后，又来到工人村街道康复驿站隔离14天。在这里，她依然坚持上网课。在这里住的是单间，非常安静，很适合上网课。孩子们很关心她："杜老师，现在情况怎么样了？"她说："我已经康复出院了，但回家前，先要在隔离点继续留观14天。"孩子们很开心："老师好了，太好了！老师好了，太好了！"她记得，到方舱医院后，孩子和家长们知道她得病后，没有人害怕，没有人惊讶，说的都是鼓励与加油。平常调皮捣蛋的孩子们，一下子长大了、懂事了。有一个女孩，之前成绩不是太好，但上网课时非常认真，还经常在网上提问。每次问完后，她总会说："杜老师，您辛苦了！您一定要保重好身体！"还有的孩子拍"抖音"视频，发到网上。孩子们别无他意，只是想表达内心的高兴。

关心杜荣的，不光是她现在教的五年级学生，还包括已经毕业的学生。有一个女生，现在上初二。上小学时，杜荣教了她三年，她英语成绩并不是很好，在班上属于中等偏下的水平。但一打听，可能是家庭原因——她没有妈妈。一次，杜荣在商场碰到了她。她跟她爸爸一起买东西。一见到杜荣，孩子抱着她就哭了起来。孩子的爸爸马上说："她经常在家里讲，杜老师对他们好。"杜荣一边轻轻地拍着孩子的背，一边点头。她已经泪流满面了。杜荣到方舱后，这个孩子不知从哪儿听到消息，给杜荣留言："杜老师，我真的很担心您的安危，您一定要尽快治好出院。"杜荣说："情况还好，不用担心。"孩子说："等您康复了，我们来看您。"杜荣说："好！我很快会康复的。"孩子还说："我英语好多了，甚至成了我的强项，去年年底还考了全班第一。将来，我想跟您一样，当一个英语老师。"

杜荣告诉我，教书育人，她觉得育人应该放在第一位。对于孩子，不能只看眼前，不能只看这次考了多少分，更不能根据分数来看这个孩子值不值得喜欢，要看他的发展，他的未来。不要要求所有的孩子一定要得多少分，只要有努力的态度就行。努力了，考多少分，她都不会说学生不好。

她也不在乎自己所教的班在全校排第几名。疫情结束后，课堂恢复了，她会向孩子讲述她所经历的新冠肺炎。她想告诉孩子们，只要努力，战胜困难就不是那么难的事情。

我是3月17日晚上采访杜荣老师的。我们聊了很多，聊到新冠肺炎，聊到教育，聊到孩子和祖国的未来。这天也是杜荣老师隔离14天回家的日子，按理说，值得高兴，值得欣慰。但在聊天过程中，我们始终觉得沉重，即使有笑容，眼里也噙着泪花。

结束采访回宾馆的路上，我都一直在沉默，一直在回味，一直在反思。我静静地坐在车上，看着窗外夜色中安静的武汉，似乎看到了一双双明亮的眼睛。

第四章 春天的使者

这场战"疫"中,武汉这座千万级人口的特大城市毅然关闭了离汉通道。从1月23日到4月8日,从雨雪纷飞到春暖花开,武汉人民以自我的牺牲和奉献,守住了疫情防控的决胜之地。这过程中少不了抱怨、牢骚、悲观、悲壮,但更多的是坚韧、自信、团结、崇高。有人说,900万武汉人封闭宅家,足不出户,在卧室和客厅度过了一个最特殊的春节,熬过了一个最漫长的冬天,经历了一个最寂静的春天。

但事实上,每一个武汉人的心中都有一个温暖的春天。

那么,谁是他们春天的使者呢?

47 街坊:一条街道的缩影

这是一个红砖房老小区。

它见证了这座城市的变迁,也逐渐露出了岁月的沧桑;它很安静,但却在默默见证和记录这里正在发生的一切。

"我看到社区群里发消息说,动员大家当志愿者,一起服务和管理好小区。我能做的就是抬抬东西、扫扫地,但无法与人交流沟通。我是党员,每次街道和社区都想着我们这些人,这样吧,老张你就代替我去当志愿者。"汤学杰对妻子张礼君说。

张礼君马上说:"行,行,行!"

汤学杰说:"我就给你打打下手,做些力所能及的事。你也别闪了腰。"

这是2月10日下午发生的一幕。这几句话我记录在这里容易,但对汤学杰来说,说出来却非常吃力。他今年60岁,妻子张礼君56岁,两人原来都是武汉钢铁公司的职工。他是一名电气高级工程师,妻子也是一名技术员,她父亲还是从山西过来的南下干部。进入21世纪,企业改制,买断工龄后,他在厂里当工程师;妻子做过仓库管理员,当过出纳。2005年,他确诊患有喉癌。失去了声带的他,再也不能像以前那样说话了。

他们居住的小区叫47街坊,是武汉市青山区红卫路街道办事处虹蔚社区下一个面临拆迁的小区。这里只有两栋房子,还是20世纪50年代的老房子。这里住着40户81人,大都是年纪大的困难群体。麻雀虽小,但五脏俱全。疫情发生后,街道和社区,特别是网格员,天天坚持到这里进行消杀,进行防疫宣传。也因为小,47街坊没有物业,更没有物业微信群。

"曾书记,社区是不是要招募志愿者呀?"张礼君问社区副书记曾丽娜。

曾丽娜是个"80后",她说:"是的呀,张阿姨,我们现在最需要的就是志愿者。"

"我报名替我家老汤当志愿者,行不行?"张礼君问。

"您邻里关系那么好,最适合当志愿者了,我们求之不得啊!"曾丽娜说。

随后,47街坊又有两人报名当志愿者。一个是卢球英,58岁。她是独居,儿女不在身边。一个是黄丽,1983年出生的,待人热情,乐于助人。

汤学杰的儿子一家住在洪山区的东方雅园。原来汤学杰两口子打算到儿子那边过年的,看到疫情严重,他们选择了窝在家里。大年三十晚上吃饭的时候,他们和儿子一家微信视频了一下。虽然张礼君平常会简单地使用微信，但从来没有建过群。要把47街坊团结起来、管理起来，首先就要拉个群，这也是曾丽娜告诉她的。她只得向儿媳妇请教，儿媳妇告诉她怎样操作。许多邻居她都没有加微信，就让其他邻居相互拉进群来。我拉你，你拉他，他再拉他，互相拉，就拉成了一个大家庭。

有什么事，一般在群里说。如果实在不方便，就打电话，一般不见面。张礼君知道，要避免感染，最好的办法就是不见面、不接触。这是最笨的办法，也是最有效的办法。小区全封控后，生活物资和药物是居民的两项刚性需求，这是必须要解决的问题。比如购买蔬菜，社区也给他们提供了好多平台。但张礼君他们有自己的想法，没有按社区提供的平台直接采购，而是用自己的渠道进行采购。当然，这与他们小区小、人数少、好操作有关。黄丽老家是武东的，她对天兴洲比较了解，跟洲上的菜农也熟。于是，他们直接从天兴洲菜农手上买菜，既保证了新鲜，也保证了安全，这些菜没有大面积跟人接触过。当然购买也是采取自愿形式。早上，黄丽在群里发微信，需要购买的自动接龙。统计好后，她再把信息发给菜农。菜农很快就会从菜地里摘菜，送到小区门口，再由在门口值班的下沉干部和志愿者分发。后来，不光47街坊，就连附近的48街坊、鹏城花苑也要求跟他们一起拼着买菜。

还有，像肉类、大米、面粉和面条之类的，他们也没有选择在大型超市采购。他们认为大超市人多，物资经手的人也多，所以尽量选择一家供应商，避免人员和物资大面积接触。他们选择的这家店，有4个员工，加老板和老板娘，总共才6人。接触的人员少，感染的概率就小，危险性也就小。47街坊的外围管理，具体由武汉市中级人民法院下沉干部执行。他们必须减少下沉干部外出购物的频率。最开始有点乱，哪家没油盐了，哪家缺药了，都是叫下沉干部和志愿者去买，让人家频繁出入超市和药店。张礼君意识到这样做的危险性，就规范采购流程——必须实行"计划经济"。每周二、四上午接龙，居民提出需要购买的生活物资，张礼君他们进行分类后，再发给下沉干部，下午采购分发；周五全天接龙，主要购买柴米油盐酱醋茶等，周六、周日进行采购。除了倒垃圾、领物资，大家基本保证不出门。窝在家里，又如何保证大家的健康呢？张礼君在群里发动懂医的人建言献策。有人说："年纪大的人多吃红薯和酸奶，可以促进肠道运动，这对便秘比较好。"有人说："除了红薯，还有芹菜，也是粗纤维，也能促进肠道运动。"而对于慢性病患者，特别是重症患者，不到万不得已不进医院，就实行网上就诊。医生在网上开出处方后，由下沉干部到指定的药店去购买药品。

张礼君觉得，光管理得好还没用，还必须要大家配合好。最开始，有人乱扔垃圾。张礼君就拍了照发到群里，然后问大家，这是谁丢的。这么做主要是督促大家养成一个好习惯。后来大家觉得不好意思，就会扔到垃圾桶里了。她嗓门大，每次要领取物资时，她就站在楼下喊一声，两栋楼的居民都能听到。领取物资时，大家也养成了好习惯：戴着口罩，间隔一米到一米五之间。有时趁领取物资的时间，她也会跟大家说几句："别人一个小区好几栋，甚至几十栋都做得好，我们只有两栋楼，难道还做不好吗？如果大家想争取早一点解禁，早一点出去玩，就一定要坚持住。大家一定要平和，心态一定要好。"一次，有一对夫妻为了做饭的事吵架，闹到了张礼君那里。她非常严肃地批评了他们："原来大家都上班，没时间聊天，现在不是有（时间）了吗？这是最好的增进夫妻感情的时候。你们倒好，还为了做饭的事吵。不会做饭，有什么关系？现在不是有大把的时间来学吗？可以相互学，也可以上网学习炒菜。我儿子原来就不会做饭，现在也学会了。"那对夫妻就没有再说什么。

小区里也有些是租住户，因为"封城"，没来得及离开，但他们也是47街坊这个大家庭中的一员。57门10号，就住着一个在酒店打工的租户，女性，50岁。一天，那个女的突然打电话给张礼君说："张师傅，我肚子疼。"张礼君问："你发不发烧？"她说："不发烧。"张礼君松了一口气。她立即跑到这户租住户家。一看，里面空荡荡的，连做饭的锅和锅铲都没有。这时张礼君才知道她是因为"封城"没有回去，滞留在了小区。她住的，是酒店老板给员工租的房子。张礼君说："都过成这样了，你怎么不早说呢？"她说："我一个打工的，不好意思说呀。"张礼君马上把这个情况向社区反映了，又在群里号召大家把家里不用的锅碗瓢盆捐出来，让她能够自己做饭吃。

还有一位女士，50多岁。她年前从深圳来到武汉，在这儿租了房子，准备做生意。在外地采购货物时，她家里所有的东西都被盗了。她没想到会"封城"，"封城"之后她觉得过两天就能回去，所以没有吱声。后来小区要给每家每户发爱心肉、爱心菜、爱心鸡蛋，张礼君她们三个志愿者就进行入户调查。调查到她家时，她的情况让她们哭笑不得。她说："我现在银行卡没有了，钱也没有了，手机快没话费了。"张礼君一听也着急了，说："妹妹呀，你怎么不早说呢？"她说："我怕说了小区停水停电停燃气。"张礼君说："武汉市政府有明文规定，疫情期间，所有要交费的都可以暂时不交费。你没钱，不会停水电和燃气的。"她还说，她一直抱着侥幸心理，总觉得很快就会解禁了。张礼君说："你有什么困难，可以直接打电话给我，也可以在群里说，我们建群的目的，就是方便大家，就是要解决大家生活中存在的问题。你一定要安下心来，要做好较长时间居住在这里的打算。"张礼君觉得，要真正让小区平安无事，就必须做到不留"死角"。于是张礼君又把这一情况向社区反映了，之后，她们的入户调查问得更加细致。后来这位女士在小区群里也非常活跃，发布各种消息后，她都会及时互动。

…………

与张礼君聊完后，我对她的办事能力、奉献精神，对47街坊"零感染"，甚至连疑似病人都没有，表达了自己的敬佩与惊讶。但她却一副处事不惊、古井无波的样子："我不算什么，我们本来住在47街坊，管好这个小区本来就是为了我们自己。但他们不一样，街道的、社区的，还有法院来下沉的党员干部，他们24小时守在这里，特别是晚上，有时刮风下雨，他们最多就在帐篷里避一避。本质上说，我们都是人；是人，在人格上就是平等的。平常他们都是干部，甚至是领导。但事实上，我们安稳地睡在温暖的被窝里，而他们在寒冷中守卫着我们。我这样说他们，不是图他们什么，但我知道，做人要讲良心，要知好歹。"

曾丽娜告诉我，47街坊之所以做到"零感染"，有三个方面的原因。一是这个小区的居民自觉意识强，或者说对小区封控十分理解与支持，特别是张礼君这样的志愿者发挥了巨大的作用。二是街道、社区高度重视，特别是网格员工作细致扎实。还有下沉干部，几个方面共同构成了这个小区的临时管理组织。三是严格有效的管理。这个小区本来有三个出口，疫情发生后，社区迅速组织力量，把三个出口封起来，只保障有一个消防通道。居民说不出来就真的做到了不出来，也不允许外面的人进去——就连街道、社区工作人员，下沉干部也不能进去。物资到了，只能送到门口，再由小区内的志愿者进行分发。他们最大限度地保证不与外面接触，也最大限度地降低了被感染的风险。

武汉市中级人民法院机关党办的下沉干部胡艳华告诉我，他们2月13日就下沉到了红卫路街道办事处，最开始她在其他小区，2月17日到的47街坊。他们单位一共来了9个干部，轮流值班，主要对小区人员进出进行管控，上午下午各消杀一次，并为居民购买个性化需求的物品。最开始，并没有实行集中购买，每天接到居民的单子后，他们就会到超市采购。47街坊的居民说他们很辛苦，要捐款慰问他们，被他们拒绝了。后来有居民给他们送吃的,如南瓜饼,一定要送给他们,他们都不好意思吃。那个送南瓜饼的居民就说:"我们从来没出过小区,也没跟外人接触过,你们可以放心吃。"胡艳华说,邻居之间也会有矛盾。他们刚来时,总会有居民争吵,有时为了分菜,有时为了其他一些小事。胡艳华他们就做工作,稳定他们的情绪:"越是这个时候,大家越要团结,不要争吵。度过这段时间后,大家都可以出去。"胡艳华还告诉我,47 街坊的下沉干部不止他们一家单位的,还有青山区城管局和房产局的。因为他们法院离这儿远,每天来回跑,他们只负责白天值班,晚上则由青山区城管局和房产局的干部值班。他们法院 27 个部门的干部,下沉到青山区的 18 个街道及社区,个别在外地不方便赶回来的,则就地下沉,没人闲着。

我是 3 月 6 日到 47 街坊采访的,也没能进到小区里,就在小区门口的蓝色救灾帐篷边采访。离开时,回望 47 街坊,我发现那蓝色帐篷竟然是如此耀眼。事实上,整个武汉,这种蓝色帐篷无处不在,就像满天的星星,闪烁着希望的光芒。

一条街道与一座城

"你需要的是关于街道的故事,还是我的故事?我是 2011 年 10 月到街道当的主任,2017 年 2 月当的书记,现在我满脑子都是街道的事,满脑子都是抗疫。我想说的,可能分不清是街道,还是个人,但我保证,肯定都是我的亲身经历与真实感受。"武汉市硚口区汉正街党工委书记胡亚非对我说。

3 月 18 日晚上 9 点,我来到汉正街街道办事处。他们太忙,白天压根就抽不出时间。晚上同样忙碌。胡亚非还要赶紧带着警务站长去巡查各个社区的值班情况。

汉正街是一条有着500多年历史的老街，特别是1979年汉正街市场开办以来，一直在市场经济建设中起着"中国改革开放的风向标"的作用，受到国内外的普遍关注。但后来，由于城市规划超前思想不够，汉正街可供利用的地下空间不足，没有改造的新中国成立前的房屋、二十世纪五六十年代建的房子，比比皆是，造成街道很容易发生交通拥堵，更有火灾等事故隐患。大约自2000年开始，汉正街由盛而衰。但无论如何，这里曾是中国四大名镇之一，历史地位摆在这儿呢。

在胡亚非看来，这次新冠肺炎疫情，不仅是一次前所未有的与病毒的对抗，也是一次史诗级的灾难。人的一生，遇见很多人，经历很多事，不一定会留下痕迹——错过今天的日出，明天还可以再看；错过今年的花期，明年还可以相逢——但这次抗疫，绝对是人们一生中波澜壮阔、可歌可泣的记忆。

疫情发生至今，胡亚非有两个深刻的感受，或者说鲜明的对比。

首先，面对突如其来的陌生病毒，人们心理准备不足。他们街道是1月20日深夜11点开的会，要求加强防疫工作。背景是钟南山院士等专家来到了武汉，并在电视上谈到这个病毒会"人传人"。他觉得，虽然那时他们已经开始了防疫工作，市、区两级成立了防疫指挥部，街道成立了分指挥部，但认识还是不足。不光对病毒的认识不足，物资储备也不足。"封城"的时候，武汉也就170多例确诊病例，但仅仅几天后，他们就感觉到这个病的传染性非常强。到1月28日，就有失控的感觉了。那时，不论是街道，还是社区，求助电话一天到晚响个不停。1月29日，他就开始反思。如果在"封城"之后，更早开辟隔离点，更早建方舱医院，效果会更好。当时主要精力放到火神山和雷神山医院建设上去了，但远水解不了近渴。

当时被感染的老百姓已经爆满了，他们频繁地去医院就诊，在小区、街道、医院、超市等地四处流动，导致传染源四处扩散。当时提出要居家隔离，事后证明，这个措施是值得反思的。在汉正街有大量的老房子，居住环境差，甚至有的人家用的还是公共厕所，有三世同堂、四世同堂的，根本不具备隔离条件，也导致了感染程度加深。在武汉，像汉正街这样的老城区还有不少。这些困难与问题，作为基层干部的胡亚非，当时深刻地感受到了。2月2日，他与在一家医院当院长的姐夫说起这个事。他姐夫说："你怎么不早说呢？虽然我们知道疫情严重，从医学上早有认识，但对社区严重程度并不清楚呀。你赶快写个东西给我。"他说早就写好了，并马上发给姐夫，姐夫马上发到省卫健委，起没起作用，他就不知道了。胡亚非告诉我："虽然上层决策更全面更宏观些，但我们在一线，我们有真实的感知、准确的判断。后来证明，我们的感知，与高层的想法是吻合的。"

其次，疫情发生后，我国社会主义制度下巨大的动员能力，令人叹为观止，令许多外国人感到不可思议。疫情很快发生了转机。从除夕之夜开始，全国各地的医疗队开始驰援湖北；2月3日开始建方舱医院；2月8日开始，街道就可自主设置隔离点。随着方舱和隔离点的建立，街道开始一户一户地甄别，重症的送医院，轻症的送方舱，发烧的全隔离。他们街道在五家酒店开辟了隔离点。他们也害怕，但看着一个个病人倒下，他们穿着不正规的防护服便上场了。送病人就诊就医的过程中，他们与病人同处一车，还要安慰病人。对他们来说，这么做更多的是出于一种责任。

在这场疫情中，古老的汉正街顽强地挺过来了。靠的什么呢？信心！信心来自强大的祖国，来自各个兄弟省市的支援，来自省市区下沉的党员干部，来自街道干部内心的坚守，来自居民的理解与奉献。病毒是大家共同的敌人，不是你战胜它，就是它战胜你。只有坚定信念，排除万难，争取胜利，才是唯一的出路。具体地说，他们的战"疫"经历了三个阶段。

第一阶段,就是对病人进行救治,早发现、早报告、早隔离、早治疗。通过一线人员的努力,争取做到应收尽收、应治尽治。这个阶段的战"疫",虽然效果还不错,但有失误、有无助、有徘徊、有反思,胆子小了点,步子小了点。

相对可控,是他们的第二阶段:确诊全收治,疑似全隔离,好人全管控。但有意思的是,等火神山医院、雷神山医院、方舱医院、隔离点建好后,有些病人反而不愿意去了。他们曾经是那么渴望去医院。现在他们认为自己好了,没什么问题了,身体并没有多大不适。还有一个原因,他们觉得自己好了,担心住进去会交叉感染。他们说:"我们好了,为什么让我们进隔离点?"其实,街道卫生服务中心必须对他们做两次以上的CT、两次以上的核酸检测。CT进行前后对比,确认彻底好转,或是三天没有发烧;核酸结果两次确认为阴,达到这两个条件的,就只需隔离14天。工作人员一个社区一个社区地清查,一栋楼一栋楼地清查,一户一户地清查。上级还没有严格要求清查的时候,他们就于2月15日基本清查完了。

随着一系列统筹工作做到位,他们街道的工作进入第三个阶段:整体掌控全局。这时,省市区提出两线工作法,即病人工作收治线、社区管控线。街道主任管病人工作收治线,胡亚非管社区管控线。所有的病人进医院或是隔离点后,一个社区原则上只留一个入口。他们街道19个社区,总共有23个入口。由于有"飞地",还有拆迁等情况,具体管起来还是很难的。比如物资供应就是一个巨大的问题。胡亚非把社区管控线概括为四个方面:一是保供应,二是真帮扶,三是抓消防,四是防意外。

保供应。汉正街街道管控10542户25315人。在武汉的街道中,他们管的人不算多,甚至算少的。但这里本来的常住人口有13万,70%是常租户。市场开业,旺季流动人口能达到四五十万,淡季也有三四十万。疫情暴发时,刚好是春节前夕,很多人都回老家过年了;"封城"消息公布后,又走了相当多一部分人。他们不光保居民吃的用的，还要保他们所需的药品，保孤寡老人。他们既尽力采购平价的菜品和肉品，也接受全国各地的大量捐赠。这里是全国有名的大市场，全国各地许多类似的大市场都捐了物资，有防护物资，也有生活物资。特别是捐了大量蔬菜，一来就是二三十吨。不仅要保证所有居民吃饱，还要尽量吃好，吃出花样。

真帮扶。年轻人都住高档小区去了，这里剩下的中老年人多，困难居民多。25315人中，有817户2000多人需要帮扶。这其中包括精神疾病患者71人、吸毒人员近200人。这些人，都是胡亚非他们的服务对象。特别困难的，他们兜底。其他的，街道与居民共同努力。有基础病的老人，他们就代购药品，他们甚至成立了"药神小分队"。有些药，不能刷医保卡，但他们先买了再说。生命至上，救人要紧。对于精神疾病患者，他们也是及时买药，保证其发病时得到控制。要是药物失效，患者出现异常，对居民有影响的，他们就送到隔离点或是医院。对帮扶工作，他们始终秉承"急群众之所急，解群众之所忧"的原则办事，这是对群众最真挚的感情。从雷神山医院建设工地下来的工人，有相当大一部分在汉正街隔离。他们不认为这是麻烦，而是将工人们看作武汉的英雄，全力保障其生活。

抓消防。居民都宅在家里，家里又放了酒精，街道大都是老旧社区，要是发生火灾，救援难度非常大，所以他们的守控任务难。街道不仅成立了夜间消防巡逻队，还成立了摩托车应急队。白天人都处于清醒状态，能够及时发现问题，但晚上就不同了。23个入口的值守点上，夜晚的值守和安保人员上下班时必须在摄像头下点头交接，每个人配一部对讲机。自从小区实行封控后，胡亚非再也没回过家，每天就睡在办公室。其他同事也一样。每天晚上，他都要到各个值守点看一下，既是巡查，更是鼓劲加油，让大家精神饱满。后半夜，他还不放心，就用对讲机与各个值守点互动，提醒一下。不论是白天巡查，还是晚上巡查，都必须保持敏锐的视觉和嗅觉。闻到橡胶焦煳味,他就会想到电线短路起火;看到家里冒烟,或是杂物燃烧,他就马上想到火灾。

防意外。意外是方方面面的。早在2月18日,他们就成立了流浪人员收容点,并收容了22个流浪人员。不光收容大街上的流浪人员,他们还拿着花名册,对各个小区各个楼栋进行筛查,看里面有没有隐藏流浪汉和小偷。这种情况发生的概率很小,但不怕一万就怕万一。对于为居民服务,他们从来不认为是负担,而将其当成责任。哪怕有时居民吐槽,有点抱怨,他们都是微笑面对。"防意外,还不能忽视了对居民的心理疏导。特别是青少年,在家里待久了,怕待出问题。于是,我们街道设立了心理咨询热线。你问什么都可以,甚至骂人都可以,只要是有利于你心理上的疏导。"胡亚非说,"在这个街道工作八九年了,我也一直在反思自己。这场灾难,应该使我的人性得到浴火重生。原来以为自己工作做得还不错,事实上流于形式的多一些。这场灾难,我们把老百姓拉得更近了,真正做到了心连心。社区也成了政府职能部门的延伸,政府的温暖,都是通过我们传递给老百姓的。在这场疫情中,不论是街道,还是社区,我们都探讨和摸索了许多工作模式。特别是对老百姓深入细致地进行了解,真真切切地帮助他们。这些好的模式,在以后的工作中应该保留下来、传承下去。我觉得不应该只在灾难发生时这样做,平时就应该这样做。我们为老百姓服务,应该是常态化的'以人为本',而不是重形式、图表现做回自我,做到真实,站在这个角度,才是一个真正的共产党员。现在我也更加深刻地理解了'国难兴邦'这个词语的意义。"

陈小飞同样忙,接受采访的时候,他的手机响个不停。

32岁的他,老家湖北松滋。2013年从武汉大学电力系统及其自动化专业毕业后,陈小飞进到了国家电网工作,工作偏理论研究。但他喜欢跟群众打交道，觉得工作应该接地气，于是2017年他又参加公务员考试，考进汉正街办事处，现在是街道公共管理办公室的负责人。他的这种选择，多少受到父亲的影响。他父亲23岁当的村支书，干了30多年。父亲总是告诫他："只要是为老百姓谋幸福的事，就可以放开手脚去干。"也正是得益于这一开放的思想，父亲带着村民脱贫致富，把村里建得有声有色，令附近其他村羡慕不已。

1月22日，他坐大巴车回了老家。老婆孩子比他先回去两天，老婆是开车回家的。回到老家的第二天一早，他就听到武汉"封城"的消息。"真有这么严重吗？"他想。刚一"封城"，他就接到街道办事处办公室的电话，说是街道成立抗疫小组，也把他拉进了群。他在公共管理办公室本来就是负责疫情防控、爱国卫生教育等，参加抗疫是他的本职工作。

一开始，陈小飞在老家使用电话、微信办公。很快他就感到了事态的严重性。在抗疫小组，他的第一个任务就是负责防疫物资，他的分管领导、办事处副主任佟玉方叫他随时跟区里相关部门做好对接工作——其实就是担任联络员的角色。第二个任务就是统计上报工作，街道各个社区需要住院的病人、需要解决的各种问题，都会汇总到他这儿，他再按区里要求上报，请求解决。1月27日，他给佟玉方打电话："佟主任，我要赶回来。"佟玉方说："你先不忙着回来，前段时间你不是重感冒了吗？不能非战斗减员。"第二天，他发现事态进一步严重了，光在老家打电话和发微信根本就忙不过来，很多问题也不好解决。他再次给佟玉方打电话："我明天必须想尽一切办法回来。"佟玉方说："小陈，你能回来最好，现在人手不够。"正月初五，他正式回到街道办公。

刚回到街道，陈小飞就接到任务，有一个72岁的婆婆摔了一跤，把腰摔了，不能动，需要赶紧去处理。婆婆的儿子吸毒，儿媳妇离家出走了，由她带着十个月大的孙女。其实不只是处理，更是管理，并且要管到底。

佟玉方赶紧带着陈小飞和几个工作人员往婆婆家里赶。婆婆伤情严重，必须送去医院。最开始他们想找个月嫂来带孩子，但问了几个人，有的担心感染，有的在小区出不来。最后他们多方打听，得知婆婆家在汉阳有一个亲戚，非常同情她和孙女，答应照顾孩子。于是，他们把孩子送到了汉阳。同时，他们还送去了奶粉。但这不是陈小飞此时的主要工作，他的主要工作是消杀、采购和发放物资。消杀，按要求，应该是专业的公司来做。但专业公司根本就忙不过来，他们只得自己干。没有消杀的药品，也没有喷雾器。但别忘了，这里是汉正街，是大型批发市场。于是他们找市场里的店家协调，把仓库里的物资，特别是防护服和消毒液，都拿了出来，保证街道的基本运行。

2月2日，街道接到区里通知，因为医院全部爆满，没有床位了，市、区两级开始征收酒店作为隔离点。街道的书记和主任都是街道疫情防控指挥部的指挥长，他们对陈小飞说："从今天开始，你有一个艰巨的任务。"陈小飞一听，心里想，不就是转运病人吗？他们说："你要做好防护工作，要有心理准备。有没有信心？"陈小飞回答得很轻松："有信心。"但事实上，这项工作比他想象的难得多。送哪些人去隔离点呢？一是通过社区摸排，二是根据街道卫生服务中心掌握的情况来定。每天能送到区隔离点的名额非常有限。他们和社区与卫生服务中心进行筛选，病情严重的患者不能送隔离点，只能送医院，送到隔离点的患者必须有生活自理能力。如何送？最开始车辆由派出所保障，都是警用轿车。按规定，病人只能坐后排，并且一辆车只能坐两人。一般同时送隔离点的有六七个，至少需要三辆车。

上车过程中，他们发现有些病人出现了呼吸困难。二三百米远的距离，要走十来分钟。能走的，让病人坚持自己走；实在走不动的，就去背，或者抬。有一个95岁的爷爷，病情较为严重，在担架上都坐不起来了，只能半坐在躺椅上，而他住在九楼，是老式公寓，没有电梯，楼道只有90厘米宽，只能两个人抬。针对这种情况，他们调动了应急小分队，四个人轮流换着抬，大家的衣服很快就湿透了。还有一次，街道要把七个病人紧急送医。没有大车，他们向区里反映了，区里很快就派了一台依维柯中巴车过来，但没有司机。开中巴车，需要 B 照。就在大家为找司机发愁时，佟玉方站了出来。他是部队副团职转业，是 A 照。他想都没想，穿上普通的隔离服，戴上普通的医用口罩，就爬进了驾驶室。不是说把病人送到隔离点就完全不管了，病人被送到隔离点时可能没饭吃，他们就提前采购好面包、方便面、火腿肠之类的食品，保证不让病人们饿肚子。但后来，病人实在太多，只依靠派出所的车还不够。随着城管的皮卡车、区防疫指挥部交通工作组派遣的公交车的加入，街道转运病人的工作才顺畅起来。

2月8日，又是街道工作的一个转折点。市疫情防控指挥部决定，各个街道可征用本辖区符合条件的酒店，自行设置隔离点；那些无法送医院和市、区隔离点的，由各个街道统一隔离，避免居家隔离。摸排后，他们选了4家酒店。可是谁来做保障工作呢？需要保洁、安保和医护人员。发出通知后，城管部门有28人报名，环卫工人有10人报名，由他们负责隔离点的安保和保洁工作。再从卫生服务中心抽调4名医生和8名护士，保证每个隔离点有1名医生和2名护士。所有人员配备到位后，胡亚非强调："不仅要让病人吃得有营养，还要让他们住得舒心。"当天晚上10点多，隔离点迎来了第一批病人，一人一个房间。汉正街有不少老旧小区，房屋破旧，也不大，在家隔离难以做到一人一个房间。街道设置4个隔离点后，做到了真正意义上的隔离，避免居家感染。虽然每个隔离点的医护人员不多，但每次转运病人时，有医护人员在场，及时测量体温和血氧饱和度，保证了精确及时地把病人送到应该送到的地方。

2月7日晚上陈小飞值班时，电话不断，总共接了50多个电话。有求助电话，也有投诉电话。但2月8日晚上他值班时，电话就明显少了，特别是投诉电话明显不多了。这天晚上他跟胡亚非进行了汇报："书记，隔离点一设，电话就少了。"胡亚非感慨地说："要是我们早一点设隔离点就更好了。"陈小飞说，汉正街街道从2月8日设置隔离点到3月18日，4个隔离点累计收治696人，如果街道不及时设置隔离点，让这696人居家隔离，被感染的人肯定还会增多。现在病情严重的，都已转到医院去了；轻症病人大都恢复了，如果三天不发热，核酸检测连续两次阴性，肺部CT显示有明显吸收，隔离点的医生就会签字让他们回家。

3月17日晚上10点，正在隔离点值班的陈小飞接到电话，说是一个56岁的独居男子突然出现了中风症状。他赶到现场后，看到那个男子正在不停地抽搐。他马上拨通了卫生院院长的电话。卫生院院长说："可能是癫痫，如果病人咬舌头，有呕吐物就危险了。"随后，他又拨通了120。120救护车到达后，初步认为，是脑梗导致的癫痫，因为呼吸不畅会有生命危险。但最后送到医院一查，血糖达到了50多，酮酸高出正常值十几倍。医生说，是糖尿病，很严重的糖尿病，如果再晚来几分钟，这人可能就没命了。事实上，病人到达医院十几分钟后，就出现了意识模糊。陈小飞觉得，很多事情，他们只是看到了表象，并没有看到本质。如果按开始的判断这个病人是癫痫，只需要在边上看着就行了，那这个病人可能在隔离点就去世了。

陈小飞认为，社会上有一类群体，他们做的是最普通的工作，替代性很强，社会地位很低，收入也很低，但对社区的作用很大。他们的贡献远远高于他们的报酬，也远远高于人家给他们的尊重。如医护人员、城管队协管员和环卫工人。他们不是明星，不是金融家，也不是知识分子，都是平常拿着最微薄收入的普通人。他们平常可以被替代，但在这场战"疫"中，他们变得不可替代。隔离人员所需的生活物资和消毒用品，都是这些普通人一车一车运来的、一包一包扛上去的。这些人，是街道不可或缺的力量。

采访中,我深深感受到,陈小飞是一个有想法、有激情的小伙子。从他身上,我看到了一个年轻的基层干部的责任与担当,也看到了一个街道的未来与希望。

由汉正街,我更想到了武汉这座特大城市,想到了市域社会治理现代化。这次抗疫的过程与成效表明,推进市域社会治理现代化极其重要;市域风险隐患防控处置不及时,潜在的问题就会变成现实的风险,区域性风险就会酿成全局性风险。未来要把小矛盾小问题解决在基层,把大问题大风险解决在市域。

我关注到,2019 年以来,习近平总书记多次强调要加快推进市域社会治理现代化。市域是重大矛盾风险的产生地、集聚地,但市域具有较为完备的社会治理体系,具有解决重大矛盾问题的资源能力和统筹能力,把重大矛盾风险化解在市域效率最高、成本最低、影响最小。市域社会治理是国家治理的基石,要将把重大风险化解在市域作为努力方向。抗疫中,市域社会治理有许多创新经验,但也暴露出不少短板弱项。我想,唯有吸取这次抗疫斗争的经验教训,常态化做好应对重大风险的思想准备、法治准备、组织准备和物质准备,及时把重大风险化解在市域,确保风险不外溢,才能真正意义上给市民带来获得感、幸福感。

春天的使者

只要说到这次新冠肺炎疫情,涂异就会立马想到那次同学聚会。他内心并不想回忆,但脑海中总会不由自主地闪现当时的情况。或许这是疫情给他带来的心理创伤。

1月22日腊月二十八，他的高中同学小范围聚会了。只有七八个同学，是非常要好的同学。自从高中毕业后，他们就形成了这个习惯，坚持十来年了。但这次有一个同学没来。这个同学给出的理由是：他有点发烧，他的妻子、岳父、岳母都发烧了。仅仅两三天后，涂异他们就开始伤感，可又不自觉地带着一丝庆幸。伤感的是，这个同学感染了，他的妻子、岳父、岳母都感染了，岳母还因此去世了。同学在岳母去世的前一天晚上，还给涂异打了个电话："老同学，我岳母呼吸有点不行了。我联系了同济医院和省人民医院，但他们都说暂时没有床位。我还找到了市第七医院，他们也说，暂时没床位。他们还说，如果我岳母不住进ICU，就会有生命危险。老同学，你医院有没有熟人？如果有，一定要帮帮忙。"以前涂异没有把新冠肺炎当回事，但当他听同学这么一说，立马警惕起来，帮忙联系在医院的朋友。电话打通了，但回答都是，他们也想帮忙，但暂时找不到床位。涂异的这个同学很焦急，他只得发微信朋友圈，恳求朋友们转发他的消息。最后，同学的岳母住进了医院，但还是去世了。

涂异是个"85后"，是武汉市洪山区实验外国语学校的一名语文老师。他还是一名党员，2005年上大学时入的党。他妻子叫张茂婧，中共党员，也是这个学校的老师。"封城"之后，涂异更加谨慎起来，每次去超市采购回来，他都不会直接与孩子接触，而是对全身进行消杀后洗个热水澡，把里里外外的衣服都换掉。大概是2月3日，校长在学校工作群里问，有没有党员愿意报名去洪山体育馆方舱医院当志愿者。校长发出倡议后，一开始群里是沉寂的。他们全校有200多个职工，其中66个是党员。涂异马上与妻子商量："我是党员，我报名吧。"妻子说："我也是党员，其实我也想去，但孩子必须得有人带，老人必须得有人照顾，你去了我就不能去。"她还说："从内心来说，我是不想让你报名。一方面担心你个人的安危，一方面家里还有孩子和老人。"但没过多久,沉寂的工作群就恢复了热闹,大家纷纷报名参加。其实,他们都与涂异家里一样,经历了痛苦的抉择。涂异在方舱医院当志愿者的时间并不长,任务也比较单一,就是准备好600张床。但是涂异的抗疫之路没有就此结束。

他住在洪山区卓刀泉街名都花园社区的名都花园小区,最终他也下沉在这个社区做服务。说来有些机缘巧合。这个社区有一个党员群,涂异在里面。2月5日晚上,社区书记在群里说,社区所辖的翰城小区有一对老年夫妇不敢下来买菜,向社区和党员求助,有没有人愿意帮他们买菜。涂异没迟疑,就在群里回复了:"我可以帮他们买菜。"涂异的一位好朋友立即给他发私信:"你为什么要去?考虑过家人的安危没有?"涂异说:"老人需要帮助,我看不下去。"朋友说:"帮老人并没错,关键你要明白现在是什么时候。"涂异并没有听朋友的劝,他准备立马就给老人打电话,问一下他们需要买什么菜。一看已经是深夜,他决定第二天再找他们。第二天早晨,他来到翰城小区,老人写满了一张纸,整整齐齐的,都是需要买的各种生活物资。涂异先去的沃尔玛超市,买完后他在收银台那里排队等待了一个多小时。这家超市只保留了两个收银台,排着长长的队伍。考虑到还有两个菜没买到,他又先后跑了两个小的菜店。回到小区后,他把菜放到老人楼下的门口就走了。当时他什么也没想,觉得这个事做完就结束了。但刚回到家,他就接到学校的通知,不光学校领导,其他所有的党员干部都要下沉到社区,可就近下沉。他没有犹豫,立即选择下沉到名都花园社区,负责后勤保障工作。他们的组长是丁元珍,洪山区民族宗教事务局副局长,早在1月27日便就近下沉到了这个社区,组织社区的下沉党员开展工作。

下沉到社区才一天,涂异就发现了"问题"。第一是有几天时间不法商人投机倒把,导致物价飞涨;第二是居民都不愿意和志愿者见面,有恐惧感,还有付款方式有些人不接受;第三是大家都希望了解外面的物价,希望买到更物美价廉的物品。他大脑里马上冒出一个词——网店。他打算为居民开一个淘宝店。打电话问朋友，朋友告诉他，从申请到批准要七天。时间太长，他打消了这个念头。他又突然想到，有一个同事开了个网络微店。他将这个想法跟社区和组领导汇报，得到他们的大力支持。于是，他把朋友的微店借了过来，把名字改成"名都花园小区惠民微店"。微店可以直接对接武汉大型商场和超市，及时将生活物资推送给居民。物资送到后，再由社区志愿者定点精准配送，方便了居民买菜。

微店开张的第一天，他们从中佰超市采购了 50 个蔬菜包。当时其他地方蔬菜包卖到了 100 块钱一包，而中佰超市只需 50 块钱，与"封城"之前价格一样。这 50 个蔬菜包在微店里一下子就被抢光了。后来居民们在微店里评价说，这种蔬菜包非常好，一是种类丰富，二是质量新鲜，三是数量充足，四是价格实惠，居民非常满意。蔬菜包送到社区，还要他们送发到每家每户楼下。最开始，他以为 50 个蔬菜包很快就可以送完，没想到花了整整 5 个多小时。一是居民下来领菜要做防护，准备的时间长；二是他们发现，住在这个社区的很多人，对这里并不是那么熟悉。

为了满足居民的需要，他们不仅提供蔬菜包，还提供牛奶、肉类等，全是超市明码标价的。居民们有的要肥肉，有的要五花肉，还有的要猪腿肉，这使得工作量陡然变大。在超市下单后，超市要准备蔬菜包，每个蔬菜包要打条码，还要核对付款，一般他们要中午才能接到超市送来的货物。货物一到，他们就挨家挨户地送，从中午一直送到晚上七八点。

看到居民的生活得到保障，特别是还可以买到如此丰富的菜，涂异他们很有成就感。一天下午，他正满头大汗地给居民送蔬菜包，一个老人问他："你的蔬菜包卖吗？"涂异说："不卖，这是帮居民买的。"老人问："为什么不帮我们也买点呢？"涂异说："我们有一个网络微店，您可以到那里购买。"老人说："你们能走出来当志愿者，为居民买菜，我为你们点赞。

但你们替我们老年人考虑过没有？我们不会用微信，你们很时尚，满足了年轻人的需求，但把我们忽略了。"听老人这么一说，涂异瞬间觉得很不好意思。他开始反思，虽然网络微店有了1000多个粉丝，很受年轻人欢迎，得到他们点赞，甚至被不少媒体报道过，说这是社区探索出的抗疫新模式，既保障了居民的生活，也保证没有接触而大大降低了感染的风险。但他们忘记了，他们志愿者的宗旨是帮助最需要帮助的人，而现在最需要帮助的毫无疑问是老人。于是他跟战友们说："我们要改变模式了，要两手抓，既抓线上的，也抓线下的。"线上满足年轻人，线下满足老年人。

于是，涂异他们的工作量越来越大。后来政府开始投放10元蔬菜包，有3种蔬菜，保证一个蔬菜包重10斤。这种蔬菜包本来要30元，但政府补贴20元，居民只需掏10元便可购买。涂异他们累计投放了4000多包，既线上投放，也线下投放。政府还提供国家战略储备肉，10块钱一斤，也很受居民欢迎。这个网络微店，整个社区有1848户关注了，回头率达到59%。后来，涂异他们投放的全部是政府提供的平价蔬菜和肉类，微店上评价不断："感谢政府！""感谢志愿者！""感谢社区提供这么好的肉品，物美价廉。""好人送好货，非常感谢政府和志愿者！""现在我只相信政府提供的东西，只相信网络微店平台。"对居民的评价，涂异有着自己独到的理解："虽然我们是下沉干部，是志愿者，但事实上我们代表着政府。居民的诉求我们可以满足，他们就可以安心待在家里，积极响应政府的号召。"

这期间，对确诊患者或疑似患者所在楼栋实行封控管理。对这一举措，居民有太多的疑问："要是发生火灾怎么办？""生病了要买药怎么办？""小孩没牛奶喝了怎么办？""车子长期在外，点不了火怎么办？"对这些问题，唯有积极解决，才能让落实封控管理的居民安心。社区很快就成立了物资保障组。买菜、买药，也买生活物资，既满足共性需求，也满足个性化需求。民有所呼，他们必有所应。他们还成立了关爱组，经常帮社区居民的车子发动点火；还线上线下答疑，争取解决所有需要解决的问题。他们把居民当成亲人一样，什么事都站在居民的角度考虑。于是，居民不仅理解，还很感动与感恩。

也存在一些小矛盾。涂昇他们在翰城小区也设了一个销售点，主要是线下满足老年人的需求，也就是把蔬菜、鱼肉、柴米油盐、卫生纸等，从超市移到小区销售。同样的货物，同样的价格。有一个婆婆，在这个点买了一份政府投放的5斤装的平价肉。回到家，她称了称，发现少了二两。第二天，婆婆的孙子就在微店里留言，说小区设点销售的东西缺斤少两，要举报超市工作人员。涂昇马上打电话跟婆婆的孙子解释：自从"封城"后，超市工作人员就没日没夜地工作，根本就没休息过。他们一个门店一次投放的储备肉就有四五吨。从仓库把肉运回来后，先要用电锯锯开，然后一份一份地称。每次称1000多包肉要很长时间，确实会有些疏忽。随后，涂昇又退了20块钱给他的支付宝，并留言说："是我们工作没做好，我们给你添麻烦了，不要怪超市员工，超市员工工作量很大，工作难免疏忽，但绝不是故意的。"两天后，婆婆突然打电话说："是我们不对，误解你们了，我孙子马上就会把钱退给你。我看到了你们工作的照片了，你们真心不容易。"还有一个女业主在微店里说，志愿者卖的10元蔬菜包，其实是把人家捐赠给社区的爱心菜包装之后，做成政府的平价菜出售，涂昇他们在挣老百姓的黑心钱。一看到这条消息，涂昇的眼泪就出来了。

"我当时心里非常难受，真的不想干了。我们是志愿者，是义务帮他们买菜。每买一次菜，都会向社区、街道和指挥部进行报告。只有亏钱的。因为菜运来运去，是有损坏的。损坏的最终算到我们自己身上了。分蔬菜包，我们一包一包地分，就像蚂蚁搬家一样，每天要分到晚上七八点。虽然我们老师工资不高，一个月就七八千块钱，但够用了。像我这样的志愿者，我们这个小区有六七十个。我们来当志愿者，是为了挣这个钱吗？以前我没有留发票的习惯,从那以后,每次把菜买回后,我就会把发票发到群里——每天投放多少政府平价菜,数量是多少,价格是多少。"涂异说,"即使这样,还是有人质疑。质疑很正常,我们正面回应。习主席说过一句话,我将无我,不负人民。我把习主席这句话作为自己的座右铭。虽然我是一名共产党员,但以前我无法理解入党誓词的最后一句话'随时准备为党和人民牺牲一切',现在我真正理解了。面对被感染的风险,我没有退缩;面对组织的召唤,我没有犹豫。我做到了。随着阿里巴巴、沃尔玛、美团、京东等的复工,在武汉'清零'之后,我们的微店不再线上营业了。但线下对老人的服务、对弱势群体的关爱,我们不会停下,也不该停下。"

吴昊也是下沉到名都花园社区的党员。

1992年出生的他,老家在黑龙江齐齐哈尔,在武汉上完大学,又接着读研究生。后来因为谈了个武汉的女朋友,他就彻底喜欢上了这个城市,研究生毕业后留在武汉商学院当辅导员。学校是1月12日放假的。他原本买好了14号回家的票,但后来学校搞本科合格评估,要忙到17号,他就把票改签到23号,是早上7点多的航班。1月23日凌晨3点,他接到航空公司发来的信息,说起飞时间改到上午11点;早上6点30分,航空公司再次发来信息,说航班取消。但他还是不死心,特意用"滴滴"叫了一个车跑到机场,问到底还有没有航班。彻底无望后,他又坐"滴滴"车回到了名都花园小区。其实他平时不住这里。他小姨住在这个小区,前段时间小姨做了个手术,他想着来照顾小姨。

2月上旬,学校组织一批党员下沉社区,他也报名了,但学校领导考虑到他没车,学校对接的社区离学校有37公里,不方便,就换了其他老师。不久,大概是2月14日下午,学校又发了一个通知:所有党员可以就近下沉。第二天一早,他便来到名都花园社区报到。他发现,在社区当志愿者的，有党员，也有非党员；有领导干部，也有普通群众；有老师，也有学生。一到社区，他就赶上了对社区的三天拉网式大排查。他是翰城小区小组长。

拉网排查，首先是在"微邻里"群里接龙，直接报体温；没有报的，他们直接打电话问情况。如果电话没人接，就上门排查——志愿者与社区和物业人员一起上门。上门排查时，尽量保持不开门，隔着门对话。按要求，必须在三天内排查完，但翰城小区有3020户，人口多，难度大，时间上有所推迟。排查后的统计非常细致具体，有很强的操作性。比如说1单元101房，户主是谁，家里有几口人，分别叫什么，体温是否正常；是否有老人，是否有小孩，是不是医护家庭，需不需要特殊关爱。

最难的是封控楼栋的管理与物资保障。翰城小区有确诊病例20多例，涉及15个单元1168户。这15个单元封控时，他们还贴了告示，告诉居民要注意的事项；还告诉居民，如果没有特殊情况，14天后进行"解封"。下沉干部中，有党员，也有群众。吴昊他们提议，封控楼栋全部由下沉党员负责，没有封控的由其他人负责。15个单元，建3个微信群，分别叫翰城小区封控一群、二群和三群（"解封"后，改为翰城战"疫"胜利一群、二群和三群）。每个群里配了两个下沉党员。两个党员负责一个群，显然不够。后来陆续来了一些下沉党员，就分别充实到各个群里。封控楼栋最主要的是做两项工作，一是消杀，二是配送物资。各类生活物资、药品、快递包裹等，都需要下沉党员送到家。物资配送，他们分了两班，分别是上午9点到11点、下午2点30分到4点30分。上午送"3"字头的楼栋，这样的楼栋楼层高、户数多；下午送"5"字头和"6"字头的。后来，吴昊的手机号被公布在三个封控群里。公布后，他就电话不断，这边接着，那边又来了，最多一天接了280多个电话。公布时，虽然说了打电话的时间是早上8点到晚上9点，但事实上一天24个小时都有人打电话，有生病要买药的，有要做产检的，有需要购买物资的，有家里吵架的，有要办临时通行证的，有家里网络不好的……吴昊虽然在武汉待了十年，但他毕竟是东北人，武汉话学得不是很溜，接电话时有些还听不太懂。有时候一些上了年纪的老爷爷老太太打他电话时，他听不懂，就会说："不好意思，您可以用普通话说，或者慢点说吗？我没听懂。"很多人表示能理解，会耐心地放慢语速，但也会遇到一些不讲道理的人，不仅不放慢语速，还骂他一顿，让他无奈也无语。但很快，他的心情就调整过来了，马上又投入工作。

渐渐地，疫情好转了，管控的措施也慢慢放开，返汉人员也多了起来。他们还是一如既往地量体温，进行排查，保障物资，并且又多了一项工作：对接返汉人员和康复人员。翰城小区门岗有五个人轮岗，除了中午一个人，其他时间都是两到三个。不光有下沉的党员干部，还有物业人员。返汉人员回来后，先打电话到社区报备，说我回来了；然后向门岗出示健康证明、返汉申请表。接下来，吴昊他们就给返汉人员测量体温，将他们拉进返汉人员微信群，并请所有人把群名片改成楼栋号+单元号+房号。一户只拉一个人进群。返汉人员需要居家隔离，不让出门；需要每天在群里报一家人的体温，有什么需求也可以在群里说。3月20日下午，我在名都花园社区采访时，翰城小区返汉人员微信群里已经有97人了：有在外面上班回汉的，也有春节前回老家过年回来的，还有在外面旅游被困后返回的，也有因工作需要两地跑的。吴昊说，下一阶段返汉人员还会越来越多，到时还需要再建一个群。对返汉人员的管理，跟封控楼栋的管理差不多，他们的垃圾只需放在门口，会有志愿者负责清理；他们的各种物资，全部由志愿者保障。

吴昊他们还有两项工作——养鱼、浇花。有些住户在老家，或是在外地，他们打来电话："我家里的花恐怕干死了，你帮我浇浇水吧！""我家鱼缸里有一个加热棒，麻烦你赶快帮我加点水吧。再不加水，烧干了会引起火灾。"为了避免误会,每次执行这样的任务,他们都会叫上派出所的民警。吴昊告诉我,他平常喜欢打羽毛球,喜欢钓鱼。下沉社区当志愿者一事,他一直没跟妈妈说。看着武汉的疫情基本好了,东北老家的雪已经化了,他才跟妈妈说起这事。他妈妈听说后很激动,她说:"我要去武汉。"吴昊说:"妈妈,你来不了,至少现在还来不了。"听着吴昊说起在武汉的故事,妈妈一把鼻涕一把泪。

在名都花园社区采访时,我还碰到了洪山区委组织部的下沉党员吴玛丽,洪山区民族宗教事务局副局长、下沉社区党员组组长丁元珍等人。

吴玛丽说,按照市委组织部和区委组织部要求,在武汉的所有党员干部要下沉社区,虽然有回老家的,还有滞留在外地的,但是洪山区约有70%的党员干部下沉社区。她是大年初三下沉到名都花园社区的,也是第一批下沉到这个社区的党员。第一批来了7个人,组长是丁元珍。名都花园社区有5217户1.35万人,靠几个党员是不行的。很快,这个社区大多数党员干部都就地下沉。省、市、区的下沉党员干部,不论年龄、不分职务,积极协助社区做好各项防疫工作。目前有62名党员干部下沉在这个社区的3个小区。由于中途有的被单位抽调了,有的被方舱医院抽调了,所以下沉过的党员干部不止这个数。数据是变动的,并不固定。

为了更好地开展工作,他们成立了门岗组、线上组、执行组、帮扶组、涉疫人员安置组、医护人员服务组、返汉人员咨询组等小组。每个组、每个人,都有明确的分工。任务量最大的就是保障封控楼栋居民的需求,特别是翰城小区,有1/3是封控楼栋。他们要给居民运送物资,买各种药品,还要进行心理疏导,消除心理恐慌。他们特别关注老人和医护人员家庭。名都花园小区是2007年建的小区,空巢老人和知识分子多。老人不会线上购物,就给他们开辟线下购物通道。他们每天还会上门了解老人的动态——按门铃，看在不在家，以及有何需求，最主要的是探知他们的健康状况。按照摸底名单，社区有52个医护人员奋战在一线，不能回家。他们对这些家庭给予特殊关注：一是进行慰问，二是及时了解有什么需求。有些医护人员是女同志，孩子比较小，吴玛丽他们就把孩子在家里活动情况的视频发过去。女医护人员看了很感动。这些都是小细节，但细节打动人心。

她记忆最深的是体温排查。整个社区5217户，每户逐一打电话。一次，接电话的是一个年轻人，他们一家三口在外旅游，但父母在家。于是，她又打给这个年轻人的父母，但一直没人接。当时是晚上。她心里着急，立即跑到这户人家门口，直接敲门。敲了好久，这个年轻人的父母才开门。原来他们已经休息了，手机放在客厅里，没听到铃声。她立即把这一情况反馈给这个年轻人，让他安下心来。排查过程中也遇到过个别不理解的。有时他们打了电话给丈夫，没打给妻子，妻子就在群里说，社区没有给她家打电话。那段时间，吴玛丽每天都要打100多个电话，连续说话三四百分钟，手机因时刻保持充电状态，都热得发烫。后来她都说不出话来了。说不出话，她更着急。因为有居民说她声音太小，不热情，不关心他们的生活。吴玛丽他们只有在群里不断地说明、解释，大多数人都能明白、理解。第二轮排查，还是打电话，打给那些没接电话的，或是占线的。如果还没接，第三轮就到小区里按门铃，在门铃里对话。如果按门铃还没有回应的，他们就进行第四轮排查，挨家挨户敲门。每排查一家，他们会贴上一个纸条：此户已核查，望大家互相监督，发现异常，及时拨打8775×××
×。看到他们如此辛苦，许多居民非常感激与心痛。有位叫姜云娇的居民写了一首词赞美他们：

暮云天，荆楚地。病毒狂飞，风雨孤城溃。困苦艰难同面对。铁壁铜墙,忙碌身憔悴。笑微微,含热泪。琐事萦怀,大爱家传递。和睦街坊谁最美?傲雪红梅,朵朵寒风媚!

住在名都花园的丁元珍,1月27日就近下沉到这个社区,28日就组织成立了临时党支部。刚开始只有七个党员,但工作量很大,压力不小。后来越来越多的党员加入,大家一起战斗,她心里就有底了。党员素质很高,老党员有境界,年轻党员有觉悟。下沉社区党员组里,有省直和市直单位的领导,也有几个企业的经理,但在这里他们都只是普通党员,该值班的值班,该排查的排查,该分发物资的分发物资,不分彼此。丁元珍1988年参加工作,算是老党员了。最开始排查体温、封控楼栋时,有一个别党员不敢进门。这时她站了出来:"我先进,我要是没做到,你们可以不做;我要是做到了,你们必须做。市区单位的党员必须带头。如果不执行,就把退党申请拿来。"看到年轻党员创造性地开展工作,释放无穷的力量,她很感动。抗击疫情,网上办公工作强度大,也非常重要——在网上接龙报体温,在微店里接龙购物,既方便又高效。年轻人都是电脑高手,他们有朝气,为了某个需要解决的问题,会在群里讨论得热火朝天,最终拿出一个具有创新性的方案。在这一块,丁元珍都觉得自己是被年轻人推着走。面对这场疫情,中国展示了强大的力量。但国家的力量是由一小股一小股力量构成的,这一小股一小股力量聚在一起就是一团火,散开了就是满天星。让丁元珍感到欣慰的是,年轻人不仅有力量,还有包容心。一次他们讨论给居民买政府平价肉,有人说有一个社区的个别居民买了好几份,然后拿出去倒卖了。大家开始谴责。这时一个年轻党员说:"可能是这户人家很困难,实在是没钱了;也有可能他是一个个体户,不能营业,没钱生活了。"不是说一定要原谅这样的人,但年轻党员能如此理解,说明他心胸很宽广,把人性看得很透。也因为如此,所有小组的组长全部由年轻党员担任。丁元珍总结说:"小兵领导大将,技术化解难题。"

这次疫情,也暴露了社区治理的薄弱之处与漏洞。但社区、居委会和物委会是社区治理的三方,丁元珍他们不是来治理社区,而是来助力的。所以他们坚持的原则是:补位,团结一切可以团结的力量,解决当前需要解决的问题。由于下沉党员具有较强的管理能力,他们进行体温排查时,也给社区做一些基础性的工作,如把所有居民的信息及时更新了。"我们是党员,我们也是名都花园社区的居民。我们不是医护人员,面对新冠病毒,我们束手无策,但我们可以为所有的邻居做点力所能及的小事,做他们春天的使者。在紧张的工作中,我们忘记了这场疫情带来的恐惧,就好像病毒离我们很远很远。"丁元珍说。

含着眼泪往前冲

一见面,我就看到了杨建平脸上的疲倦、愧疚还有委屈,也看到了拨云见日后的那一丝久违的笑容。

1966年出生的他,是武汉黄陂人,原来在社办企业上班,企业倒闭后,他去了深圳。他在一家台资企业当过技术员,也当过业务员,一干就是十年,直到2007年4月回到武汉。回来后,他在黄陂区横店街道中华社区工作,先当居委会主任,后来主任、书记一肩挑,一直到现在。中华社区是横店街道最大的社区,有1810户6881人,也是最复杂的一个社区。这里地处城乡接合部,有街道,也有农村,还有开发区;有工人,有农民,还有其他居民,人员构成形形色色。为了方便管理,他们把整个社区分成五大网格,最大的网格有650户,最小的120户。社区居委会被认为是城市最基层的管理单位,而社区工作,则被公认是最忙碌、压力最大的工作之一。

对于新冠肺炎疫情,最开始杨建平也只是听说。1月13日,街道组织各社区负责人开了个会,说有一个不明病毒,各个社区要加强防控,特别是要加强消杀工作。毕竟当时横店街道这一带还没出现确诊病例,所以他们感觉离病毒很遥远。真正引起杨建平他们重视的,还是"封城"后。这时开始,他们要对社区进行防控管理与消杀,还要保障所需的各类人员各类物资。工作量陡然增大,而中华社区只有9名工作人员,只能调整工作方法。于是,1月30日,他们开始搞网格化,往5个大网格里补充社区居民志愿者。社区居民志愿者熟悉社区的环境,也了解辖区里的人。5个大网格共补充了34个社区居民志愿者,每个志愿者管50户,包到房、到人。社区干部、党员和网格员管着这34个志愿者,建了志愿者群,各个志愿者又组织他们管的50户居民建了群。

最难的是老百姓不理解。从一份倡议书到一张通行证,他们要连续八九次上门。首先是一份倡议书,倡议大家携手抗疫;其次是给居民的一封信,告诉大家疫情阶段不能出来,要服从政府和社区要求;再次是体温计到了,要挨家挨户发放;最后要给大家送办好的通行证,每户一人三天出门一次。不仅仅只是发这些东西,还要制作表格,登记谁家发了,谁家没发。再苦再累,或者被居民投诉,这些工作也得做,还得做好。杨建平告诉我:"有辛劳,也有委屈,但含着眼泪也得向前冲。如果不冲,只要一个出现感染,我们社区可能就完蛋了。"

有委屈,就会有脾气。有一天,街道组织9个社区书记开会。在这个会上,街道书记对杨建平进行了通报批评。杨建平觉得很委屈,危险不说,还一天到晚忙个不停,累得跟狗一样,却还受批评。他也有一肚子的苦水、一肚子的怨气。在这个会上,杨建平跟街道书记吵了一架,把肚子里的苦水和怨气全都撒到对方身上了。但两天后,杨建平看到一篇报道,说的是一个街道书记一天三次流泪的故事。这个书记跟区里汇报情况，眼里总是饱含着泪水，他把所有的苦水和怨气融化在了泪水之中。这篇报道，让杨建平流泪了。他把这篇文章转给了自己的街道书记。他对书记说："看到这篇文章，我才意识到自己错了，错得很远。我可以向你倒苦水、发牢骚，但你不可以，你的苦水无处倒。"书记说："你能这样理解，说明我们是同甘共苦的战友。我批评你，严格要求，是为了大家好。这是一场战争，没有情面，只有你死我活。目前你守住了一方平安，这就是胜利。"

随着疫情的好转，要回武汉市内上班的人多了起来。他们开始对社区内的两个菜市场进行消杀与整改，要求达标后才能开业。活禽与蔬菜要分类摆摊，不能混在一起，必须规范。通过这次疫情，社区的卫生环境、水系防护、全民健身等，都有很大的提升。特别是大数据系统建立起来了。社区内任何一个小区任何一栋楼任何一户，人员结构知道得清清楚楚。疫情结束后，他们要把疫情期间探索的方法和措施更加细化，更加充分发挥党员和网格员的作用，充分了解居民的意愿，并尽最大努力来解决居民的问题。他还说，自从到社区工作，事情一件接一件地来了，他基本没时间休假旅游。社区工作人员大都是他的晚辈，叫他叔叔。看着他们这么辛苦，杨建平一直想带他们出去放松放松。军运会结束后，他就答应让他们轮班休假三天，但泡了汤。现在他又跟他们说，疫情结束后，分三批休假，各休两三天。区委组织部犒劳大家，给大家发了一个旅游卡，是免费的。

在这场疫情中，杨建平觉得，他最对不起的就是自己的母亲。他说："我是个不孝之子！"母亲年过八旬，有胰腺炎，颈椎腰椎都有问题，每个星期要做理疗。大概春节前的一个月，母亲还做了一个眼部手术，住了一个星期的院。杨建平没时间，母亲住院期间他一次也没去过。不久后医院要复查，他就跟母亲说："妈妈，我陪您去复查。"但到复查那天，社区有紧急事情，他又没去成。进入腊月，母亲开始感觉不舒服，有点轻微咳嗽。

腊月二十七，到横店卫生院一检查，不发烧。医生建议拍个CT，结果显示肺里呈玻璃状。杨建平首先想到的是住院，他母亲不发烧，咳嗽也不严重，只是肺部有玻璃状现象，当时医院人满为患，轻症得等床位。母亲渐渐感到呼吸困难。因为一直在忙，杨建平也没太当回事。直到大年三十，他才想起要接母亲过来吃团年饭。父亲去世后，母亲一直单独居住。他见到母亲的时候，就感觉不对劲了——她的呼吸变得非常困难。他和妻子赶紧送母亲去黄陂区人民医院急诊科。他们陪着母亲在急诊室里打点滴、吸氧，在那里度过了除夕之夜。急诊室里人很多，杨建平怕交叉感染，第二天早上就带着母亲回家了。母亲还是呼吸困难。他只得找到横店卫生院，麻烦护士上门打针，药是他自己配的，氧气瓶也是他自己买的。还是不行，母亲呼吸愈发困难了。此时要住院，必须等床位。正月初四，杨建平一边忙社区的事，一边等医院空出床位来。下午快两点的时候，杨建平回家看望母亲，进到母亲房间不到10分钟，母亲就"走"了，什么都没说……

"社区和村子是基层中的基层，我们所做的，都是些不起眼的小事，也是最平凡的事，但每一件都跟老百姓息息相关，必须要做。但好难啊！"杨建平此时早已泪流满面。

战"疫"地图

他对这个春天充满了憧憬。不是因为春色，而是因为爱情。

他叫李海，是一个"80后"，生长在武汉市武昌区徐家棚街道的长轮社区。2019年11月，他和女朋友开始筹划婚礼。当时武汉有个婚博会，他们去看了，看得认认真真、仔仔细细。他们了解了婚纱、婚车、酒席等的行情。看完，他们甜蜜地商量："明年三四月拍婚纱照吧，春天的风景最美！""五一小长假时结婚吧，亲戚朋友都有时间。"于是，他们开始期待春天，期待美好的婚礼。

但很快，疫情到来，这让他们暂时忘记了对春天的期待。李海在武汉虹信通信技术有限责任公司天馈事业部市场部上班，公司原计划1月23日放假，但看到疫情来势汹汹，就提前三天放假了。当时李海没觉得会有多么重要的事情发生，只知道公司提前放假，是为员工的安全考虑，是一种人文关怀。但宅在家里的李海，开始坐立不安，他感到自己责无旁贷，必须做点什么。疫情越来越严重，火神山、雷神山医院先后开始建设，并招募志愿者。他是一名共产党员，也是一名注册在编的志愿者。1月29日，他向天馈事业部副总经理李帛远申请："如公司需要组织党员突击队支援一线，我报名！"

2月3日，疫情防控进入关键时期，共青团武汉市委、武汉青年志愿者协会决定面向全市招募一批疫情防控青年志愿者，在市区疫情防控指挥部的统一调度下，科学有序地参与疫情防控工作。看到媒体上的志愿者招募信息后，李海怀着激动的心情第一时间填写了报名登记表。第二天，他正在浏览新闻，突然收到武昌区政府工作人员的回信："您好，感谢您对武汉市疫情防控工作的关注和关心！工作人员已记录您的个人报名信息。下一阶段，根据疫情防控工作实际，结合现实岗位需要，如有适合您报名条件的岗位需要，将电话或邮箱征求您的意见！请您保持通讯（信）畅通！再次感谢您的热情参与和真情奉献！"此刻的他，心是火热的，希望能早一点投入到志愿者工作中去。2月6日，他又收到了一条武昌区政府工作人员的手机短信："武昌区黄鹤楼街道辖区酒店隔离点招募志愿者，负责隔离管理、送餐送药、沟通联系等事宜。"他马上打电话过去了解详细情况：该志愿者工作需要与病人同住一家酒店两周时间，工作完成后还需另行隔离两周时间，方可回家。放下手机后，他的内心既激动又有些许忐忑，激动的是可以投入到抗疫工作中去，忐忑的是对隔离点工作的不确定性有一丝不安。通过与家人交流，他的想法得到了支持。心情平复后，他短信回复武昌区政府工作人员，确认参与酒店隔离点志愿者工作，并整理好行装，等待下一步通知安排。但不久后，方案调整，该项工作取消了。

看到不少同学和朋友都参加到抗疫之中，李海甚至觉得羞愧难当。2月11日，武汉市疫情防控指挥部发布第12号通告，决定自当日起对全市范围内所有住宅小区实行封闭管理。同时，国家提倡党员下沉社区支援。于是他主动找到社区胡芳婷书记说："我想到社区当志愿者，希望能够做一些力所能及的事情。"胡芳婷高兴地说："现在社区正缺人手，热烈欢迎！"于是他成了长轮社区的一名党员志愿者。

3月9日上午，我来到长轮社区时，李海正在与其他志愿者一起分发物资。简单聊几句后，我就感受到，别看李海个头不高，也不善言谈，但创新的点子多。长轮社区属于典型的开放型老旧社区，共有4508户居民，主要由陈家湾小区、中国长江航运集团原宿舍、武昌车辆厂原宿舍等多个小区组成，老龄住户居多。他首先参与了社区微信群的管理沟通工作。看到微信里社区群有点多，而且信息杂乱，他建议将社区群分门别类进行管理。基于此，最后成立了社区互助群、买菜群、购药群等6个微信群。群里老年人居多，很多问题都需要志愿者们耐心重复地解答，高峰时期日回复信息2000余条。随后，他又参与社区巡逻、团购配送、上门排查等工作。在这个过程中他发现，因为社区小路多，之前多是单位宿舍，很多老居民只熟悉自己所住的那一块地方，而且老年人又不太会用导航，有时候团购物资到了让大家来取，有人半天找不到地方——社区工作还没有完全打通。

李海大学学的是机电一体化，有一门专业课叫机器制图。他原来在公司的研发部，是一名结构工程师。他马上想到，能不能给居民制作一个简单的平面示意图，好让他们更快更准地取菜，这样既节省时间，也减少大家见面传染的风险。他做这个工作是有基础的——他是这儿长大的，对这儿熟悉。于是，他骑着车到社区里四处查看，把所有的信息都记录下来。航海学院、三角路中学、武昌车辆厂原小学及原幼儿园、陈家湾小区、石油小区、冶电村小区，友谊大道、和平大道、武车路、学院路，还有社区里的道路、楼栋号，他都进行了详细记录。虽然李海从小在此长大，但社区最近也有不少变化，他还需要志愿者帮助，更需要一些熟悉社区的老居民的指导。三角路中学的一个退休老师，住在这里四五十年了，对当地的变化发展了如指掌。他知道整个社区有多少栋房，甚至知道哪栋房子有几层、几个单元。

信息采集完后，在退休老师的指导下，李海开始绘制示意图。他白天要分发物资，只有晚上回家绘制——用电脑操作，一笔一笔地画。最开始，他绘制的是取菜拿药地点的简单示意图。但他觉得这样不具体、不明确，于是又进一步完善，把药店、邮局、银行、超市等信息都加了进去；再后来又把每个单元的楼栋号加了进去。每个居民，既可以在这张图中找到家的具体位置，也可找到自己要找的所有信息点。这张平面方位图，不仅有各个楼栋单元号，还有小区所有道路、封闭出入口、社区取菜点、药房等位置标识，十分清楚。李海把制作好的平面方位图发到社区群里，立即引起一片赞叹。许多老人说，他们在这里生活了几十年，从来没有如此清晰地认识过这个地方。李海告诉我，有一个志愿者是搞平面渲染的，他通过不同的颜色把每个小区区分开来，这样进一步优化了示意图的呈现效果。李海说，他和其他志愿者总会得到社区里老人的道谢，甚至鞠躬。大家都隔着口罩，但眼神里流露的一定是温暖。

长轮社区党委书记胡芳婷告诉我，长轮社区如果没有年轻党员，没有年轻志愿者的加入，工作就难以创新，会更加被动。不光是创新，这次战

"疫"还激发了年轻人更多的动力,为以后社区管理摸索了新路子,积累了经验。李海绘制的平面方位图,就是在实战中探索并且不断补充完善的,经受了"战争"的检验。这张图比设计院和科研所绘制的图都要好,这是肯定的。他们觉得这张图很实用,同时觉得现实生活中这样实用的图太少了。

看着李海发给我的平面方位图,怎么看,都像一张作战示意图。事实上,这就是一场战争,这就是一张作战示意图。

但这只是这场大战"疫"中很小很小的一个点。这场大战"疫"的作战示意图是谁在绘制呢?是我们的国家,我们的民族,我们的人民。

在心灵深处相遇

"孩子,既然你能接阿姨的电话,说明你相信阿姨,你有话想跟阿姨说,你想把学习搞好,是不是?"杨杰轻声细语地说道。从声音里,就能感受到她脸上笑容的温暖。

"阿姨,我不是不想把学习搞好,是我爷爷奶奶老是要控制我,让我没有任何隐私。"孩子说,"他们说得越多,我越没心情学习。我不想跟他们说话,什么也不想说。"

杨杰说:"孩子,我相信你,爷爷奶奶可能说了你一些什么。但我想告诉你的是,孩子,爷爷奶奶肯定是为了你好,只是他们表达的方法欠妥。你马上面临中考,爷爷奶奶不就是希望你能考出好成绩,上一个理想的高中吗?其实你也可以好好跟爷爷奶奶说的呀,你跟他们说,他们一定会接受你的意见的。但(你)不能逃避,也不能沉迷电脑游戏。不是说电脑游戏完全不能玩，但要有节制，要能自我节制，不要沉迷其中不可自拔。这样不仅会影响学习，还会影响身心健康。"

....

3月19日晚，我来到武汉市东西湖区采访杨杰时，她正在电话中给一个初三男生做心理辅导。孩子本来只是到住在江岸区的爷爷奶奶家过年，后来"封城"回不去，就一直住在爷爷奶奶家。刚开始，祖孙关系还融洽，但随着时间的推移，矛盾开始出现。学校要求上网课，但孩子想玩游戏。爷爷奶奶看着孙子只顾玩游戏，急得团团转，跟他讲玩游戏的坏处，讲学习的重要性。但孙子总觉得爷爷奶奶不是在关心他，而是在怀疑他。后来爷爷奶奶实在没办法，就想出一些"怪招歪招"来：把家里的电闸关了，说是停电了；把家里的网线剪断，说是没网络了。如此一来，矛盾越来越深，爷孙俩动不动就吵架，甚至到了动手的地步。

56岁的杨杰，心里总有一盏灯，时时闪耀着温暖的光芒。她是江岸区人，之前一直从事财务工作，2008年开始学心理学。学习不为其他，就为拯救心灵，唤醒心灵。从学心理学那年开始，她一直坚持做公益心理辅导——在社区从事青少年的心理辅导工作。从最开始的一个人，到后来的三个人，再到现在的三十多个人，他们的志愿者团队越来越大。让她没想到的是，在这场疫情中，她和她的团队，还有众多像她这样的心理咨询师，用他们的方式参加了这场战"疫"，成为不可或缺的战士。

1月26日，杨杰接到江岸区团委书记的电话："杨老师，现在疫情越来越严重，是不是发挥一下你们的特长，开通一个心理热线，组织几名心理咨询师为居民提供相关政策信息引导和心理情绪安抚？"杨杰兴奋地说："书记，你说的，正是我想做的。现在疫情这么严重，许多居民需要咨询各方面的政策；有的患病后会恐惧，还有的在'封城'后出现了焦虑情绪。现在正是他们需要心理安抚的时候。"他们一拍即合，并给这个心理热线取了一个名字——青春江岸疫情防控暖心热线。随后，十多名心理咨询师报了名。

第二天，杨杰他们就上岗了。不需要出门，家就是他们的办公场所，手机成了他们的"武器"。热线开通时间从早上9点到晚上9点。他们排了一下班，每个人值班2小时，一天排6个人。每人隔一天排一次班。排好班后，通过区团委的微信公众号推送出去，有公告，也有热线号召。同时，他们也在自己的微信朋友圈里转发。

很快，电话就打进来了。最开始，居民咨询的都是很现实的问题，如对病情的担忧与焦虑，生病后的无助与恐惧，以及求医问药等。有一位失独母亲，60多岁，丈夫去世了。她患有幽闭恐惧症。自从孩子走了，她不能一个人待在相对封闭的空间，也从来不坐公交车，不坐火车，不出去玩，甚至基本不出门。她现在找了一个老伴，每次出去，她只能坐电动车。她总是处于一种自责之中，说是自己没有照顾好孩子，因为自己孩子才死的。她的心脏不太好，必须吃药。疫情来后，她更焦虑了。那天早上8点，失独母亲拨通了杨杰的微信视频。其实当时杨杰还没起床，因为每天接热线忙到很晚才能睡。但杨杰没有迟疑，马上接通了她的视频。失独母亲说："杨老师，我有事找你。"杨杰说："不好意思呀，刚刚起来。你看我这样子。"就这么一个不经意的动作，失独母亲感动了："杨老师，谢谢你的关心，你刚刚起床就接我的视频。我是一个非常讲究穿着的人，我知道你刚起床就接我的视频，这证明你没把我当外人。"随后失独母亲敞开心扉："杨老师，只要听到疫情，听到有人去世，我就心里发慌。昨天晚上又没睡好，我早上4点就起床了。我有强迫症，起来后，我不断打扫卫生，把屋里打扫了个遍。"……她们越说越多，越说越投机，失独母亲的心情终于因杨杰的劝导而渐渐好了起来。

不光居民，街道、社区工作人员也会焦虑，也会感到无助。2月上旬的一天，一个街道书记给杨杰打电话："杨老师，疏导疏导我们社区工作人员吧，他们压力太大了，都快崩溃了。"杨杰一惊，心想，有这么严重吗？这可不是小事，她立即给社区工作人员打电话。有一名男子，他父亲确诊了，找社区工作人员安排床位，但医院床位紧张，需要等。没多久，他的父亲去世了。两天后，这名男子的母亲也确诊了，还是没等到床位。他冲到社区办公室要打人，给社区工作人员造成了很大的心理压力。还有一个单亲妈妈，带着孩子，她和孩子都感染了，同样没有床位。这次，不是单亲妈妈给社区工作者压力，而是社区工作者内心的愧疚造成了压力。他们期盼着火神山、雷神山医院赶快建好，他们觉得自己社区的居民应该得到救助，如果没有得到及时救助，就是自己失职。杨杰不仅给这些社区工作人员打了电话，还加了他们的微信，经常跟他们聊天，帮他们释放压力。"我们的工作量这么大，一些居民还把积累的怨气全都发在我们身上，把我们当出气筒。我们冒着生命危险拼命地工作，不为什么，只想得到他们的理解与承诺。"一个社区工作者流着泪说。杨杰说："你尽情地哭吧，把所有的辛酸、委屈都哭出来吧！"

进入3月，疫情逐步好转，居民情绪渐渐稳定下来，也适应了居家隔离的生活。这时，杨杰他们的心理热线主要涉及的是生活方面的问题。一天，车站街道的一位先生给杨杰打电话："杨老师，我生活没办法了。"杨杰问："怎么啦？"他说："我两个孩子都是大学生，在外面上大学。疫情这么久了，我一直没出去打工，现在手上生活费都没有了。我们买10块钱一份的爱心菜，省着吃，一份菜要吃十几天。再过几天，我就担心我们的水、电和天然气都没有用的了。"杨杰说："这个你不用担心，全国都有规定，疫情期间，不会断水、电和天然气的。"他说："我不想让亲戚朋友知道我的困境。"杨杰顿时明白了，她说："我一定把你的情况转达到社区。"随后，杨杰把这个情况反映到街道。第二天下午，杨杰收到他的一条信息：

"我们生活上的问题得到了解决,感谢您,杨老师!"再一天,杨杰又接到一位老爹爹的电话。他说:"我父母九十多了,住在塔子湖街道,我父亲中风了,我担心他们的生活。我也不方便出来,不知道他们领过爱心菜没有。能不能帮助一下?"杨杰二话没说,电话一挂,就拨通了塔子湖街道的电话。不久后,这位爹爹打电话告诉杨杰:"我父母的爱心菜都是志愿者送上门的,他们不仅领了爱心菜,还得到了特别照顾。谢谢暖心热线。"杨杰告诉我,其实小区的门栋大门上都有网格员的电话,但很多居民平常没有太关注,甚至不知道自己住的地方属于哪个社区、哪个街道,更不知道网格员是谁。但她会耐心地帮他们联系,还会告诉他们街道、社区和网格员的电话。因为他们是暖心热线,首先要温暖居民的心灵。

复工的人越来越多,返城的人越来越多,杨杰他们的热线又开始偏向为复工和返城人员服务了。很多居民甚至把他们的热线当成了政府部门的工作热线,询问返城的手续该怎么办、需要找谁等等。有一天,一个老爹爹一大清早就气冲冲打电话给杨杰:"你们政府是干什么的?我头发那么长了,像个疯子,你们怎么不安排人过来理发呀?"杨杰在电话这头微笑着听他发完牢骚才说:"爹爹,您的这个意愿,我们一定向相关部门转达。"老爹爹这时忽然明白了,这不是政府工作热线,而是暖心热线,他们是志愿者。他说:"不好意思,一早就向你发脾气。"杨杰说:"没事,没事,您能冲我们发脾气,说明您信任我们。"对杨杰来说,这样的事见怪不怪,很多市民把他们当成一个宣泄的出口,在某种程度上,这对市民的情绪起到了疏导和舒缓作用。杨杰还觉得,市民之所以这么信任他们这个热线,最主要是区里、街道和社区的重视与积极配合——能帮助及时解决问题,有信誉的支撑。实际上他们的热线只是一个公益组织,只是市民和政府之间的一条纽带。

看到杨杰在群里发出的倡议后，安心立即报名参加暖心热线。她是江岸区人，国家二级心理咨询师，也是业余从事心理咨询的公益活动。两年前，她参加了杨杰的团队，在社区从事青少年的心理辅导工作。她还是武汉市精神卫生中心心理危机热线的志愿者。加入暖心热线后，她将家里的书房作为临时工作室，并在上面挂了一块牌子——暖心热线临时工作室，牌子下面写了八个字：热线时间，请勿打扰。在办公桌的台历上，她还写了热线常用语：您好！这里是江岸区青春江岸疫情防控暖心热线……

刚开始，打来电话的大都是求助的。什么年龄段的人都有，老的有七十多岁，小的才十来岁。有的出现了症状，想找医院和床位；有的买不到物资和药品，想寻求帮助。慢慢地，情况发生了变化。不少人因为长期待在家里，和家人相处出现了冲突，产生了焦虑。有的人长期在工作，习惯忙碌了，很少待在家里，也不怎么跟家人相处，家人也习惯其长期缺位。现在待在家里，他们反而不知道该怎么办了。安心就鼓励他们，要融入家庭生活，找到生活的另一面。安心觉得，应该通过电话与声音，给需要帮助的人以支持和安慰，帮助他们找到社区等方面的资源，激发他们的内在能量。关键的时候，给生命一个支撑。

一天，一位年轻女士打来电话，说她丈夫感染住院了，她也出现了症状，孩子也发烧了。她带着孩子住一个房间；公公婆婆没有异常，住另外一个房间。每天公公婆婆出来做饭，吃完赶紧回房间，然后她再带着孩子出来吃饭，吃完赶紧回房，公公婆婆再出来收拾碗筷。居家隔离中的她，在极度焦虑中拨通了暖心热线："我很焦虑，甚至烦躁，我的内心无法平静，心跳得很快，也听不进别人的话。"安心学的精神分析流派中有催眠术。她说："你调整呼吸，放松，放松，再放松。"渐渐地，对方安静下来了。安心问："你现在能听得进我说话吗？"她说："能听得进了。"安心知道，她的心已经趋于平静，如果仍然焦虑与烦躁，肯定听不进她的话。安心对她说:"为了自己,为了孩子,为了这个家庭,你必须坚强,必须理智,必须镇定。你什么也不用担心,什么也不用怕,有这么多亲戚、朋友、邻居,有这么强大的国家。"安心这么一说,她激动了,哭了起来,哭得很厉害。安心反而感到欣慰了。哭,是在释放压力与情绪。安心又帮她联系了社区和卫生服务中心。她不再迷茫与恐惧。几天后,她再次给安心打电话:"社区组织我和孩子去做了检查,我们没有感染新冠肺炎,是普通感冒。"

还有一位女士,50多岁了,独居。三年前她丈夫去世了,半年前女儿去世了。虽然社区一直关照她,为她办了低保,也鼓励她在社区里卖点早餐为生,但疫情开始后,她什么也做不了。之前她姐姐一直陪着她,但"封城"后,姐姐回去了。于是,原本就自卑、伤感的她,孤独感一下子就涌了上来。不仅孤独,她还失眠,只要躺在床上,她就会想到女儿,想到死亡。女士说:"我想吃药来调整睡眠,但又不太敢。"安心知道,她只是心理咨询师,在服药方面无法进行指导,但恰好她一个朋友睡眠不好,吃过一种中成药,于是推荐给了那位女士。女士说:"我怕吃了对它有依赖,对身体有影响。"安心说:"这只是一种中成药,是用来调养生息的,应该不会产生依赖。"女士说:"那可以试一下。"安心还说:"我有一个堂姐,也是失独家庭,我能够理解你的心情。但你不能完全依靠药物来解决心理的创伤,要相信自己的力量。只要你好好调整,时间可以缓解这个创伤带来的压力与伤害。"女士说:"谢谢你能理解我,能感受我的痛苦。"

"我想,能在一瞬间给一个陌生的人一点安抚,让他平静,或是哭泣,那么热线就是有意义的。"安心说,"我特别热爱心理咨询师这个职业,特别是对给青少年做心理辅导感兴趣。对青少年来说,心灵的成长,与智力的成长是同等重要的。"

暖心热线团队中有一个叫何冰的心理咨询师。其实他的本职工作是一名销售员，但他热心公益，就选择做心理咨询师。他给我讲了一个沉重的故事。一次，一家医院的护士打电话给他说，他们医院住了个老爹爹，本来老爹爹和儿子都在他们医院住院，但后来，儿子病重去世了。老爹爹悲痛万分。护士希望何冰给老爹爹做一下心理干预。何冰打电话过去，老爹爹还处于哀伤之中。何冰知道，老爹爹这时最需要的是亲情，是陪伴。何冰说："您现在有什么需要聊的吗？"老爹爹叹息了一声，说："我现在什么都不需要聊，也没什么可以聊。"何冰在电话中轻声地说着，老爹爹在电话那头一直沉默着。何冰说："这是我的电话，您可随时打，我随时在您旁边陪伴。"老爹爹默默地把电话挂了。何冰知道，老爹爹很悲伤，而事实上，老爹爹的这种情绪或多或少感染着何冰。何冰的心情一下子就沉重起来。但他知道，自己是心理咨询师，必须振作起来。他想到刚入行时，老师曾对他说过："心理咨询就是助人自助，助人的同时也帮自己。这个行业，会随时面对很多负面的压力与情绪，要有爱心，要有情怀，要有一个强大的内心。"后来，他打了电话给杨杰老师，算是寻找心理干预吧。杨杰说："遇到这种情况，心里有波动很正常，但一定要及时调整情绪，要挺住。"两三个小时后，何冰调整过来了，重新投入战斗。

何冰说，做心理咨询志愿者，会有一些压抑，但相对于坚守前线的医护人员，他们没有危险。看着自己通过电话，通过自己的话语，给市民内心照进一丁点的希望和光明，他为自己这个职业感到骄傲；看到这场疫情中中国人的团结、勇敢、奉献、牺牲，他为同胞和祖国感到自豪。

第五章 我们一起战斗过

这是一场名副其实的人民战争，有无数人一起战斗过。听，长江边，雄壮的呐喊和呼唤正驱散迷雾，急促的奔跑声在与生命赛跑，奔腾不息的长江水流淌着中华民族生生不息的力量……

我很幸运，但又心有不甘

虽然鲁进的语速很慢很慢，吐字很轻，但发音准、思维清晰。这场战"疫"，已经深深镌刻在他的脑海深处。他说："我做完手术，从重症监护室醒来后，首先想到的不是自己的病情，而是新冠肺炎。我甚至很快就想起来了，武汉正在发生一场严重的疫情，第九医院正人满为患。"

3月17日，当我在武汉市洪山区见到鲁进时，幸运的他已经出了院，回了家，可以在小区里慢走了。真是谢天谢地。1980年的春天，他出生于武汉洪山区。伴随着改革开放的春风，他茁壮成长。他积极阳光，热爱体育运动，特别爱打乒乓球。2000年，他以优异的成绩考上武汉大学医学院。选择学医，是因为他觉得医生是一个伟大的职业。2005年大学毕业后，他先在武昌医院实习，两年后正式入职武汉市第九医院。因为学的呼吸病学专业，所以他一直在呼吸内科工作。看着一个个气喘吁吁、呼吸困难的病人经过治疗后好转，他不仅开心，更有一种成就感。鲁进感叹道："那是多么美好的事情啊！"

在鲁进看来，一切就像发生在昨天。2019年12月底，武汉出现不明原因肺炎患者。很快，他们医院也接触到了不明原因肺炎患者。1月23日，武汉市第九医院成为武汉市第一批发热患者定点医院。这时，医院的病人越来越多，恨不得一天开一层楼做病区。整个呼吸内科被打散了，分到了所有新开辟的病区。鲁进分到第八层，是第八层的业务负责人。他的工作压力、心理压力更大了。他每天要查房会诊，维护整个病区的呼吸机，制定收治患者的核酸检测计划，经常一拖就是晚上八九点才下班。为了减少麻烦，一穿上防护服，他们就尽量不吃不喝。特别是分来了外科、儿科等科室人员，他们不熟悉呼吸内科工作，也不太会使用呼吸机，鲁进还要手把手地教。最大的还是心理压力。面对病人病情加重，或者离世，他感到很无助。有的病人一来医院，肺就全白了，刚来一两天就去世了，甚至连核酸检测都没来得及做；有的做了，但结果还没出来。有的病人说："医生，救救我吧！"有的病人说不了话，家属就会在外面说："医生，救救我妈妈吧！""医生，救救我爸爸吧！"但鲁进他们没有太多办法，只能让病人上呼吸机，但还是缺氧；再不行，只得将气管切开，但仍然不行。

鲁进负责的第八层病区，有近90%的病人检测结果呈阳性。面对突如其来的灾难，有的人泪水是因悲痛而流，有的人泪水却是因感动而流。经过鲁进他们的努力，一个又一个重症病人脱离了呼吸机，一个又一个重症病人走出了医院。离开医院时，病人和家属的眼泪哗哗地流，他们不停地作揖，感谢医生和护士。也有病人和病人家属问过鲁进，新冠肺炎治愈后有没有后遗症。鲁进说："对有些病人会有影响，比如有些白肺，可能会纤维化，恢复时吸收不是太好。这样可能会影响以后的呼吸，就像被绳子绑住了一样，可能会有胸闷等情况。病情严重的，多多少少会有一些影响。"

让鲁进难以接受的是，他的战斗姿势定格在了2月13日。那天早上，他刚下晚班，正脱了防护服，准备跟其他同事交流一下病人的病情。突然间，他觉得胸闷，顿时大汗淋漓。"我没高血压啊，这是怎么啦？"他心里想。他又想到 2011 年自己出过车祸，难道是旧伤复发？也不应该啊。他觉得不对劲，马上找同事。同事马上把他送到普仁医院，一番检查，特别是做了血管增强 CT 后，被初步认定是胸腹主动脉夹层撕裂。于是，他又被立即送到亚洲心脏病医院，在那里得到确诊。这对鲁进来说，无疑是晴天霹雳。他知道，这个病的死亡率非常高，手术也非常危险。但幸运的是，他的手术非常成功。他从重症监护室醒来后，首先想到的是疫情。因为他的肺部也有感染，甚至是成片的感染，主肺全白了——考虑过是否为新冠肺炎，但在医院做了六次核酸检测，全是阴性。只能下临床诊断。医生也把片子给鲁进看了，鲁进建议更换抗生素，六天后，白肺全部吸收。但有肺不张的情况。鲁进想在疫情结束后做一个肺纤维支气管镜，查清肺不张是什么原因引起的。他也问过给他做手术的医生。他们说，做完主动脉手术，确实会有肺不张的情况发生，这需要一两个月时间来慢慢恢复，也建议他回家多做肺功能恢复训练。

我采访鲁进时，他虽然偶尔会咳嗽，但能慢慢行走了，睡觉也没问题。他每天坚持做肺功能恢复训练。他告诉我，因为他报了一个临床诊断，出院后，他先在第九医院的职工大楼里隔离了 14 天，两次核酸检测都是阴性后才回的家。母亲很担忧他的病情，在他住院时天天以泪洗面。他回家后，母亲一定要过来照顾他。鲁进说："妈妈，我还没有确定呢。"母亲说："没确定也要来，你病成这样了，妈妈怎么放心得下呢？"鲁进还说，他要好好地养身体，好好地活下去，他女儿才 11 个月大，才刚刚会叫爸爸，不为自己，也要为女儿活下去。唯一让他感到遗憾的是，他原来想着早日康复，重返抗疫一线，但目前看来，这个愿望很难实现了。

鲁进说："话又说回来，能活下来，我已经很幸运了，但又心有不甘。"

写到这里，我想起采访第九医院呼吸内科护士长徐莹时，她所说的："鲁进是我的战友，他原来出过车祸，死过一回，被抢救过来了，身体不是那么好。这次他作为第八层业务负责人，加班加点，长时间劳累，又倒下了。好在他又转危为安，顽强地活了下来。有人说，不要过度劳累，要保持足够的睡眠。但我想告诉他们，这是战场，这里有敌人和死亡，不是和平时期四平八稳的平常生活。我天天为鲁进祈祷和祝福。鲁进只是我们所有医护人员的缩影。这是一个非常鲜明的现实主题，你可通过他的故事来折射这个主题。"

我们也是医院的一分子

3月23日下午，在同济医院中法新城院区门诊4楼空旷的走廊里，我与黄冬华见面了。一见面，我就说："黄师傅，向您致敬！"他则说："国家有难，匹夫有责！"我总觉得，他的这句话一下子拉远了我与他的距离。随着采访的深入，我更加深刻理解了这句话的含义。他用最质朴的方式诠释了"国家有难，匹夫有责"的真谛，他用行动告诉我们，只要你有良知，只要你有责任心、敢担当，你就可以从内心深处说出"国家有难，匹夫有责"！

黄冬华今年64岁，原来在老家湖北汉川的供销合作社上班，是"半边户"——老婆是农村的。当时他每月工资只有30多块，家里有一个儿子、两个女儿，日子过得很紧巴。后来他和几个同事辞职下海，来到武汉，做服装生意，一直做到2004年在这里买了房子，才扎下根，成了名副其实的新武汉人。2004年，他身体有点不适，这是小时候得血吸虫病留下的后遗症。房子有了，儿女都长大了，原来单位还有点退休金，于是他干脆把服装生意放一边，开始在家调养身体。在家没别的事，就养花养草。渐渐地，这成了他的爱好。他还四处学习盆景技艺。后来有一个朋友对他说，你自己这么爱好养花养草，技术又这么好，何不开个盆景花店？黄师傅一想，朋友说得也对，加之自己的身体已经调养好了，于是他在汉阳区武汉动物园附近开了一个盆景花店，直到四年前那边拆迁，才跟着儿子一起住到蔡甸区新天大道边的恒大绿洲小区。这个小区离同济医院中法新城院区的直线距离只有200米左右。原本他想着在家带带孙子，安度晚年。但在家实在闲得无聊，三年前的一天，他跑到隔壁新开的中法新城院区的物业公司，问需不需要绿化工人，说他会培育盆景。物业公司经理一听说他会培育盆景，便录用了他。于是，他就来上班了。在这里，人们都称呼他"黄师傅"。

黄师傅早上送孙儿上学，下班后接孙儿回家，白天在医院搞绿化，既方便，日子又充实。因为医院刚刚建成并投入使用，绿化上还有许多事情要做。不管室内还是室外，医院整个绿化都归他管。后来物业公司经理说："老黄，你干脆脱产，只搞管理，不进行具体操作。"但黄师傅还是放不下他亲手培植的花草，一边做管理，一边具体打理。他知道，室内的绿色植物，离开了阳光和雨露，必须要有一定的技术才能打理好。有些单位听说医院的绿化搞得好，还想偷偷把他挖走。但他没同意，因为这里离家近。

他们是腊月二十九放假的。第二天是大年三十，黄师傅与儿女约好，这天晚上一起吃个团年饭。黄师傅不仅花养得好，菜也做得不赖。他和老伴做了一大桌菜，一家人一边吃团年饭，一边看中央电视台《春节联欢晚会》。看着看着，晚会上临时插播了几名主持人为武汉加油，为支援武汉的医务工作者加油的特别节目。"看样子情况蛮严重了！"黄师傅心里想着。大概半个小时后，医院物业公司领导打电话过来了："黄师傅，医院来了很多医疗物资，能不能赶快到医院来卸货？"黄师傅说："我马上就过去。"他挂了电话，抬头一看，老伴、儿子、女儿、儿媳、女婿，甚至孙子孙女，都用异样的目光看着他。

"你去干吗?"老伴问道。

黄师傅说:"我去上班。"

"你已经放假了,要过春节了,疫情这么严重,你是绿化工,又不是搬运工。"老伴说,"你跟经理说,家里有事,去不了。"

"那怎么行?我在医院做事,拿人家的工资哩。"黄师傅说,"再说,不就帮着卸下货吗?"

"老年人是新冠病毒的易感人群,您这么大的年纪,是顶不住的。"儿子说。

"弄不好要死人的。"小女儿说。

"死了就死了,反正我这么大年纪了,死也只死我一个人,我也不回来了。"黄师傅说,"我不去,你们去吗?医护人员在一线才危险。我是去卸货,是服务后勤的。要是都不去,谁保障医护人员呢?这是人命关天的事。"

"老爸,你要多少钱,我现在转给你,你以后不要再去医院上班了。"大女儿坚定地说。

黄师傅一听,生气地说:"国家有难,匹夫有责!我农民出身,初中毕业,在村上当过会计,搞过宣传,还被评为先进分子,后来又把我招到供销社上班。我算半个知识分子吧,我是享过政府的福的。现在政府需要我们,不去,说得过去吗?良心上过意得去吗?"

说完,黄师傅把清好的衣服往包里一塞,就准备出门。

"爷爷,爷爷,你不要去。"11岁的孙女一把拉住黄师傅的手,哭着说,"你去了就不能回来了,如果得了这个病,要死人的。"

黄师傅与孙女关系非常好。孙女从幼儿园开始,都是由他接送。每次去接,他都要带点小零食。孙女也只跟他亲,不要父母,只要爷爷接送。

"乖孙女，爷爷不会有事的，爷爷会保护好自己的。"黄师傅说。事后，他还是很内疚，也很害怕。自己一意孤行，如果真的没保护好自己，被感染了，去世了，是多么可惜。他不是怕死，而是害怕离开家人。

一到医院，他就看到几辆货车，排着很长的队——是支援队伍，货车上装有呼吸机、防护物资和各类药品。他们马上投入战斗，把货物卸到地下室。一直忙到大年初一的凌晨1点。因为任务紧急，还没来得及安排住宿，他们只能各自找睡的地方。黄师傅就睡在地下仓库，在C栋西区货梯边上，太平间的隔壁。他是绿化工，这个仓库是用来放农药、化肥、工具的地方。他用袋装化肥码成床脚，在上面放四块板子，铺上病房里陪床用的被子。仓库里没窗户，放了很多农药，味道很浓，加之有化肥，气味很难闻，好在仓库面积大，层高。

这天晚上，上半夜和下半夜，黄师傅接了30多个电话。老伴、儿子、女儿、女婿、孙女，还有亲戚、朋友都打来了电话。"何必还要在医院上班呢？""何必去挣这个钱呢？""人家都往家里跑，你却到最危险的地方去。""你都一把年纪了，有这个必要吗？"……在与他们的交流中，黄师傅说得最多的还是那句"国家有难，匹夫有责"。他觉得，其他的理由都说不过亲人们，只有这个理由，他们谁也推不翻。

很快，医院物业公司给他们协调了住的地方，在科研楼，但离医院有将近1公里的距离。黄师傅觉得距离太远，有时下雨，有时还下雪，不太方便，特别是医院有时半夜三更有紧急任务，更不方便。住在地下仓库，醒来把防护服一穿，把消杀的喷雾器一背，就可以工作了。

渐渐地，家人、亲戚、朋友都开始接受这一现实，态度也发生了改变。两天后，大女儿给黄师傅发来一条微信："老爸，你是最可爱的逆行者！我们年轻的都没这个胆量，你的勇气与精神值得我们点赞与学习。"在他们的家族群里，亲人们也纷纷为他的逆行感到骄傲与自豪，给他点赞。老伴、儿子、儿媳、女儿、女婿、孙子、孙女每天都要打电话问候他，嘱咐他注意保护好自己，勤洗手。黄师傅虽然在电话里表现得无所谓，但实际上，常常泪流满面。

黄师傅的主要任务是做好消杀工作，绿化工作先缓一步。消杀是在院感医生指导下进行的，他们告知黄师傅消毒水按什么标准配比，以及具体的消杀路线。消杀工作主要在两个区，一个是安全区，一个是感染区。黄师傅主要负责安全区。院感医生跟他说："消杀要凭良心做。这是人命关天的大事，来不得半点马虎。如果医院的物业或是管理人员感染了，那么很可能跟消杀不足有关。"他早上7点开始上班，7点30分穿好防护服，开始消杀，一直忙到中午吃饭。如果还没有消杀完，下午接着干。有时忙到晚上七八点。光病区、CT室、检验室等就有2万多平方米，还有40部电梯、50多个厕所。特别是病人走过的路线，他们至少要消杀三四次。病人从哪儿进的医院，走的哪条路，乘了哪几部电梯，到了哪些病房，必须一路消杀。有时晚上，他还需要对病区、CT室、检验室等地方进行补充消杀。为了保持消杀的效果，也为了节省防护服，每次他都尽量多喷洒一点，消杀的时间长一点。

虽然只安排他做消杀工作，但遇到病人需要帮助，他也总是上前搭把手。2月12日深夜11点30分左右，从武昌转来一批病人，有的还是重症。两车人，40多个。办登记手续的只有一个窗口，他们需要排队。由于恐惧、疼痛兼天气寒冷，大部分病人显得焦躁不安，有的甚至哭喊起来。有的病人能走，能拿行李；有的病人行动不便，拿行李都困难；还有的病人躺在担架上，需要抬着走。看到这个情况，黄师傅没有犹豫，穿上防护服就上去帮忙。行动不便的，帮他们拿行李；躺在担架上的，帮忙抬担架。考虑到来的都是发热病人，黄师傅怕他们口渴，马上提了两箱矿泉水送给他们。不到两分钟，两箱矿泉水就分发完了。一直到第二天凌晨3点多，所有的病人才顺利住进病房。黄师傅又赶紧对场地进行消杀。完全充分消杀后，他又和保洁员一起，把垃圾清理干净。

还有一次，黄师傅刚好消杀到发热门诊，见一个女人牵着一个老人来看病。老人虽然拄着拐棍，但还是走不动，几乎是拖着腿在走。女儿一只手搀扶着父亲，一只手提着行李。看着父亲走不动，喘不过气来，口里还吐着泡沫，女儿急得直哭。黄师傅知道这个老人肯定是发热病人，想着离他们远点。但看到老人的女儿在哭，他实在看不下去，于是走过去问："怎么啦？有什么事吗？"老人的女儿哭着说："病看完了，结果也出来了，但要到住院部去。我爸爸就是出气不赢，走不动。"黄师傅想，假如是自己的父母，自己也会着急。他又一想，反正自己穿着防护服，再说天天跟医护人员接触，他们天天在重症病房工作，不也没事吗？还有，他们戴着口罩，自己也戴着口罩，应该没有事。于是，他对老人的女儿说："我送你们到住院部去。"老人的女儿连忙说："谢谢您了，大爷！谢谢您了，大爷！"黄师傅说："不要谢，我是医院的工作人员，应该做的。"发热门诊在A栋，住院部在C栋。他和老人的女儿一人挽着老人的一个手臂，搀扶着他往住院部走。黄师傅的另一只手上还帮忙提着行李。

医院来了医疗物资，或是医废需要转运时，黄师傅又是一名突击队员。黄师傅告诉我，平常一个月他们医院的废弃纸箱大概是3吨，但这次疫情不到50天，就增加到了30吨。这些都是药品和器械等的包装，需要他们搬到车上运走。对于这些废弃纸箱，他首先是消杀，不消杀不拉走，至少要消杀两遍。穿着防护服，戴着口罩，还不能喝水，一搬就是几个小时，他总口干舌燥，会累得腰酸背痛。有时候，车还没装满，但他们实在太困了，两手一摊，靠在墙边就睡着了。特别是黄师傅的领班周贵清，不仅要指挥运送医废，还要参与搬运。由于劳累，周贵清体重一直下降，从最开始的126斤，下降到后来的105斤。随着疫情的好转，黄师傅的绿化工作也得抓上来了。室内外的花花草草需要浇水、施肥，草坪里长满了野草，他们又开始一起拔野草。

黄师傅最牵挂的还是家人。只要有时间，他就会与家人视频聊天。偶尔，医院也会发点物资，他就送到小区门口。有一次，他送菜回去，是孙女过来接的。黄师傅在栅栏的外面，孙女在里面。孙女说："爷爷，你是我们的骄傲与榜样。我以后也要当医生当教授，你到时候也要保护我哟。"黄师傅笑着说："太好了，要是爷爷以后生病了，孙女就可以给我治了。"但在回医院的路上，他想着孙女说的这番话，越想越伤感，甚至默默流泪了。他想，等孙女将来当上了医生和教授，他都八九十岁了，不知道自己还在不在人世间呢。对个体的人来说，天下没有不散的筵席，美好的时光总是那么短暂。

黄师傅告诉我，孙女给他买了一双鞋，41码。孙女还给他画了一幅画，一条大河，河里有好多礁石，水流很急。河上有一条船，他站在船上，用竹篙撑着往上行。孙女告诉他，逆水行舟，不进则退。他则告诉孙女，爷爷没有退，爷爷不能退，一直在前进。

"我们是老人，应该给孩子们做出表率。只有大家齐头并进，这个社会才能发展，中国才有期盼！"黄师傅说。

在中法新城院区，我还采访了姚红师傅。姚红，"70后"，蔡甸人，就住中法新城院区附近，在这里上班三年了。她一直做保洁员，负责发热门诊。1月20日左右，她开始听说新冠肺炎这个病，不是在电视里，而是在发热门诊听到的。她不怎么看电视，也不喜欢看微信朋友圈。当时来发热门诊看病的人特别多，一天到晚24小时，医护人员轮班守在岗位上。她的工作也忙了起来，从早上6点30分开始上班，一直要忙到晚上九十点。人多，垃圾也多，她一个人根本就忙不过来。物业公司便又安排了一个保洁员，她们两人负责发热门诊。姚红告诉我，防护服是院感医生教她们穿的，她们与医生同进同出，必须保护好自己。穿上防护服还要做事，非常难受。不能喝水，不能吃饭，一进去就要待五六个小时，出来吃完饭后，再进去。她们一直在医护人员和患者之间穿梭，不是不害怕，而是她们一心只想着做事，没时间害怕。

春节之前，她还是一如既往地天天回家，跟家里人住在一起。大年三十到正月初二，她休假，正月初三继续上班。这时疫情更加严重，人们更加谨慎与提防。当她说要回医院上班时，老公、儿子、公公都反对。好在婆婆支持她："没事，不怕，你去。"老公说："世界上哪有你这样的婆婆，把儿媳妇往火坑里推。"姚红说："外面那么多医护人员来拯救武汉，难道他们都是往火坑里跳吗？我一直负责发热门诊，对这里比较熟悉。"老公最后说："最好不去，如果你一定要坚持，我也不阻拦。"

这天回到医院后，她就一直吃住在医院。最开始还是负责她熟悉的发热门诊。一进去，她就感觉垃圾黑压压的一片，不知比平常多出多少倍。病人都在这里吃喝，垃圾自然就多。她赶紧把垃圾收拾起来，用垃圾袋装好，并且是用双层袋子装好，再扎起来放在指定的垃圾桶里，然后由专门负责医废的人员来处理。严重的患者会呕吐到地上。她得先用抽纸将呕吐物包起来，放到塑料袋里，再进行消毒。由于人太多，甚至拥挤，搞卫生时，她需要不断地跟人家打招呼，叫他们让一下，但人家就是抬不起脚，卫生也很难一下子搞干净。另外，人太多，进进出出，上一秒搞完卫生，下一秒可能就脏了。平常半天做一两次卫生就可以了，但现在随时都要做卫生。她不光做卫生，还要随时消毒。有的病人病情严重，没有力气，坐在凳子上也是歪着身子，医护人员抬不动。看到这种情况，她就会跑过去，帮着抬一下，或是帮着搀扶。她也见过病人因抢救无效而去世的场景，这时的她，既难受也害怕，但害怕也得上，也得坚守。

2月12日，医院的发热门诊关了，病人主要集中在隔离病房。姚红可以选择回家。但她没有，而是主动申请去了隔离病房。当时她对领导说出的理由是："我们也是医院的一分子！"她负责的隔离病房有点特殊，是专门针对小孩的隔离病房，他们病情都不是那么严重。孩子们都不大，有的甚至刚刚出生。孩子们没有父母的陪伴，需要微笑、阳光与温暖。每当上班，姚红都微笑着面对每一个孩子，她恨不得自己化作春风，立即吹到孩子们的脸上；也恨不得自己变成阳光，立即照进孩子们的心里。每当做完卫生，她就帮着医护人员照顾孩子。有的父母也在隔离病房，但他们只能来到孩子隔离病房外，隔着玻璃窗偷偷看几眼。看着孩子们在里面哭，他们想抱不能抱，想亲不能亲，只能悄然落泪。

姚红话不多，几乎是问一句答一句，但她说的每一句话都让我震撼。当时她告诉我，家里人都理解与支持她。她平常喜欢散步，厨艺也相当了得，在家族里是出了名的"大厨"。她说疫情结束后，她最想做的就是回家，回家做好吃的，没事的时候散散步。回到长沙创作这部作品时，我特意给姚红打了一个电话，问了问她的情况。她高兴地告诉我，她早已回家了，回家后天天做好吃的，天天坚持散步。而疫情期间在医院的那些日子，似乎已经成了她遥远的记忆。

武汉同济物业管理有限公司中法新城项目部经理覃波告诉我，疫情期间，他们公司有近200人坚守在一线，分成四个组：秩序组、保洁组、医废组、消杀组。他们不怕苦不怕累，甚至不怕死，就怕床和柜子太多太重。开辟隔离病房时，为了达到临床要求，他们一张凳子一张床地搬运，需要搬运好几次。当然，他们也充分感受到了医院对他们后勤人员的关心。院感医生不断对他们进行培训，非常细致，细致到怎么戴口罩、怎么穿鞋套；医院对他们一日三餐的营养搭配，都有严格的要求，就是为了加强他们的营养，增强他们的抵抗力，让他们好好工作，保证他们平平安安的。

对于这次疫情，覃波还感悟到：其实病毒并不是那么可怕，可怕的是病毒的未知性，是人面对病毒时的无知！

24小时在岗

他姓冯，叫冯安明。

3月17日下午，我在武汉市青山区工人村街道办事处不远处的马路边见到他时，他穿着防护服，全副武装地站在一台公务车旁边。我想走近他，但他一再强调："不要靠得太近，尽量离远一点，只要相互间听得到声音就可以。"我说："您就是青山小学校长冯安明老师吧？"他说："什么校长不校长的，校长只是一个岗位。"我见过很多老师，也见过很多校长，但都是在美丽雅静、书声琅琅的校园里，都是在教书育人的三尺讲台上。我无法把此时的他与一位老师、一位校长联想在一起。此时的他，是一名普通司机，但他那身洁白的防护服又告诉人们，这名司机不一般——他是一名接送发热病人的志愿者。

他48岁，祖籍江西宜丰，却生于武汉长于武汉。虽然冯安明父母已经过世，但江西老家的叔叔、姑姑尚健在。1991年，他师范毕业，学的美术，毕业后一直在青山区工作。虽然是一名美术老师，但性格开朗、乐于奉献的他，后来被安排做总务工作；没几年，就被提拔为校长。2019年8月，他被调到青山小学当校长。

春节前，冯安明打算回趟江西老家，看望叔叔和姑姑。他向区教育局领导递交了请假报告，并得到了批准。但几天后，领导跟他说："前几天写的报告作废了，如果要出武汉，需要重新写。"这时武汉还没有"封城"，但他感觉新冠肺炎疫情已经变得很严重了。于是他说:"我不回老家了,明年再说。"

武汉"封城"后,他知道自己生活的这座城市正面临着前所未有的困难。他以前当过志愿者,觉得老是宅在家里也不行,应该做点什么。于是他在朋友群里问志愿者的事——哪里需要志愿者,有何要求。应该是大年初一那天,他得到消息:青山团区委招募志愿者。他立即打电话报名。工作人员问他:"今年多大了?"他说:"48岁。"工作人员说:"那不行,我们只招40岁以下的。"他一听,完了,超龄了,心情非常沮丧。但他又不想轻易放弃,于是他想了一个招。第二天,他再次打电话过去,对工作人员说:"虽然我超出规定年龄几岁,但我有一个条件人家不具备。"工作人员问他:"什么条件?"他说:"我的车是电动的,油电混合的。"工作人员问:"有什么不一样呢?"他说:"如果到了野外,在接不到电的地方,它可以对外放电,带动3300瓦功率的电器,或者一到两台空调。每次我们学校停电,为了保障食堂做饭,就从食堂接根线到我车上,这样就可保证炉子、鼓风机、排油烟机等能正常运转。万一要出去办个什么事,可以用我的车,至少可以提供备用电源。哪怕救护车没电了,我都可以立即进行救援。"工作人员说:"别的车还真没有这个功能,那你就加入吧。"于是冯安明加入了志愿者团队。实际上,他的车最后也没派上用场。武汉随即就实行了机动车禁行管理,除了保供运输车、免费交通车、公务用车,其他的车一律不能上路。于是他跟着年轻人一起参加各类物资的搬运工作。从全国各地运送过来的蔬菜、医疗物资等到了哪里,他们就跟到哪里,几乎是一呼百应。不分晴天雨天,也不分白天黑夜,只要车一来,他们就及时卸货。他们一袋一袋地往肩上扛,从大货车上搬运到小货车上,再从小货车上搬运到医院、方舱、社区等地方。白天,碰到饭点,他们总能及时吃上盒饭,喝上矿泉水;晚上,特别是半夜,什么都没有,有时太累太饿,饿得肚子咕咕叫。

　　大概是2月初，冯安明接到区教育局通知，要求党员干部下沉到社区。他没有说自己当志愿者的事，更没有丝毫犹豫，而是果断地说："没问题！"采访时我问他："你如何既当志愿者又做下沉党员的工作？"他笑着说："这个好办，白天干社区的工作，晚上再干志愿者的工作。"他先在127街坊小区，后来到了128街坊小区。在127街坊小区，他主要是对每家每户进行体温排查，解决居民生活上的困难。他们以电话沟通为主，平均一天要打200多个电话，时间长的半个小时，时间短的两三分钟。在128街坊小区，他主要是在小区门口值班，对出入人员进行登记和体温测量，劝阻小区居民不要随便外出。

　　冯安明晚上干些什么呢？青山交警在二七长江大桥设了一个卡点，需要值夜班的志愿者，他觉得这个工作与白天社区的工作不会有冲突，于是他又成了二七长江大桥夜班值守人员。他值晚上6点到10点的班，一个班是四名志愿者，主要是测量过桥车辆中的人员的体温，温度高的人要留下观察，或者送医院。元宵节之前，天气还非常冷，桥上卡点没有临时岗亭，没地方躲雨，也没东西可以挡风。大家穿着防护服，拿着额温枪，在寒风中值守。在桥上值完班后，他又跟着其他志愿者去卸货，一直忙到深夜，甚至凌晨。冯安明告诉我，他也不知道自己哪有这么足的精神头。我想，除了有好的身体外，更重要的是精神与信念的力量。一个人一旦有精神支撑，有坚定的信念，他的能量就会变得无限大。

　　2月17日，冯安明在志愿者群里看到一则消息，青山区委公务车平台紧急招募志愿者。政府提供公务车，保障一日三餐，专门接送发热病人。群里连续发了两次，但报名的人不多。一番思索后，他报了名。报名时，平台负责人并不是一口答应，他说："你别忙做决定，要好好考虑，跟家里人说好。这不是开玩笑的，开这个车只接发热病人。"冯安明跟平台负责人撒谎说:"报名前已经跟家人商量过了,虽然他们有担忧,但还是很支持的。"晚上回到家,他又跟妻子撒了个谎:"我要到区委开车去了。"他妻子也是个小学老师,也下沉在社区分发物资、购买药品等。她说:"给谁开车,安不安全?"他说:"全国各地不是来了很多医疗队嘛,我们就开车接送他们上下班。我们还是各自隔离,你睡卧室,我睡客厅。"妻子没有多想,她不知道,当时青山区有三类车。第一类是应急车,也就是接送发热病人的车,是区委的公务车。第二类是接送康复出院的病人的车,是区卫健委安排的车。第三类是社区接送医护人员和工作人员的车,由的士和网约车构成。包括冯安明妻子在内的许多人并不知道,救护车只接重症或危重症病人,而其他轻症病人则由应急车接送。救护车的驾驶室与后面车厢是隔断的,各自封闭,而冯安明他们驾驶的普通轿车,前后没有隔断。实际上冯安明他们更危险。后来,因为家庭或身体原因,不断有人退出这个志愿者群体;再后来,因为疫情好转,不再需要那么多应急车司机了。我采访他时,青山区委公务车平台只有3名应急车司机了,冯安明仍然在内。

  冯安明的任务是定点保障工人村街道白天发热病人的接送,这个任务重,不允许他再做其他工作了。工人村街道有6个社区,近2万人口。特别是有的社区廉租房、公租房多,情况较为复杂,确诊的新冠肺炎患者也比较多。冯安明平均每天要接送20多人,一般是一人一趟。一天下来,他要跑20多趟。在送发热病人的途中,有一个不成文的要求——司机跟病人不交流。但冯安明是老师,平常见到学生总会要说些鼓励的话;看到病人,他无法沉默,与他们聊一聊,气氛会轻松一些。他总会跟发热病人说:"你们不要担心,全国最好的医生都到了武汉,国家医疗政策非常好,不要你掏一分钱。国家采取一切措施,不计一切代价,全力救治患者、拯救生命,千万别担心。"每接送一趟发热病人,冯安明都要对车进行一次全面消杀。虽然发热病人并不一定被确诊,但如果不消杀,有一例确诊的,就有可能感染其他人。

冯安明称自己接送发热病人为"发热快递，使命必达"。他时刻驻守在工人村街道办事处的门口，只要一有任务，就会迅速赶到小区。他知道，他越快，病人到医院就会越快，就能更早治愈。街道给冯安明发了护目镜，但基本上戴不了。那时温度还比较低，只要一戴上，护目镜几秒钟就起雾了。尤其是下雨天，完全不能用。他想过换护目镜，但不论哪种都起雾。他用纸巾擦拭过后，用不了多久，又起雾了。后来他干脆不戴护目镜了。

在接送发热病人的过程中，有太多难忘的人和事。有一次，他接送一个80多岁的发热病人。突然，病人在车上摘下口罩。冯安明说："老爹爹，您不能摘口罩。"老爹爹说："我要咳嗽，要吐痰。"冯安明说："您不能吐。不能吐到车内，也不能吐到车外。"老爹爹说："那怎么办？"冯安明说："您只能把它咽下去，主要是为了他人的安全。"老爹爹很理解："我听你的，不吐了，吞下去。我已经吞下去了。"有一个要做肾透析，同时确诊为新冠肺炎的女病人。每隔一两天冯安明就要接她到中部战区总医院做一次透析。有一次，他与女病人聊天说："婆婆，您做透析做了多久了？"女病人说："做了九年了。你别喊我婆婆咯，我才45岁。"他心里一惊，马上说："不好意思，对不起，戴着口罩看不准。"女病人说："你看得很准，虽然我才45岁，但我早被病魔折磨老了，眼角额头全是皱纹。"按规定，每次冯安明只需要把女病人送到医院门口。但他看她行走困难，每次都坚持把她送到医院的楼下。他还会嘱咐："记得不跟人家一起上电梯。"

有的病人很乐观。有一个小伙子两次核酸检测均为阴性，CT正常，已经从医院到酒店隔离了。但没多久，复查又为阳性了。冯安明从酒店接他去武汉市第九医院时，他没有半点担忧，反而非常开朗。他告诉冯安明，他很早就感染了新冠肺炎，早期的时候一直没等到床位，当时就睡在走廊里。等到有床位时，他的病情就很严重了，吐过血，被下了病危通知书。

但最后他还是从死亡线上捡回一条命。他说出院后,还真留恋病房里的好伙食,水果、鸡蛋、牛奶,什么都有。"政府真是好,不仅治疗不要钱,吃得也好,生活无忧无虑。"小伙子说。"你这好了,又复阳了,又要过病房生活了。"冯安明开玩笑说。"虽然复阳了,但新冠病毒不可能再对我造成伤害了。"小伙子笑着说。

也有悲观的。有的发热病人一上车,听说要被送到隔离点,就说:"完了,完了!"冯安明知道,这都是听了外面的传言导致的。他告诉他们:"隔离点我每天都送人去,不是你们想象的那样,更不像外面传说的那样。""不是破旧房子,都是新房子。人家什么都准备好了,房间里有电视,有网络,还准备了生活用品。""有的隔离点就在酒店,几十层。""医护人员还天天测量体温。""除了不能出门,其他跟住酒店一模一样。"只要住进隔离点,发热病人的悲观情绪就会立即转变。不是冯安明的解释起了多大作用,而是现实与事实感染着他们,改变着他们。

冯安明经常被感动得掉泪。一次,他接了个70来岁的老爹爹。路上,他们聊了起来。老爹爹问:"你是做什么的?"冯安明说:"我是一名志愿者,本职工作是青山小学的校长。"老爹爹说:"我就觉得你不像出租车司机,你跟一般的司机不一样。不论是说话的语气,还是开车门和关车门的动作,都不一样。你是不是共产党员?"冯安明说:"我是党员,都23年党龄了。"老爹爹说:"这就是革命战争年代共产党员应有的作风。"老爹爹又说:"你是校长,居然开车接送发热病人。其实你完全可以指挥一下,让别人来开。"冯安明说:"虽然我是校长,但本质上我是一名老师。更何况校长也就是一个工作岗位而已,没有高人一等。现在我们都是志愿者,都是司机。"老爹爹又问:"你们做志愿者,多少钱一天?"冯安明说:"有些志愿者确实是有报酬的。我这个志愿者,没有工资,但街道提供一日三餐,政府提供车子。车上写了'公务用车'几个字,还有电话,是区委的车。"

老爹爹说:"你真不简单。"冯安明说:"不是我不简单。像我这样的人太多了。武汉开军运会时也有很多志愿者,但这次志愿者是那次的数百倍、上千倍。有时候街道或是医院会叫我们签名,或是合影,说为了留下记录。我们不签名,也不照相,只做事。我们不要钱,也不图名不图利,只想凭良心做点实实在在的事。"……跟老爹爹聊着聊着,冯安明的眼眶就湿润了。

公务车上装了 GPS,冯安明所有的接送情况都有记录。每天晚上 6 点,他得把车开回区委,公务车平台还要统一对车进行消毒。一天,工人村街道办事处主任汤应征找到他:"冯校长,能不能帮我们找个志愿者?我们街道保障晚上接送发热病人的公务车司机生病了。"冯安明说:"我认识的志愿者朋友挺多的。做其他的好说,但做接送发热病人司机的志愿者不好说。要是人家被感染了,我以后怎么面对他呢?那不是害了人家吗?"汤应征说:"因为这个原因,我们也不好找。"冯安明说:"你不要着急。你要找的人就站在你面前了。"汤应征惊奇地看着他:"你白天开车就已经够累的了,那不行吧?"冯安明说:"我回家也睡不着,躺在客厅的沙发上,不是看电视,就是玩手机。每天晚上 6 点,我把平台的车一交,就到你这里来。"汤应征说:"你是校长,给多少钱合适呢?我们只怕出不起这个钱呀。"确实,当时的志愿者,有的是有偿服务——有的按出车次数给钱,有的按接送病人人数给钱。冯安明说:"我什么也不要。晚上给我订个盒饭就行了。"汤应征说:"你太辛苦了也不行啊。"冯安明说:"我喜欢开车,再说开车还真不累,就是举手之劳的事。这比搬运萝卜白菜之类的物资轻松得多,那个看着时间短,但劳动强度很大,非常累。有事的时候,我开车;没事的时候,我就抓紧在车上睡觉。"于是,冯安明白天夜晚都守在工人村街道办事处的门口。因为是公务车,要求有详细的登记,但他不嫌麻烦。每次出车他都认真做好记录,从哪个小区哪栋哪号房接了谁,送到了哪里,里程数是多少。

"有个事忘了说，太不应该了。这个事在我心里是个坎，我必须说出来，要不我会不舒服。"冯安明说，"有一次我送一对母女去汉口那边的儿童医院，路上小女孩呕吐了。当时我想着清理完呕吐物再送她们去医院，但孩子的病情比较严重，她妈妈又一再对我说能不能快点。后来把这对母女送到儿童医院后，我就把清理呕吐物的事给忘了。虽然车交到平台后，他们会进行消杀，但车子在路上来来回回，既不卫生，也不安全。后来我就特别注意，再急再忙，如果有人呕吐，一定要先处理呕吐物，并进行消杀。"

回到长沙后，我一直与冯安明保持联系，也经常关注他的微信朋友圈。我了解到，后来，发热的病人还有，确诊的基本上没有了。但冯安明的工作依旧，因为发热病人还要接送。进入4月，他的主要任务就是接送无症状感染者和密切接触者。这时他不在工人村街道了，而是负责武东、白玉山、八吉府三个街道，一直持续到5月8日。

4月30日下午4点39分，冯安明给我发来信息："今天到现在送了10人次，无症状感染者、'密接'者、高烧发热者，老人、年轻人，连三岁小女孩都有。隔离点，发热门诊，来来回回跑。现在待命中，发热快递，使命必达！"5月1日，冯安明又给我发来信息："纪老师劳动节快乐！我刚到家，今天武东又出两个无症状感染者，五个'密接'者，我刚送到北湖名居。"5月8日，冯安明再次发来信息："纪老师您好！我现在武东接送复阳者和'密接'者，发热快递，使命必达！我尽力了。根据区委防疫指挥部公务车平台的安排，我的志愿者工作本周将结束。青山小学网上教学及开学前的准备工作也在有序地进行，请放心！非常非常感谢您一直以来对我的关心，目前我一切平安。冯安明。"

冯安明牵挂在法国读书的儿子，儿子也牵挂着他。儿子看到报道说冯安明在当志愿者后,给他打电话说:"爸爸,没想到您会当接送发热病人的志愿者。您是最牛的司机!"冯安明说:"反正你们学校也停课了,能不能跟大使馆、领事馆或是学校联系,去当志愿者,做点力所能及的事情?既要保护好自己,也要尽可能地帮助他人。"听儿子说口罩紧缺,他又托朋友寄了50个口罩过去。儿子收到口罩后打电话回来说:"口罩收到了,自己留了10个,其他分给了社区和外国同学。"冯安明一听,竟然有几分激动:"儿子,你做得对,老爸给你点赞。"

其实,不论在采访中,还是创作中,我无数次在心里说:"冯老师,您辛苦了!"现在我也终于明白,人民教师的贡献绝不止于在三尺讲台上教书育人。

心灵导航

对于很多做好事的行为,我们总是习惯去寻找一个合理的充分的解释,或者说理由。比如某个人做了一件好事,有些人不会关注与肯定其做好事的行为,而是不断质疑这个人做好事的动机。在武汉采访,我发现,不论是本地的医护人员、党员干部、志愿者等,还是前来援助的医护人员、志愿者,他们的动机都非常纯朴简单。单位召唤,组织召唤,祖国召唤,武汉和湖北需要,他们就来了。职业道德,社会良知,悲悯情怀,都是他们义无反顾的理由。在武汉,我还遇到了不少前来援助的志愿者,他们都是自己驾车,跟着导航过来的。是的,他们是跟着导航来到了武汉,但是,这一次导航何尝不是一次心灵的导航!

虽然梁意锦是"90后",但他平常很少玩手机。除了知道武汉出现了不明原因肺炎外，其他他一无所知。但到 2 月初的时候，看到白衣战士不断驰援武汉，他的内心开始不平静，甚至焦躁起来。他开始不断地翻看手机上的消息。虽然驰援武汉的人很多，各方物资也不断涌向武汉，但武汉还是物资告急，医疗物资、生活物资都非常紧缺。于是他开始在心里琢磨，应该为武汉做点什么。他开着自己那台小货车，跑遍了村里、镇上所有超市，批发了 500 公斤大米、500 公斤鸡蛋、50 公斤花生油、200 公斤红萝卜、200 公斤白菜。

他是广西贵港市港南区三平村红社屯人。近年在屯中卖牛肉，妻子务农，孩子上学，父母身体不好，家庭收入不多。他前几年养过鸡，也挣了点钱，但后来禽流感来了，鸡场没了，只剩下这台小货车了。虽然个头不高，也很瘦，但他内心温暖而坚强。在村中他与人为善，乐于助人，热心村中公益事业。他觉得自己是个农民，帮不上武汉大忙，但能尽点微薄之力。他还觉得，不论哪里有难，作为同胞，都不应该袖手旁观，更不应该冷漠。你能出多大力，那是能力的问题；你不出力，那就是态度问题。

2 月 4 日早晨 7 点左右，他开着满载货物的小货车出发了。他把去武汉这个事，深深地埋在了心底，谁也没说，包括妻子。妻子问他去哪里，他说去南宁帮人家拉货送货，要好几天才回。鸡场没有后，他就靠开小货车四处拉货养家糊口。妻子没有任何怀疑。出发的前一天，他又买了三箱矿泉水、一箱八宝粥、10 公斤面粉饼、两瓶辣椒酱，作为路上的干粮。他还准备了两个充电宝、5 瓶消毒酒精、60 个医用口罩、30 只一次性手套。知道第二天要开长途，他想好好休息，但就是睡不着。

他是从贵港市港北区上的高速，完全按导航走的。从贵港到柳州，从柳州到桂林，再从桂林到湖南的永州、衡阳、株洲、长沙、岳阳，再到湖北武汉。那天下大雨，加之车上满载货物，他开得很慢。他不怕累，不怕困，累了困了就放音乐，把声音调到最大，用音乐刺激大脑。实在不行，他就开进服务区,趴在方向盘上小睡一会儿。当天晚上,他是在湖南一个服务区休息的。之前他也停靠过两个服务区,但几乎没人,他害怕,不敢在那里睡。后来停靠在一个车多的服务区,就睡在驾驶室里,也不敢多看手机。他的车上不能充电,手机的运行只能靠带的两个充电宝。此时,两个充电宝的电都用完了。以防万一,他把去武汉的线路抄在了一张纸上。但最后到达武汉时,他手机还有16%的电。

2月5日中午,梁意锦终于到达武汉。下高速时,交警问他:"你过来干什么?"他说:"我是过来捐粮的。"交警问:"你是从哪里来的?"他说:"我是从广西贵港那边过来的。"交警问:"你要捐到哪里?"他说:"我不知道。只要捐到武汉就行,医院、小区都可以,捐到相关部门也行。是免费的。"交警说:"你辛苦了!太感谢你了!我帮你联系一下有关部门。"很快,交警告诉他:"我把汉南区红十字会、区卫计局工会主席张爱华的电话给你,你跟她联系。"

他立即给张爱华打电话。听说是从广西过来捐赠物资的,张爱华非常激动,不停地说着:"太感谢了!""太感谢了!"他们加了微信,张爱华给他发送了位置。到达后,张爱华先带梁意锦吃饭,吃完饭,又安排他住宿。张爱华还联系了一家医院。考虑到梁意锦开长途劳累,她让医院派车过来领取物资。她说:"你今天就好好休息,明天早上回去。"一听叫自己回去,梁意锦马上说:"我来武汉,还没有打算回去。我想当志愿者。"张爱华说:"现在武汉疫情这么严重,当志愿者非常危险,你最好还是回去。"他说:"我不怕。大风大雨大浪都过来了,我还怕什么?"她说:"这是安全问题,也是对你负责任。"他说:"如果你们确定不让我留下的话,我出了武汉,也会在武汉周围的城市买一些物资再次捐到武汉,直到同意让我当志愿者为止。"张爱华有些心软了,说:"要是留下,你必须听我安排。"他说:"那没问题。"于是,梁意锦成了汉南区市民服务中心的一名志愿者。全国各地捐赠过来的物资，他们负责卸货；医院和社区过来领取物资时，他们又负责装车。还有些捐赠物资的货车过不来，他就开着自己的车去转运物资。

"梁意锦不仅帮助工作人员到武汉西、纱帽街道等地方接货，还主动联系武汉体育中心集中治疗点，到那里帮忙测量体温。我要帮他报销沿路油费，他没答应。"3月11日上午，我在武汉市汉南区采访时，张爱华告诉我，"真是犟啊，这小兄弟。我对他说，你叫我姐吧，有什么事请跟我说。一次在去高铁站接外省捐赠的物资时，我无意间看到他手写的计划书：先把粮运到武汉；捐钱计划；留在武汉帮忙；二月底平安健康回家。这个简短朴实的计划，让我对这位勇敢的广西小伙子肃然起敬。"

梁意锦一直干到2月25日。因为家里原因他回家了。虽然他出发时没有告诉妻子真相，但他左思右想，觉得应该告诉妻子。第二天早上，还在去武汉的路上，他在电话中向妻子坦白了，并叮嘱她不要告诉父母。但不久后，父母还是知道了他去武汉的事情。母亲非常担心，茶饭不思，寝食难安，甚至高血压都犯了。于是他不得不提前回家。办好各种手续后，他便一路飞驰，路上只加了两次油，上过两次厕所，其他时间一直在开车。他是2月25日下午出发，第二天上午10点回到家的。回到家，虽然首先在卫生所隔离，还没有立即见到母亲，但母亲悬着的心立即放了下来，身体状态也很快调整过来了。

我来汉南区采访梁意锦时，他早已回了广西。但这并不影响我们的交流。这天晚上，我与他进行了一次电话长聊。

他告诉我，当时他开着自己的小货车到达武汉，看到很多大货车，一辆接一辆，排着长长的队，货物装得满满的。北方的居多，不少是山东的。再看看自己的小货车，他当时觉得有点失望。面对疫情，他做的太小儿科了。在卫生所隔离的这14天里，他很孤独，也很无助，不知道干点什么好。上学时，他语文很差，平常也不喜欢看书，更不懂文学。但这十几天里，他硬是看完了两部长篇小说。有时候实在看不下去了，他就拿起笔来抄。读完后，他觉得文学作品里也有很多值得他回味的东西。隔离结束回到村里，有人问他："你不怕死吗？"他说："谁都怕死。我只不过是选择了'重于泰山'。"

25岁的湖南新化小伙邹智明也是在导航指引下，独自一人开车6个多小时来到武汉，来到湖北省中医院光谷院区的。

3月27日上午，我们在"水神客舍"见面了。个头不高，有些单瘦，但十分阳光的他，是新化县炉观镇人，是新化县城一名负责配送电器的快递小哥。早在建火神山、雷神山医院时，他就想着去当志愿者。一打听，才知道他们只招武汉那边的志愿者。后来因为疫情，车辆出不了门，他只得待在家里。他喜欢看"抖音"，偶尔还会看一下"快手"。他被"抖音"和"快手"上辛劳的白衣战士感动了。因为公交停运，医护人员上下班成了问题。有的晚上6点下班，但为了统一乘车，有时要6点半才能发车。他想，医护人员这么辛苦，他要是到武汉帮助一些人及时上班、及时下班，该有多好啊。帮一个算一个，节省一分钟算一分钟。

2月20日，邹智明开始琢磨到武汉当志愿者的事。他打听清楚了，要到武汉，只有开车，只有以捐赠物资的形式才有可能进去。他把自己家的大白菜全都砍了，装了10袋，250来公斤。父亲问他："你要把白菜送到哪里去？"邹智明撒谎说："送到广西我师傅那里去，他那边工地食堂要。"他原来拜师学过开铲车。第二天上午11点多，他开着自己的小车出发了。直接导航到武汉。500多公里，开了6个多小时。其间，他上了两次厕所，吃了一次方便面。到赤壁时，他遇到了两台货车，上面打了横幅，是送浏阳捐赠物资的。担心到了武汉不能顺利下高速的他，决定紧跟这两台货车。

后来货车进了一个服务区，他也跟着进了服务区。他拿着带的八宝粥，给货车司机每人送一瓶，并与他们进行了简单的交流。他们也是到武汉捐菜的。几人说好一起前行，一起下高速。到了武汉，货车在前，他在后。测量体温、登记信息后，他们顺利下了高速。下高速时，交警提醒他："你是单个志愿者，进到武汉就回不去了。你可以把捐赠的物资放在这里，我们转交相关部门，你原路返回。"他说："我现在不回去，我是来当志愿者的。"下高速后，他就与两台浏阳来的货车分开了。想着要把白菜捐给医院，他就搜索"医院"二字，在导航信息中选择了"湖北省中医院光谷院区"。

邹智明来到湖北省中医院光谷院区时，天已经黑了。他把白菜送给医院食堂后，并没有立即离开，而是将车停在了医院大门口。看到医护人员走了出来，他就主动跟他们打招呼，说自己是志愿者，问他们下班要不要送一下。最开始，医护人员都不太相信，也不敢坐他的车。但他没有气馁，第二天继续把车停在大门口。渐渐地，大家开始了解他，熟悉他，也愿意坐他的车了。接送医护人员的过程中，他也感受着他们的辛劳、悲伤与喜悦。"上班什么都不怕，就怕喝多了水要上厕所。""今天有五个病人治愈出院。""今天有一个婆婆走了，太可惜了。"他不仅接送他们上下班，还把电话留给他们，加他们的微信。他保证说："不论你们何时上下班，只要提前讲，我都可以来接送。"就这样一传十，十传百，他的联系方式被更多的医护人员知晓。其他时间，他就帮着医院搬运物资。慢慢地，许多医护人员开始关心他了，问他住哪儿。刚开始他不好意思说没地方住，说："就住在这附近。"其实他睡在车上。

来到医院的第四天晚上，邹智明正在帮着搬运捐赠过来的苹果。"你是哪个科室的？"一个姐姐问他。她是医院财务科的姜莹霜。"我是志愿者。"他说。"你衣服都湿了，得赶紧换掉，要不容易感冒。"她说。"没事。"他说。"怎么没事？要是感冒发烧了，就会要隔离。你住哪里？"她问。"我就住在车上。"他说。姜莹霜又侧面了解了一下邹智明的情况,才知道他在这里当了几天志愿者了。上下班时,他接送医护人员;其他时间,他搬运物资,都没闲过。她马上联系医护人员居住的定点酒店,不仅给他解决了吃饭问题,还安排他住进了酒店。

医护人员觉得邹智明不容易——不仅免费接送他们上下班,甚至连油钱都要自己掏。他们看不过去了。于是有医护人员提出,他们应该捐点钱给邹智明。这个提议在群里刚一说出,就收到了3320块钱的捐款。他们用1000块钱办了一张油卡,剩下的2320块钱以支付宝转账的方式转给了邹智明。邹智明死活不收:"我的吃住你们都安排了,怎么能要油卡和钱呢?"但医护人员吓他:"如果不收,就不让你在医院当志愿者了。"他只得乖乖收下。

有一次,凌晨3点他接到一个护士姐姐的电话:"有个私事想麻烦你,不知行不行?"邹智明说:"行,肯定行。"护士姐姐说:"我想接下小孩。但在蔡甸那边,比较远。"他说:"没关系。你用微信把地址发我,我马上过来。"他帮护士姐姐到蔡甸接回孩子。看着凌晨他还帮忙出车,有40多公里的路程,护士姐姐转给他200块钱,但他没收。几天后,护士姐姐才发微信告诉他,自己在车里副驾驶座位后的口袋里放了200块钱。像这样的故事还有许多……

一转眼,邹智明当志愿者快一个月了。3月中旬的一天,姜莹霜对他说:"小邹,你都来了这么久了,怎么还不回去?现在疫情逐渐好转,你看能不能回家?"他口里说着好,但心里想:"我来武汉就是当志愿者的,不着急回家。"几天后,姜莹霜又碰见了他:"你怎么还没回去?"他说:"我这两天就试试,看能不能回家。"3月21日早上,他把房卡和分文未动的油卡交给医院保安,把支付宝里的2320块钱以湖北省中医院的名义捐给了武汉市红十字会后,开车离开了医院。但这一次,因为还未"解封",所以他仍然留在了武汉。邹智明是4月8日武汉"解封"时离开的。医院的护士姐姐想着一起送送他,有点仪式感,但他怕给她们添麻烦,凌晨3点多,他就悄然离开了。

在疫情严重时候的武汉城,邹智明与和他类似的志愿者都是小人物,都是平凡人,干的却是不平凡的事。他们共同构建起关于这场疫情的难以磨灭的全民记忆。

冰冷的剪刀,温暖的心灵

付代江从未感到手中的剪刀竟有如此之重,更没想到他能用冰冷的剪刀给他人带来温暖与希望。

正月初六,付代江看到一则消息:1月29日,河北援鄂抗疫医疗队抵达武汉第三天,"90后"护士肖思孟将自己剃成光头。她称这是为了方便工作,同时也为了避免滋生细菌。这则打眼的消息吸引了付代江,同时也让他很心酸。他立即想到:现在理发店都关门了,不论是医疗队,还是社区,肯定都缺发型师。"我们应该为他们去剪头发!"他想。于是,他开始寻找愿意参与义剪的发型师。不到一周时间,留在武汉的相熟发型师就有几十人加入了他拉的微信群,他成了这支队伍的队长。

35岁的付代江是武汉黄陂人,从事美发行业已经20年了,曾在英国伦敦研读过专业美发课程,也是湖北美发职业技能鉴定考评员。他自己开了一家发廊,叫上尚造型,地处武汉京汉大道旁,紧邻武汉亚洲心脏病医院。一开始,付代江和他的队伍只是为小区里的一线战"疫"家庭以及小区居民义剪。不久,在征得有关部门的批准和经过严格的体检后,他们背起自己的工具包,带上自备的消毒水和简单的防护装备,开着私家车,冒着被感染的风险，踏上了为医护人员理发的义剪之路。队员们看他有鼻炎和支气管哮喘，属于易感人群，不让他上阵。他不甘心，但也不得不接受现实。"万一我出了什么状况，就给国家以及医护人员添麻烦了。"于是，他留在后方给上一线的理发师提供后勤补给，包括准备理发工具。后来，他和另外一名义剪队队长商量将两支队伍合并为武汉规模最大的义剪队——Eric爱心义剪队，发型师最多的时候有60人左右。到2月中旬，疫情逐渐好转，疫情防控进入新阶段，他终于得以跟队剪发。他们有任务必出、风雨无阻。广西医疗队、甘肃医疗队、河北医疗队、江西医疗队、陕西医疗队、安徽医疗队……武汉市中心医院、金银潭医院、武汉市第四医院、同济医院光谷院区、火神山医院……他们吃遍了各个医疗队、各个定点医院的盒饭。

因为参加了义剪队，付代江与家里人分开，他单独住。每天剪头无论多晚，社区都给他留了饭菜。在外义剪时，有什么吃的用的，队友们都一起分享。包括防护服、手套、酒精等，他们都互相分一分。有很多队友，见了面，叫不上名字，更不知道对方理发店的名字，但这并不影响他们相互之间的默契。当然，最令人欣慰的还是给人理发带来的成就感。一次，他给武汉市中心医院呼吸内科的一个年轻女护士理发。这是一个爱美的小姑娘，平常最喜欢摆弄头发。"前两天，我自己照着镜子剪了，但剪得不好看，有的还剪缺了。难看！"年轻女护士说，"抗疫期间最大的心愿，就是剪一个漂亮的发型。"付代江认真地给她理着发，虽然条件和设备没有店里那么好，但并不影响他的发挥。40多分钟后，一个漂亮的发型出来了。年轻女护士对着镜子看了后，感动得流下了眼泪。"付师傅，你理得太好了。以前我从来没有理过这么漂亮的发型。"她说，"真是太感谢你了。""这场疫情中，我们其他的也做不了，这是我们唯一能做的力所能及的事，也是一个发型师做了一件应该做的事。"付代江说。最后，他们还背靠背摆了个姿势照了一张相留念。

与以往理发相比,此时情况大不相同。一是有风险,二是条件受限。有的医护人员从病房出来,把帽子一摘就开始理发。因为头发容易沾染病毒,所以他们都是穿着防护服理发。由于防护服不透气,不久后,他们就全身湿透了。按要求,义剪队队员要戴护目镜,但他们不敢戴。一戴,就会起雾,看不清,有误差,怕剪不好,更怕伤了人。所以他们只戴口罩和防护面屏。工作环境跟店里没法比,只有剪刀和推子。医护人员把头发弄散,根本就梳不顺。他们只有慢慢来,先用喷水壶把头发喷湿,一点一点地剪。没有电吹风,也不敢用。但他们并没有因为条件受限而马虎,同样把每一个发型当成一个艺术品来打造。也有医护人员向付代江提议:"不要那么认真精剪,干脆推光算了。"他说:"如果只是推光,我们的工作就失去意义了。"

3月12日下午,我是在武汉市中心医院后院的一块小空地上采访付代江他们的。他们正在这里给医护人员理发。付代江告诉我:"我们的爱心义剪队,虽然最多的时候有60人左右,但长期坚持的大概是30多个人。今天到武汉市中心医院来了7位,其他的理发师去了其他的8家医院和3个社区。"他还告诉我:"虽然我们是理发师,但我们自己大都四五十天没理发了。人家说,你们应该理发了。我们说,我们不理,我们要到疫情结束后再理,到时候再照个相,做个纪念。"

4月9日,付代江发信息告诉我说,他的上尚造型于当天开门营业了,店里的理发师也都基本返岗了。他还说,他们的义剪工作是3月27日正式结束的。除去极端天气休息外,他义剪了35天。加上做了近两个礼拜的小区义工,个人义剪人数大概1200人次。最多的时候,他一天为50多人义剪。

付代江所说的另外一名义剪队队长,便是赵鹏程。与高瘦的付代江相比,赵鹏程显得非常壮实。他小付代江一岁,从事美发行业16年,也开了一家发廊,在江岸区长春街的"武汉天地"。他的店在武汉美发行业认知度挺高，效益也不错。因为他是老板，不会每天待在店里给客人剪头。但参加义剪，没有老板与员工一说，大家都是战友。"我从2月7日开始义剪，到今天，一直没停，天天剪，已经剪了2100多个头了。这一个多月，把我一年的业务都剪完了。"赵鹏程说。

一开始，他瞒着家人。看着他每天早出晚归，家里人觉得奇怪。最后实在不好隐瞒，他就实话实说了。家人虽然很担心，但最后还是表示了支持与赞赏。他说，家人的支持，是他坚持下来的一个重要原因。他们这支爱心义剪队是纯粹的志愿者，没有相关单位提供物资保障，更没有资金保障，完全是义务的、自发的。作为武汉人，他只是想为武汉出点力。他把爱心义剪队的相关消息发到微信朋友圈后，就开始接二连三地接单。2月20日前，到每支医疗队或是医院理发，都会有志愿者来接送他们。之后，需要理发的人越来越多，他们接单更加灵活，每个发型师都可以自己接单。发型师接单后，再告诉队长，由队长统一安排车和人前去理发。这时，他们不再需要志愿者接送，交警队帮他们办理了车辆通行证，社区也开了志愿者证。

有一次，他在武汉市第五医院给一个ICU的女护士理发。理完后，又来了一个男医生。男医生看到女护士似乎有点小激动，他们挺亲热的。赵鹏程看着，感觉有点奇怪。一打听，才知道他们是夫妻。他们虽然在同一个医院上班，但因为忙，很少见面。不久后，又来了一个年纪大的医生。三人见面后，异常亲热。原来这个年纪大的医生是女护士的公公。一家人虽然在同一家医院上班，但在不同的科室，住在不同的隔离酒店。他们在这个特殊的场合见面了。还有一次，他到黑龙江医疗队去理发。报名理发的只有40个人，但他们最后给90多个人理了发。从早上10点一直忙到晚上9点，除了吃午餐和晚餐，其他时间他们一直在忙碌。忙完后，他们感觉脚都站不稳了。晚餐时，有一个叫刘沣怡的护士从房间里拿来从黑龙江背过来的香肠："你们应该吃得更好！"听到这话，赵鹏程非常感动，他再也感觉不到任何的疲劳了。

赵鹏程说，为了给医护人员理发，武汉所有的医院他们几乎都去了。他们还为一线志愿者、社区工作者、环卫工人、民警等做了义剪。所有的过程，他们都用手机拍了照。他希望疫情结束后，把他们的服务过程做一个展览——公共展览，作为对大家在这场灾难的特殊时期付出的一个回顾，也是这个城市的一个记忆。他还说，他的理发店每个月要交3万块钱租金，目前已经空了两个多月了。从经济上来说，确实压力巨大。所有的理发店都是无收入状态，不少店的损失挺大，估计有一部分会因支撑不下去而关闭。虽然他们也迷茫，也需要得到社会的关注和支持，但对于义剪，他们从未犹豫，也从未止步。这个事虽然得不到任何回报，但很有意义。他们是普通人，但在灾难面前，他们也想体现普通人的家国情怀。

41岁的王浩，从事美发行业近20年，也是一家理发店的老板，店开在东西湖区的吴忠路。自从2月中旬加入爱心义剪队，他就从家里搬了出来，奔波在武汉三镇。刚离开家人时，他觉得很孤独。但很快，紧紧拥在一起的义剪队队员，还有医护人员、志愿者，给了他温暖和力量。很多朋友对他说，给医护人员理发最危险，但他不这么认为，他觉得给医护人员理发是最安全的，因为他们懂得防护。不论在哪里理发，对每一个头型，他们都认真对待，跟实体店一样，保证品质，不会因为是免费的就简单敷衍。这是对医护人员的尊重，也是对自己这个职业的尊重。

王浩说，有人对他们的行为不太理解，认为他们是想出风头，想上新闻，获取名利。其实他们的义剪完全是个人行为，没有任何补助。不论别人怎么说，他们都不搭理，只顾理发。武汉有难，作为一名武汉人，进行义剪，难道还需要名利的诱惑吗？他们不为谁，也不为什么。此时的武汉，就像一个大家庭。一个家庭在遇到危险时，或是在困境中，每一个家庭成员，不论男女老少，肯定是团结一致，面对困难。如果这个时候都计较个人得失，甚至起内讧，他就不配当武汉人。

不曾停下的脚步

1月22日，毛雨香下班回到家已经是深夜11点了。顾不上一天的劳累，甚至顾不上与家人打招呼，她往沙发上一坐，从包里掏出手机、笔和本子，就对着手机聚精会神地开起会来。这是武商超市公司组织店长们在微信群召开的一个紧急会议。

毛雨香是众圆超级生活馆的店长。所谓生活馆，其实是一家超市，在武汉市青山区和平大道与建设二路交会处，属于武商超市的连锁门店。武商超市的连锁门店在武汉有多家，但定位、规模等各不相同，有社区店，有精品卖场，还有生活馆。众圆超级生活馆属于高端定位的大超市，面积有2万多平方米，货品有3万多种。接近年关，生活馆人山人海，每个角落都是忙着置办年货的人，工作人员更是忙得不可开交，天天加班，经常深夜才能到家。

这个会上，公司领导就物资保障、疫情防控等方方面面的工作进行了全面细致的部署，并强调，公司党委已经决定成立保供应工作小组，还将成立一支突击队。

"所有门店必须做到'六个保证'：保证重点商品储备，保证商品物价稳定，保证门店正常营业，保证购物场所安全，保证商品正常储运，保证工作人员的安全及稳定。"

…………

这个紧急会议从晚上11点开到了第二天凌晨1点多。毛雨香不仅明显感到气氛紧张,还觉得压力巨大,自己肩上担子重如山。

1月23日,武汉"封城"。

"其他单位都放假了,所有的人都回家了,我们该怎么办?"

"形势这么严峻,难道还要坚持上班吗?"

"我们会不会撤退回家?"

"来生活馆的人还这么多,我真有些担心,难道你不担心吗?"

"我们的安全有保障吗?"

"假如我们被感染了,谁负责?"

部分员工开始紧张和迷茫。

"我们的工作会越来越艰辛,也会越来越危险,但我们是保民生的企业,何况还是国有企业,更应该有责任与担当,冲锋在前。"

"如果我们都撤了,市民吃什么?我们不仅不能撤,还要更加高标准、严要求地落实公司提出的'六个保证',全力做好保障供应工作。"

"现在我们多了一项任务,不仅要保供应,还要防病毒。"

"万一我们被感染了,党和政府会负责到底。"

毛雨香耐心细致地为员工答疑解惑。

"公交车停运了,可是我家里没车呀。"有员工说。

"我家里有车,但我不会开啊。"还有员工说。

"不论你们采取什么办法,必须每天赶到生活馆来上班。平常有事可以请假,还可以轮休,但现在是非常时期,不管是谁,包括我在内,都不能请假。"毛雨香说。

于是,有的家属成了专职司机;有的员工骑电动车来上班;有些提前将近两个小时出门,骑共享单车,跨过长江大桥来上班;还有的走路来上班。有迟到的，但没有缺席的。

很快，形势愈发紧张。

"保供应，惠民生，稳物价。"公司立下了军令状，并做了媒体宣传。

各门店店长也立下了誓言："无论生死，服从大局，不辱使命。"

毛雨香还把这12个字打印出来，贴在了员工通道最显眼的位置。现在她和所有超市员工都成了一线的战士，最需要的是士气。

要稳人心，必须得稳物价，特别是鱼、肉、蛋、奶，以及速冻商品不能涨价。他们还选定十个菜品限制最高价格。如萝卜、白菜、土豆等，这些菜品每斤的价格都控制在1.98元到2.98元之间。为了减少人员聚集、人与人之间接触，毛雨香他们尽可能地把所有的商品打好包，顾客来了，拿上就可以付款。同时，他们还不断提醒顾客："超市是密闭空间，人员密集，大家不要在此逗留，买好商品后，赶紧离开。"

后来，由于大部分小型商铺、超市都关门了，市民购物更加困难，特别是老年人，不方便出门，也不熟悉网络购物，更不会使用微信和支付宝，青山区商务局就协调各大超市，希望它们走进社区，提供外卖。

毛雨香他们立即转入"阵地战"。从2月14日开始，他们先后走进了青山区的聚友、康苑、和平、翠园和才聚五个社区。区商务局联合社区提前一天对居民的采购需求进行统计，交给毛雨香。毛雨香带领团队在当天早上将蔬菜按套餐的模式分装好，打上价格。社区志愿者和工作人员开车过来接货，并帮他们维持现场售卖秩序。他们准备了多种套餐，比如蔬菜包，放上不同类型的蔬菜，售价50元；还有肉蛋和面条等套餐，售价120元。送到社区的蔬菜包，都是精心搭配好、方便储存的。当时他们并不是每个人都有标配的防护设备，除了收银员穿了防护服，其他进社区的人员，只配有口罩和一次性手套。但社区工作人员非常给力，不仅给他们找了空旷的场所作为售卖点，还组织居民有序地下楼买菜。每次来到售卖点的居民只有五位，并且互相间隔一米以上。

2月16日晚上，毛雨香接到紧急通知：所有小区实施封控，超市不再对个人开放，众圆超级生活馆主要负责对接青山区红卫路街道等社区的团购。但很快，就有其他社区跟毛雨香联系，希望也为他们提供保障。毛雨香无法拒绝，也没有理由拒绝。她知道，他们超市的工作量会无限增大，但再大，也不能拒绝。她咬牙同意了。

毛雨香他们又从"阵地战"转为"游击战"，主要保障周边街道的物资供应。首先，他们把套餐信息发到对口保障的街道或是社区群里，由社区工作人员、下沉干部或是志愿者下单，运送车辆由政府派出。凡是前一天下午5点前下的单，他们保证第二天都会送达。同时，他们还根据居民意见，及时调整套餐，并陆续提供更多单品给居民选择。刚开始，蔬菜包和水果包等加起来，一天也就1000多份。但很快，需求量越来越大，仅仅两天后，需求量就达到了3000份以上。这是一个巨大的挑战。

因为打的是"游击战"，他们的战术也随之发生变化。所有人员都打散重组，共分成五个小组：一是接收订单小组，主要负责跟社区联系；二是备货小组，主要负责货源，保证价格不涨、质量不降、供应不断；三是分拣小组，主要负责分拣打包；四是转运小组，主要负责把打包好的菜品搬运到负责运输的公交车上；五是送货小组，主要负责把物资送到每个小区门口。虽然超市所有人员齐上阵，但人手远远不够。这时，武商公司旗下，除了超市，其他购物中心全部关门了。于是公司领导带着已经关门的购物中心的工作人员，全部下沉到各个门店，分到各个组。公司一个财务副总带着一群员工，来到毛雨香他们这里，帮忙备货，分拣，或转运、送货。

他们异常忙碌，但再忙，也没有放松工作标准，而是更加精益求精。他们除了推出政府补贴的10元蔬菜包，还推出了36组套餐，供市民选择。有时一天，光投放政府储备冻猪肉就达3吨左右。分拣小组的工作量大，需要的人也最多。比如说政府补贴的10元蔬菜包，有时一天可以达到3000份订单。需从6个菜品中挑选3种，组成一个蔬菜包。3种菜品中，必须保证两种是根茎菜，一种是叶子菜，叶子菜必须保证有两斤。大家一字排开，像流水线一样，协同作战，你装黄瓜，我装萝卜，他装油麦菜……分拣小组，核心工作不在装袋和打包，而在于分拣。分拣是一个细致活，也是一个良心活。要把烂掉的根茎菜筛选出来，要把叶子菜的黄叶挑出来，再装袋。称重时，只能多不能少。装袋前，他们还会在蔬菜包里放一个菜品组合清单，同时写上温馨小提示："在运送过程中，蔬菜包有可能被压坏。如果压坏了，请拨打服务台电话，我们及时为您进行更换。"36组套餐打包时，更需要粮油区、食品区等各个区域的配合。首先是分头准备，准备好后，再合拢。在套餐中，平价冻猪肉非常受欢迎。价格是政府定好的，五花肉12块钱一斤，精瘦肉10块钱一斤，肋排17块钱一斤。他们根据居民的需求，分成两公斤装、四公斤装的。分割冻猪肉是最难的，靠人工，既费时，又危险，分割后还不美观。他们只得借助锯骨机，但更危险，必须由专业人员来操作，并且要戴钢丝手套。菜品打包后，转运小组把它们转运到公交车上，再由收银和防损人员送到社区。防损人员负责搬运和送货，收银人员负责点货和收银。

还必须满足个性化需求，主要是针对老人、小孩、残疾人等。有的居民说，孩子的奶粉没有了；有的居民说，孩子的尿片没有了；有的居民说，老人的尿不湿没有了……最开始有员工对毛雨香说："需求量太小，又麻烦，还耽误时间，是不是推掉算了？"毛雨香板着脸说："不能有这样的想法。无论订单的金额多少，我们都要无条件接单。"毛雨香还专门派人负责居民的个性化服务。在众圆超级生活馆马路对面约300米处，是武汉市第九医院。许多老人住在医院，吃不惯那里的饭菜，想叫毛雨香他们提供鸡蛋、面条之类的食品。因为医院患者多，市民尽量不靠近，但毛雨香他们容不得多想,把鸡蛋、面条往私家车的后备厢一装,就往医院跑。这种个性化需求的量都不大,不可能用政府派遣的公交车来转运,只能用私家车或是电动车来运送。他们自称为"后备厢里的武商"。

陈春红是众圆超级生活馆的老员工,一直负责对外商铺的租赁工作。"封城"之后,她的工作停止了,最开始顶替到生鲜岗,后来分到分拣小组。对此,她感受深刻。

"为了减少顾客聚集,我们将商品提前打包。把菜卸下来后,先把有质量问题的菜挑出来,再进行打包称重。顾客来了后,拿了菜就上收银台,既方便,又省时。"陈春红说,"不能在超市里打包,怕顾客疯抢。我们找了一个空旷的仓库,离下货的地方大概有300米的距离,要把菜一箱一箱拖进去,然后分拣打包。一天下来,我们这样来来回回要走100多趟。超市女的多,只有保安才是男的,所以拖菜和打包基本靠女的。我们就蹲在地上分拣打包,一蹲就是一天,每次站起来时,就头昏难受。由于是机械地不断打包,手都变得麻木了。"

"会不会出现缺斤少两的现象?"我问。

她说:"这种概率非常非常小。"

"为什么?"我问。

"我们店里有个承诺:宁可增加商品的损耗,也要减少顾客的投诉。不光缺斤少两的现象几乎没有,还必须保证菜品的质量。"她说,"有一次,我们在分拣青椒,一个负责称秤的同事跑过来指责我说,你的分拣不合格。我说哪里不合格了。她说,里面一个青椒坏了。我一看,算不上坏,但上面确实有一个印子。我说,不好意思,我眼睛有点近视,没看出来。她说,一定要认真挑选,坏了的,有印子的,叶子发黄的,都不能要。"

陈春红说,虽然她只是一名超市工作人员,普通得不能再普通了,但再普通的职业也有自己的职业道德。坚守岗位,这个信念在她心中从未动摇过。一次,她无意中听到一个顾客打电话:"医生叫我隔离,但实在憋不住,想出来转转。"虽然心里一惊,但陈春红最终并没有因此而退缩,她依然坚守在岗位上。她的内心是矛盾的、纠结的,是备受煎熬的。不是担心自己的安危,而是担心如果自己感染了新冠肺炎,会不会传染给年事已高的公公和年幼的孩子。所以每天下班回到家,她都不与家人近距离接触,与家人分开吃饭,就连睡觉也戴着口罩。

....

采访时,毛雨香不断提到:"超市是一个相对密闭的空间,是一个危险的地方。"她还告诉我,刚开始,他们没有意识到,甚至觉得戴个口罩挺别扭的。后来意识到疫情的严重性了,他们也开始警惕起来,但他们必须面对顾客,必须准备物资。这一切,他们无法回避。他们只有祈祷疫情赶快好转。虽然生活馆有专业的公司进行消杀,但难免有个别员工被感染,当然也有被家人传染的,或者是密切接触者。一旦发现,立即隔离。毛雨香说,员工的早餐和晚餐都在家里吃,中餐各自带饭。但因为时间和其他原因,员工不可能每天都有饭带过来。怎么办?买生活馆的方便面吃。有一次她看到员工买桶装的方便面吃,便立即对他们说:"只能买袋装的,桶装的要留给顾客。"

我对此表示疑惑。

毛雨香给我举了两个例子。一天深夜两点多,她突然接到区商务局的电话,说天津医疗队300多人刚刚到达武汉,住在青山区的一家酒店,要他们赶紧送桶装方便面和矿泉水到酒店,作为医护人员的早餐。毛雨香说,医护人员刚到武汉,没有碗,如果是袋装方便面,肯定不方便。他们要把方便让给医护人员。还有一次,青山方舱医院刚刚建好,急需一批生活用品,也包括方便面和矿泉水,并且量非常大,要好几百份。毛雨香说,那次方舱医院那边虽然没有明确说要桶装方便面,但她想到了,必须送桶装方便面。之所以这么做,她只是想把方便让给他人。

今年52岁的毛雨香长得非常瘦小,但身上散发着坚强的意志力。不过这个刚强的武汉女汉子,也有紧张害怕甚至伤心难过的时候。她最害怕电话响,特别是很晚下班回到家里后,只要手机一响,她心里就会咯噔一跳。她家在硚口区,离众圆超级生活馆有30多公里。但无论多晚,只要有紧急任务,她就会驱车赶到生活馆。她还害怕回家。一到家门口,丈夫就会把她的外套、包包拿到阳台上,进行彻底消毒;接着,女儿拿着酒精喷壶,对她从头顶到脚底进行喷洒;最后,女婿递过一杯冲泡好的连花清瘟冲剂。这时,她才能进到屋里。一天,她可能是太累了,觉得浑身无力,头痛得厉害,但没有发烧。还没进门,她就说:"我今天有点不舒服,头痛得厉害。"履行完消毒程序,进到屋里后,丈夫给她倒了一杯白开水,但没有吱声。接下来吃饭时,女儿又用一次性碗筷,给她夹了些菜,要她在沙发边的茶几上吃。她边吃边流眼泪,吃完后,就悄悄回房间休息了。她躺在床上,想了很多,想到以后要是自己老了得了老年痴呆症会是个什么样子,想到在疫情面前人性的真实。她怎么也睡不着,甚至有些憋屈,最后她跑到客厅里对丈夫和女儿、女婿说:"我没有感染新冠肺炎,是累病了。你们有顾虑我能理解,但这是我们武商人的责任与担当。"毛雨香告诉我,现在回过头想想,其实不论是丈夫,还是女儿、女婿,他们都做得很对,只是现实生活让她对人生有了这番感悟。

并肩战斗的同事们,更是让她感动与流泪。有一个同事,叫付文枝,今年5月退休的。疫情来临时,她已经临近退休,完全可以不上班了。特别是她女儿怀孕七个多月了,女婿、亲家母是武汉市第九医院的医务工作者,亲家公是社区工作人员,她完全可以以这个为理由休假去照顾女儿。但她却坚守在岗位上,每天来得最早。来了后,她把各个小区的订单和到货情况进行汇总分类,合理高效地安排五个小组一天的工作。一把年纪了还跑上跑下，毛雨香看着心痛，说："姐，你都退休的人了，可以不来上班了。"付文枝说："就是因为我在这个岗位干了这么多年，更应该懂得尽心尽责。"朴实的话，让毛雨香湿润了眼眶。

毛雨香告诉我，进入3月底后，大批量的社区团购基本上没有了。他们生活馆开始慢慢恢复疫情之前的模式，居民可以凭健康码到超市购物。还没来得及休息与调整，他们又开始了疫情之前的那种忙碌。老人没有手机，就凭小区出入证明进超市。此时，他们没有丝毫的大意，他们倡导老人上午来超市，年轻人下午来超市，分批分次购物。她还告诉我，众圆超级生活馆只是武商超市在武汉的35家门店之一，这35家门店在疫情期间服务的小区有4000多个，服务最远的小区在75公里以外。而武商超市，也只是这次疫情中整个武汉超市行业的一个缩影。

现在，他们生活馆早已全面恢复，但与疫情之前相比，还是有些变化。疫情前，晚上7点30分到9点30分是顾客购物的高峰期，但现在不到8点超市就没人了。这与疫情的影响有关，但也与疫情期间推广社区团购模式有关——许多人习惯了网上接龙购物。她也觉得，在后疫情时代，应该维护好这一模式，继续发挥它的作用。于是，他们招募了一些社区的专业团购团长。专业团购团长中，有普通居民，也有公司员工，还有宝妈，都是业余时间相对充裕的。专业团购团长负责收集订单，毛雨香他们根据订单提供商品。考虑到疫情期间，很多居民习惯了在空旷的地方进行购物，他们又在生活馆外面的广场上推出特卖花车进行促销。不光卖给现场顾客，他们还通过网络直播带货，甚至还拍成短视频在网上进行宣传。

毛雨香告诉我，4、5、6月以来，她们的效益一个月比一个月好，但目前也只恢复到疫情前的80%左右。不过让她欣慰的是，武汉城的烟火气越来越浓了，生活馆的人气也越来越旺了。一切都在慢慢恢复，就像地里的竹笋正在使劲地从泥土中往外钻。

尾声

2020年的春天，因为一场世界罕见的疫情，人们度过了一个最紧张的春节。武汉人民更是经历了惊心动魄的抗疫之战。2020年的春天，我用手中的笔记录了这次凝聚中国伟力的大战"疫"。从武汉回到长沙，重新回味与梳理在武汉采访的这些故事时，我常常感动得泪流满面。但我只是一个见证者、记录者。

有师友问我，为什么要去武汉？我的回答是，因为我是一名报告文学作家。作为一名报告文学作家，记录历史是出于内心的责任和良知。踏上报告文学创作这条道路后，我深知，报告文学是使命文学，真实是报告文学的生命。我明白，作为一名时代的记录者，必须走进人物内心、走进事件现场、走进真实的生活，这是基本的写作态度。这些还不够，还必须倾注自己的情感，真切地感知、判断、把握，进而真实地记录、深刻地表达事件真相，这是报告文学作家心中应有的准绳与底线。也有师友问我，害怕过没有？说实话，还真没有。在中国作协创研部副主任李朝全老师来电询问是否能逆行武汉前，即1月底时，我就曾打算只身前往武汉。2月24日，我接到李朝全老师的电话。他说，中国作协准备组织作家深入疫情严重的武汉采访，你能去吗？我毫不犹豫地表态，我参加。他问我："需不需要和家人商量后再做决定？"我说："不需要商量，他们肯定会全力支持。"事实上，我心里还是有担忧，主要是怕家人担心，所以在随后的两天里，我把这事藏在了心中，谁也没有说。我曾在北方当兵12年，虽然没有上过战场，但知道，面对战争时，英勇无畏、不怕牺牲，这是士兵唯一的选择。而抗疫，就是一场没有硝烟的战争。还有，我是湖南人，是长沙人。武汉与长沙，湖北与湖南，自古以来就是江水相连、山河相襟的患难兄弟。数千年来，兄弟俩一直坚定地守望与惦念，不论岁月沧桑，不论风吹雨打，从未动摇，从未间断。它们既携手前行，又相互竞争，奋进在历史的长河中。

然而，就在我埋头写作的这几个月里，新冠肺炎疫情仍在全球蔓延。人类社会发展中从不乏病毒的阻碍，但在黑死病、霍乱和天花后，几乎没人会相信在世界医疗系统如此发达的2020年，这种新冠病毒至2020年9月9日，会在全世界感染超过2770万人，并造成超过90万人死亡的惨烈后果。我关注到，谭德塞在世界卫生组织8月31日举行的新冠肺炎疫情例行发布会上说："在过去几天中，确诊案例数量持续增加，受到影响的国家数量也在上升，而这明显告诉人们，疫情仍然没有结束，全球仍处于一个非常'危险'的状态。"他还表示，没有任何国家可以假装新冠肺炎大流行已结束，实际情况是新冠病毒很容易传播，对所有年龄段的人都可能致命。我曾在部队从事过军史创作，描述过不少大小战争。我深知，这场疫情是一场全球性的战"疫"。而以武汉和湖北为主战场的这场战斗，只是这场全球性战"疫"的一个局部。

在武汉这场战斗中，面对未知病毒的突然袭击，中国政府坚持人民至上、生命至上，举全国之力，快速有效调动全国资源和力量，不惜一切代价维护人民生命安全和身体健康。14亿中国人民坚韧奉献、团结协作，构筑起同心战"疫"的坚固防线，彰显了人民的伟大力量。经过艰苦卓绝的努力，中国付出巨大代价和牺牲，有力扭转了疫情局势，用一个多月的时间初步遏制了疫情蔓延势头，用三个月左右的时间取得了武汉保卫战、湖北保卫战的决定性成果，疫情防控阻击战取得重大战略成果，更铸就了生命至上、举国同心、舍生忘死、尊重科学、命运与共的伟大抗疫精神。

现在，中国疫情防控由阻击战阶段顺利过渡到了常态化防控阶段。但常态化并不代表可以放松了或不重视了，而是要像重视复工复产一样重视疫情的常态化防控，外防输入、内防感染，确保人民健康工作和生活。对中国来说，这场战"疫"的价值与意义，早已超出了战"疫"的本身。我关注到，3月12日，由国家卫生健康委员会和红十字会共同组建的中国抗疫医疗专家组一行9人抵达意大利罗马，部分中方捐助的医疗物资也同机抵达；3月18日，第二批中国赴意大利抗疫医疗专家组一行13人，飞行抵达意大利米兰……中国始终秉持人类命运共同体理念，肩负大国担当，同其他国家并肩作战、共克时艰。中国本着依法、公开、透明、负责任的态度，第一时间向国际社会通报疫情信息，毫无保留地同各方分享防控和救治经验。中国尽己所能地向国际社会提供人道主义援助，支持全球抗击疫情。

我还关注到，6月中旬，北京暴发小规模疫情，当时形势十分严峻。6月20日，华中科技大学同济医学院附属同济医院、协和医院派出医疗队驰援北京。武汉同济医院对口支援北京中日友好医院，武汉协和医院对口支援北京协和医院，两家医院派出的医疗队队员将主要承担核酸检测任务。7月中旬，新疆又出现本土新冠肺炎确诊病例以及无症状感染病例。7月18日，由武汉市金银潭医院、武汉市肺科医院、武汉市第一医院21名检验技师组成的医疗队抵达乌鲁木齐，帮助新疆开展核酸检测排查工作。截至8月下旬，他们的工作均已结束，医护人员已经返回武汉。而几个月前，北京、新疆等省、自治区、直辖市医疗队驰援武汉和湖北，那感人的一幕幕依然在我眼前。跨省、自治区、直辖市救援，演绎着中华民族的无疆大爱。

如何看待这次严重的疫情？我想，如果把这次新冠肺炎疫情放在人类历史的长河中，必然得出如此结论：一切没有结束，一切都是开始。我们必须清楚地认识到，流行性传染病仍将持续威胁人类。

传染病是微生物与人类相互作用的结果。致病微生物引发的传染病曾导致人类大量死亡，甚至造成国家的衰落、文明的消失，但微生物也塑造了人类文明与人体自身。同时，人类文明的进程也深刻影响着人类与微生物之间的平衡。毫无疑问，随着现代科学的发展，在与瘟疫的较量中，人类已经获得了巨大的胜利。但新的致命传染病还会不时地出现。由于人类社会活动范围的扩张而引起的生态环境的变化，导致了一些致病微生物生态环境的变化，导致了一些致命微生物被释放到更加广阔的空间中，而环球旅行的便利更增加了传染病在世界范围内传播的机会和速度。有专家说：从目前来看，新冠肺炎不会像"非典"一样一下子就没了，它非常有可能与人类长期共存，从此改变人类的生活和工作方式。

回到作品本身。我在武汉所采访的，作品中所记录的，都是这场战"疫"中的普通人，他们平凡却又伟大，他们在医院、在社区、在建设工地、在超市，在任何一个需要他们的地方，投入战斗，他们是2020年战"疫"的主力军。他们的故事中，有汗水，有泪水；有无助，有无畏；有担忧，有欣慰……最令我感动的，是大家的坚守与坚信，坚守岗位，坚信我们一定能打赢这场战"疫"。在武汉的35天里，我感受到了生命中最多的震撼；走进武汉，让我更加全面、立体和理性地认识了这场战"疫"。

我希望这部作品面向未来，留下记忆。

附录：作者采访的武汉抗疫一线人员名单

● 医护人员

吴安华、李凤云、柯茉莉、王建英、邵金凤、张慧玲、朱威宏、徐军美、李佳宁、鲁进、雷华艳、刘锋、徐莹、彭金玲、詹爱琴、孙洁、黄钟、程青虹、孙丽萍、陈巍巍、张显赫、崔雪曼、杨海燕、车丽燕、钱招昕、李丽、彭小贝、孟迪、刘志勇、唐涛湘、黄文华、黄雷、何婷、孙晖、万军、陆敏、刘君、朱艳丽、陈广、莫若、涂盛锦、罗志红、邱瑜、谢静、何忠、夏雯、朱磊、吉琴、黄燕、曹岚、周建辉、王青霞、朱庭萱、李洁

● 党员干部

杨德才、鲁刚、张文斌、龙翔、张琪、徐贻功、张俊峰、代贝、吴雷、陈小飞、曹金宁、汪卢珊、张爱华、李莹、余文利、黎云、胡亚非、刘坤、张恒、尹素娟、江瑞华、罗善善、蔡桂芳、李江东、蔡敏、洪旭、叶青、张婉、覃蕾、李博、冉捷、胡艳华、吴玛丽、吴佳华、涂异、吴昊、丁元珍、谢新萌、周诗珺、樊全斌、高继明、胡新文、舒丽文、刘强、周雪平、唐时杰、李海燕、马日福

● 社区工作者、居民、警察、教师、患者、志愿者、医院建设者、超市工作人员等

杨建平、潘丽娟、田慧珍、曾丽娜、胡芳婷、陈媛、翁汉芳、杜云、田鸣、柳莉、叶德添、夏志刚、陈棋、王燕琳、刘秋喜、彭浩、沈胜文、

崔晓蕾、刘俊、余志浩、王辉、姚昕、易鑫、赵闯、彭琮、冯光乐、程勇志、何琦、孙燕芳、熊伟、王雅林、方健、唐永、金辉、骆良、田勇军、匡文博、李文雄、月月、尹莉、肖立闯、袁玲、谢建华、杜荣、冯安明、袁勤广、陶梦婷、李勇、马智顺、邱家胜、相利民、白群、陈刚、赵进、薛峰、余宏昇、肖宇杰、叶爱玲、姚佳威、赵杰、宋勇、付杰、赖伟、李海、邹智明、梁意锦、郑能量、张礼君、黄丽、卢球英、付代江、赵鹏程、王浩、李玲芝、赵勐、李海军、王利、丁启辉、范琼、魏荷先、王治发、涂年平、王成、裴德志、孙敏、康全国、张启维、邓三海、黄汉凤、叶嘉谦、朱继明、盛蕾、夏汉光、汤三红、李圣杰、魏鼎、张章、范小鹏、张淑春、田秋莲、吕程远、吴奇、杨杰、安心、何冰、黄冬华、姚红、覃波、聂保旭、毛雨香、陈春红、颜琴

参考文献

[1]《抗击新冠肺炎疫情的中国行动》(白皮书),中华人民共和国国务院新闻办公室2020年6月7日发布。

[2]《习近平:在全国抗击新冠肺炎疫情表彰大会上的讲话》,新华社北京2020年9月8日电。

[3]《求是》,2020年第4期。

[4]《求是》,2020年第5期。

[5]《求是》,2020年第6期。

[6]《求是》,2020年第7期。

[7]《中国抗疫简史》,张剑光著,北京:新华出版社,2020年版。

[8]《瘟疫与人》,〔美〕威廉·麦克尼尔著,余新忠、毕会成译,北京:中信出版社,2018年版。